文史链接：《红楼梦》与曹雪芹的世界

胡德平 位灵芝 主编

清华大学出版社
北京

内 容 简 介

本书集成了近年来曹雪芹创作思想研究的学术成果,通过解读《红楼梦》的创作时代、创作原型、创作元素,促进对《红楼梦》的深入理解。全书按《红楼梦》文本回目逐回梳理,找出历史元素,链接曹雪芹生活时代背景并进行详细解析,把有关曹雪芹生平、文物、文献、地理环境研究的可靠结论融入文本分析中,使今人能进一步领悟曹雪芹在《红楼梦》的创作过程中,如何巧妙地反映和改写了历史。

本书可以帮助一般读者在《红楼梦》阅读中加深对小说和故事情节的理解。对研究者而言,本书可作为参考资料。

本书封面贴有清华大学出版社防伪标签,无标签者不得销售。
版权所有,侵权必究。举报:010-62782989,beiqinquan@tup.tsinghua.edu.cn。

图书在版编目(CIP)数据

文史链接:《红楼梦》与曹雪芹的世界 / 胡德平,位灵芝主编. —北京:清华大学出版社,2023.10
ISBN 978-7-302-64079-0

Ⅰ.①文… Ⅱ.①胡… ②位… Ⅲ.①《红楼梦》研究 ②曹雪芹(1715—1763)-生平事迹 Ⅳ.① I207.411 ② K825.6

中国国家版本馆 CIP 数据核字(2023)第 126714 号

责任编辑:陈凌云
封面设计:古涧千溪
责任校对:李 梅
责任印制:杨 艳

出版发行:清华大学出版社
网　　址:http://www.tup.com.cn, http://www.wqbook.com
地　　址:北京清华大学学研大厦 A 座　　邮　编:100084
社 总 机:010-83470000　　邮　购:010-62786544
投稿与读者服务:010-62776969, c-service@tup.tsinghua.edu.cn
质量反馈:010-62772015, zhiliang@tup.tsinghua.edu.cn
印 装 者:河北鹏润印刷有限公司
经　　销:全国新华书店
开　　本:170mm×240mm　　印　张:22　　字　数:342 千字
版　　次:2023 年 10 月第 1 版　　印　次:2023 年 10 月第 1 次印刷
定　　价:79.00 元

产品编号:100959-01

编委会

顾　　问　郑铁生　严　宽

主　　编　胡德平　位灵芝

审　　订　沈治钧

编　　委　雍　薇　樊志斌　胡　鹏　顾以诺
　　　　　周　哲　李纬文　张青松

前　　言

　　百年来的曹学、红学研究，都认同《红楼梦》一书的创作与曹雪芹的家族历史和人生经历密不可分，最极致的看法则是认为《红楼梦》是"曹雪芹的自传"。不过，现在我们都了解"自传说"这一观点过于绝对。随着20世纪70年代有关曹雪芹故居、书箱、佚稿、画册等越来越多的文物资料被发现，曹雪芹真实的生活世界更多地展示在世人面前，让我们能更为客观地认识作者与作品的关系。

　　曹雪芹通过小说《红楼梦》有意识地创造了一个独特的艺术世界，里面蕴含着作者的生活阅历，饱含着作者的人生感受，也体现了作者无与伦比的艺术创作手法。"假作真时真亦假，无为有处有还无"已经指明其中壸奥。在《红楼梦》阅读的过程中，如果读者略懂些清代的历史知识，就可能从小说中读出另一个文学空间，我们姑且称这种阅读体验为"文史链接"。链接本是计算机语言，原指计算机程序中各模块之间传递参数和控制命令，并把它们组成一个可执行的整体的过程。它允许通过一种元素实现和其他网页或站点的互相连接，以此得到更为丰富且全面的信息。

　　正是基于读者将文本与历史背景不自觉"链接"的情况，我们认为，如果为读者有针对性地提供更多有关曹雪芹生活时代的历史信息，将有助于读者获得更为清晰、更加多元化的阅读效果。因此，我们按《红楼梦》文本回目逐回梳理，找出历史元素，链接曹雪芹的生活时代背景并进行详细解析，把有关曹雪芹生平、文物、文献、地理环境研究的可靠结论融入文本分析中，使今人能够进一步领悟曹雪芹在《红楼梦》的创作过程中，如何巧妙地反映和改写了历史。

　　这本书在一定程度上集成了曹雪芹创作思想研究的最新学术成果，通过解读《红楼梦》的创作时代、创作原型、创作元素，促进对《红楼梦》的深入理解。

　　有关选文中所使用《红楼梦》文本内容的差异，特别说明以下三点。

（1）本书中的《红楼梦》文本主要以蒙古王府藏本《红楼梦》（外语教学与研究出版社，2021年版）为底本，个别作者因内容差异的需要采用了其他版本，比如在讨论有关无材补天的"石头"的问题时，使用了甲戌本中"女娲补天石""神瑛侍者"的文字内容。

（2）第一百二十回"宝玉拜别贾政"后是否出家做了和尚，在文本中我们可以看作一个开放话题，各位研究者对文本的理解见仁见智，本书并不做统一。

（3）有些研究者文中根据巧姐判词和脂批信息指出"巧姐"的最终命运和归宿与当前一百二十回本不同，编者予以保留。但本书倾向于按照一百二十回本的结局来看。曹雪芹"披阅十载，增删五次"完成了全稿，却仅有前八十回有抄本，后文散佚无传，幸有程伟元多年寻访搜罗了三十多卷，邀请高鹗一起"细加厘剔，截长补短，抄成全部"，并在乾隆五十六年（1791）刻板印刷，《红楼梦》全书才得以流布天下。所以我们认为，应以一百二十回本作为《红楼梦》整本书阅读的对象。

最后，特别希望本书的出版能对中学语文教师《红楼梦》教学有所帮助。在文史链接的学术视野下，《红楼梦》阅读成为感受中国传统文化的过程，不仅可以了解曹雪芹创作的匠心独运，更可以欣赏中华优秀传统文化的瑰丽。我们相信，这将为语文教师的课堂教学提供更加生动有趣的视角，轻松带领学生进入《红楼梦》的文史世界。

编　者

2023年5月28日

目 录

一 《红楼梦》的创作思想

"有情之天下"就在此岸——从美学眼光看《红楼梦》………… 叶　朗　3
《红楼梦》思想艺术纵横谈………………………………………… 沈治钧　17
《红楼梦》的蓝图——前五回的叙事特征………………………… 郑铁生　34
《红楼梦》五个书名及其意义……………………………………… 王　博　75
曹雪芹审度人生的三个视点…………………………… 孙　逊　詹　丹　98

二 《红楼梦》中的文史交响

文史交响共生的《红楼梦》………………………………………… 胡德平　117
从家族视角看贾府…………………………………………………… 顾以诺　123
贾府的经济账………………………………………………………… 樊志斌　137
《红楼梦》中的婚姻制度…………………………………………… 顾以诺　149
《红楼梦》中的奴仆………………………………………………… 顾以诺　160
贾府与庭院深深……………………………………………………… 李纬文　171
大观园的匠心………………………………………………………… 李纬文　178
《红楼梦》中的异国风情…………………………………………… 周　哲　188

三 《红楼梦》中的文化传统

贾府的教育…………………………………………………………… 周　哲　203
宝玉的书单…………………………………………………………… 周　哲　212
省亲与皇家仪注……………………………………………………… 李纬文　222
判词与红楼图谶……………………………………………………… 李纬文　232

《红楼梦》中的节日 ································· 樊志斌 241
《红楼梦》中的诗社活动 ····························· 顾以诺 251
《红楼梦》中的戏曲文化 ····························· 顾以诺 259
《红楼梦》中蕴藏的萨满文化 ························· 杨春风 274

四　曹雪芹的生活世界

认识曹雪芹 ··· 位灵芝 287
　　附：曹雪芹年表 ································· 302
《红楼梦》中的北京香山风物（一）··················· 严　宽 310
《红楼梦》中的北京香山风物（二）··················· 位灵芝 327

一 《红楼梦》的创作思想

"有情之天下"就在此岸
——从美学眼光看《红楼梦》

叶 朗

本文集中讲两个问题：一个是《红楼梦》的悲剧性，"有情之天下"的毁灭；另一个是《红楼梦》形而上的意蕴，"有情之天下"就在此岸。过去（以及现在）很多人讲《红楼梦》，都认为曹雪芹的世界观（体现在贾宝玉身上）是佛教的色空观念，一切归于空虚，一切归于幻灭，人生没有意义，因此最后归于"出世""遁入空门"。我的研究完全否定了这种看法。曹雪芹的世界观是把"有情之天下"作为人生的本源性存在，作为人生的终极意义之所在；"有情之天下"不在彼岸，而在此岸；"有情之天下"不是虚幻的存在，而是本真的存在；"有情之天下"就存在于实在的、生动的、鲜活的生活世界之中。曹雪芹用"情"照亮了"空"，因而人生是有意义的。一部《红楼梦》给予读者的"悟"就在于此。

一、《红楼梦》的悲剧性："有情之天下"的毁灭

先讲一下"悲剧"这个概念。西方的悲剧是从古希腊开始的。在古代希腊，人们是把悲剧和命运联系在一起的。

人是有意识的、有理性的存在，人的一切行为都是有意识的，都出于自己的选择。因此，在一般情况下，人都要承担自己行为的后果。例如，外面下着大雨，你偏偏要跑出去淋雨，因而得病，别人就会说你"自讨苦吃""自作自受"。因为这是你自己的选择，你要承担自己行为的后果。但是在实际生活中，在很多时候，

一些灾难性的后果并不是我们自己选择的，而是由一种个人不能选择的、个人不能支配的、不可抗拒的力量所决定的，那就是命运。在古希腊人的心目中，命运是不可抗拒的。但是这种由不可抗拒的力量所决定的灾难性后果，从表面上看，却是由某个人的行为引起的，所以要由这个人来承担责任。这就产生了悲剧。所以，并不是生活中的一切灾难和痛苦都构成悲剧，只有那种由个人不能支配的力量（命运）所引起的灾难却要由某个人来承担责任，才构成真正的悲剧。

最典型的希腊悲剧是索福克勒斯的《俄狄浦斯王》，这个悲剧说明了命运的可怕和不可抗拒。俄狄浦斯和他的父亲为了逃脱命运的安排而做出一系列选择，正是这一系列选择使他们掉进了命运的"陷阱"。所以，亚里士多德认为，悲剧主角并不是坏人，他们因为自己的过失而遭到灭顶之灾，这是命运的捉弄，所以引起人们的怜悯和恐惧。

朱光潜先生曾经认为，中国历史上没有悲剧，因为中国人没有"命运"的概念。这个问题这里不讨论。我们至少可以说，中国从清代之后就有悲剧。因为大家都承认《红楼梦》是一部伟大的悲剧。但是《红楼梦》的悲剧性是什么，学者（红学家）有不同的看法。我认为，《红楼梦》的悲剧性并不在于贵族之家（贾府或四大家族）的衰亡（由盛到衰），也不简单在于贾宝玉、林黛玉两人爱情的破灭，而是在于作家曹雪芹提出一种审美理想，而这种审美理想在当时的社会条件下必然要被毁灭。简单一点也可以说是美的毁灭的悲剧。

什么是曹雪芹的审美理想？这要联系到明代大戏剧家汤显祖（1550—1616），因为曹雪芹的审美理想就是从汤显祖那里继承下来的。

汤显祖美学思想的核心是一个"情"字。汤显祖讲的"情"和古人讲的"情"，内涵有所不同。汤显祖讲的"情"包含突破封建社会传统观念的内容，就是追求人性解放。汤显祖说，他讲的"情"一方面和"理"（封建社会的伦理观念）相对立，一方面和"法"（封建社会的社会秩序、社会习惯）相对立。他说"人生而有情""世总为情""情不知所起，一往而深，生者可以死，死可以生""生生死死为情多"。他认为"情"是人人生而有之的（人性），它有自己的存在价值，不应该用"理"和"法"去限制它、扼杀它。所以，汤显祖的审美理想就是肯定"情"的价值，追求"情"的解放。汤显祖把人类社会分为两种类型：有情之天下和有法之天下。他追求"有情之天下"。在他看来，"有情之天下"就像春天那样美好，所以追求春天就成了贯穿汤显祖全部作品的主旋律。他写的《牡丹亭》塑造了一个"有情人"的典型——杜丽娘。剧中有一句有名的话，"不到园林，怎知春色如许"，就是要寻找春天。但是现实社会不是"有情之天下"，而是"有法之天下"，现实社会没有春天，所以要"因情成梦""梦生于情""梦中之情，何必非真"，更进一步还要"因梦成戏"——他的戏剧作品就是他强烈的理想主义的表现。"因情成梦，因梦成戏"这八个字可以说是汤显祖美学思想的核心。汤显祖的《牡丹亭》把"情"提到了形而上的层次，情不知所起，一往而深，而且可以穿越生死。汤显祖高举"情"的旗帜，在思想史、文学史上有重大的意义。

曹雪芹深受汤显祖的影响，他的美学思想的核心也是一个"情"字。他的审美理想也是肯定"情"的价值，追求"情"的解放。曹雪芹在《红楼梦》开头就说过，这本书"大旨谈情"。

曹雪芹要寻求"有情之天下"，要寻求春天，要寻求美的人生，但是现实社会没有春天，所以他就虚构、创造了一个"有情之天下"，这就是大观园。

大观园是一个理想世界，也就是"太虚幻境"在人间的投影。这一点，脂砚斋早就指出，当代许多研究《红楼梦》的学者（如俞平伯、宋淇、余英时）也都谈到过。"太虚幻境"是一个"清净女儿之境"，这里聚集了一群明亮、活泼、聪明、灵巧、热烈、多情的少女，她们把生命和爱情结为一体，她们维护爱的尊严，维护人性的尊严。这是一个"有情之天下"，这里处处是对青春的赞美，对"情"的赞美，总之是对少女人生价值的肯定和赞美。小说开头写"石头"的本源是"青埂峰"，"青埂峰"是"有情之天下"的象征，而大观园就是现实世界中的"青埂峰"。大观园这个"有情之天下"，好像是当时社会中的一股清泉、一缕阳光。小说写宝玉在梦中游历"太虚幻境"时曾想到，"这个去处有趣，我就在这里过一生，纵然失了家也愿意"，说明他的"家"并不是他的归宿。搬进大观园，可以说是实现了他的愿望，所以他"心满意足，再无别项可生贪求之心"，大观园是他的理想世界。

但是这个理想世界，这个"清净女儿之境"，这个"有情之天下"，被周围恶浊的世界（汤显祖所谓"有法之天下"）所包围，不断受到打击和摧残。大观园这个春天的世界，一开始就笼罩着一层"悲凉之雾"（"悲凉之雾"是鲁迅的话），很快就呈现出秋风肃杀、百卉凋零的景象。林黛玉的两句诗"一年三百六十日，风刀霜剑严相逼"，不仅是写她个人的遭遇和命运，也是写所有"有情人"和整个"有情之天下"的遭遇和命运。在当时的社会，"情"是一种罪恶，"美"也是一种罪恶（晴雯因为长得美，所以被迫害致死）。贾宝玉被贾政一顿毒打，差一点被打死。大观园中的少女也一个一个走向毁灭：金钏投井，晴雯屈死，芳官出家，司棋撞墙，鸳鸯上吊，妙玉遭劫……直到黛玉泪尽而逝，这个"千红一窟（哭）""万艳同杯（悲）"伟大交响乐的音调层层推进，最后形成了排山倒海的气势，震撼人心。林黛玉有句诗"冷月葬花魂"，可以作为这个悲剧的概括："有情之天下"被吞噬了。

脂砚斋说，《红楼梦》是"让天下人共来哭这个'情'字"。他把《红楼梦》的悲剧性和"情"联系在一起，是很深刻的。

大观园中的少女一个个都死得非常悲惨，我们举晴雯为例。晴雯被赶出怡红院，病重临死时宝玉去看她，晴雯提出要和宝玉换袄，她说："快把你的袄儿脱下来我穿。我将来在棺材内独自躺着，也就像还在怡红院的一样了。论理不该如此，只是担了虚名，我可也是无可如何了。"俞平伯先生说，这已是惨极之笔，想死后静静地躺在棺材里怀念怡红院的生活，这样的要求不算过分罢，哪里知道王夫人下令把她的尸体即刻送到外头焚化，连这点要求也不能如愿。所以宝玉的《芙蓉女儿诔》说："及闻槥棺被燹，惭违共穴之盟；石椁成灾，愧迨同灰之诮。"一篇《芙蓉女儿诔》，真的句句是泪，字字是血。《芙蓉女儿诔》是千古绝唱。有人说晴雯和宝玉的诀别，有如一道彩虹，照亮了整个大观园的女儿世界[①]。前面说过，在古代希腊，人们是把悲剧和命运联系在一起的。命运是古希腊悲剧意蕴的核心。古代希腊人有着深刻的"命运感"。前面讲了，《红楼梦》的悲剧是"有情之天下"毁灭的悲剧。"有情之天下"是《红楼梦》作者曹雪芹的人生理想，但是这个人生理想在当时的社会条件下必然要被毁灭。在曹雪芹看来，这就是

---

① 李劼：《历史文化的全息图像：论〈红楼梦〉》（增订版），广西师范大学出版社2016年版，第302页。

"命运"的力量，"命运"是所有人都无法违抗的。

《红楼梦》中这些被命运吞噬的少女，她们体现了一种人生理想，就是肯定"情"的价值，争取"情"的解放。她们争取人性的尊严，争取爱的尊严，这在当时是一种新的观念。所以，《红楼梦》的悲剧是新的观念、新的世界毁灭的悲剧，也是美的世界毁灭的悲剧。

《红楼梦》中这些人物都对命运进行抗争。贾宝玉一再砸他的宝玉，并在梦中喊骂说："什么是金玉姻缘，我偏说是木石姻缘！"黛玉、晴雯、司棋、芳官、鸳鸯、尤三姐……都用自己的生命进行抗争，但最后她们都被命运的巨石压碎了。在这个命运的悲剧中，她们把生命推向了辉煌的高度。

这个压碎一切的"命运"是什么？就是当时的社会关系和社会秩序，这种社会关系、社会秩序在当时是普通的、常见的，但它决定每个人的命运，是个人无法抗拒的。王国维特别强调这一点，他指出，《红楼梦》之悲剧，并不是因为有一个特别坏的人来作恶，"但由普通之人物、普通之境遇，逼之不得不如是"，所以他认为《红楼梦》是"悲剧中之悲剧"。王国维说得很有道理，但他把这种"由于剧中之人物位置及关系而不得不然"的悲剧，和命运的悲剧分别为两种，是不妥当的。在当时的社会关系和社会秩序下，《红楼梦》中体现新的人生理想的少女一个一个毁灭了，整个"有情之天下"毁灭了。在曹雪芹心目中，这就是命运的悲剧。林黛玉的《葬花吟》，贾宝玉的《芙蓉女儿诔》，是对命运的悲叹，也是对命运的抗议。《红楼梦》是中国伟大的悲剧。

二、《红楼梦》形而上的意蕴："有情之天下"就在此岸

《红楼梦》的意蕴中有一个哲理性的层面，有一个形而上的层面。《红楼梦》处处渗透着曹雪芹对整个人生很深的感悟，一种哲理性的感悟、感叹。这是《红楼梦》意蕴中一个最高的层面，也是一个被很多人误解的层面。

《红楼梦》的人生感悟集中表现在一点，就是对人生（生命）终极意义的追问。

读《红楼梦》，我们都会感受到小说中渗透着对人的命运和人有限生命最深沉的伤感，它像一声悠长的叹息，使整部小说充满了忧郁的情调。正是这种叹息、

这种忧郁，使《红楼梦》弥漫着浓郁的诗意。

这种人生感悟集中体现在小说的两位主人公贾宝玉和林黛玉身上，贾宝玉和林黛玉就是两位对生命和命运最敏感、体验最深刻的人物。他们常常惆怅、落泪。但他们的惆怅、落泪不仅仅是感叹两人爱情生活的不幸，而是出于对生命、人生、存在的一种带有形而上意味的体验。

读《红楼梦》的人，都知道贾宝玉有个神话的背景。他本来是女娲补天剩下的一块石头，被抛在青埂峰下。后来来了一僧一道，把这块石头带到人间去经历了一番，这叫"幻形入世"，最后又被一僧一道带回青埂峰。他把这番经历记在石头上，就成了《石头记》①。

我想强调一下，这块石头（贾宝玉）的起点是"青埂峰"，他的归宿也是"青埂峰"。所以我们关注的焦点应该是"青埂峰"。"青埂"就是"情根"，汤显祖多次用过这个概念。"情根"，是说"情"乃生命之根，"情"乃是生命的出发点和归宿。很多人把关注的焦点放在"女娲补天"，说曹雪芹（贾宝玉）的理想（世界观）是要"补天"，就是要去补封建末世的天，或者补贵族之家（四大家族）的"天"。我觉得这种观点在小说文本中没有根据。

一僧一道把这块石头带到人间转了一圈又回到青埂峰，这一圈的经历有什么意义？因为这番经历被记在石头上，所以也就是说，这部《石头记》有什么意义？

石头到人间的这一番经历，大有讲究。

这块石头降生到贾府，因为元妃省亲，建造了一座大观园，这个大观园是贾宝玉人生理想的投影，是"太虚幻境"的投影。前面讲了，大观园聚集了一群女孩子，她们明亮、活泼，她们聪明、灵巧，她们热烈、多情。贾宝玉说"女儿是水作的骨肉"，她们有水的清纯、水的灵气。这是一个春天的世界、美的世界、诗的世界，所以贾宝玉搬进大观园心满意足，再无别的要求，这是他的精神家园。贾宝玉时时体验到现实人生（生活世界）中真实存在着"有情之天下"。举两个例子，第十九回，小说写一个中午，宝玉找黛玉聊天，他们躺在一张床上，宝玉有一搭没一搭的说些鬼话，黛玉用帕子盖上脸，只是不理，宝玉怕黛玉睡出病来，

---

① 这块石头和贾宝玉是什么关系？对这个问题有不同的看法。我倾向于把石头和贾宝玉看作是一体的，因为"木石前盟"的观念是贯穿全书的。

便哄她道:"嗳哟,你们扬州衙门有一件大故事,你可知道?"黛玉见他说的郑重,只当是真事,因问:"什么事?"宝玉就顺口诌道,扬州有一座黛山,山上有个林子洞,洞里有一群耗子精,那一年腊月初七,因为要熬腊八粥,老耗子就派小耗子去山下庙里偷果品。红枣、栗子、落花生、菱角都派耗子去偷了,只剩下香芋一种。只见一个极小极弱的小耗子道:"我愿去偷香芋。"老耗子并众耗子见他体弱,不准他去。小耗子道:"我虽年小身弱,却计谋深远。我只摇身一变,也变成一个香芋,滚在香芋堆里,暗暗的用分身法搬运,岂不巧妙?"众耗子道:"你先变个我们瞧瞧。"小耗子笑道:"这个不难,等我变来。"说完摇身说"变",竟变了一个最标致美貌的小姐。众耗子忙笑道:"变错了,变错了。原说变果子的,如何变出小姐来?"小耗子现形笑道:"我说你们没见过世面,只认得这果子是香芋,却不知盐课林老爷的小姐才是真正的香玉呢。"黛玉听了,翻身爬起来,按着宝玉笑道:"我把你烂了嘴的!我就知道你是编派我呢。"这一回题目叫作"情切切良宵花解语 意绵绵静日玉生香"。

  对这一段描写,王蒙说:"当宝玉和黛玉在一个响午躺在同一个床上说笑话逗趣的时候,这个中午是实在的、温煦的、带着各种感人的色香味的和具体的","这个中午是永远鲜活永远不会消逝因而是永恒的","这是一个千金难买、永不再现的、永远生动的瞬间,这是永恒与瞬间的统一"①。从审美体验的角度说,这就是王夫之讲的"现在"。审美体验就是"现在","现在"有一种"意义的丰满",用王蒙的话就是"千金难买","永远鲜活永远不会消逝因而是永恒的"。为什么千金难买?因为这是本真的存在,这是"有情之天下",这个瞬间就是永恒,这就是"青埂峰"的所在。"青埂峰"就在当下的生活世界。大观园里的"有情之天下",不仅仅显现为宝玉和黛玉的"情"。再看第三十回"龄官划蔷痴及局外"。五月初夏,蔷薇花盛开,宝玉看到蔷薇花架下有个女孩子在流泪,手里拿着头上的簪子在地上画,看她一点一画是一个"蔷"字,画来画去,画了几十个,宝玉看得痴了。这个时候忽然下雨了,宝玉就喊,下大雨了,身上都湿了,不要再写了。这也是一个很美的图景,这也是"情痴",这也是千金难买的瞬间,这就是

---

① 王蒙:《红楼梦启示录》,三联书店1991年版,第302页。

"有情之天下",这就是"青埂峰"。海德格尔讲"诗意地栖居","有情之天下"可以说就是"诗意地栖居"。这是两个例子,当然"青埂峰"不仅这两个例子。

这就是石头到人世的经历,这是对"有情之天下"的体验。这个体验非常重要,如果没有这个体验,"情根""情痴""有情之天下"都是空的,只是概念的存在,或者说只在柏拉图的"理念世界"中存在,还依然停留在大荒山无稽崖的渺渺茫茫之中。一旦入世,有了这番经历,"有情之天下"就成为实在的、生动的、鲜活的生活世界了。刚才已举了例子,这是"有情之天下"的实际体现。

但是,这个大观园中的"有情之天下"又终究要受到种种限制。一个是社会的限制,即当时的社会关系、社会秩序的限制,就是前面讲的压碎一切的"命运","冷月葬花魂"的悲剧,"有情之天下"被吞噬了。

再一个是自然的限制,生命的短暂,人生的短暂。刚才说了,贾宝玉和林黛玉是两位对生命和命运最敏感、感受最深刻的人物。所以,尽管贾宝玉在现实世界中在某种意义上是这个贵族之家的核心——深受贾母和王夫人的宠爱,是众人关注的中心,但是在他最深层的意识中,他感到这个世界是他存在的暂时形态。所以小说写他经常"闷闷的",或突如其来地感到"厌倦",感到"不自在","这也不好,那也不好"。即便是他处在与姐妹们的温情之中,也仍然不能消除他对生命、对命运的忧患。他的情总是带着一种忧郁的调子,带着对未来("到时候……")的恐惧与忧虑,带着"何处是归程"的忐忑不安。这个被抛到人世间的"石头",这个孤独的"情种",他时时刻刻都摆脱不了对人生和命运形而上的思考和体验,所以他的内心充满了忧伤。就是最热闹的场合,他的心头也会袭来一阵悲凉。例如第二十八回,贾宝玉、薛蟠等人在冯紫英家喝酒玩闹,那是一个乱哄哄的场面,但是贾宝玉唱的《红豆曲》却充满了惆怅,充满了忧伤:

滴不尽相思血泪抛红豆,开不完春柳春花满画楼,睡不稳纱窗风雨黄昏后,忘不了新愁与旧愁,咽不下玉粒金莼噎满喉,照不见菱花镜里形容瘦。展不开的眉头,捱不明的更漏。呀!恰便似遮不住的青山隐隐,流不断的绿水悠悠。

即使是春天的一棵大杏树,也会触发贾宝玉人生无常的感叹。《红楼梦》第五十八回，写宝玉病了一段时候，病好了，他就想去看望黛玉。小说是这么写的：宝玉从沁芳桥一带堤上走来。只见柳垂金线，桃吐丹霞，山石之后，一株大杏树，花已全落，叶稠阴翠，上面已结了豆子大小的许多小杏。宝玉因想道："能病了几天，竟把杏花辜负了！不觉已到'绿叶成荫子满枝'了！"因此仰望杏子不舍。又想起邢岫烟已择了夫婿一事，虽说是男女大事，不可不行，但未免又少了一个好女儿。不过两年，便也要"绿叶成荫子满枝"了。这就是一种人生感，一种对时间和生命的忧患，也就是人生无常的感叹。这一段描写，诗的味道很浓。作者把苏东坡的词"花褪残红青杏小"、杜牧的诗"狂风落尽深红色，绿叶成阴子满枝"加以融化，融进贾宝玉对人生的哲理性感受之中，从而创造了一个新的意境。读者读到这里，也会和贾宝玉一样，忽忽若有所失，如羁旅之思念故乡，感到一种莫名的惆怅。我们读唐诗宋词中的名句，如"何处是归程，长亭更短亭"，如"问君能有几多愁，恰似一江春水向东流"，如"流光容易把人抛，红了樱桃，绿了芭蕉"等，感到的也是一种惆怅。这种惆怅也是一种诗意和美感。康德曾经说过，有一种美的东西，人们接触到它的时候，往往感到一种惆怅。这是一种美感。这种美感中包含了一种人生感。这种美感，就是尼采说的"形而上的慰藉"。

《红楼梦》的另一位主人公林黛玉同样富于生命的忧患感。她也时刻有一种思念故乡、寻找故乡而找不到的悲伤（"望故乡兮何处？倚栏杆兮涕沾襟"），所以她总是在繁华中感受凄凉。对林黛玉来说，"冷月葬花魂"这句诗昭示着生命的真谛，同时也概括了她对人生的体验。她的多愁善感，是一种深刻的人生感。生活中的美，不是使她欢乐和陶醉，而是使她伤感，使她五内俱焚，泣不成声。最集中表现她的人生感的当然是她的《葬花词》。"天尽头，何处有香丘？"就是对人生终极意义的追问。

贾宝玉、林黛玉都思念故乡，寻找故乡。故乡是生命的出发点，又是生命的归宿。故乡是本源性的存在。回归故乡，就是回归本源。故乡在哪里？小说结尾时，有一首歌：

我所居兮，青埂之峰。我所游兮，鸿蒙太空。谁与我游兮，吾谁与从。渺渺茫茫兮，归彼大荒。

故乡是"青埂峰"。"青埂（情根）峰"是什么？就是汤显祖说的"有情之天下"。"天尽头，何处有香丘？""天尽头"就是"有情之天下"，所以最后要回到"青埂峰"。"情"就是生命的本源，"有情之天下"就是本源性的存在，就是贾宝玉、林黛玉日日思念的故乡。

这就是《红楼梦》的人生感。过去没有一部小说在这么深刻的意义上提出人的本源性存在的问题。

人作为个体生命的存在，在时间上和空间上都是有限的，但是人又不满足这种有限性，而要追求绝对和无限。这是植根于人性的一种精神追求。前面说过，贾宝玉对这一点最敏感，他有一种生命的忧患。宗教用自己的方式满足了人的这种超越的需求，佛教、道教、西方的基督宗教，他们设置了天堂、仙界、西方极乐世界，作为人生终极的追求。但是，这都是虚幻的。《红楼梦》不止一次指出了这种虚幻性。如第六十三回，贾敬参星礼斗，守庚申，服灵砂，妄作虚为，伤了性命，道士反而说是"虚心得道，已出苦海"，"功行圆满，升仙去了"。但是很多人还是认为《红楼梦》把佛教作为人生的终极追求。他们看到一僧一道带着贾宝玉离家出走，就认为贾宝玉出家当和尚了，所谓"遁入空门"。其实，一僧一道是带着这块石头到尘世去经历一番，最后又带他回到"青埂峰"。"青埂峰"是本源，是生命的出发点，又是生命的归宿。贾宝玉并没有进寺庙去当和尚。

"青埂"是"情根"。"情根"不是说"情"生了根，而是说"情"（"儿女之真情"）是生命之根，"情"是天地的本源性的存在。贾宝玉最后离开有限的、短暂的人世，回到"青埂峰"，回到"有情之天下"这个本源性的存在。这个"青埂峰"是曹雪芹的人生理想、审美理想的象征，所以不能坐实为某一个现实的空间存在。如果坐实为某一个现实的空间存在，那么照小说所写，这大荒山出自《山海经》，小说结尾又说渺渺茫茫、鸿蒙太空，到哪儿去找？这么理解，这个"青埂峰"就成了彼岸世界，类似宗教的天堂、仙界、西方极乐世界。照我的理解，"青埂峰""有情之天下"，作为曹雪芹的人生理想，不是彼岸世界，而是在此岸，就在当下现实的生活世界中。当下的生活世界如果体现了"有情之天下"的人生理想，就是"青埂峰"。曹雪芹已经在自己的人生经历中体验到这个"有情之天下"的存在。他之所以要让这块石头入世，就是为了显示"有情之天下"不在彼岸，而是在此岸，是在现实的生活世界之中，尽管受种种限制，尽管时间短暂，有时只是瞬间，但它是活生生的，而且瞬间就是永恒。前面已举了许多例子。贾宝玉和林黛玉在中午躺在床上说笑话逗趣，那就是"青埂峰"。五月初夏那一天龄官在地上画了几十个"蔷"字，那就是"青埂峰"。晴雯病重和宝玉诀别，提出要和宝玉换袄穿，以便将来静静地躺在棺材里怀念怡红院的生活，那就是"青埂峰"。

很多人讲《红楼梦》，都认为《红楼梦》贯穿了一个"色""空"的观念，贾宝玉感受到人生没有意义，一切终属空虚，最后遁入空门，出家当了和尚，由此认为曹雪芹的人生观是虚无主义的。其实，《红楼梦》不是只有"色""空"这两个字。《红楼梦》还有一个"情"字。对曹雪芹来说，这个"情"字更重要，或者说这个"情"字最重要。《红楼梦》一开头就说，这本书"大旨谈情"，又说"将儿女之真情发泄一二"。离开"情"字，根本读不懂《红楼梦》。离开"情"字，根本读不通《红楼梦》。离开"情"字，根本读不透《红楼梦》。

《红楼梦》第一回说空空道人在大荒山无稽崖青埂峰下见一块大石头上记了一篇故事（《石头记》），把它从头到尾抄录回来，问世传奇，"从此空空道人因空见色，由色生情，传情入色，自色悟空，遂易名为情僧，改《石头记》为《情僧录》"。"因空见色，由色生情，传情入色，自色悟空"这十六个字是说《石头记》故事对空空道人的思想产生的影响，也可以说是空空道人对《石头记》故事的理解，所以红学家都十分重视这十六个字。

怎么来理解这十六个字呢？首先，要注意这里除了"色""空"两个字外，还有一个"情"字。其次，要弄清中国哲学中"空""无"概念的含义。

中国哲学中的"空"，并不是我们平时理解的真空，一无所有。苏轼说："空故纳万境。"空包纳万境，是一个充满生命的丰富多彩的世界。宗白华先生在他的著作中一再谈到这个问题。宗先生说："中国人感到这宇宙的深处是无形无色的虚空，而这虚空却是万物的源泉，万动的根本，生生不已的创造力。老庄名之为'道'，为'自然'，为'虚无'，儒家名之曰'天'。万象皆从空虚中来，向空虚中去。"又说："（中国画的空白）并不是真空，乃正是宇宙灵气往来，生命流动之处……这无画处的空白正是老、庄宇宙观中的'虚无'。它是万象的源泉，万动的根本。"①

现在我们再来看这十六个字。

"因空见色",就是在天地的悠悠中呈现宇宙的生机,大化的流行,呈现一个充满生命的丰富多彩的美丽世界。在《石头记》中,就是大观园的世界,这就是"空即是色"。

"由色生情",在这个充满生命的丰富多彩的世界之中,产生了"情"。这个"情"字并不是有的人说的"佛教用语"。这个"情"主要是"儿女之真情"。汤显祖说,"人生而有情","情"是人的天性、本性。这是"由色生情"。这个"情"是主导的、决定性的,是生命之根,是生命的本源性存在。

"传情入色",有了"情",再来看生活世界,就有了意义,有了生机,有了情趣。大观园这个世界有了情,有了一群多情的女儿,有了黛玉、晴雯、鸳鸯、紫鹃、司棋、龄官、芳官、湘云、宝琴……成了"有情之天下",这个世界就有了意义,有了生机,有了情趣。

"自色悟空",由有情的世界,有情的人生,即有情之天下,再来看宇宙的本体,对宇宙的本体就有了新的感受和理解,这是"悟"。这个"悟",不是"悟"到人生的无意义,"悟"到"一切皆空"(真空的空),相反,是"悟"到人生有意义。因为这个世界中有一群明亮、活泼、多情的少女("异样女子"),因为这个世界包含了"有情之天下",尽管它可能是短暂的存在,但它是真实的存在,而生命的意义就在于此。也就是说,"悟"到在这个生命的大化流行中,最根本的、最本源性的存在是"情"。所以"空空道人"改名为"情僧",《石头记》改名为《情僧录》。可以说曹雪芹最终(或在最高意义上)是用"情"充实了"空",用"情"照亮了"空",把"情"提升为最高的范畴。一部《石头记》的价值,很重要的一方面就在于此。

前面说过,人作为个体生命的存在是有限的,但是人又企图超越这种有限,追求无限和永恒。宗教用自己的方式来满足这种需要。而在历史上,从汤显祖(《牡丹亭》)到洪昇(《长生殿》),再到曹雪芹(《红楼梦》),他们用自己的艺

---

① 宗白华:《美学与意境》,人民出版社2009年版,第100页。

术作品（戏剧、小说）在寻求不同于宗教超越的另一种超越，即审美的超越。宗教的超越是虚幻的，而审美的超越常常带有理想主义的色彩，但它不是虚幻的，不是乌托邦，尽管它可能是短暂的（《长生殿》中说的"顷刻"），甚至可能是悲剧（《红楼梦》就是悲剧），但它是真实的。而且正因为短暂，所以特别珍贵，千金难买。

到了20世纪，蔡元培先生在1917年提出"以美育代宗教"的命题。蔡先生提出这个命题，有社会历史的背景，这里不谈。从学理上说，我以为包含了这样一个思想，就是用审美的超越来代替宗教的超越。所以从某种意义上说，蔡先生的命题，是在美学理论上对汤显祖、曹雪芹追求"有情之天下"的一种呼应，或者说一个总结。美感（审美体验）是一种超理性的精神活动，同时又是一种超越个体生命有限存在的精神活动。就这两点来说，美感与宗教感有某种相似之处和某种相通之处，因为宗教感也是一种超理性的精神活动和超越个体生命有限存在的精神活动。但是它们还是有本质的区别，主要有两点。第一，审美体验是对主体自身存在的一种确证，而宗教体验则是在否定主体存在的前提下皈依到上帝这个超验精神物（理念）上，所以极端的宗教体验是排斥具体、个别、感性、物质的。第二，审美超越在精神上是自由的，而狭义的宗教超越并没有真正的精神自由，因为宗教超越必定要遵循既定的教义仪式，宗教超越还必然要包含对神的绝对依赖感。人性中追求永恒和绝对的精神需求，永远不会消亡。不满足人性的这种需求，人就不是真正意义上的人。除开宗教超越，只有审美超越——一种自由的、积极的超越——可以满足人性的这种需求。审美的超越抛弃宗教的虚幻，而面向现实人生（生活世界）。我想，"以美育代宗教"命题的深刻性也许就在这里。同时，由此可以认识到，汤显祖、曹雪芹"有情之天下"的人生理想、审美理想，不仅在文学艺术史上极有光彩，在思想史上也应该受到重视。

以上一共讲了两个问题，一个是《红楼梦》的悲剧性，可以用林黛玉的一句诗来概括——"冷月葬花魂"。"有情之天下"被吞噬了。这是命运的悲剧。另一个是《红楼梦》对人生终极意义的追问，对人生本源性存在的追问，也可以用林黛玉的一句诗来概括——"天尽头，何处有香丘？""有情之天下"是生命的本源，是人生的终极意义之所在。"有情之天下"就在此岸，哪怕只是瞬间、顷刻，那也是真实的存在。这是曹雪芹追求的精神家园,曹雪芹思念的故乡之所在。

我认为,《红楼梦》之伟大,曹雪芹在中国文学史上之不朽,很重要的一个原因,就在于他提出人的本源性存在的问题,就在于他提出人生的终极意义之所在的问题。而在他看来,人的本源性之所在,人生的终极意义之所在,就在于"有情之天下"(以"青埂峰"为象征),而"有情之天下"并非空想,"有情之天下"就在此岸,就在当下的生活世界,是本真的存在。

以上是我从美学角度对《红楼梦》的一种阐释。唐代大思想家柳宗元有一句名言:"美不自美,因人而彰。"这句话用于艺术作品,可以从两层意思来理解。一层意思是说,艺术作品的意蕴,必须要有"人"(欣赏者)的阅读、感受、领悟、体验,才能显示出来。这种显示是一种生成。另一层意思是说,一部文学艺术作品,经过"人"不断地体验和阐释,它的意蕴,它的美,也就不断有新的方面(或更深的层面)被揭示、被照亮。从这个意义上说,艺术作品的"意蕴",艺术作品的美,是一个永无止境的历史的显现的过程,也就是一个永无止境的生成的过程。我相信,我们对《红楼梦》的阐释,将会一代又一代地继续下去,也正因为这样,《红楼梦》才永远是一部"活"的作品。

(原载《曹雪芹研究》2019年第2期,有删节)

作者简介:叶朗,北京大学哲学社会科学资深教授、教育部艺术教育委员会主任委员。曾同时担任北京大学哲学系、宗教学系、艺术学系三个系的系主任,后担任北京大学艺术学院院长,兼任教育部哲学教学指导委员会主任,国务院学位委员会哲学学科评议组召集人,北京市社科联副主席,北京市哲学学会会长。第九届、十届全国政协常委。现任北京大学哲学系教授、博士生导师,北京大学艺术学院名誉院长,北京大学美学与美育中心名誉主任,北京大学文化产业研究院院长,北京大学曹雪芹美学研究中心名誉主任。著有《美在意象》《美学原理》《中国美学史大纲》《中国小说美学》《意象照亮人生》《胸中之竹》《欲罢不能》《燕南园海棠依旧》《更高的精神追求》等作品。

《红楼梦》思想艺术纵横谈

沈治钧

一种古老的灿烂的人类文明，必定产生伟大的辉煌的文学经典。曹雪芹的《红楼梦》经天纬地，邃密渊深，总有聊不完的话题、道不尽的意蕴、说不够的妙趣、猜不透的谜团。此番删订旧稿，粗略谈谈这部小说名著的思想与艺术。正是：

    如此苍生如此情，石头记事费诠评。
    开谈又讲红楼梦，黄鹤归来月正明。

一、雄浑的思想

曹雪芹的《红楼梦》具有高度的思想性，读者毋论从哪个角度审视剖析，都会为作者那绵密的思维方式与强烈的悲剧意识所震撼。王国维《红楼梦评论》说："《红楼梦》一书，与一切喜剧相反，彻头彻尾之悲剧也。"① 这是非常正确的判断。小说主要写的是贵族大家庭的盛衰荣枯，而贯穿其间的中心故事，则是贾宝玉和林黛玉、薛宝钗的爱情婚姻悲剧。此外，作品还表现了贾宝玉的人生悲剧以及年轻女性群体的生命悲剧。曹雪芹在第一回题诗："满纸荒唐言，一把辛酸泪。都云作者痴，谁解其中味？"可见，透过"荒唐言"了解"辛酸泪"为何而下，乃解得"其中味"的关键。

宝黛钗的爱情婚姻悲剧是小说的情节主线，故第五回梦中仙曲说，此为"悲金悼玉的《红楼梦》"。薛宝钗有神僧持赠的一个金锁，贾宝玉降生时嘴衔通灵玉

---

① 王国维：《红楼梦评论》，见一粟《红楼梦卷》，中华书局1963年版，第254页。

石，因此大家都说两人是一对"金玉良缘"。林黛玉的前生是一株绛珠仙草，曾受贾宝玉前生神瑛侍者的甘露灌溉之恩，情愿今世用一生的眼泪来报答他。所以，宝黛爱情是一段"木石前盟"。第五回《终身误》曲说："都道是金玉良缘，俺只念木石前盟。"这进一步解释了薛宝钗和林黛玉的可悲可悼，主要是因为她们婚姻爱情的不幸结局。"都只道"与"俺只念"的对比，显示了贾宝玉思想感情与世俗观念难以调和的矛盾。围绕木石前盟和金玉良缘，作者热情讴歌了贾宝玉和林黛玉对纯真爱情的热烈追求，也对薛宝钗拘泥于礼法并为礼法所误的不幸表达了善意的讽刺和深切的同情。作者的批判锋芒，主要是指向陈腐僵化的伦理道德和昏庸专横的宗法势力。

木石前盟和金玉良缘，对贾宝玉来说，当然可以随意选择。薛宝钗和林黛玉都是才貌兼备的绝代佳人，难分轩轾。起初，贾宝玉在两艳之间还有些摇摆；嗣后，态度日渐明朗。他的最后抉择，是木石前盟。促使他做出这项抉择的决定性因素，不是门第、财富，也不是性情、才貌，而是志趣。在思想上，薛宝钗与林黛玉截然相反，前者守"礼"，后者重"情"。薛宝钗一言一行都力求合乎道德规范，一再劝说贾宝玉读书仕进，令这位怡红公子反感。不幸的是，最后胜利不属于木石前盟，而属于金玉良缘。比较而言，金玉良缘更合乎贾府的家族利益，合乎家长们希望改造贾宝玉成为有用之才的自私意愿。因此，贾府选择了"德言工容"俱佳的淑女典范薛宝钗，同时也造成了贾宝玉和林黛玉之间的爱情悲剧，以及贾宝玉和薛宝钗之间的婚姻悲剧。木石前盟是没有实现婚姻的爱情，固然可悼；金玉良缘是缺乏爱情基础的婚姻，更觉可悲。《红楼梦》悲剧意蕴的核心，正在于此。

跟上述悲剧相关的，是贾宝玉的人生悲剧。小说以石头神话开篇，寓意不俗。实际上，贾宝玉就是那块"无材补天、幻形入世"的石头。然而，贾宝玉和那块顽石不同，他绝不因自己无材补天而"自怨自叹"或"悲号惭愧"；相反，他根本就不想把自己锻炼成为一块有助于"天"的石料。他厌恶仕途经济，不喜读"正经"书，动辄"毁僧谤道"，对"士大夫诸男人"异常反感，只愿意在内闱厮混。可见，他对宗法社会的统治阶层是采取了对立、批判与不合作的态度。脂砚斋认为，贾宝玉有"三大病"，即"恶劝"和"重情不重礼"及"有情极之毒"①。所谓"恶劝"，是指厌恶别人在自己面前进行仕途经济、读书明理之类的道德说教，拒绝一切将他拉回到世俗生活道路上的企图。所谓"重情不重礼"，就是以情感为至上之理，任性而为，蔑视礼教。所谓"情极之毒"，便是当"情"无法战胜"礼"时，毅然抛家舍业，弃绝红尘，向不公正的命运发出激烈的抗议。与此相映的是，他的妹妹探春试图入世，希望有一番轰轰烈烈的作为，然而最终还是无济于事。在宗法社会的"末世"，难以有所作为，无法享受有价值的生活。兄妹二人这两种人生道路的失败，展示了生逢末世、不入流俗的贵族青年难以避免的人生悲剧。

《红楼梦》还是为千千万万个不幸的女儿歌哭哀叹的悲剧。作者在开卷中说，本书的创作意图之一，乃是"使闺阁昭传"。大观园是作者为此而设计的一座人间乐园，贾宝玉跟姐妹们、丫鬟们住在里边，每日饮酒赋诗，谈笑嬉戏，过着无忧无虑的日子。如果说园外是一个以"礼"为中心的世界，那么园内的精神支柱便是"情"。就贾宝玉而言，他希望大观园能够常驻人间，女儿们能够永远居住在里面。然而，大观园不是世外桃源，女儿们也不能抗拒自然规律，何况这个理想世界还始终处在外部现实世界的威胁与袭扰之中。正如林黛玉《葬花吟》所说："一年三百六十日，风刀霜剑严相逼。"（第二十七回）因此，大观园的毁灭是不可避免的。于是乎，晴雯遭驱逐而夭亡，司棋遭驱逐而自杀，芳官等遭驱逐而出家为尼，迎春被迫嫁给了一个忘恩负义的"中山狼"。园外的香菱更是受尽薛蟠夫妻的折磨虐待，命在旦夕之间。为了避嫌，连群芳之冠的薛宝钗也搬了出去。大观园的末日到了。林黛玉魂归离恨天不久，这里墙倒屋塌，野兽出没，鬼魅作祟，人迹罕至。妙玉遭强盗羞辱劫持，下落不明。一个最为清净美丽的花园，变成了丑陋危险的地方。这象征着"情"的理想的最终破灭。在主观上，作者当然希望大观园花常开、人常在；但是，对客观现实的清醒认识，使他不能低估"礼"对"情"的强大破坏力，所以又冷峻地展现了大观园的彻底毁灭。在表现美好理想、讴歌真挚感情的同时，作者从一个重要侧面猛烈抨击了宗法社会的等级制度

---

① 陈庆浩：《新编石头记脂砚斋评语辑校》增订本，中国友谊出版公司1987年版，第394页。

与伦理规范。这是大观园悲剧的深刻意义之所在。

《红楼梦》也是一出"树倒猢狲散"的家庭悲剧,是宗法制度不可避免要走向灭亡的社会悲剧。贾府拥有辉煌的过去,赫赫扬扬已将百载,现在却只剩下一副空架子。小说详尽地反映了贾府的各种弊端,揭示了它必然没落的深刻原因。

第一,安富尊荣、贪图享受者众,运筹谋划、诚心为家庭着想者寡。主人养尊处优,奴仆得过且过,大家都沉溺在醉生梦死的生活里。更有甚者,以王熙凤为代表的主子,滥用职权,损公肥私,只图维护个人权利,不断助长奢华风气,一再激化矛盾。奴仆们全在为自己盘算,跟主子离心离德,到处挑拨是非。尤其严重的是,围绕家政执掌权与宗族继承权,贾府的主子之间钩心斗角,展开了一场在温情掩饰下的殊死搏斗。加上各种其他利益的冲突,府中人等个个都像乌眼鸡一样,恨不得你吃了我,我吃了你。

第二,奢侈浮华,出多入少。在大观园里,一顿平常的螃蟹宴便需花费二十多两银子。乡下来的刘姥姥叹息道:"这一顿的钱,够我们庄稼人过一年了。"(第三十九回)为了迎接元春省亲,贾府大兴土木,建造了"天上人间诸景备"的大观园。其奢华与靡费,连皇妃元春看了也禁不住摇头叹息。贾府的这些排场,是在入不敷出的情况下勉强支撑起来的。百足之虫,死而不僵。贾府只是在苟延残喘而已。

第三,"儿孙一代不如一代",后继无人。贾府祖先靠军功起家,下一代尚可守成,但到了现在的第三代,即贾敬、贾赦、贾政等,已经退化为昏聩无能的一辈。至于第四代贾珍、贾琏、贾环,以及第五代贾蓉、贾蔷、贾芹等,则堕落为一群骄奢淫逸、胡作非为的纨绔子弟。由这些败家子来继承家业,贾府一败涂地乃是必然。小说所揭示的贾府末世景象,具有高度的典型性,它是整个宗法社会末世的缩影。乾嘉间蔡家琬《红楼梦说梦》云:"太史公纪三十世家,曹雪芹只纪一世家;太史公之书高文典册,曹雪芹之书假语村言,不逮古人远矣。然雪芹纪一世家,能包括百千世家,假语村言不啻晨钟暮鼓,虽稗官者流,宁无裨于名教乎?"[①] 近人季新《红楼梦新评》说:"此书是中国之家庭小说。中国之家庭

---

① 二知道人:《红楼梦说梦》,见一粟《红楼梦卷》,第102页。

组织，蟠天际地，绵亘数千年，支配人心，为中国国家组织之标本。国家即是一大家庭，家庭即是一小国家。西国政治家有言，国家者家庭之放影也，家庭者国家之缩影也。此语真正不错。此书描摹中国之家庭，穷形尽相，足与二十四史方驾，而其吐糟粕，涵精华，微言大义，孤怀闳识，则非寻常史家所及。"①贾府没落的根本原因，形象地反映了当时社会的种种痼疾。贾府之外的史家、王家和薛家，都是一派衰败景象，充分暴露了"康乾盛世"的真实面目。正所谓，金玉其外，败絮其中。如此外强中干的"国"与"家"，纵使没有强敌入侵、抄没财产之类的外力打击，迟早也会崩溃。一叶知秋，贾府衰亡的人间惨剧，事实上是一出深刻的社会悲剧。

在人类社会的发展史上，还没有哪个社会形态是完美无瑕的，出现一些问题实属难免。但是，《红楼梦》中的现实世界竟然制造了如此众多的悲剧，只能说明其社会制度是特别不人道、不公正的，其意识形态是格外僵化落后的。一个专制邪恶的帝国助长着人性的阴暗面，利用并强化着个体人格所避免不了的种种缺陷。中国宗法社会发展到明清时代，积弊重重，矛盾丛生，尤以康乾之际为甚，充分显示出此种体制的腐朽与没落。揭示人间的邪恶，暴露制度的残忍，唤醒世人，激励抗争，正直勇敢的有识之士责无旁贷。从这个意义上说，《红楼梦》无疑是警世的黄钟大吕，曹雪芹则是中国思想启蒙的重要先驱。

暴露黑暗固然可敬，追求光明尤为可贵。曹雪芹在抨击邪恶势力的同时，明确提出了新鲜美好的人生理想与社会模式，这是《红楼梦》高于《金瓶梅》《醒世姻缘传》《隔帘花影》《林兰香》《歧路灯》《蜃楼志》等其他世情小说的地方。曹雪芹在小说开卷处就曾申明，《红楼梦》的特点是"大旨谈情"。作为"礼"的对立面，"情"在书中占据着中心地位，是作品的灵魂，集中代表了曹雪芹的理想追求。小说着重表现了贾宝玉和林黛玉的"情痴"心态，也刻意展示了薛宝钗的"无情"气质。据脂砚斋透露，小说结尾原有"警幻情榜"，给贾宝玉的评语为"情不情"，即指其用情的特点是对无情之人及无知之物皆有怜悯爱惜之心。正因如此，甲戌本第一回脂批才说，曹雪芹实际上是"择个绝世情痴作主人"②。

---

① 季新：《红楼梦新评》，见一粟《红楼梦卷》，第302页。
② 陈庆浩：《新编石头记脂砚斋评语辑校》增订本，第8页。

尊重年轻女性，是贾宝玉思想意识的一个重要方面。他认为："女儿是水做的骨肉，男人是泥做的骨肉。我见了女儿，我便清爽；见了男子，便觉浊臭逼人。"（第二回）因此，他用情的主要对象，是纯洁清净的青年女子。这份痴情，在大观园里得到了尽情宣泄的机会。太虚幻境能够短暂地投影并留驻在人间，主要就是"情"维系的结果。贾宝玉"情不情"的意识无视官方价值取向，无视宗法等级制度，无视传统尊卑观念，甚至把这些关系颠倒过来。这是贾宝玉的个性独立意志的基础。因为"重情"，所以"不重礼"，因为喜欢恣情纵意，无拘无束，所以拒绝功名利禄，嘲笑"文死谏、武死战"之类的愚忠行为；因为喜爱天真清纯的女儿，所以厌恶世故势利的男人；因为爱读《西厢记》之类的"杂书"，所以对正经书的代表"四书""五经"倍感头痛；因为体贴关怀弱势的女儿群体，所以才扰乱了上下、男女之间的贵贱尊卑关系。近人陈蜕《列石头记于子部说》云："《石头记》一书，虽为小说，然其含义，乃具有大政治家、大哲学家、大理想家之学说，而合于大同之旨。谓为东方《民约论》，犹未知卢梭能无愧色否也。"①语虽夸诞，但确属灼见真知。贾宝玉所追求的，实际上就是一种平等博爱的人文精神，一种个性张扬的自由生活，一种和平、公正、富足的社会理想，一种有尊严、有道义、有激情、有诗意的生命形式。这种有价值的生存状态，似乎是人类永远可望而不可即的太虚幻境，然而又是人类永远都不甘心放弃的伟大梦想——因为那其中蕴含着一个根本性的神秘答案，即人生的意义。此为《红楼梦》思想的精髓。单凭这一点，它就足以超越时空界限，并且具有灵魂上永恒的感召力。

林黛玉的感情心态同属于痴情一类，但与贾宝玉的"情不情"有所不同。据脂批，她在情榜中的评语是"情情"二字，指用情十分专一，亦即追求完美。对她来说，世间唯有爱情最可宝贵。她的全部自我，完全沉浸在爱河情海之中。她的一切，包括思想感情、脾气秉性、兴趣爱好等，都是从爱情里酝酿生发出来的，深深地铭刻着"情情"的印记。她和贾宝玉的爱情，由浅入深，由朦胧而明朗，逐渐发展起来，主要经历了相识、相知、相恋、定情、持续、幻灭等发展阶段。

---

① 陈蜕：《列石头记于子部说》，见一粟《红楼梦卷》，第269页。

在这个过程中，林黛玉充分表现了"情情"的感情心态，其间不掺杂任何世俗的计较。她的天性是聪颖、敏感、柔弱和诚恳的，贾宝玉的理解、薛宝钗的容忍与紫鹃的忠诚是有力的证明。她的矫情妒意，是爱的排他性的必然反映，是她清纯率真的天性的自然流露。她为情而生，因情而死，真可谓"春蚕到死丝方尽，蜡炬成灰泪始干"。这个"情情"的痴心少女，是美的化身，情的精灵。吴宓《论紫鹃》说："今夫《石头记》一书所写之理想精神，为美与爱情。而此理想与此精神实完全寄托于林黛玉一身。林黛玉者，美与爱情之结晶也。"① 林黛玉的爱情是贾宝玉坚持个性独立意志的最大动力，也是他最终"悬崖撒手"的主要原因。爱给人以无穷的力量，而没有爱的生活，是不值得留恋的。显然，曹雪芹试图通过林黛玉形象告诉读者，爱是生命的原动力，是人生意义的根基与生存价值的源泉之所在。

"任是无情也动人"，这句唐诗是对薛宝钗形象的绝好说明。在对待"情"与"礼"的态度上，薛宝钗与贾宝玉、林黛玉恰恰相反，她是重礼不重情。这与世俗社会的价值取向和道德要求完全吻合，所以在压抑个性的现实环境中，她没有任何窒息不适的感觉，反而如鱼得水。她明白人情世故，善于获得群体的好感，向来都是自觉地按照正统的道德规范来说话行事。她不仅时时处处都在以"礼"约束自己，同时也真诚地这样要求别人。由于她做得太标准了，简直无可挑剔，于是便丧失了李卓吾所珍视的那颗"童心"。她懂得如何明哲保身，如何趋利避害，往往也显得虚伪做作了。薛宝钗最"无情"之处，是对自己"无情"，即对自我的感情漠不关心，或竭力压抑控制。为了顺应环境的要求，为了合乎礼法的规范，她已经把自己磨炼为清心寡欲的淑女，素有成人之美的心，绝无夺人之爱的意。至于嫁给贾宝玉为妻，只是被动地接受家长的安排而已。如此典型的淑女，不是一个具有独立个性的真正活生生的人，虽无意行恶亦无心害人，却有时也难免成为桀纣的帮凶或帮闲。不过，她毕竟是那个社会的宠儿，即便无心插柳，也可柳暗花明，春风得意。薛宝钗最后遭到丈夫贾宝玉的抛弃，事实上也成了宗法社会无辜的牺牲品，殊可悲叹。

---

① 吴宓：《论紫鹃》，《成都周刊》第 1 期，1945 年 3 月 11 日。

《红楼梦》中的其他人物，大多也是寓意深刻、血肉丰满的。这集中体现在那些少妇少女形象上。在一个以男权为中心的社会，女性被套上了"三纲五常""三从四德"等重重枷锁，无权无势。尤其是年轻女性，完全没有人格的独立性，只能任由男人来安排自己的命运，乃是人数众多而势力最为薄弱的一个群体。无论是皇妃、贵妇还是小姐，无论是姨娘还是丫鬟，无论入世还是出家，无论天赋、性情、容貌、才华、志趣如何，她们统统被无情的命运吞噬了。她们的悲剧，既是对苦难人生的由衷慨叹，对极权专制的宗法制度的严正控诉，也是对充满人文关怀的理想世界的美好憧憬与大声呼唤。

就经济条件而言，"康乾盛世"堪称中国历史上最为富足的时代。但生逢盛世的曹雪芹却没有体验到人间喜剧，而是"忧患潜从物外知"。这是因为，愈演愈烈的文字狱令儒林噤若寒蝉，生命力萎靡；科举制度让士人普遍沦为犬儒，思想顽固保守。由此造成整个社会创造力衰竭，危机四伏。《红楼梦》悲剧的根本原因也不是物质的，而是精神的。贾府财力不支是进取心锐减的结果，并非悲剧的主要成因。大观园基本上没有物质匮乏之虞，但其精神内核遭到现实理念的粗暴否定，所以才成为悲剧的中心舞台。精神悲剧还必须在精神上寻找根除之道，以"情"为代表的大观园理想世界，便是曹雪芹惨淡经营的一座美好的精神家园。充分实现这种人文理想，乃是避免各种悲剧的根本出路。

　　弟兄姊妹任西东，水月镜花知色空。

　　盛世屡兴文字狱，绵绵幽恨夕阳红。

二、美丽的艺术

曹雪芹的这部著作不仅思想深刻、意蕴醇厚，而且艺术精湛、技巧娴熟。作品广泛吸收了中国文化的精华，熔通俗文艺和典雅文学于一炉，丰富了文学创作技巧，增强了通俗小说的艺术表现力。它的美学成就甚至超越了小说艺术，具有集中国文史哲之高贵于一身的审美价值。戚蓼生《石头记序》云："夫敷华掞藻，立意遣词，无一落前人窠臼，此固有目共赏，姑不具论。第观其蕴于心而抒于手也，注彼而写此，目送而手挥，似谲而正，似则而淫，如《春秋》之有微词,史家之多曲笔。……其殆稗官野史中之盲左、腐迁乎？"①可称切中肯綮之言。吴宓《〈红楼梦〉本事辨证》云："《石头记》一书乃中国第一部大小说,其艺术功夫实臻完善。"②脂砚斋一再称赞此书是"千古未有之奇文",确实并非夸张。《红楼梦》不愧为中国文学发展史上罕见的艺术精品。

在《红楼梦》之前,长篇说部已有四百来年的历史,产生了明代"四大奇书"等经典作品。但是,曹雪芹生活的时代,还有大量庸俗的艳情小说和才子佳人小说泛滥着。在此种情况下,继承优良传统并扭转创作颓风的历史任务,就落在了吴敬梓、曹雪芹等少数优秀作家的肩上。曹雪芹反对"淫秽污臭"的"风月笔墨",蔑视"千部共出一套"的程式化文风,坚定地踏上了描摹世情的写实之路。这条路是兰陵笑笑生的《金瓶梅》所开辟的,是西周生的《醒世姻缘传》、随缘下士的《林兰香》、李绿园的《歧路灯》等世情小说所坚持的。事实证明,曹雪芹选择这条艺术之路相当明智。他在形式上追求"新奇别致",在内容上则贴近"事体情理",并力求将两方面结合在一起。于是乎,一部反映人间"离合悲欢、兴衰际遇"的新世情小说便诞生了。《红楼梦》加入世情小说流派,也可以说是曹雪芹必然的艺术抉择。他的创作灵感,来源于自己家族的盛衰荣枯;他的创作激情,来源于自己的生活经历;他的创作意图,来源于对社会人生的深入思考。此种素材的情节结构指向,恰好是世情小说的核心内容。不过,曹雪芹在继承传统题材的同时,也有所创新,有所突破。在两性关系上,以往的世情小说侧重表现男女之间的情欲和冲突,而忽视真情实感的沟通和思想情趣的交流。《红楼梦》则把爱情悲剧当作情节主线,重视反映两性之间精神的对话、感情的联系与心灵的契合。在灵与肉的交战中,让"意淫"占得绝对的胜利,"皮肤滥淫"则成为嘲讽与遣责的对象。在爱情的较量中,热烈赞颂志同道合之爱,令一切世俗的计较皆黯然失色。薛宝钗在门第、财富、性情、才貌等方面均略胜林黛玉一筹,至少旗鼓相当,唯有志趣与林黛玉明显相左。贾宝玉所看重的不是别的,恰恰正是知音之感、同道之情。嘉道间涂瀛《红楼梦论赞》云："宝玉之情,人情也,为天地古今男女共有之情,为天地古今男女所不能尽之情。天地古今男女

---

① 戚蓼生:《石头记序》,见一粟《红楼梦卷》,第27页。
② 吴宓:《〈红楼梦〉本事辨证》,《大公报》1928年1月9日"文学"副刊。

所不能尽之情,而适宝玉为林黛玉心中目中、意中念中、谈笑中、哭泣中、幽思梦魂中、生生死死中悱恻缠绵固结莫解之情,此为天地古今男女之至情。惟圣人为能尽性,惟宝玉为能尽情。负情者多矣,微宝玉其谁与归!"①同光间洪秋蕃《红楼梦抉隐》云:"《红楼》妙处,又莫如言情之挚。款款深深,世无其匹,是真能得个中三昧者。言情之书,汗牛充栋,要不能不推《红楼》独步。"②此种设计,非仅是思想上的创新,也是对世情小说传统题材的突破与发展。《红楼梦》继承了《金瓶梅》市井文字的淋漓酣畅,又撷取了《西厢记》花娇月媚文字的诗情画意,丰富并提高了这类说部的艺术表现力,从而步入了一种崭新的文学境界。

毋庸讳言,书中的爱情故事容易给人一种误解,以为宝黛爱情不过是才子佳人的翻版而已。其实,《好逑传》《玉娇梨》《平山冷燕》等"佳话"所宣扬的是世俗的名利观念,故事情节程式化——私订终身后花园,多情公子中状元,奉旨完婚大团圆;人物形象脸谱化——郎才女貌,门第显贵,恪守礼教,热衷功名;文字风格平板虚假,貌似典雅而味同嚼蜡,"且鬟婢开口即者也之乎,非文即理"(甲戌本第一回),不近人情。凡此种种,皆跟《红楼梦》大异其趣。在篇幅和容量上,两者也不可同日而语。曹雪芹在小说开篇就严肃批评了才子佳人小说,指出那是一种庸俗、低劣和做作的文风,应当坚决摈弃。所以说,《红楼梦》绝非才子佳人小说的余响,而是继《金瓶梅》之后又一部世情小说杰作。回首《金瓶梅》,可以毫不夸张地说,《红楼梦》青出于蓝而胜于蓝。这部优秀的"世情书"实现了思想与艺术的完美统一,登上了中国古代小说的艺术顶峰。

乾隆朝永忠《因墨香得观〈红楼梦〉小说吊雪芹》云:"都来眼底复心头,辛苦才人用意搜。"③也就是讲,《红楼梦》的形成首先是作者辛辛苦苦用意搜求的结果。这是深知拟书底里之言。曹雪芹的家族痛史,以及他自己由繁华而落入萧索的坎坷经历,无疑是小说素材的主要来源。除此之外,苏州李家、杭州孙家、京师平府等大家族,也都或多或少地进入了小说。然而,在文字狱所造成的恐怖

---

① 涂瀛:《红楼梦论赞》,见一粟《红楼梦卷》,第127页。
② 洪秋蕃:《红楼梦抉隐》,见一粟《红楼梦卷》,第238页。
③ 永忠:《因墨香得观〈红楼梦〉小说吊雪芹》,见一粟《红楼梦卷》,第10页。

高压之下，作者无法秉笔直书，无法畅所欲言，只能以隐晦曲折的文笔表达胸中积怨。由此，"真事隐去、假语存焉"，便成了《红楼梦》基本的叙事格调。尽管脂砚斋再三指明某些情节"嫡真实事"或"非妄拟也"，但读者所见无非荒唐之言。用真实的素材进行艺术虚构，用虚构的故事曲达真实的思想感情，这是《红楼梦》格外醒目的一个艺术特征。乾隆朝梦觉主人《红楼梦序》云："今夫《红楼梦》之书，立意以贾氏为主，甄姓为宾，明矣真少而假多也。假多即幻，幻即是梦。书之奚究其真假，惟取乎事之近理，词无妄诞。说梦岂无荒诞？乃幻中有情，情中有幻是也。"①小说时空高度抽象，亦明亦清，亦南亦北，因而超越了时空的限制。反过来说，那些纯粹属于虚构的成分也实现了高度的艺术真实，更觉精彩绝伦。比如大观园乃是太虚幻境的人间投影，无论在南京还是北京，都找不到与它完全相同的现实景观，可是在读者眼里，纸上园林真切自然，每一处都好像曾经亲见亲历过一般。蔡家琬《红楼梦说梦》云："盲左、班马之书，实事传神也；雪芹之书，虚事传神也。然其意中，自有实事，罪花业果，欲言难言，不得已而托诸空中楼阁耳。"②一个由绝艳惊才来照明的爱情乌托邦，却生动自然地依托在正常的人间形式上，蕴含着实事、真情和至理，当然能够达到高度的艺术真实。由此可见，所谓"假作真时真亦假，无为有处有还无"（甲戌本第一回），既是一种启人浮想的哲思妙理，也是对于作者文心与作品艺境的恰当说明。

《红楼梦》前五回中有三个神话，即石头、神瑛侍者、太虚幻境，可谓荒唐之尤者，却获得了极佳的艺术效果。石头神话交代本书的来源是混沌初开的洪荒年代；神瑛侍者神话交代情节的来源是九霄云外的缥缈天界，由此构成了全书寓言时空的外延；太虚幻境神话则将现实与梦境交织在一起，奠定了全书叙事模式的基础。这种层叠复沓的神话结构，使小说的寓意既可以由内而外辐射，即由人情世故反映宿命、天理、神示；也可以由外而内聚焦，即形成天道、世道、事理、人性的意义推演系统。因此，《红楼梦》的内在意蕴远远超出了社会现实层面，将艺术触角深入哲学领域和宗教境界。这使全书的意境平添了老庄的通脱

---

① 梦觉主人：《红楼梦序》，见一粟《红楼梦卷》，第28页。
② 二知道人：《红楼梦说梦》，见一粟《红楼梦卷》，第83页。

底色和禅宗的顿悟基调，也增强了历史的张力以及对未来的观照。小说第二回贾雨村开列的历史人物，有大仁大恶者，也有清明灵秀之气所禀者，这使小说主人公置身于历史长河，并面向无尽的未来，作品的厚重感随之油然而生。同时，由于太虚幻境神话的笼罩，小说便自然而然地蒙上了一层神秘的油彩。常言道，梦由心生。梦境乃心理活动的产物，是泄露潜意识隐私的一个秘密渠道，也是观察无意识状态的一个重要窗口。"因空见色，由色生情，传情入色，自色悟空"，一切富贵繁华无非红楼一梦。基于此种认识而创造的艺术世界，让一切人事均沉潜于心底的海洋深处，势必使故事的叙述能够自由生成各种不确定性。于是，小说叙事当中遍布象征、隐喻、谜语、谶言、反讽和双关，到处都有伏线，随时都有暗示，迷离惝恍，妙趣横生。这些神话还派生出了诸多功能型的人物，比如一僧一道、贾雨村、甄士隐、警幻仙姑、秦可卿（兼美）、冷子兴、甄宝玉等，或穿插于天人之际，或混迹在人群之中，或冷眼旁观，或对比并观，均巧妙地服务于整体叙事的需要。这些神话也派生出了一些色彩神秘的道具，像贾宝玉的通灵玉、林黛玉的眼泪、薛宝钗的金锁、史湘云的金麒麟、贾瑞的风月鉴等，物各有灵，比附精微，时见神来之笔，使神话与现实浑然一体，令人赏心悦目。至于贾宝玉的贯串功能、王熙凤的桥梁作用、刘姥姥的亲历观点、薛宝琴的旁观视角等，均可看作上述神话叙事的延伸。这一整套神话体系运转的结果是，全书形成了幽深绵密的艺术境界，让人百思难解、寝食难安而又欲罢不能，于是百读不厌，并聚讼不已。

这些由现实、历史、哲学、宗教、神话、心理、修辞以及叙事策略等因素所构成的宏观背景，是作品具有宏大叙事气魄的有力保证。《红楼梦》称得上是一部优雅壮美的史诗，视野广阔，气势磅礴，能够启发心智，兼以感荡性灵，令人叹为观止。

诚然，仅有宏观的艺术设计尚不足以带来必然的成功，小说毕竟是由字句、段落和章回构成的，微观处理更需功力。嘉庆朝犀脊山樵《红楼梦补序》云："其词甚显，而其旨甚微，诚为天地间最奇最妙之文。"[1] 同治朝刘铨福《脂砚斋重评

---

[1] 犀脊山樵：《红楼梦补序》，见一粟《红楼梦卷》，第50页。

石头记跋》云:"《红楼梦》非但为小说别开生面,直是另一种笔墨。……如《红楼梦》实出四大奇书之外,李贽、金圣叹皆未曾见也。"① 读者的此类赞叹甚多,不胜枚举。脂砚斋常说《红楼梦》"无一笔闲文闲字",言简意赅,可以说是对其微观艺术效果的一个形象说明。

  从结构布局看,《红楼梦》比明代四大奇书都更复杂。它采用的是立体式网状结构,具有多层次、多侧面、多线索、多色调的特点,针线细密,盘根错节,真正达到了"横看成岭侧成峰"的神奇境界。它的情节主线是宝黛钗的爱情婚姻悲剧,副线是贾府衰败的悲剧。副线之中还可以分解出大观园的内与外两条线索,分别与主线交织在一起。此外,书中还有许多条细小的情节线索,像蛛丝一样黏附在主线和副线上面。如此一来,每条线索的各个段落都是彼此勾连的,牵一发而动全身,像生活本身一样在复杂的状态下保持着内在的联系。亦诚如古人所谓的常山之蛇,击其首尾应,击其尾首应,击其中则首尾皆应。书中人物处在纷繁复杂的网络当中,往往同时兼有多重身份。比如王熙凤,她仿佛是一个辐射源,绾系着四面八方,每一举动皆事关全局。小说内容丰赡,层次饱满,情节逐渐展开,有条不紊。由贾宝玉扩展到林黛玉和薛宝钗,再扩展到贾府和大观园;由贾府而联系到其他家族,进而涉及整个社会,层层扩充,次第延伸,笔调从容不迫。上起朝廷,下至市井,全方位地展现了一幅立体的生活画卷。其场景和细节千姿百态,灵活多变,既有出殡、省亲、祭祖、灯节、抄家这样的大场面,气势沛沛,笔补造化;也有葬花、扑蝶、补裘、醉眠、斗草那样的小画幅,巧夺天工,毫无斧凿的痕迹。作品有浓墨,也有淡笔,阴晴变幻,七彩斑斓。大观园里诗情画意,宁国府中乌烟瘴气。林黛玉身边一派似水的柔情,王熙凤周围则是黑色的戾气。作者还借鉴了戏曲的布局方式,有些章回冷热情节交错搬演,生旦角色穿插上场,富有变化之美。多彩的色调使得文章隽永,含义丰富,加之作者运笔含蓄,遂呈现出多义重叠的特点。嘉道间诸联《红楼评梦》云:"书中无一正笔,无一呆笔,无一复笔,无一闲笔,皆在旁面、反面、前面、后面渲染出来。中有点缀,有翦裁,有安放,或后回之事先为提挈,或前回之事闲中补点,笔臻灵妙,使人

---

① 刘铨福:《脂砚斋重评石头记跋》,见一粟《红楼梦卷》,第38页。

莫测。总须领其笔外之神情,言时之景状。"①《红楼梦》往往引起读者无休无止的激烈论争,此为重要原因。

《红楼梦》的艺术成就突出表现在善于刻画人物,而且是成群地塑造出来。小说中有具体称呼的人物就有四百八十多个,其中能够给人以深刻印象的典型形象,至少也有三四十个。作者严格把握写实原则,特别注重形象的真实性,即使是那些备受偏爱的正面形象,也要点出其欠缺。比如写林黛玉的瘦怯,薛宝钗的宿恙,史湘云说话"咬舌",香菱既"呆"且"憨",鸳鸯脸上有点点雀斑等,白璧微瑕更衬托出了她们的女性之美。正所谓,真正美人方有一陋处。至于描绘反面角色,作者同样遵循近情近理的原则。贾雨村"剑眉星眼,直鼻权腮"(第一回),夏金桂"一般是鲜花嫩柳"(第八十回),皆非脸谱化的描写。作者还重视表现人物性格的复杂性及其发展变化。比如写薛宝钗既有乐于助人、宽容大度的一面,也有冷漠无情、固执己见的一面。写秦可卿既有温柔识大体的一面,又有淫荡放纵的一面。其他如尤三姐既纯情又老辣,袭人既和顺又圆滑,王熙凤既能干又贪婪,贾琏既浪荡又善良,薛蟠既蛮横又豪爽,都是矛盾的统一体。

作者也非常注意表现人物个性的鲜明性。书里集中描写的人物主要是年轻女性,她们各方面的情况都相当近似,因此刻画难度较大。作者以精湛的技巧克服了困难,成功地塑造了一个又一个同中见异的艺术典型。为了区别不同人物的个性,作者调动了各种艺术手段。

其一,以环境描写衬托人物个性。书中人物的住所,皆为主人性格的延伸。潇湘馆凄清静谧,衬托着林黛玉的忧郁;蘅芜苑幽凉素净,衬托着薛宝钗的端庄;秋爽斋疏朗雅致,衬托着探春的弘毅;稻香村质朴无华,衬托着李纨的矜持;秦可卿卧室里的陈设皆与香艳故事相关,暗示了她难于为人察觉的风流品性。至于落花缤纷、蝉鸣虫唱、寒塘冷月、白雪红梅之类具体活动环境的精心营造,则烘托着人物当下的心境,物我合一,读来颇有身临其境之感。

其二,以诗词歌赋区分人物个性。书中人物所作的诗词,都是人物个性的自然流露。林黛玉的诗哀婉,薛宝钗的诗庄重,史湘云的诗豪放,贾宝玉的诗沉郁,

---

① 诸联:《红楼评梦》,见一粟《红楼梦卷》,第117页。

贾探春的诗流丽,薛宝琴的诗神秘,妙玉的诗险怪,"各有各稿",绝不雷同。作者代拟诗作,力戒炫才逞技之弊,而量体裁衣,按头制帽,形神兼备,达到了文如其人的效果。

其三,用对比手法区别人物的不同性格。脂批中常用"特犯不犯"一语,所谓"特犯"是指作者有意将不同性格的人物放在同一或相近的事件中加以对比;所谓"不犯"则是指在对比中写出众人各自不同的态度和表现。求同存异,和而不同,历来是中国小说艺术所追求的一种最高境界。《红楼梦》的形象塑造,堪称典范。

其四,用心理描写深入人物内心世界,揭示不同个性的内在依据。心理描写大致可以分为两种:第一种是间接描写,即通过白描言语行动来揭示内心活动。这是中国小说的传统手法,也是最能发挥作者创作优势之处。《红楼梦》的间接心理描写,细腻传神,入木三分,人物的一举一动、一颦一笑,无不有其内在的心理根据。第二种是直接描写,即对人物进行直接的心理剖析,或将内心独白直接呈现在读者面前。如第三十二回贾宝玉声称林姑娘从来不说仕途经济的"混账话",林黛玉潜听后,感慨万端。一般认为,此为西方小说所擅长的手法。在《红楼梦》之前,此种写作技巧在中国小说中尚未完善。到了《红楼梦》,这种手法不仅运用得相当频繁,而且精细复杂,代表着中国古代小说在直接心理描写上最高的艺术成就。小说将两种心理描写手法结合起来,充分揭示了人物的内心活动,获得了极佳的文学效果。因此,西方的百科全书在介绍《红楼梦》时,几乎异口同声地称之为一部"伟大的心理小说"。

其五,用对话区分人物的个性特征。这是《红楼梦》最有效的艺术手法之一,表现了作者高超的语言驾驭能力。书中对话精确地显示了人物的身份、地位、个性、修养以及谈话的环境,历来颇受读者赞誉。勿论是贵族官僚、纨绔子弟、僧道娼优、村妇市民,还是太太、奶奶、小姐、丫鬟,都是各说各话,绝不混淆。同为小姐,林黛玉语言机敏尖俏,薛宝钗语言圆融平稳,史湘云语言爽快坦诚,个性分明。同是少妇,秦可卿语言柔和,李纨语言平正,王熙凤语言泼辣,性情各异。同为丫鬟,晴雯语言尖刻,袭人语言温和,莺儿语言委婉,小红语言机敏,毫无雷同之感。同是爱讽刺挖苦人,林黛玉用语蕴藉,晴雯用语直白,王熙凤用语俏皮,尤氏用语俚俗,尤三姐用语灵巧,风格有别。这样,《红楼梦》中的青年女性如同春兰秋菊一般，各占一时之秀，个个尽态极妍。

曹雪芹是一位语言大师，熟悉上流社会及下层百姓的话语，具有高超的语言修养。他不仅精通诗词文赋等典雅文学，而且熟稔时曲、酒令、灯谜、笑话等通俗文艺；他了解江南的柔媚软语，更熟悉京师的旗汉俗谈。这为他的小说写作创造了优越的条件。《红楼梦》的叙事语言风格平淡自然，韵味无穷，达到了言浅意深的传神境界。借用薛宝钗《咏白海棠》中的诗句来形容，就是"淡极始知花更艳"。正因为平淡到了极点，反而显现出了娇艳动人的风采与耐人回味的魅力。许多场面，尤其是景物描写，乃是从诗词意境化出的，但觉满纸云霞，口角生香。作者注重词汇的推敲和锤炼，名词新雅丰富，动词准确生动，副词及形容词逼真活泼，极富表现力。他还创造了"禄蠹""剩忘八"之类奇妙的新词语，尝试了语言表达的各种可能性，真实记录了康乾之际汉语的使用状态，从而有力地推动了白话语体的向前发展，为中华民族共同语的进步做出了突出贡献。小说中还有许多俗语。这种来自大众口头的语言，亲切感人，比兴生动，具有丰富的表现力，能够凸显人物个性。比如第六十五回写尤三姐笑骂贾珍、贾琏时，使用了一连串歇后语，把尤三姐伶牙俐齿的特点、泼辣大胆的性格及咄咄逼人的神态，都淋漓尽致地表现了出来。

另外，曹雪芹也善于化用文言和方言，作品具有简洁明快、变化多端的特点。白话之有《红楼梦》，如同文言之有左迁、李杜、韩柳、欧苏及《聊斋志异》，无疑是中国语言的永恒骄傲。

秋菊春兰各不同，巫山巫峡见双峰。

阿谁泪尽焚诗稿？烟寺潇湘听晚钟。

结 束 语

从总体风格上看，《红楼梦》沉博绝丽，缱绻婉曲，情韵澹远，好似江河入海一般，其表波平浪静，其内涛涌流急；也可以说温柔敦厚，怨而不怒，哀而不伤，感情节制得恰到好处。这是中国古典文学艺术的一种典型气派，需要读者发挥阅读的主动性，耐心咀嚼，慢慢品味，仔细体悟。它可以常读常新，言人人殊，我们在每一个人生阶段都能够从中获得不同以往的阅读体会。

《红楼梦》是无价的稀世珍宝,却又如此普通,就放在每个人都触手可及的地方。你若想要拥有它,只需静静地翻开书页,让灵魂走进梦乡——此开卷第一回也……

踱入红楼第一门,两群蝴蝶伴飞魂。

清宵好梦初醒后,莫赴花前拭血痕。

作者简介:沈治钧,北京语言大学汉语学院教授、中国红楼梦学会顾问、《红楼梦学刊》编委。曾任中国红楼梦学会副会长,美国俄亥俄州立大学访问学者。著有《中国古代小说简史》《红楼梦成书研究》《红楼七宗案》《新批校注红楼梦》(与张俊合作)等作品。

《红楼梦》的蓝图
——前五回的叙事特征

郑铁生

《红楼梦》前五回的故事，无论如何左右摇曳，叙事的聚焦都离不开《红楼梦》故事的重心——贾府。因而，贾府就成为《红楼梦》前五回故事的一条中轴线，无论是神话梦幻故事，还是现实的描写，都是沿着这条中轴线，导引着读者由浅入深，由远及近，走进贾府。读者不仅看到了繁文缛节的礼仪、钟鸣鼎食的生活、炙手可热的权势，更多的是体悟到了人生的感受、人性的内涵、生命的意义。

一、三个过场人物组接着大跨度的叙事时空

（一）一脚踩着人间、一脚踏着仙界的小人物——甄士隐，拉开了《红楼梦》的序幕

《红楼梦》开篇写的第一个现实社会的人物，就是甄士隐。这个人物不是以贾府为中心的《红楼梦》悲剧故事中的人物，曹雪芹为什么先写到他呢？

甄士隐在《红楼梦》开篇重要的叙事功能是导引出两个人物。一个是甄士隐的女儿英莲。她的丢失、被卖，引发了薛蟠打死冯渊、抢走英莲的人命案，这是《红楼梦》第四回的内容。英莲进了薛家以后改名为香菱，即《金陵十二钗》副册中所说的"有命无运"的悲剧女子。她是贯穿《红楼梦》故事的一条若即若离的线索。再一个是甄士隐济助的贾雨村，成为《红楼梦》叙事功能的另外一个人物。

1. 一头牵着仙界

《红楼梦》开卷叙说了一个石头的故事。甄士隐在梦中走进太虚幻境，偶遇一僧一道，听他们说什么石头要"下凡"，这引起甄士隐的好奇，将石头接过来看时，便听那僧说道"已到幻境"。甄士隐还想跟着过去，"忽听一声霹雳，有若山崩地陷。士隐大叫一声，定睛一看，只见烈日炎炎，芭蕉冉冉，所梦之事便忘了大半"。惊吓中方醒，原来是一场梦。在这场梦中，甄士隐完成了《红楼梦》前五回描写的神界空间与世俗空间的对接。

甄士隐在仙界交往的这一僧一道，叙说了两个神话故事。

一是石头的故事，介绍了顽石的来历，隐喻并导引出宝玉下凡历世。女娲炼石补天于大荒山，炼成顽石三万六千五百零一块，单单剩下一块未用，被弃在青埂峰下。而此石自经锻炼，灵性已通，因见众石俱得补天，独自己无材，不堪入选，遂自怨自叹，日夜悲号惭愧。一日忽见一僧一道来到峰下，坐于石边高谈阔论。先说了些神仙玄幻之事，后便说到红尘中的荣华富贵。顽石听了被打动凡心，便要求这一僧一道带他"到人间去享一享这荣华富贵"。经过苦求再三，那僧便念咒书符，大展幻术，将那大石变成一块扇坠形美玉，携入红尘，让他"到那昌明隆盛之邦，诗礼簪缨之族，花柳繁华地，温柔富贵乡去安身乐业"。

另一是赤瑕宫神瑛侍者与西方灵河岸三生石畔绛珠仙草的故事。贾宝玉的前身是神瑛侍者，林黛玉的前身是绛珠仙草修炼成的女体，因神瑛侍者曾以雨露浇过绛珠仙草，使其得以成人。绛珠仙草决心用一世的泪偿还神瑛侍者的浇灌之恩。这便是宝玉与黛玉前世的宿缘，即"木石前盟"。

甄士隐所交往的仙界这一僧一道，不仅带宝玉下凡，还给了宝钗一个金锁。第八回宝玉去探望病中的宝钗。宝钗看了挂在宝玉项上的"通灵宝玉"，丫头莺儿说"通灵宝玉"上八个字"倒像和姑娘的项圈上的两句话是一对儿"。宝玉听了，也念了两遍，道："姐姐这八个字倒真与我的是一对。"在不经意的叙事中含蓄点破了"金玉良缘"。

《红楼梦》开篇两个神话故事的蕴意，象征的是一种封建社会无形的潜意识——生死有命，富贵在天，它时刻笼罩着《红楼梦》故事中的人物。"金玉良缘"代表了封建社会由长期的历史文化积淀而形成的婚姻观念和传统，概括来说，就是门当户对的潜意识、潜规则，构成"父母之命、媒妁之言"的基础。

"木石前盟"和"金玉良缘"隐喻了爱情与婚姻两种文化观念的对抗，如影随形地贯穿在宝、黛、钗的爱情和婚姻的纠葛之中，形成了《红楼梦》爱情悲剧的主旋律。

2．一脚踏着人间

甄士隐是封建社会的一个望族地主，可他接连遭大故，竟然跌落到破产，连他的岳父在他困顿危难之时都坑了他一把。世态炎凉，人情如纸，致使他后来从精神上悟到了人生如梦，便随跛足道人"飘飘而去"——出家了。

甄士隐的性格、身世和个人经历，假如孤立地看，不过是一个伤感的故事，似乎与《红楼梦》的故事不甚相关。但细细地体味，由他贯穿起的叙事时空之间的转换，把我们的视野引入所蕴含的社会内容时，就不仅仅是单纯地发挥他——一个过场人物在叙事结构中的功能作用，而是在凝缩他人生的生命体验的过程里，显现了对广阔社会生活的概括，展述了对历史背景的雪藏，还原了一种原生的社会形态。

甄士隐"可巧这日，拄了拐杖挣挫到街前散散心时，忽见那边来了一个跛足道人，疯癫落脱，麻屣鹑衣，口内念着几句言词，道是：

世人都晓神仙好，惟有功名忘不了！
古今将相在何方？荒冢一堆草没了。
世人都晓神仙好，只有金银忘不了！
终朝只恨聚无多，及到多时眼闭了。
世人都晓神仙好，只有娇妻忘不了！
君生日日说恩情，君死又随人去了。
世人都晓神仙好，只有儿孙忘不了！
痴心父母古来多，孝顺儿孙谁见了？"

《好了歌》所提到的功名、金银、娇妻、儿孙这四项是世俗社会人生普遍的追求。所以《好了歌》不是某一个人的人生体验，它跨越了时空，笼括了过去、现在和未来，做出的总的概括，是对现实的警示、人生的点悟。

（1）生命体验的高度概括

人生最基本、最重要之需，就是孟子所说的："食色，性也。""饮食男女人之大欲存矣。"世上芸芸众生，为了维持温饱，养儿育女，日出而作，日落而息，终年劳碌。因而，世人都羡慕神仙的自由逍遥，衣食无忧，生存超凡。所谓"世人都晓神仙好"的"好"，是世俗之人所理解和接受的"好"。至于跛足道人所说的"了"，是与尘世"功名""金银""娇妻""儿孙"无缘的。"了"是指对世俗情欲和情缘的了断，是精神的超越，是个体生命超凡的自由。显然，这在世俗社会很难实现。"未了"则是普遍的社会现象。有人虽然拥有豪宅、田园、金银、珠宝、权位、名誉、娇妻、美妾、子孙等，但他们还想拥有更多更好。传统的中国社会几乎都是围着这个轴心运转的，这是一个没有穷尽的追求。读书人寒窗数十年，有几个不是为了功名？一旦功名加身，又有几个不忙着在官场追名逐利？功名、金银、娇妻，都与家庭紧紧联系在一起。传统社会人生最大的事情是成家立业，最大的欢乐是阖家团圆，最要紧的事是养儿育女。这样才能传宗接代，血脉延伸。说到底，争功名、聚金银都是为儿孙，活着时候有人养老；死了以后有人祭祀。因此，家庭是《好了歌》的核心。

（2）"金银"是"忘不了"的基础

"金银"是一切"忘不了"的基础，是衡量一个家族或者一个人社会地位的坐标。《护官符》说到贾、史、王、薛四大家族的权势，巧妙地用"白玉""珍珠"同"金"并列，来显示他们的豪奢巨富。正是有了这样雄厚的"金银"家底，才使他们成为赫赫扬扬的百年望族；相反，也正是由于金钱挥霍，入不敷出，才使这些不可一世的家族败落下来。社会行为最深层的根源也在于"金银"，四大家族"联络有亲，荣损与共"，归根结底都是"金银"在起作用。

（3）"好便是了，了便是好"的辩证玄机

跛足道人念完了《好了歌》，甄士隐听了说道："且住！待我将你这《好了歌》解注出来何如？"道人笑道："你解，你解。"甄士隐乃说道：

陋室空堂（衰），当年笏满床（兴）；

衰草枯杨（衰），曾为歌舞场（兴）。

蛛丝儿结满雕梁（枯），绿纱今又糊在蓬窗上（荣）。

说什么脂正浓、粉正香（荣），如何两鬓又成霜（枯）？

昨日黄土陇头送白骨（枯），今宵红灯帐底卧鸳鸯（荣）。

金满箱，银满箱（兴），展眼乞丐人皆谤（衰）。

正叹他人命不长，那知自己归来丧！

训有方，保不定日后作强梁。

择膏粱，谁承望流落在烟花巷！

因嫌纱帽小，致使锁枷扛；

昨怜破袄寒，今嫌紫蟒长：

乱烘烘你方唱罢我登场，反认他乡是故乡。

甚荒唐，到头来都是为他人作嫁衣裳！

好与坏是有形的现象，不管兴和荣是好的，还是衰和枯是坏的，都是发展过程中的某一形态相对而言，而且不断地转化，其分界便是"了"。"好"的过程结束即"了"。从这个意义上说，"好便是了"。倘若事情继续发展，"若不了，便不好"。意味着好向坏、兴向衰、荣向枯的转化。当然这种转化是有条件的。甄士隐领悟了，为《好了歌》作"注"，以兴衰荣枯的社会现象，向人们形象地解释了好与坏的转化。

"因嫌纱帽小，致使锁枷扛。"只这一句就把"若不了，便不好"的转化因果揭示得入木三分。封建上流社会的人们为升官费尽心机，要么踩着别人往上爬；要么结党拉派，互相帮衬；要么说尽好话假话，巴结上司。一旦爬上高位，还要为保住这个位子去争斗，要为当更大的官去斗争，一生没有消停的时候。所谓"乱烘烘你方唱罢我登场"。其实，甄士隐资助的贾雨村就是"因嫌纱帽小，致使锁枷扛"的典型。

3.《好了歌》及"注"是贾府衰败史的"文眼"

甄士隐这样一个悲剧人物放在《红楼梦》的开篇，大有象征意义。正如脂砚斋在甲戌本侧批所言：

不出荣国大族，先写乡宦小家。从小至大，是此书章法。

曹雪芹常常借一个意象寄托更深厚的社会内容。甄（真）家的悲剧象征了贾（假）府的衰败。甄士隐在开篇出家，贾宝玉在篇末出家，真亦假，假亦真。

甄士隐逍遥自在，不求功名，乐于助人，这样一个善良的人物被毁灭，比一个反抗者被毁灭更具有典型意义，更能深刻地反映封建末世农村经济凋敝、衰败的社会现实。甄士隐代表了早凋的黄叶。一片黄叶摇落、飘零，不会引起人们的察觉，但它所蕴含的自然规律，已潜在地预示，当树树秋声、山山寒色的时候，"觉人间，万事到秋来，都摇落"，处在封建末世的贾府必然笼罩在衰落的悲凉之气中。

一头牵着仙界、一脚踏着人间的甄士隐人生经验最后的升华，体现在为《好了歌》作"注"上，不仅对其自身，而且是对历朝历代人们的思想和行为进行了过滤，最后积淀成一首"人生之歌"。这可以视作贾府衰败史的"文眼"。

"到头来，都是为他人作嫁衣裳！""只有儿孙忘不了。"这简单的话语是对传统家族血源谱系的形象概括，是中国宗法社会历史积淀的聚焦。曹雪芹以他那传神的文笔，描写了"孝顺儿孙谁见了"。贾府从第三代开始堕落，贾赦老而好色，贪婪无比；第四代贾珍、贾琏、贾瑞等都是荒淫无耻之徒；到了第五代的"草"字辈，比他们的父辈更甚，充满了兽欲和荒唐。

从枝枝叶叶伸展开来，写了老树千枝的贾氏家族的繁衍、糜烂和溃败；从一呼一吸穿透出去，写了一源万脉的家族派系的残暴、贪婪和争斗；从一生一死铺展过去，写了这个以血族关系为基础的社会结构里，新的人、新的背景、新的成分的出现、抗争，以及与旧的礼教、宗法、权势的不相容。

在《红楼梦》叙事结构中，这种描写无处不在，像日出日落、寒来暑往，在自然有序的岁月流逝中，显现了贾府的衰败，"无可奈何花落去"，"一江春水向东流"。

（二）冷子兴为何对贾府百年底里"门儿清"

在《红楼梦》前五回，曹雪芹先写了三个"过场人物"：甄士隐、冷子兴、贾雨村。第二回回目赫然写道"冷子兴演说荣国府"。冷子兴何许人也？他为何对贾府百年的底里如此"门儿清"？

1. 冷子兴何许人也

冷子兴在全书中除第二回直接"演说"外，仅在第三回、第七回从侧面有简单的笔墨。曹雪芹虽然对他刻画不多，但在读者的脑海中已经活现一个精明世故、人情练达的形象。冷子兴在《红楼梦》中是这样出场的：

> （贾雨村）意欲到那村肆中沽饮三杯，以助野趣，于是款步行来。将入肆门，只见座上吃酒之客有一人起身大笑，接了出来，口内说："奇遇，奇遇。"雨村忙看时，此人是都中在古董行中贸易的号冷子兴者，旧日在都相识。雨村最赞这冷子兴是个有作为大本领的人，这子兴又借雨村斯文之名，故二人说话投机，最相契合。

可见冷子兴与贾雨村脾味相投，都是场面上的人。冷子兴与贾雨村说起贾府为何那么"门儿清"？这个答案在《红楼梦》第七回做了披露。

第七回，冷子兴的妻子——周瑞的女儿出场，托母亲求情："实对你老人家说，你女婿前儿因多吃了两杯酒，和人分争，不知怎的被人放了一把邪火，说他来历不明，告到衙门里，要递解还乡。所以我来和你老人家商议商议，这个情分，求那一个可了事呢？"话说得含混不清，既要遮掩冷子兴屈理，又要借势压人。周瑞家的听了道："这有什么大不了的事！你且家去等我。"那周瑞家的只不过是贾府的一个仆人，她怎么这么胸有成竹，连惊动官府的事也不放在眼里？

周瑞家的是王夫人的陪房。所谓"陪房"，就是王夫人当年出嫁时，随嫁而来的婢女。后来成为周瑞的老婆，俗称周瑞家的，在王夫人手下管事。她的丈夫周瑞在贾府管春秋两季收地租的事务，闲时带小爷们出门，也是一个有头有脸的仆人。他们都依仗王家的权势，主子有地位，奴仆也靠着主子的地位"显摆""弄权"。因为他们懂得传统社会是人治型的统治，人情、面子、关系不但是最基本的手段，而且是其内在的本质。关键是如何把握人情、面子、关系这一传统社会心理和社会行为模式的运作。冷子兴世故老到，见解敏锐，靠着其岳母与王夫人这层关系，对贾府的底里"门儿清"。

2. 冷子兴叙说了一张贾府谱系表

《红楼梦》这部巨著，人物出现了400多个，浓彩重笔刻画的也有几十人，而且形成了几个系列。前五回着意介绍的是两个人物系列，其中就有冷子兴介绍的贾府谱系的基本成员，使读者一开始便对小说人物的框架有一个粗略的了解。

（1）贾府五代男性主人公谱系

贾府坐落在京城的一条大街上，两座庞大的府第临街而立，正门上面有一块横匾，几个大字"敕造宁国府"，就是皇上下旨给王公贵族建造的府第。你说这贾府是何等的荣耀！何等的气势！何等的豪横！贾府分别住着兄弟两个支脉，老大宁国府、老二荣国府，在风雨吹打下已历百年。《红楼梦》的故事就发生在这里。

第一代宁国公贾演、荣国公贾源（名字都是三点水旁），是创业的一代。这一代人当年是靠着起兵勤王，九死一生，功勋卓著，被皇上封为宁国公、荣国公。"公"是清代非宗室最高的封爵世职，并且可以世代相袭。

第二代宁国府贾代化、荣国府贾代善（名字都是单人旁），是守业的一代。贾代化继承宁国公。他死后，儿子贾敬袭了官。贾代善继承荣国公，娶了金陵世勋史侯家的小姐为妻，生了两个儿子：长子贾赦，次子贾政。贾代善早已去世，太夫人尚在，也就是贾母，是贾府地位最高的长者。第二代人虽然平庸无奇，但毕竟把家业顺顺当当传了下来。

第三代宁国府贾敬，荣国府贾赦、贾政（名字都是反文旁）是分化的一代。宁国府的贾敬袭了官，却一味好道，烧丹炼汞，别的都不在心上。荣国府长子贾赦袭着官，好色贪财，连贾母都对他看不上眼；次子贾政，已升了员外郎，实则是一个道貌岸然的庸吏。

第四代是纨绔子弟（名字都是玉字旁）。宁国府贾敬一心想做神仙，把官给贾珍袭了……"这珍爷那里肯读书，只一味高乐不了，把宁国府竟翻了过来，也没有人敢来管他。"荣国府的贾琏、贾环也都是声色犬马之徒。宝玉是一个另类，放在后面，单独再讲。

第五代是荒淫无耻的一代（名字都是草字头），诸如贾蓉、贾蔷之流。这一代有钱，有闲，有相貌，吃喝嫖赌，无所不为，是没落的一代。

贾府五代人中的第一代、第二代男性在《红楼梦》中都没有出现，只是由冷子兴简单介绍，让人们知道这是百年望族，已历五世。

（2）贾府的格局：宁府为副，荣府为主

宁国府是老大，祭祀贾府祖先的祠堂也设在宁国府。宁国府的家长就成了贾府一族的族长。而担任族长的贾珍是第四代，他比贾母小两辈，比贾母的两个儿子贾赦、贾政小一辈，还不到40岁，当然管不了荣国府的事。两府是各吃各的饭，各吹各的调。如果说《红楼梦》是一部封建贵族世家衰败的历史画卷，那么在这张画稿上，宁国府是荣国府的一个小样。可以说"造衅开端实在宁""家事消亡首罪宁"。贾珍正是宁国府的败家子。

（3）荣国府的格局：长房失宠，二房得势

荣国府这两支房族分成了两派，一是贾赦、邢夫人为首的，由于赵姨娘嫉恨王夫人，所以时时处处站在贾赦这一方。二是以贾政、王夫人为首的。贾母明显偏爱贾政一房，让二儿子贾政理事。由于贾政不大理家务，全靠王夫人；而王夫人身子骨又不太硬朗，料理这一大家子的事情，心有余而力不足，就需要一个贴己的助手，不用说，只有自己的内侄女凤姐最合适。在贾母的支持下，王夫人和凤姐姑侄俩就掌握了荣国府的家政大权。贾琏、凤姐虽说是长房贾赦的儿子儿媳，但都靠在贾政、王夫人这边。长房贾赦、邢夫人失宠，除了邢夫人出身低微、娘家没有势力外，更有贾赦一味贪财好色，邢夫人懦愚贪苛，这是贾母厌恶贾赦夫妇的原因。

3．贾府的势——百足之虫，死而不僵

荣国府是一个"赫赫扬扬，已将百载"的豪门之族，尽管贾府的家祠悬挂着先皇御笔的对联"勋业有光昭日月，功名无间及儿孙"，但靠皇恩祖德维系的命运，正"落花流水春去也"。贾府百年是"君子之泽，五世而斩"的衰败史的再现。有的读者认为《红楼梦》写的是盛衰史，将秦可卿出丧的奢靡和铺张、贾元春省亲的豪华和盛大、荣国府的钟鸣鼎食、大观园的春花秋月都视为贾府的盛事；其实，这不过是贾府"内囊"掏空，衰败的本质被掩饰在"烈火烹油，鲜花着锦"的形态中罢了。

冷子兴演说"如今的这宁荣两门，也都萧疏了，不比先时的光景"，贾雨村听了却大为不解，说：

> "那日进了石头城，从他老宅门前经过。街东是宁国府，街西是荣国府，二宅相连，竟将大半条街占了。大门前虽冷落无人，隔着围墙一望，里面厅殿楼阁，也还都峥嵘轩峻；就是后一带花园子里面树木山石，也还都有蓊蔚洇润之气，那里像个衰败之家？"

冷子兴听了笑道：

> "亏你是进士出身，原来不通！古人有云：'百足之虫，死而不僵。'如今虽说不及先年那样兴盛，较之平常仕宦之家，到底气象不同。……如今外面的架子虽未甚倒，内囊却也尽上来了。"

他俩谈论的这个问题，抓住了贾府衰败这一关键。

《红楼梦》"元妃省亲"发生在宝玉 13 岁那年的正月十五，到宝玉 17 岁那年的冬天"贾府被抄"，仅仅过了不到 5 年。被抄家后，当贾政问起贾府现有的经济情况时，才知：

> ……所入不敷所出，又加连年宫里花用，账上有在外浮借的也不少。再查东省地租，近年所交不及祖上一半，如今用度比祖上更加十倍。贾政不看则已，看了急得跺脚道："这了不得！我打量虽是琏儿管事，在家自有把持，岂知好几年头里已就寅年用了卯年的，还是这样装好看，竟把世职俸禄当作不打紧的事情，为什么不败呢！我如今要就省俭起来，已是迟了。"

贾政所说的"岂知好几年头里已就寅年用了卯年的"，"好几年"虽是一个虚数，逆时而推，在此之前，冷子兴就描绘了贾府的状况："如今外面的架子虽未甚倒，内囊却也尽上来了。"或许当年贾府的主子们还沉浸在"安富尊荣"、豪奢淫糜之中时，那些管家比主子还更清楚贾府的"内囊尽上"，只不过下人对上报喜不报忧罢了。因而，当事实败露，主子们才大为震惊。贾母听了，急得眼泪直淌，说道：

> "怎么着，咱们家到了这样田地了么！我虽没有经过，我想起我家向日比这里还强十倍，也是摆了几年虚架子，没有出这样事已经塌下来了，不消一二年就完了。据你说起来，咱们竟一两年就不能支了。"

"虚架子"说得多么形象！一个百年望族，有着盘根错节的社会关系，即使是"虚架子"，也要支撑一阵子。从"元妃省亲"到"贾府被抄"的 5 年时间里，贾府依旧花天酒地，"百足之虫，至死不僵，扶之者众也"就是这个道理。《红楼梦》深刻之处就在于，它以"百足之虫，死而不僵"的形式，写出"君子之泽，五世而斩"的本质。这就为《红楼梦》的内容定下了一个基调：末世。

"末世"二字，在小说中曾数次出现。凤姐判词"凡鸟偏从末世来"，探春判词"生于末世运偏消",都点明了"末世"二字。这是对贾府的最鲜明的时代特点的概括。理解这一点很重要,《红楼梦》是写贾府的衰败史,不是写兴衰史,否则我们就不能正确地理解第六回以后,全书的叙事结构的运转、展开和整合所产生的内蕴。

大家都知道脂砚斋,他与作者曹雪芹的关系极为密切,在《红楼梦》创作和修改的过程中,他的批注自然能透露出一些曹雪芹的创作意图和创作过程的信息。比如他在小说中的批注一而再、再而三地提醒读者:贾府已是处于"末世"的封建大家族。如第一回首次写到贾雨村,甲戌本就有一条侧批指出:

> 又写一本末世男子。

再如第二回冷子兴演说荣国府讲到"如今这荣宁两府也都萧疏了,不比先时的光景"时,甲戌本又接连有侧批指出:

> 记清此句,可知书中之荣府已是末世了。
>
> 作者之意,原只写末世。
>
> 此已是贾府之末世了。

这里,脂评连着三次点明"末世"二字,不仅要读者"记清","书中之荣府已是末世",而且进一步告知:"作者之意,原只写末世。"

还有第二回冷子兴讲到宁府"只剩了次子贾敬袭了官,如今一味好道,只爱烧丹炼汞",甲戌本又有侧批曰:

> 亦是大族末世常有之事。

再如第十七回,元春省亲,讲到"家中旧曾学过歌唱的众女人们——如今皆皤然老妪",庚辰本、戚本都有双行夹批曰:

> 又补出当日宁、荣在世之事,所谓此是末世之时也。

脂评一而再、再而三地点明"末世"二字,当然不会是泛泛之语,而是来源于对曹雪芹创作意图的深切了解。曹雪芹写《红楼梦》所要反映的就是处于"末世"的封建贵族阶级无可挽回的崩溃和灭亡。

4. 冷子兴是"旁观"贾府衰败的"冷眼人"

冷子兴便是"旁观"贾府兴衰的"冷眼人",他在《红楼梦》主故事中究竟有什么作用呢?

（1）以简驭繁

《红楼梦》主故事重心是百年的贾府，写了五代人复杂的姻亲关系，写了二三十个主子与几百个奴仆错综的上下关系，写了贾府与上至皇宫、下至优伶层层的社会关系，人事纷杂，头绪烦冗。此外，还有群体人物在具体生活环境和特定的社会环境里，思想情感的变化、性格的咬合，以及潜移默化的种种形态。曹雪芹首先要做的是在这部大书的开始，给读者一个总的介绍。那么，如何选择一个视角，让读者能够鸟瞰贾府的全貌？这个使命落到冷子兴的身上，是曹雪芹的精心安排。正如脂砚斋在甲戌本第二回回前批语中所说：

> 其演说荣府一篇者，盖因族大人多，若从作者笔下一一叙出，尽一二回不能得明，则成何文字？故借用冷子一人，略出其大半，使阅者心中已有一荣府隐隐在心。然后用黛玉、宝钗等两三次皴染，则耀然于心中、眼中矣。此即画家三染法也。

（2）以小见大

冷子兴确实是有本事的人，能透过对贾府的底里认识，谈出对贾府衰败走势的个人看法。这就不是那种单纯靠"关系"作为谈资，传播"内部消息"的市侩。孟子说："君子之泽，五世而斩。"俗语说："穷不过三辈，富不过五代。"意思都是一样，伴随社会的发展，权力和财富都在不断地再分配，谁也阻挡不了。这种现象在封建时代屡见不鲜，贾府只是其中一个典型罢了。清朝二知道人在《红楼梦说梦》中感慨：

> 太史公纪三十世家，曹雪芹只纪一世家。太史公之书高文典册，曹雪芹之书假语村言，不逮古人远矣。然雪芹纪一世家，能包括百千世家。

（3）一语中的

整部《红楼梦》所描写的贾府内主子之间的嫡庶之争、婆媳之争、房族之争，主子与奴仆之间层层叠叠、上下尊卑的错综关系，统治者正统的思维方式和生活方式与反叛的年轻一代的冲撞与反抗，都裹挟在大大小小的生活事件之中，表现在吃吃喝喝、生老病死、婚丧嫁娶、生儿育女之中，形成了涓涓的生活细流，汇成了"山雨欲来风满楼"之势。而贾府这座大厦就在这种势能之下风雨飘摇。

贾府衰败的根本在于两点。

（1）经济方面

长期入不敷出，蛀蚀家底，使贾府日渐衰败。正如冷子兴所言："如今生齿日繁，事务日盛，主仆上下，安富尊荣者尽多，运筹谋画者无一。其日用排场费用，又不能将就省俭，如今外面的架子虽未甚倒，内囊却也尽上来了。这还是小事。"

（2）后继无人

贾府一代不如一代，一代比一代腐化堕落。后代不但不能继承先人的事业，就连祖宗的遗泽和遗产也销蚀殆尽，终归不能免于灭亡。正如冷子兴所言："更有一件大事：谁知这样钟鸣鼎食之家……如今的儿孙，竟一代不如一代了！"可以说，贾府的百年史正是"君子之泽，五世而斩"的形象再现。

（三）贾雨村"走进贾府"的叙事作用

仁善而飘逸的甄士隐像从远古走来，俯视着茫茫众生，探寻人生的哲思。

精明而世故的冷子兴娓娓讲述百年望族贾府的故事，仿佛在我们眼前展开了一幅长长的"红楼"画卷。

贾雨村的才干和机敏，带领我们走进贾府。从不同的视觉、不同的层面，完成了曹雪芹天才的开篇叙事构想，让我们自觉不自觉地跟着走进一个介绍贾府、认识贾府的艺术长廊。

贾雨村很有性格，在《红楼梦》的人物长廊中，他只不过是一个寥寥数笔的人物，但他显示出的性格核心的因素，为张扬他性格的能量留下了可以铺张的空间。假如没有贾雨村在中进士—得官—被参—革职后，开始新一轮的宦缘，也不会力透纸背地揭开以四大家族为代表的封建上流社会。

1. 有貌有才而阴险的人

贾雨村给我们留下的印象，是其人格具有典型的两面性。

他外貌雄壮英俊，仪表堂堂，谈吐儒雅。与甄士隐初次相识，便获得他的好感，颇受他的欣赏。就连甄家丫鬟娇杏看到他，也不由得回顾：

> 那甄家丫鬟撷了花，方欲走时，猛抬头见窗内有人，敝巾旧服，虽是贫窘，然生得腰圆背厚，面阔口方，更兼剑眉星眼，直鼻权腮。这丫鬟忙转身

回避，心下乃想："这人生的这样雄壮，却又这样褴褛，想他定是我家主人常说的什么贾雨村了，每有意帮助周济，只是没甚机会。我家并无这样贫窘亲友，想定是此人无疑了。怪道又说他必非久困之人。"

一副堂堂正正的长相，是《红楼梦》中唯一被描绘得具有男子美的形象。

贾雨村不仅有貌，还有才，也就是说，他具有在封建官场攀爬的素质和本事。虽然羁留于葫芦庙，以卖字作文为生，但在他与"当地望族"甄士隐的交往中，却已处处显露出超群不凡的迹象。中秋之夜，甄士隐"特具小酌"，邀贾雨村一饮，雨村听了，并不推辞，便笑道："既蒙厚爱，何敢拂此盛情。"两人对酒赏月时，贾雨村趁酒意发狂兴，高吟："天上一轮才捧出，人间万姓仰头看。"甄士隐听了大叫"妙哉"，以为"飞腾之兆已见，不日可接履于云霓之上矣"。因而慷慨厚赠，封白银，送冬衣，让他买舟西上，雄飞高举。此时"雨村收了银、衣，不过略谢一语，并不介意，仍是吃酒谈笑"。贾雨村从甄家而还，他不管"黄道、黑道"，连夜出走，赴京赶考。脂砚斋在此有批曰："写雨村豁达，气象不俗。"

贾雨村虽然身份微贱，处境落魄，但对有钱有势的望族，却不卑不亢，矜持自信。他饮酒吟诗，能应之以礼；受人恩惠，能持之有度；操书生之意气，无阿谀之媚态。可见其志向之远大，气概之豪爽，城府之森严，举动之果敢。然而，堂堂的相貌包裹的是忘恩负义、唯利是图的阴暗心理。贾雨村做官以后，"虽才干优长，未免有些贪酷之弊；且又恃才侮上，那些官员皆侧目而视。不上一年，便被上司寻了个空隙，作成一本，参他'生情狡猾，擅纂礼仪，且沽清正之名，而暗结虎狼之属，致使地方多事，民命不堪'等语。龙颜大怒，即批革职。该部文书一到，本府官员无不喜悦"。他却表现得豪爽豁达，"虽十分惭恨，面上却全无一点怨色，仍是嘻笑自若"。他泰然地交代好公事，从容地安顿好家属，"却是自己担风袖月，游览天下胜迹"。

仕途的初次受挫，并没有淹灭他的权势欲。对贾雨村来说，伺机再起、卷土重来，只是等待机会罢了。他"担风袖月"走的是一条以"隐"求"显"的终南捷径。当他得知朝中起复旧吏的信息，便请托林如海。得到林如海的帮助，向其内兄贾政举荐，从而使贾雨村叩开了声势赫赫的贾府大门，一帆风顺地谋得了复职。贾雨村有自己独特的阶级出身、社会地位和生活道路，具有从困顿中崛起的意志，拥有"诗书仕宦"子弟的才干，以及下层官吏往上爬的勃勃野心和手腕。仕途的坎坷，令他内心积淀更多的是封建官场的负面因素，他玩起贪赃枉法、媚上欺下、趋炎附势来，比过去更老道，也更隐蔽。

曹雪芹惜墨如金地刻画了过场人物贾雨村性格的复杂性，以及由此构成的其性格表象的多侧面、多层次、多色调。当然性格成分的表现，有本质的，也有非本质的；有真相，也有假象。艺术描写并非一味强调其本质的一面，相反有时恰恰需要渲染其非本质的一面，才能深化其本质的一面。对贾雨村判断葫芦案时虚张声势、冠冕堂皇的言辞的这些描写，读者一下子确实不容易看出其内含的真意来，而当和他断案结果对照，看到"雨村断了此案，急忙作书信二封，与贾政并京营节度使王子腾，不过说'令甥之事已完，不必过虑'等语"，其阴险的嘴脸才暴露无遗。区区十几个字，在筋骨处做了交代，却是不可或缺的本质描写，犹如画龙点睛。对贾雨村性格真的一面描写与假的一面描写，从笔墨的对比上看，似乎哪个多哪个少并不是关键，重要的是假的描写越逼真，其性格的复杂性、其隐藏在现象中的本质才越能得到更深刻的表现。

2. 贾雨村乱判葫芦案：透视着封建统治网和与时共存的社会心态

贾雨村判断葫芦案这场重头戏，并不是着意描写他如何判案，而是透过贾雨村怎样了结这一命案，着重揭示了封建社会上层权势网的强大和黑暗，以及与时共存的社会心态。

贾雨村补授应天府，刚刚到任，就碰上薛蟠打死冯渊、抢走英莲一案。他大怒："岂有这样放屁的事！打死人命就白白的走了，再拿不来的！"马上就要发签捕人。小门子拦住了他，给他讲出了"护官符"的由来：

"如今凡做地方官者，皆有一个私单，上面写的是本省最有权势、极富极贵的大乡绅名姓，各省皆然；倘若不知，一时触犯了这样的人家，不但官爵不保，只怕连性命还保不成呢！"

并开列了贾、史、王、薛"四大家族"的俗谚口碑：

贾不假，白玉为堂金作马。

阿房宫，三百里，住不下金陵一个史。

东海缺少白玉床,龙王来请金陵王。

丰年好大雪,珍珠如土金如铁。

《护官符》是四大家族权势的象征符号,从中可以看出上流权势关系网的基本特征。

(1)联络有亲,一损俱损,一荣俱荣

封建社会官僚势力关系网形成的基本手段,以婚姻、血缘关系为基础,形成社会关系的互动。一旦进入这种关系网中,大到触及法律、人事、科举等,小到一举一动、一颦一笑、一气一闹,都会考虑和照顾到各种关系,俗话说"给面子"。这张网以家族为本位,伸向了社会的多个层面和角落,起着或明或暗的权力的保护和制约作用。用小门子的话说,就是"连络有亲,一损俱损,一荣俱荣"。这种网络有大有小,有派有系。《红楼梦》选择薛蟠打死冯渊这一命案作为视角,向我们展示了四大家族权势网的具体形态。

贾府的"老祖宗"贾母当年曾是"阿房宫三百里,住不下金陵一个史"的史家小姐。她嫁到贾府,是贾家与史家的联姻。其儿媳、贾政的妻子王夫人是"东海缺少白玉床,龙王来请金陵王"的王家小姐,是京营节度使王子腾的妹妹;王熙凤又是王夫人的内侄女。薛蟠之母是"丰年好大雪,珍珠如土金如铁"薛家的当家奶奶,是王夫人的妹妹。可见四大家族姻亲攀附,上通帝座,下连爪牙,互为依托,其势显赫。薛家有难,贾家扶助;贾家有事,王家庇护,形成一种社会互动的原则。正因为有靠山,才敢为所欲为,目无王法。薛蟠带领家丁打死人,却像"没事人一般,只管带了家眷,走他的路"。这只是《红楼梦》向我们展现的一个典型的社会写实。

(2)权力与势力沆瀣一气

小门子说的像这样的大乡绅"这一省"并非仅此四家,同时这也不是某一省的个别现象,"各省皆然"。倘若不知,一时触犯了这样的人家,不但官爵,只怕连性命也难保呢。

小门子的话并非耸人听闻,他道出权势的奥妙,一般人听不出其中的门道,而贾雨村却心领神会。这是为什么?贾雨村是一个潦倒的穷儒,他凭着肚中的"时尚之学",通过"学而优则仕"的道路,捞到了一个官做。但是好景不长,不久便被参革。沿着升官、丢官、复官,又终于"爬上去"的这条路,既展示了封建社会国家机器的运作,又披露了一个野心家的心路历程。假如贾雨村没有做过官,他是不懂这个门道的,正因为他丢了官,才更深刻地懂得这个门道。

中国人常说"有权有势",这话道出权和势虽然常常连在一起,但是又有区别。因为中国社会在很多情况下有势力的不一定有权力,如宗族势力、地方势力、黑社会势力等。而权力是国家机器的象征,当时的官吏是通过科举选士而爬上官位的读书人,是作为国家机器的零件而被安置到各省各地。虽代表朝廷,握有权力,假如他们没有地方势力支持,也会处处受到掣肘。由于官员惧怕孤身只影,所以必须与当地的势力沆瀣一气,否则那盘根错节、经年累月形成的地方势力是不容任何异己力量存在的。

《红楼梦》写贾雨村判断葫芦案这一叙事领域的深刻内涵和巨大张力,不仅表现了以贾府为代表的封建官僚之势炙手可热,更重要的是揭示出这种地方势力已在当时形成了一种社会心理定式,一种扭曲而又非常现实的思维方式。比如门子对贾雨村讲的一番话便凝缩了当时人的普遍心态。贾雨村大讲"因私而废法""实不能忍",小门子一语道破:"老爷说的何尝不是大道理,但只是如今世上是行不去的。岂不闻古人有云:'大丈夫相时而动',又曰'趋吉避凶者为君子'。依老爷这一说,不但不能报效朝廷,亦且自身不保。"小门子的话正中饱尝宦海沉浮甘苦的贾雨村的心怀,他怎能不心知肚明呢?如果不是攀附贾府这棵大树,他哪里能一帆风顺地谋得复职,平步青云。"丢官"后他汲取了更多官场的负面教训。为薛蟠开脱杀人罪而徇情,看似他按门子的主意了结了这场官司,不如说是当地方权势网超越一个官吏的权力时,他会自觉地去趋附,与其沆瀣一气。

(3)靠关系,讲关系,拉关系

薛蟠带领家丁打死人,却像"没事人一般,只管带了家眷走他的路"——靠关系。

小门子拦住了贾雨村,并给他说"护官符"——讲关系。

贾雨村为薛蟠开脱杀人罪而徇情,攀附上贾府和王府——拉关系。

薛蟠、门子、贾雨村这些形象从不同层次、不同角度揭示了在大大小小的社会关系网中传统的社会心态,就是把关系看得特别重要,不管是什么人,从下至上，从古到今，从民到官，只有大小之分、轻重之别，都自觉或不自觉地陷入了这张庞大的社会关系网里，循着其潜在的规则去办事。一面是托人求人情，送钱送物；一面是帮人给面子，收受贿赂。而且是向着互动的重心运作，不讲是非，不顾王法，徇私舞弊，结党营私，官官相护。这便是"乱判葫芦案"这一叙事领域产生的张力效应。如果说"乱判葫芦案"是表层结构，那么情节透发出的官场中向着权势运作的社会心理定式，则是深层结构。《红楼梦》所揭示的这种潜在的社会心理定式，有巨大的社会能量，会制约无数形形色色的贾雨村、门子之流的心理和行为，会在沿袭传承中逐渐凝结为牢固的传统社会心理走势，模铸着一个时代、一个社会特有的行为方式和思维方式。

人们一碰到事情，首先想到的就是去托有关系的人打通路子，求人摆平。这反映出传统观念下与时共生的社会普遍的心态。千百年来形成一种社会潜在的势力，一种惰性的力量，制约着社会的进步，阻碍着精神的创造，滋养着权力的膨胀。曹雪芹的伟大之处就在于，他并没有把封建官僚机构的腐朽黑暗单纯归咎于封建官吏个人品质的恶劣，而是深刻地揭示了造成封建官吏人性的恶性发展与社会的现实互为作用。贾雨村的人性的演化虽不像树木的生长那样，随着岁月的流逝而留下清晰的年轮，但每一次荣辱经历都给他人性的异化打下深刻的烙印，并反映出了整个封建官僚机构本质的腐朽和黑暗。

3. 贾雨村的使命——集结典型人物、展示典型环境

《红楼梦》前五回的现实时空沿着贾雨村的活动轨迹变换：第一回甄士隐与贾雨村偶遇的现实时空是姑苏（苏州）城，第二回贾雨村给林黛玉教学的现实时空是维扬（扬州），第三回贾雨村送黛玉进京——京城，第四回贾雨村乱判葫芦案的现实时空又在"应天府"（金陵）。贾雨村是唯一一个组接以上大跨度现实时空的过场人物，在"走进贾府"艺术使命中的作用，简单而概括地说有两点。

一是贾雨村把典型人物林黛玉送到了贾府，就直接将叙事的中心——贾府引到了读者的眼前。第四回贾雨村乱判葫芦案，客观上迫使薛姨妈带着女儿宝钗也来到贾府，至此《红楼梦》两个重要人物林黛玉和薛宝钗都聚集到了典型环境——贾府，呈现出以林黛玉为代表的"木石前盟"和以薛宝钗为代表的"金玉良缘"的爱情故事的生活画卷。

二是通过乱判葫芦案的过程，将贾府的社会权势做了充分的展示。尽管对贾府的实写是粗线条的轮廓，对薛家、王家、史家的虚写是一个淡淡的浅线条，虚虚实实，若有若无，似断又连，但给人的感受却浑厚无比，于是给这似断又连的大时空跨度、虚实相间的多层叙事领域，开拓了无限想象的空间。这是前五回所构成的一个浑然有机的艺术整体，从而为第六回以后艺术生命形态蓬勃地向前开拓做了铺垫。

曹雪芹对贾雨村这个人物的刻画独到之处在于，不仅仅发挥了他这个过场人物的叙事功能，而且为这个人物自身性格能量的张力留下了铺张的空间。贾雨村从贾府开始，无孔不入地向其他几家打开缺口，紧紧地编结他与四大家族的关系网，无疑对深化贾府的社会环境和生活底蕴起到了独特的作用。也就是说，四大家族结成的庞大而复杂的社会关系网，为贾雨村张扬和发挥性格的能量提供了平台；而贾雨村正是借助这个平台，野心膨胀，把贪婪的黑手伸得更远，又在四大家族这张社会关系网上，绾上了一个新的"网结"，新旧相交，互为作用。因此，贾雨村这个新的"网结"，是封建统治权势网的滋生和扩大，比薛蟠仅仅靠关系揭示得更深入一层。

生活中这样的事情司空见惯，人们已经麻木得习以为常，但恰恰是无数这样习以为常的事情，正是人性演进过程的外化和记录，正是人物心态的显露和张扬。正如人们常说的"世道人心"，历来是百姓日常生活中的话题。人们目睹了社会上的三教九流，形形色色的人性、人情、心态和欲望，如何围绕着权势交替着手段、变换着嘴脸，趋炎附势，靠关系、讲关系、拉关系，得意者骄矜，落魄者愤怨，演绎出了多少悲剧、喜剧、闹剧和丑剧。贾雨村即使已经有了相当的地位和身份，他对贾府依然摆出一副很是"知恩报德"的面孔，在一些通风报信之类的小事上，都表现得甚是殷勤周到。如"打发人来告诉"贾政"舅太爷升了"。而当贾府大厦将倾、其势必败时，贾雨村马上就露出了狠毒狰狞的面目，重演了他对英莲和沙弥门子使用过的落井下石、过河拆桥："怕人说他回护一家儿，他倒狠狠的踢了一脚。所以两府里才到底抄了。"随着四大家族的"运数已尽"，彻底败落，贾雨村虽然"人也能干，也会钻营，官也不小了"，但他终于也没有能逃脱与四大家族"一损俱损"的命运，而走上了自己的末路。

二、三个典型人物和贾府典型环境

（一）林黛玉"依傍外祖母"，走进贾府

林黛玉是最早走进贾府的《红楼梦》主要人物，她看到的、听到的、感觉到的，都传达给了读者，读者透过黛玉的眼睛仿佛也感同身受，走进了贾府。

1. 林黛玉是怎样进贾府的

黛玉出生在一个世袭侯爵、支庶不盛的书香门第。父亲林如海是前科探花，升任了兰台寺大夫、钦点巡盐御史。母亲贾敏是贾母的幼女，贾赦、贾政的妹妹。因林如海夫妻无子，所以对独生女儿黛玉爱之如珍，为"聊解膝下荒凉之叹"，便"假充养子"，聘家庭教师教她读书识字。林黛玉从小怯弱多病，娇生惯养，却不幸母亲早丧，在她幼小的心灵蒙上一层不散的忧郁。父亲为减"内顾之忧"，就让她"依傍外祖母及舅氏姊妹去"——来到了"花柳繁华"的荣国府。

黛玉，一个充满书卷气、聪颖而美丽的少女，"两弯似蹙非蹙罥烟眉，一双似喜非喜含露目。态生两靥之愁，娇袭一身之病。泪光点点，娇喘微微。闲静时如姣花照水，行动处似弱柳扶风。心较比干多一窍，病如西子胜三分"。眉，"似蹙非蹙"，含情脉脉。"罥烟眉"，像一抹轻烟，轻柔俊秀。目，"似喜非喜"，涵养深邃。色若姣花、行如弱柳、靥生愁、身袭病、微喘、薄面，都体现出她的神情殊异。清雅秀异的风韵生于含愁的面容，娇怯灵慧的情态出于孱弱的病体。

黛玉刚一进入房，"只见两个人搀着一位鬓发如银的老母迎上来，黛玉便知是他外祖母。方欲拜见时，早被他外祖母一把搂入怀中，心肝儿肉叫着大哭起来"。荣国府所有女主人，上至舅母，下到表姐妹，都出来迎接黛玉，尤其是王熙凤的热情接待，使她一下沉浸在骨肉亲情之中。黛玉见到的女眷亲戚，都是《红楼梦》中的主要人物，这是小说集中描写女主人最盛情、最热闹的一次，构成"黛玉进贾府"独立的章回。

这与宝钗走进贾府形成鲜明的对比：

> 过了几日，忽家人传报："姨太太带了哥儿姐儿，合家进京，正在门外下车。"喜的王夫人忙带了女媳人等，接出大厅，将薛姨妈等接了进去。姊

妹们暮年相会，自不必说悲喜交集，泣笑叙阔一番。忙又引了拜见贾母，将人情土物各种酬献了。合家俱厮见过，忙又治席接风。

曹雪芹是大手笔，对《红楼梦》整部书的氛围、气脉和文化信息，都通过规模和气氛的描写，呈现冷暖色调的调配，构成美的意象。如果说黛玉进贾府是暖色调，那么宝钗进贾府则是冷色调；如果黛玉之死是冷色调，宝钗大婚则是暖色调。每每对应，渲染出小说生命流程的审美情感。

2. 黛玉所看到的贾府

黛玉走进贾府，随着她的眼睛，我们看到了什么呢？

黛玉从轿子的纱窗向外望去，看到了贾府街北蹲着两个大石狮子，三间兽头大门，门前列坐着十来个华冠丽服之人。正门却不开，只有东西两角门有人出入。正门之上有"敕造宁国府"皇上亲笔题写的横匾，高高地挂在贾府的大门上，威势夺人，无声地告诉人们：这是贵族之家，权势炙手可热，豪富气焰熏天，确"与别家不同"。这正是借着黛玉的眼睛给整个贾府以鸟瞰式的扫描。

黛玉去拜见贾政：

> 进入堂屋中，抬头迎面先看见一个赤金九龙青地大匾，匾上写着斗大的三个大字，是"荣禧堂"，后有一行小字："某年月日，书赐荣国公贾源"，又有"万几宸翰之宝"。大紫檀雕螭案上，设着三尺来高青绿古铜鼎，悬着待漏随朝墨龙大画，一边是金蜼彝，一边是玻璃盍，地下两溜十六张楠木交椅，又有一副对联，乃乌木联牌，镶着鏨银的字迹，道是：
>
> 座上珠玑昭日月，堂上黼黻焕烟霞。

此联的意思：座中人所佩饰的珠玉，光彩可与日月争辉；堂上人所穿的官服，色泽犹如云霞绚烂。这是何等的富贵啊！对联字里行间透着皇亲国戚无上的荣耀。

贾府是封了公爵的开国元勋之豪门，祖上是跟着皇上打天下，靠着功勋取得"宁国公""荣国公"的爵位的。贾府成人男子或世袭，或封赐，或捐班，反正都有官爵。即使贾琏、贾蓉没有世袭，也都捐了一个官。女性家眷头头脑脑也都是"诰命夫人"。贾府的特点："白玉为堂金作马""当年笏满床"。

宁、荣二公创下的封建官僚世家，子孙繁衍、世代承传。然而，贾家的命运伴随着时代的进程却发生着潜在的变化，这就是封建官僚世家的子孙面临到底是走"世袭制"还是走"科举制"道路的选择。

清军入关后，军权仍掌握在八旗诸王的手中，他们几乎拥有与皇权相抗衡的实力，其体制的依托便是议政王公大臣会议。这是"军事民主制"的遗留体制，当年打天下的时候，曾起到过重要作用。当天下已定，其弊端就越来越明显。顺治皇帝欲削弱王公贵族对皇权的掣肘，就借助"内阁制度"依靠文臣。这是顺治皇帝借鉴明朝加强中央集权的经验所采取的重大措施。顺治皇帝死后，康熙元年王公贵族的实权派立刻反攻倒算，废除新法，恢复旧制。康熙九年，康熙力挽狂澜，恢复"内阁制"。朝廷从科举取士中选拔人才，充实朝廷，逐渐形成两种出身不同的政治势力，一是世袭的，一是科举的。后来科举出身的越来越多，被视为"正途"；其他称为"杂途"，在官场上越来越不吃香。在这种格局的影响下，追慕科举，培养子弟走科举仕途之路，成为一些世袭贵族之家的向往。冷子兴演说荣国府时，特意提到荣国公贾代善希望从儿子贾政这一代改换门庭走科举仕途：

"……次子贾政，自幼酷喜读书，祖、父最疼，原欲以科甲出身的，不料代善临终时遗本一上，皇上因恤先臣，即时令长子袭官外，问还有几子，立刻引见，遂额外赐了这政老爹一个主事之衔，令其入部习学，如今现已升了员外郎了。"

贾母和丈夫贾代善为小女儿贾敏选的女婿林如海就是科举出身，"前科探花"。可见，这个家族从上一辈就想以科举仕途改变门庭了。贾政自己没能走上这条路，就把缺憾化为全部的希望，寄托在了宝玉的身上。这也是几代人的梦想。从深层内涵来看，这一梦想代表了封建家族的整体利益，代表了贾府以家庭为本位的宗法制度文化。所以，宝玉能不能读书、科举、仕进，不仅仅是个人的问题，而成为贾府几代人关注的大事，都是在以家族观念来审视传统文化积淀和因袭中的每个人的所作所为。

3. 黛玉看到荣国府的格局：长房失宠，二房得势

黛玉从他们的居室、陈设及丫鬟们的打扮、神态等，已隐约感受到他们的主人的性格特征和志趣，隐隐地感到长房失宠、二房得势的家族局面。长子贾赦虽

因"皇恩浩荡"而袭爵一等将军,但在家族内部却居于"必是荣府中花园隔断过来的"别室;他的院落"厢庑游廊","小巧别致","早有许多盛装丽服之姬妾、丫鬟迎着",主人也不及见,说是老爷说了:"连日身上不好,见了姑娘彼此倒伤心,暂且不忍相见。"次子贾政却居于荣府堂屋的正室,"四通八达,轩昂壮丽",抬头就看见皇上亲赐"荣禧堂"横匾。"黛玉便知这方是正经正内室"。老嬷嬷引黛玉进房内,"桌上磊着书籍茶具",座位虚着,王夫人说:"你舅舅今日斋戒去了……"这里房屋、院宇、陈设、布置等具体环境,均以独特的面貌塑造了主人的性格:贾赦骄奢淫逸,贾政则是封建正统主子的形象。虽不着一语,却通过各自的具体生活环境和气氛描绘烘托出来。黛玉去拜见二位舅舅,均未能相见,这种不声不响的冷遇与女眷们的热情形成鲜明的对比,它隐含着黛玉虽有"贵宾"的身份,却是依傍于人的境遇。

王夫人携黛玉离开贾政住处,"出了角门,是一条南北宽夹道。南边是倒座三间小小的抱厦厅,北边立着一个粉油大影壁,后有一半大门,小小一所房室",王夫人笑指向黛玉道:"这是你凤姐姐的屋子。"黛玉才知凤姐的住处不在她的公婆那一边,而是住在荣府中贾母院之后,贾政、王夫人居室之侧,帮助王夫人管理家政。她虽是贾赦和邢夫人的儿媳,既没有随贾赦、邢夫人住在一起,也没有在长房身边伺候。贾母、王夫人,以及凤姐三代构成一种鼎足之势,传达出一种潜在的信息:贾府里掌权的是贾母、王夫人、凤姐这一派。

荣府房屋院宇的平面示意图叠出了人际关系立体图,静态的物质环境变成了动态的社会角色,凝固无声的建筑物变成了有个性的、会说话的居室主人内心世界的写照,居室位置所呈现的长房失落、次子掌权的内部关系,暗示了贾府内部在温情脉脉的面纱遮盖下,不可避免的房族之间的矛盾和冲突,时隐时现。家族越是衰败,矛盾越是加剧。读者的视野随着黛玉的所见所闻,感受到了这个封建家族从内部深处散发出的气味。

(二)凤姐为什么能掌荣国府家政大权

《红楼梦》这部古典名著,刻画了数十个性格鲜明的人物,其中最鲜活、最精彩、留给读者记忆最深刻的是凤姐。从第三回"黛玉进贾府"凤姐亮相,到

第一一四回凤姐之死，她的音容笑貌、举手投足，贯穿全书的始终。正如有的人说：恨凤姐，骂凤姐，不见凤姐想凤姐。凤姐为什么这么有魅力，这样吸引人们呢？实际上，凤姐的性格和命运与整个贾府的衰败息息相关。解读凤姐，就等于解读了半部《红楼梦》。

黛玉的到来，当大家都围着她嘘寒问暖时，"只听后院中有人笑声，说'我来迟了，不曾迎接远客'"。屋里的丫鬟、婆子顿时"敛声屏气、恭肃严整"，人还未到，已先声夺人，引起黛玉的好奇：这来人是谁？如此"放诞无礼"。只闻其声，便知来人，与众不同，个性张扬，卓尔不群。封建时代的妇道要求女性举止内敛，而凤姐却恰恰相反，张扬的个性，给从未见过面的黛玉留下了深刻的印象。

凤姐穿戴华丽，长相漂亮，"彩绣辉煌，恍若神妃仙子"。古代妇女最讲究的一个是头上戴的，一个是腰里系的。从头上往下看，凤姐头上戴的是"金丝八宝攒珠髻""朝阳五凤挂珠钗"，脖子上戴的是"赤金盘螭璎珞圈"，光彩照人。她"裙边系着豆绿宫绦，双衡比目玫瑰珮"，腰里系着宫廷特制的豆绿色丝带，用美玉和蚌珠镶嵌的佩带，在裙边飘动；再看身上穿的，"缕金百蝶穿花大红洋缎窄裉袄"，外面罩着的是"五彩刻丝石青银鼠褂"，下面穿的是"翡翠撒花洋绉裙"。凤姐一亮相，从头到脚，通身上下，珠光宝气，气派非凡，体现了主子地位的高贵。这与迎春、探春、惜春三人"皆是一样的装饰"，形成鲜明的对比，意在突出凤姐装扮得富贵，穿戴得华丽。凤姐为了迎接一位贾母疼爱的外孙女，刻意穿着打扮，显示出内心深处有一种自我表现、个性张扬的意识。

黛玉再看凤姐的长相，眼前一亮，"一双丹凤三角眼，两弯柳叶吊梢眉，身量苗条，体格风骚。粉面含春威不露，丹唇未启笑先闻"。漂亮对于女人，是天生的资本。凤姐的漂亮有三个特点：第一是俏丽。丹凤眼，吊梢眉。这种眉眼都是美丽中带着俊俏。第二是性感。"身量苗条，体格风骚"。"风骚"是什么？就是妩媚。这种"风骚"的美，世俗的美，令人心动，让人过目不忘。第三是气质夺人。"粉面含春威不露"。"春"是形容美得可亲、可爱的样子；"威"就是英气逼人。这是一种与生俱来的天生丽质，和她高贵的身份、显赫的地位融于一体。当凤姐一进门，下人们顿时"敛声屏气、恭肃严整"，充分地显示出凤姐的权威。

凤姐既会说话，又会做人。贾母一句戏谑的话，是对凤姐性格的精辟概括："你不认得他，他是我们这里有名的一个泼皮破落户儿，南省俗谓作'辣子'，你只叫他'凤辣子'就是了。""凤辣子"这三个字立刻就使人想到红艳艳、火辣辣，既招人喜欢，又令人畏惧。黛玉听贾母称凤姐为"凤辣子"，正不知该怎么称呼时，凤姐马上拉着黛玉的手，仔细打量起来，在众人面前，立刻称赞："天下真有这样标致的人物，我今儿才算见了！况且这通身的气派，竟不像老祖宗的外孙女儿，竟是个嫡亲的孙女，怨不得老祖宗天天口头心头一时不忘。"凤姐说这话只有一个目的，讨好贾母。黛玉的母亲去世后，贾母想念女儿，心疼外孙女。第一次派人派船去接，因黛玉有病，未能成行。打这以后，接黛玉就成了贾母的心事，天天念叨，日日盼望。老太太的心思，凤姐哪里能不知道呢，所以，她的话正说到了贾母的心里。凤姐明白，在贾府只有"看着老太太的眼色行事"，讨贾母欢心，才能受宠，才能在贾母这棵大树的遮蔽下恣意所为。

《红楼梦》中说："那凤姐素日最喜揽事办，好卖弄才干。"凤姐善于抓住机会展示自己优长之所在，突出自己。

黛玉新来乍到，一下子就遇到这么亲切、话语这么温暖的人，能不对凤姐有好感吗？凤姐不只嘘寒问暖，还对黛玉的安排井井有条。她携黛玉之手问道："妹妹几岁了？可也上过学？现吃什么药？在这里不要想家，想要什么吃的、什么玩的，只管告诉我；丫头老婆们不好了，也只管告诉我。"并借着话头马上表白自己："才刚带着人到后楼上找缎子，找了这半日，也并没有见昨日太太说的那样的，想是太太记错了？"王夫人道："有没有，什么要紧。"因又说道："该随手拿出两个来给你这妹妹去裁衣裳的，等晚上想着叫人再去拿罢，可别忘了。"凤姐道："这倒是我先料着了，知道妹妹不过这两日到的，我已预备下了，等太太回去过了目好送来。"王夫人一笑，点头不语。在不经意的一问一答中，凤姐向众人表明自己是荣国府掌家人的身份，而且精明能干，办事利落。

迎接黛玉这样一个大场面，从贾母到舅母，再到姊妹，所有人都对黛玉嘘寒问暖，但那仅仅是一种情感的表达，只有凤姐同时办了三件安顿黛玉一行的具体的实事。

《红楼梦》对凤姐的家庭环境和社会关系的介绍，虽然只是片言只语，但我们也可以大体了解她生活在怎样一个具体的环境里。

豪富的家族，有钱有势。《红楼梦》"护官符"其中一家"东海缺少白玉床，龙王来请金陵王"，说的就是凤姐的娘家。王家有钱有势，凤姐常常以娘家为自豪。在元妃省亲的章回里，凤姐和贾琏的奶妈聊天，特意提起当年娘家曾经接驾过皇帝："我们王府也预备过一次。那时我爷爷单管各国进贡朝贺的事，凡有的外国人来，都是我们家养活。粤、闽、滇、浙所有的洋船货物都是我们家的。"

凤姐的爷爷当年在朝廷掌管着对外贸易，包揽了广东、福建、浙江和云南的洋船货物。广东、福建、浙江是海上对外贸易，云南是西南丝绸之路必经之路，古称"牦牛道"。凤姐嫁入贾家后送给亲朋的礼物，都是进口的东西，是要显示娘家与别家的不同。送给宝玉的生日礼物，其中一件是波斯国所制的玩具。波斯国就是现在的伊朗。送给黛玉的茶叶是"暹罗国进贡的"。暹罗国就是现在的泰国。大概都是通过东南沿海对外贸易或者西南丝绸之路带到中国的东西。

从封建社会末期生产方式和生活方式来看，贾家、史家、薛家基本属于传统型的贵族；而王家虽然也是封建贵族，但由于掌管朝廷的对外贸易，长期与外国商人打交道，受到资本主义萌芽的影响，具有商品经济的观念和开放的意识。在这样的家庭里，凤姐从小耳闻目睹，潜移默化，比传统型的贵族大家闺秀有更多机会认识了解官场和商场。因而，凤姐所受到的儒家道德规范相对弱化。她是个女孩，却"自幼假充男儿教养"，"从小顽笑着就有杀伐决断"。可以看出这个家族对凤姐性格的熏陶，很少有封建伦理的妇道成分，融入女性人格中的从属意识也相对弱化；加上从小不读书，不但没有被封建社会传统道德的教化束缚了手脚，反而具有男子的钢骨。

王家的权势炙手可热，凤姐的叔叔王子腾任京营节度使，继而升了九省统制，是一位声势煊赫的封疆大吏，比贾府的几位老爷都有实权，贾、薛两家都攀附着王家，仰仗着王子腾办事。因而王家在"四大家族"中有举足轻重的地位。凤姐懂得如何依靠娘家之势，谋取私利，豪横霸道。她学会了如何同各种各样的人物打交道，在处世应对中，察言观色，随机应变。因为她目睹了家族之间的荣辱与共，目睹了家族内部人际关系的趋炎附势，可以说，这种家族内外盘根错节的人际关系，正是生出她有"一万个心眼子"的温床。大胆主动的作为和个人欲望的贪婪相伴随，杀伐决断的威严与聪明快活的戏谑相交织。像这样的女性在男权社会是极为少见的。

（三）贾府的命根子——宝玉

宝玉宛如漆黑而寂静的夜空中划过的一颗流星，虽然短暂，但却绚丽耀眼，让人难以忘怀。

宝玉是曹雪芹以生命的体验用酣畅的笔墨刻画的《红楼梦》中最成功的人物之一。曹雪芹在调色板上调换各种色彩，一层又一层地为突出宝玉的性格而变换着色调，对他初始阶段最基本的特征和性格结构最稳定的因素进行了刻画，使其形象愈来愈鲜明，愈来愈丰满，呼之欲出，活脱可亲。

1. 宝玉是宗法家族的后继人

宝玉未亮相，人们对他或议论，或误解，或惊异，已给读者造成了悬念。黛玉一进贾府，王夫人就特意向黛玉介绍宝玉："我有一个孽根祸胎，是家里的'混世魔王'。"作为母亲，王夫人这样说宝玉当然含有"恨铁不成钢"的怜爱之情，但也流露出她以正统观念看待宝玉的行为，对他的思想意识和行为很不称心。

宝玉出场，读者看到他穿着礼服，是正式场合的着装。待贾母命他去见过母亲回来后，因是在家里，则换成便服，银红撒花袄，松花撒脚绫脚裤，厚底大红鞋。头上虽去掉束发金冠、齐眉抹额，但仍不失贵族公子的讲究。"从顶至梢，一串四颗大珠，用金八宝坠角"系于辫梢，既不随意摆动，又显富贵华美。整个便服的装束，洒脱中透着秀气，严妆里含着风流。曹雪芹对宝玉外貌的刻画，常常集中在两个特征上：一是"面色"，一是"眉目"。穿着礼服时，其"面色"如"中秋之月""春晓之花"，其"眉目"则"眉如墨画""目若秋波"。可以说是眉清目秀。当他身着便服时，宝玉"越显得"不仅是眉清目秀，而且是风情万种。"天然一段风骚，全在眉梢；平生万种情思，悉堆眼角。"

林妹妹一见，便"好生奇怪，倒像在那里见过一般，何等眼熟到如此"。

贾母"爱如珍宝"，这个嫡孙的长相颇像他爷爷，对他"溺爱"到了"无人敢管"的地步。这种娇宠促成了他特有的生活环境，惯成了他的脾气。宝玉和黛玉一相见，便问黛玉有没有随身携带的玉，黛玉心想那是个稀罕物，便随口说了个没有。不料宝玉一时性起，将自己的"通灵宝玉"摔到了地上。贾母心疼极了，视宝玉为贾府的命根子。

前面说到贾府的几代男性主人公，一代比一代无能，一代比一代腐化，不但不能继承祖业，就连祖宗的遗泽和遗产也销蚀殆尽。至于宝玉，在第五回里作者以神话故事的形式，表达了这个家族对唯一后继人宝玉的希冀。警幻仙子对众人道：

> "适从宁府所过，偶遇宁荣二公之灵，嘱吾云：'吾家自国朝定鼎以来，功名奕世，富贵传流，虽历百年，奈运终数尽，不可挽回者。故遗之子孙虽多，竟无可以继业。其中惟嫡孙宝玉一人，禀性乖张，性情怪谲，虽聪明灵慧，略可望成，无奈吾家运数合终，恐无人规引入正。幸仙姑偶来，万望先以情欲声色等事警其痴顽，或能使他跳出迷人圈子，然后入于正路，亦吾兄弟之幸矣。'"

这段借警幻仙子之口表达的希冀，正是这个行将衰败的豪族祖宗对后继人的企盼。不管是现实的描写还是神话的渲染，《红楼梦》自始至终贯穿着家族谱系的思想，描写种的繁衍在贾府的重要，真实地反映了中国封建社会结构的根本特征：第一，尊祖敬宗。人本乎祖，子孙繁衍，脉系绵绵，端由祖宗。第二，血子嫡脉。嫡传制是维护家族谱系、封建宗法的基石。第三，伦理纲常。孝悌是封建伦理纲常的理论支柱，是中国封建社会两千多年立国安家之本。

凝缩在贾府百年五代人的谱系，在风平浪静的日子里，像枝叶扶疏的大树，筛落无数灿烂的月影，留映一片清冷的月光；当暴风雨来临，电闪雷鸣照亮了一切隐蔽和龃龉，风狂雨急，摧毁了一切腐败和衰朽。但不管怎样，只要维护好根系，保护好种的繁衍，总会根深叶茂，充满勃勃生机。

2. 最喜在内帏厮混

贾母对宝玉的溺爱，深含着老祖母对隔辈子孙的疼爱。嫡孙绕膝，天伦之乐，颐享晚年。老太太娇惯得"无人敢管"，越发由着宝玉的性子，不喜读书，不愿意接受循规蹈矩地学习"四书"，不愿意接受封建社会传统的正规教育。

宝玉住在大观园，同姊妹们一处，长期在内帏厮混，这是他性格成长独有的生活环境。不仅对宝玉有着十分重要的影响，而且为我们认识宝玉性格成长发展的脉络理顺了思路。《红楼梦》之所以是一部有血有肉的著作，是因为它写尽了人间的心态，写透了人物的心灵。宝玉的性格是在他和周围人的心理交流和心态变化的过程中逐渐定型的。

其一，爱红。这是宝玉在日常生活中潜移默化所形成的癖好和习性。宝玉从小在粉淡脂红的环境中长大，整天与姐妹丫鬟们在一起，长期目睹少女们的浓香艳抹，他所熟悉的人是女儿，所熟悉的生活是女性天地。耳濡目染，使他本来无意识的爱红变成了有意识的爱红，甚至发展成怪癖，爱吃女孩嘴上的胭脂，爱闻女孩袖筒的香味，爱洗女孩用过的剩水。这只能说宝玉过着"膏粱锦乡"的生活，与周围的姐妹丫鬟耳鬓厮磨，比一般少年性意识表现得更有个性，但不能视之为好色。

其二，喜欢一切纯洁无邪的少女，尊重她们，并且平等地对待她们，这对于从小就生活在贾府这个等级森严的地方的他来说，是难能可贵的。尊重女性，一反封建纲常，这是宝玉性格结构中近代社会新思想的成分。小说前五回突出了他这一性格特征，并使之在性格发展的过程中成为主导性格因素。

其三，性格乖张。贾府的典章制度、礼教秩序、人际关系笼罩在温情脉脉的家族亲情的纱幕中，井然有序、彬彬有礼，几乎人们的一瞬眼、一举手、一投足都依照礼法的规矩进行。年年岁岁，岁岁年年，在沿袭传承中逐渐凝结为牢固的传统心理走势，制约、规范、模铸着贾府的主子和奴才的生活方式、行为方式和思维方式。忽然有人越出传统的规范，主子不满了，甚至奴才们也跟着非议，只不过形式不同罢了。宝玉性格的乖张和放任触动了传统心理，引来各种各样的说法。贾母由于溺爱，说他是匹不驯服的"野马"，透着贬中有褒的情感；贾政骂他是个"不肖孽障"，恨铁不成钢到了怒骂才解气的地步；王夫人说他是个"混世魔王"，一半是揶揄，一半是疼爱。王熙凤从世俗的角度说他中看不中用；傅家老婆子说他"呆气""糊涂"，代表下层世俗的眼光；宝钗赠他的雅号是"富贵闲人"。可以说是"百口嘲谤，万目睚眦"。

曹雪芹在第三回用两首《西江月》词传神地给宝玉画了一幅像：

无故寻愁觅恨,有时似傻如狂。纵然生得好皮囊,腹内原来草莽。
潦倒不通世务,愚顽怕读文章。行为偏僻性乖张,那管世人诽谤!

富贵不知乐业,贫穷难耐凄凉。可怜辜负好韶光,于国于家无望。
天下无能第一,古今不肖无双。寄言纨绔与膏粱:莫效此儿形状。

"草莽""愚顽""偏僻""乖张""无能""不肖"等语似嘲似贬,既点染了宝玉性格的基本特征,又昭示了不同层次的人们都从传统心理定式出发,对宝玉的乖张性格和"出格"行为生出的厌烦与憎恶,嘲弄与侧目。这很像鲁迅先生的批评,有的猴子看见它们同类中有猴子胆敢站起来走,而不和它们同样地爬行,就一窝蜂地扑上去,将那只猴子咬死,从而维持了大家都在地下爬的常态。

3. "意淫"及构成宝玉性格主导因素的社会内涵

走进《红楼梦》世界,首先遇到人世间最普遍而又最难以说尽的问题即"情"。太虚幻境中,警幻仙子对宝玉单单说了一番箴言:

"淫虽一理,意则有别。如世之好淫者,不过悦容貌,喜歌舞,调笑无厌,云雨无时,恨不能尽天下之美女供我片时之趣兴,此皆皮肤滥淫之蠢物耳。如尔则天分中生成一段痴情,吾辈推之为'意淫'。'意淫'二字,惟心会而不可口传,可神通而不可语达。汝今独得此二字,在闺阁中,固可为良友,然于世道中未免迂阔怪诡,百口嘲谤,万目睚眦。"

人们不禁会问:《红楼梦》开篇为什么首先要昭示这个问题? 为什么又单单和宝玉的形象紧密连在一起?

何谓"淫虽一理,意则有别"?

(1) 在封建传统社会两性关系关心的只是婚姻,并非爱情

明清时代是封建礼教禁锢人的思想最黑暗的历史时期,统治者竭力推崇程朱理学,提倡"存天理,灭人欲",强化封建的纲常名教,钳制人的思想。由于两性之间的关系不是自我的选择,而是"媒妁之言,父母之命",是家族的选择,因此,把两性连接起来的不是灵魂,也不是对于各自权利的尊重,而是身体。婚姻仅仅是两性关系,以至于"如世之好淫者,不过悦容貌,喜歌舞,调笑无厌,云雨无时,恨不能尽天下之美女供我片时之趣兴",所以说"淫虽一理"。只有建

立在男女平等基础上的个人化性爱,才可以称之为爱情。一切道德与功利都失去了意义,被升华为诗意的、纯净的人性,只能属于个人。元明清时代伟大的文学家正是深刻地洞察到这一点,无不大胆地批判非人性的社会现实,用文学形象倡导人间男女的爱情。元好问说:"问世间情为何物,直教生死相许。"汤显祖《牡丹亭》写道:"情不知所起,一往而深。生者可以死,死可以生。生而不可与死,死者不可复生者,皆非情之至也。"冯梦龙《风流梦》眉批:"越情越痴,不痴不情。"正可谓"意则有别"。

"意淫",这是曹雪芹自造之词,新奇警人。警幻仙子解释为:意淫者,痴情也。具体来看,"意淫"首先体现为宝玉的"情不情"。这是一种千古未有的博爱,所谓"千古情人独我痴"。

(2)"男性对女性的奴役"是封建社会的普遍现象

恩格斯在《家庭、私有制和国家的起源》一书中曾指出:"最初的阶级压迫,是跟男性对女性的奴役相一致的。"这种"男性对女性的奴役",也是封建社会的普遍现象,是封建等级压迫的特殊形式。宝玉所生活的"花柳繁华地,温柔富贵乡"便是这样一种现实:一边是居统治地位作威作福的男子,一边是居于被压迫被剥削被牺牲地位的少女。宝玉对于前者冷淡,对于后者同情,就意味着对封建社会的挑战和蔑视,对封建纲常的背叛和对抗。这些深厚的社会意蕴,便是意识形态领域中"真情"与"伪理"的矛盾冲突和斗争。封建传统伦理道德对作为爱情温床的"性"则始终讳莫如深,而且在确立性关系之前,必须先确定它的道德属性。男女苟合、私通当然不用说,不听父母之命,自由恋爱,寡妇再嫁,男女在一起说笑,甚至连女性穿戴薄、露、透,都视为淫荡。在男性文化的社会里,捕风捉影的男女之大防的心态,使男女之间的社会关系退化了,简化了,成了纯粹的两性关系。曹雪芹既不为男性树碑立传,也不写传统的"堂庙文章",而开天辟地大胆提出:为"闺阁昭传"。在他看来,理想女性代表着最自由也最高贵的人性。正从这个意义上讲,警幻仙姑认为宝玉"在闺阁中固可为良友,然于世道中未免迂阔怪诡,百口嘲谤,万目睚眦"。

爱情是对等级意识、功利意识的根本否定,也是对人格意识、尊严意识的高扬。

曹雪芹生当其时，毅然以他红楼世界中的新伦理——"意淫"祭起了"情"的大旗。

（3）人体美的发现是人的觉醒

在人类文明史上，人体美的发现是人的觉醒的一个重要内容，是人脱离自然状态获得自我意识的重要标志，是人类审美实践的飞跃。

《诗经·硕人》形容美女："手如柔荑，肤如凝脂，领如蝤蛴，齿如瓠犀，螓首蛾眉，巧笑倩兮，美目盼兮。"宋玉《登徒子好色赋》形容东邻之美女："增之一分则太长，减之一分则太短；施粉则太白，施朱则太赤；眉如翠羽，肌如白雪；腰如束素，齿如含贝。嫣然一笑，惑阳城，迷下蔡。"到曹植的《洛神赋》更把当时能想象到的女性美，形容到无以复加的程度。至于对女性美的审美则不能不举汉乐府《陌上桑》："行者见罗敷，下担捋髭须；少年见罗敷，脱帽著帩头。耕者忘其犁，锄者忘其锄，来归相怨怒，但坐观罗敷。"这不正是一种审美痴迷之境的意淫吗？

爱美之心人皆有之。爱女性美之心，男性皆有之。然而在这个封建思想积淀极为深厚的国度，人们对此却讳莫如深。特别是在明清理学、道学阴影的笼罩下，"女色是祸水"的说教，致使人类审美情感中最高尚、最美好的部分被封建伦理的教化阉割了。相反，美女成为男人的私有物，仅为满足"皮肤淫滥"者的占有欲而存在。三妻四妾、嫖娼纳妓反倒成了世俗的普遍现象。《红楼梦》对宝玉的意淫的肯定，曹雪芹对意淫之审美本质的揭示，正是其叛逆思想的一个重要组成部分，具有破天荒的人类学、社会学和美学方面的意义。法国雕塑家罗丹也说过："在任何民族中没有比人体的美更能激起富有感官的柔情了。"他认为女性美"真要令人拜倒"。美学家克拉克甚至断言："世界上任何东西都会改变，只有女性的美是永恒的。"

三、《红楼梦曲》以及判词隐喻着青年女子的生活道路和命运结局

《红楼梦》第五回为什么要设置这样一个梦幻故事？警幻仙姑为什么要带宝玉去看《金陵十二钗》的图册，去听《红楼梦曲》呢？曹雪芹这样做的目的又是什么呢？

《红楼梦》的人物分为两大系列。

一类是贾府男性贵族和一些"一嫁了汉子,染了男人的气味"就混账的女性当家的、管家的人物,而这一系列人物,《红楼梦》第五回之前已做了介绍,或者大部分已亮相了。

另一类是金陵十二钗,以及一些身份低微而品性不凡的青年女子,她们大多数还没有走到台前。

而与这两大系列人物发生广泛交往和接触最多的人物就是宝玉,他是这两大人物系列的一个轴心。他从男性贵族中叛逆出来,与他周围众多的青年女性有着多种"情"的关系。有的是爱恋之情,有的是手足之情,还有的是知己之情、友谊之情、关爱之情、体贴之情等。曹雪芹正是借助宝玉与青年女性人物系列"情"的联系,展示了年轻女性的个性、行为和命运。这是《红楼梦》重要的故事内容,将贯穿全书,仅靠第五回又不能细说,于是将金陵十二钗及一些身份低微而品性不凡的青年女性的生活道路和独特命运,涵盖在诗、图、曲中,为读者建造了一座扑朔迷离的艺术迷宫。

宝玉所见的《金陵十二钗》图册和《红楼梦曲》,隐喻着《红楼梦》青年女子的生命信息,含蓄地预示着黛玉、宝钗、湘云、妙玉、贾家四春、凤姐、李纨、秦可卿、巧姐,以及香菱、晴雯和袭人的不同的人生结局,支撑起了占《红楼梦》"半壁江山"的女性人物体系的框架。而这一切,又无不影响和推动着宝玉性格结构的变化和新的成分的增长,冲击和拉动着宗法家族贾府的解构和衰落。清朝话石主人看清了这一点,他在《红楼梦本义约编》中说:

> 开场演说,笼起全部大纲,以下逐段出题,至游幻起一波,总摄全书,筋节了如指掌。

(一)为什么是宝玉揭开《红楼梦》金陵十二钗的盖头

《红楼梦》叙事结构是一个多层次的艺术框架,其中包括人物结构和序列。曹雪芹在贾府这个由男性贵族主宰的宗法王国中,挥洒笔墨,精心绘饰出了"远近高低各不同"层面上的美与丑相对比的人物群体形象,而留给读者刻骨铭心的却是那一群美丽的、年轻的、动人的女性。恰如曹雪芹所言:"然闺阁中历历有人,万不可因我之不肖,自护己短,一并使其泯灭也。"(第一回)曹雪芹借助宝玉与青年女性人物系列之间"情"的联系,透过宝玉的眼睛,在《红楼梦》长卷中展示了年轻女性的个性、行为和命运,而且唯有宝玉才能肩负起这一叙事视角使命。

人物关系决定着人物性格的走向。宝玉与黛玉、宝钗爱情婚姻的纠葛直接影响着宝玉性格的发展和演化。宝玉与元春的姊弟关系虽时隐时现地在情节中点染几笔,但每当关键时刻,这条线索都牵动着宝玉人生的走向。就连晴雯、袭人这些丫头的性格和命运也深深地影响和改造着宝玉。晴雯一向洁身如玉,自尊自爱,虽然生得比谁都俊俏,却从来没有私情蜜意地勾引宝玉。可是她被诬是狐狸精,在病中被王夫人赶出大观园。晴雯的死对宝玉后期性格的影响是至深的。从某种意义上说,离开了金陵十二钗及那些身份低微而品性不凡的青年女性,也就没有了《红楼梦》赋予宝玉的性格。

(二)金陵十二钗排序是以女性人生的三个层面为基本原则的

金陵十二钗的薄命看似个人的事情,尽管形形色色,但都是封建宗法制度下悲剧的女性,显现封建伦理文化的基本特征:男尊女卑,男女有别。从她们身上可以看到封建宗法婚姻家庭制度的缩影。实则每一个人都牵动着宗法家族特有的人际关系,有的演绎爱情悲剧,有的演绎婚姻悲剧,有的演绎家庭悲剧,而且表现出的女性意识和自我个性的程度也不尽相同。依据这一点,可知曹雪芹对金陵十二钗的排序是有深意的。

金陵十二钗展示了女性人生的三个层面。

1. 爱情悲剧——《红楼梦》的重要叙事内容:黛玉和宝钗

宝黛钗爱情婚姻是《红楼梦》的一条主要叙事线索。其中有爱情的,当数黛玉。那个时代的女性在婚姻上完全没有自主权,终身大事全凭"父母之命、媒妁之言",如若违反,则属"非礼","自择夫"与"淫奔女"等义。而曹雪芹却用酣畅的笔墨抒写了她和宝玉的爱情故事,主要集中在第八回至第九十八回约三十多个章回的叙事中。黛玉在爱情悲剧中陨落,将她的悲剧凝缩在一首曲中。

〔枉凝眉〕一个是阆苑仙葩,一个是美玉无瑕。若说没奇缘,今生偏又遇着他;若说有奇缘,如何心事终虚化?一个枉自嗟呀,一个空劳牵挂。一个是水中月,一个是镜中花。想眼中能有多少泪珠儿,怎禁得秋流到冬尽、春流到夏!

这首曲子抒发了人物心声,表达了宗法伦理下爱情不得实现的内心苦闷。

过去人们常常简单地指斥宗法伦理对青年男女爱情的禁锢和扼杀,没有看到处于宗法伦理社会氛围中的青年男女,不只是两个人的情感问题,更重要的是因爱情而导致的宗法权力文化阐释,也就是贾府家族对这个女儿的评价和认可。宝钗希望拥有"金玉良缘",她有少女的爱情,但不敢大胆地追求,也不轻易地流露,只是遵从"父母之命"。但她深深地懂得如何把自己纳入"礼"的规范之中,时时处处以封建淑女的标准要求自己,绝不多走一步,也绝不走错一步。

不想如今忽然来了一个薛宝钗,年岁虽大不多,然品格端方,容貌丰美,人多谓黛玉所不及。而且宝钗行为豁达,随分从时,不比黛玉孤高自许,目无下尘,故比黛玉大得下人之心。便是那些小丫头们,亦多喜与宝钗去顽。

因此黛玉心中便有些悒郁不忿之意,宝钗却是浑然不觉。

她的一点一滴、一言一行,赢得了贾府女性家长的欢心,终于在宗法权力文化中占据了优势。性格的因素更深刻地揭示了悲剧命运的整合性,那些行高于众的人,越是超脱世俗,行高和寡,越是走向中国文化的深渊,被孤立,被扼杀。一个像潇湘馆前的竹子一样的瘦劲孤高、不为俗趣的人,一个与宝玉情投意合、两情相悦的人,却得不到爱的归宿。黛玉越是苦闷,越是悲哀,鸣发出的心声越是荡气回肠。

宝玉对黛玉的爱刻骨铭心,始终不能释怀,终于遁入空门。宝钗的婚姻也在悲剧中了结。尽管黛玉、宝钗两人的命运结局不同,但产生悲剧的社会原因却是一样的。对于贾府嫡系继承人宝玉的择偶,"起决定作用的是家世的利益,而绝不是个人的意愿"(恩格斯《家庭、私有制和国家的起源》)。冷子兴演说荣国府时已透露了贾府是威名赫赫,而内囊空虚,也就是"贵"而不"富";而薛家是门庭冷落,但家财殷实,也就是"富"而不"贵"。这种互补的优势,给宝玉与宝钗的结合带来了契机。因为促使人际关系交往亲密,至关重要的因素之一是金钱和财富。曹雪芹将这普遍的规律蕴含在黛玉和宝钗的爱情婚姻悲剧之中,更显示出事体情理的真真切切。

2. 得不到爱的薄命女儿:元春、探春、湘云、妙玉和迎春、惜春

元春、探春、湘云、妙玉四人处在宗法社会下有着不同的生存状态,但表现出的女性意识却是一致的,而且个性较强;而迎春、惜春的个性相对黯弱。《红楼梦》从几个不同的视角展示了得不到爱的薄命女儿,构成悲剧的重要叙事内容。

皇室的婚姻。元春"因贤孝才德,选入宫中作女史去了",进宫后由女尚书到皇妃。一个"贤"字向我们透露了许多信息。封建时代女性的"贤",无非是恪守封建的妇道,常常与温顺、谦恭和贤良的品性分不开。元春"贤"到了贵为妃,除了给末世的贾府带来"烈火烹油、鲜花着锦"的虚热闹外,自己只是得到了不可挽回的人生体验。元春省亲时,对贾母、王夫人说了一句极为痛楚的话:"当日既送我到那不得见人的去处……"一语道破元春眼中的这种婚姻非但不是"荣华富贵",反倒是皇妃未必强于民妇。在刻画她的不多的笔墨中,流露更多的则是礼教的压抑和人性的欲望之间的矛盾。她既有贵妃尊贵和虚荣的一面,也有人的本能欲望的一面,向往自由,渴求亲情。然而在"君临天下"的时代,皇室的婚姻制度是对女性的极度摧残,元春的欲望被压抑了,被扼制了,实际上也属于"薄命司"。

精明而有才干、有能力、有思想的探春,对宗法伦理制度下的男尊女卑有着十分清醒的认识。面对贾府衰败的经济状况,她既不趁机多得,也不一味唾弃埋怨,而是抓住时机,以极大的魄力,实行改革,除弊兴利,然而她却不能在自己的婚姻上有任何的主动权。礼的规定及世俗的习惯,就是家长对子女婚姻对象的选择和确定,依照父母之命,媒妁之言。"庶出"的探春的婚姻当然也不例外。

乐观豪放、豁达开朗、率真憨厚的湘云,表面看似无忧无虑,实际却掩藏着自幼丧亲、寄人篱下的辛酸和隐痛;尽管是"侯府千金",在家"一点儿作不得主",反而常常"做活做到三更天"。大观园曾给她带来短暂的快乐,又嫁个"才貌仙郎"也给她带来为期不长的幸福,谁知一年后她竟落个早寡的命运。

妙玉"本是苏州人氏,祖上也是读书仕宦之家",只因父母双亡,"自小多病,买了许多替身儿皆不中用",便到名山宝刹——苏州玄墓山蟠香寺"带发修

行"。不过，她人虽出家，却没了断尘缘。她虽以"槛外人"自命，但还暗恋着"槛内人"宝玉。不仅这爱终究是可望而不可即，更可悲的是还落个深陷泥淖。

迎春是买卖婚姻的牺牲品。她是姨娘所生，从小死了娘。父亲贾赦和邢夫人对她毫不怜惜，贾赦欠了孙绍祖5000两银子，就将她嫁给了孙家，实际上借婚姻的形式来抵债。迎春到了孙家受尽欺凌和折磨：

〔喜冤家〕中山狼，无情兽，全不念当日根由。一味的骄奢淫荡贪还构。觑着那，侯门艳质同蒲柳；作践的，公府千金似下流。叹芳魂艳魄，一载荡悠悠。

贾府的小姐表面殊荣，而婚姻大事都不美满。元、迎、探"三春"的不幸命运，湘云的早寡，黛玉的早夭，抄家败亡，愈发让惜春感到现实生活的可悲与可怕，迫使她选择了另一条道路：出家。"可怜绣户侯门女，独卧青灯古佛旁"。

3. 生存在宗法婚姻家庭的女人：凤姐、李纨、巧姐、秦可卿

凤姐、秦可卿是《红楼梦》家庭悲剧的代表人物，她们的婚姻家庭与贾府衰败这条脉络紧紧裹挟在一起，昭然若揭。

李纨是少妇守寡节欲，她极懂得自尊，懂得人情世故，极力用封建道德"贞洁"检点言行，是人格高尚的女子。但她的生活"居处于膏粱锦绣之中，竟如'槁木死灰'一般"，灵魂被封建伦理挤压得失去了鲜活和生趣，"那美韶华去之何迅，再休提绣帐鸳衾"。什么节妇烈女，"也只是虚名儿与后人钦敬"。年轻的少妇处于漫长的青灯孤影的生涯之中，空寂与苦闷伴其一生。是宗法社会儒教庞大的社会网络笼罩着她，束缚着她，使她的青春枯萎，使她的欲望窒息，不声不响地为封建伦理纲常而殉葬。

"事败休云贵"，侯门之女巧姐沦落为村妇，也是整个贾府悲剧的调色板上的一抹。

总之，三个不同层面的女人种种不同的生活道路和形形色色的悲剧命运，都表现出封建社会的一个主流意识——"男尊女卑"，作为变调的方式多次出现，最后以多声部和弦的方式，整合地演奏了一场封建时代的悲剧。它撕破了罩在以血缘关系为纽带的温情脉脉的面纱，揉碎了美丽、聪明、才情洋溢的鲜活的少女生命，揭示了封建宗法伦理道德对两性关系的扭曲和对女性摧残的社会现象的普遍。

（三）金陵十二钗排序与《红楼梦》叙事结构的关系

金陵十二钗排序，秦可卿为什么排在最后一位？无论从年龄，还是地位，秦可卿都不至于排在巧姐的后面。别看这个问题很小，要说清它，还得从《红楼梦》整体叙事结构谈起。

首先，《红楼梦》整体叙事框架：宁国府和荣国府两条支脉交互演进，但以荣国府为主，以宁国府为辅。宁国府只是表现贾府衰败的一条副线。贾府的衰败影响了个人的悲剧命运，个人的悲剧又拓展了贾府衰败的层面。因此，金陵十二钗排序，荣国府的人物在先，宁国府的人物其次。

第一，爱情悲剧：黛玉（荣）、宝钗（荣）。

第二，婚姻悲剧：元春（荣）、探春（荣）、湘云（荣）、妙玉（荣）、迎春（荣）、惜春（宁）。

第三，家庭悲剧：凤姐（荣）、李纨（荣）、巧姐（荣）、秦可卿（宁）。

凤姐和李纨是贾母的孙媳妇；巧姐和秦可卿是重孙辈的，何况秦可卿又是宁国府的人，当然排序是倒数第一人。

《金陵十二钗》图册和《红楼梦曲》的真正叙事目的，是在《红楼梦》整个叙事流程中隐含和开启青年女性人物系列的性格展露和命运走向，矛头直指封建宗法的婚姻家庭制度，掀开贾府悲剧的大幕。

曹雪芹设计第五回宝玉神游太虚幻境的故事，把金陵十二钗都归入太虚幻境的"薄命司"。她们共同的命运，即"千红一窟（哭）""万艳同杯（悲）"。命运的基调是"悲金悼玉"。

所谓"悲金悼玉"包含两层意思。

从具象意义上讲，概括了贯穿全书的宝、黛、钗爱情婚姻悲剧这一条重要的叙事线索。《红楼梦曲》"悲金悼玉"的曲子：

〔终身误〕都道是金玉良姻，俺只念木石前盟。空对着，山中高士晶莹雪；终不忘，世外仙姝寂寞林。叹人间，美中不足今方信。纵然是齐眉举案，到底意难平。

这是拟宝玉的口气写的咏叹调。薛宝钗"德言工貌"，样样俱全，才智出众，是封建淑女的典范，而"罕言寡语""安分随时"的处世哲学，也使她与贾府那样的环境以及当时的社会绝无冲突，相反倒有"好风凭借力，送我上青云"的机会。"山中高士晶莹雪"暗喻薛宝钗的冷漠和超然，书中还多次以"冷香丸""冷美人""任是无情也动人"等隐喻，来强调她性格的这一特点。"金玉良缘"只是一杯没有爱情的苦酒。尽管薛宝钗能克尽妇道，像传说中的孟光那样"齐眉举案"，几近完美，但宝玉仍不能忘情于悲凄而逝的林黛玉，终于看破红尘，怀着不平之意，撒手出家，而薛宝钗也不免在孤寂冷落中抱憾终身。

宝、黛的情感表达了封建时代少男少女爱恋时微妙复杂的心理。黛玉何以会在恋爱中以泪洗面，固然有"小性儿、爱恼"，性格的差异曾引起一些误会和微波。但更重要的原因是，他们真挚的爱情有悖于贾府封建伦理纲常。黛玉沉重抑郁之情反日甚一日，其间虽有紫鹃为促成他们婚姻进行过大胆的努力，宝玉也为此激成"痴迷"，但主宰着他们婚姻的王夫人、贾母等人对此无动于衷。这种无人替黛玉做主的现实，反过来又加重了黛玉性格的忧郁清怨，终于泪尽而亡。

全书所描写的宝、黛、钗爱情婚姻悲剧的主要叙事内容和基本旋律，一直贯穿于全书所展开的悲剧的浩瀚乐章之中。宝、黛、钗爱情婚姻悲剧，既与贾府衰败的基本意脉相联系，又自成首尾，通体一致，有相对独立的思想内涵。它不仅表现为封建纲常伦理和家族政治经济的需要，而扼杀了一对青年男女的自由爱情，同时也导致宝钗婚姻的不幸，而且突出了反封建的叛逆思想的萌生，歌颂了有价值的新生事物不屈黑暗势力吞灭悲剧的伟大。由此可知，黛玉和宝钗并列第一，理当如此。

广义上讲"悲金悼玉"还应该包括贵族出身和小姐地位的所有女子。有"贾家四春"：元（原）、迎（应）、探（叹）、惜（息）和属于贾家的媳妇凤姐、李纨、秦可卿，还有曾孙女巧姐。其余二人，湘云是侯门之女、史家的小姐；妙玉也是读书仕宦之家的千金，其判词定为"可怜金玉质"。所以说她们都是"金枝玉叶"式的人物。"因此上，演出这悲金悼玉的红楼梦"。

女婢是封建等级制社会底层最受压迫、摧残的女性，《金陵十二钗》图册有三人，即晴雯、袭人和香菱。虽然只写了她们三人，但她们背后的张力空间是很大的。奴婢是封建等级制衍生出来的一个特殊社会阶层，等级森严，待遇悬殊。

有头有脸的陪房、姨娘，可以登堂入室，掌理要事；挥霍用度，不比寻常；仗势欺人，刁难胜主。下贱的粗使丫鬟、婆子日夜劳作，不得温饱，挨打受骂，性命难保。无论是有头脸的，还是粗使下贱的，都与主子的生活和命运裹挟在一起。贾府贵族成员不过二三十人，但供他们使唤的奴婢就有二百多人，形成这个特殊社会层次，在《红楼梦》中充分展示出来。

其一，奴婢制，虽在中国封建社会延绵不绝，但清朝较之前朝却有过之。清朝统治者入主中原，奴隶制残余亦带入关内，不仅合法而且无定制。

其二，中国的官僚阶层，贪恋声色，也是导致奴婢制畸形发展的重要因素。

其三，封建官宦世袭之家，几代同堂，聚族而居，钟鸣鼎食，大讲排场，也必须有一大批各司其职的奴婢侍候。

不管女婢的个性如何，由于没有人身自由，主子对她们可以打骂，可以买卖，她们从来就没有好的出路。最好的盼头是由婢到妾，成为半个主子、半个奴才。

薄命为什么是金陵十二钗为代表的青年女性的共同悲剧命运？《红楼梦》为什么偏偏以"千红一哭""万艳同悲"为主旋律，以"悲金悼玉"为最强音？

恩格斯曾说过："在历史上出现的最初的阶级对立，是同个体婚制下的夫妻间的对抗的发展同时发生的，而最初的阶级压迫，是同男性对女性的奴役同时发生的。"（《马恩选集》第四卷）"男尊女卑"是整个封建社会的主流意识，表现出女人种种不同的生活道路和形形色色的悲剧命运。曹雪芹当然不会这样理性地认识，但他清醒地懂得："我想历来野史的朝代，无非假借'汉''唐'的名色；莫如我这石头所记，不借此套，只按自己的事体情理，反倒新鲜别致。"这种按照事物本来面貌作为叙事根据，不管是自觉或是不自觉，都会正中肯綮。《红楼梦》思想意蕴的深刻，艺术力量的震撼，其中重要的是在贾府宗法封建家族中，形象地以女子的独特生活道路和命运遭遇作为变调的方式重现，最后以多声部和弦的方式，整合演奏了一场封建时代的悲剧。

"红颜薄命"的挽歌宣告了贾府势败人亡，《红楼梦曲》最后一支曲是对十二支曲的总括：

为官的，家业凋零；

富贵的，金银散尽；

有恩的，死里逃生；

无情的，分明报应；

欠命的，命已还；

欠泪的，泪已尽。

冤冤相报实非轻，

分离聚合皆前定。

欲知命短问前生，

老来富贵也真侥幸。

看破的，遁入空门；

痴迷的，枉送了性命。

好一似食尽鸟投林，

落了片白茫茫大地真干净。

这支曲子是对以金陵十二钗及地位低下的青年女性总的概括，更是对贾府势败人亡总的概括。

（摘自《红楼梦叙事艺术》，新华出版社2011年版，有删节）

作者简介：郑铁生，天津外国语大学二级教授。曾任北京曹雪芹学会副会长、天津外国语学院汉学院院长兼学报常务副主编。中国红楼梦学会理事，中国三国演义学会副会长，中国修辞学会理事，中国对外汉语修辞学会副会长。享受国务院颁发的政府特殊津贴，2009年获得天津外国语大学"教学名师"的称号，2010年获得天津市"十大藏书家"称号。著有《红楼梦叙事艺术》《曹雪芹与红楼梦》《三国演义诗词鉴赏》《三国演义叙事艺术》《刘心武"红学"之谜》等作品。

《红楼梦》五个书名及其意义

王 博

《红楼梦》的读者,也许都知道这部书有另外一个名字:《石头记》。但是对其他的几个名字就有些陌生。甲戌本《脂砚斋重评石头记》"凡例"云:

> 红楼梦旨义是书题名极〔多〕,〔红楼〕梦是总其全部之名也。又曰风月宝鉴,是戒妄动风月之情。又曰石头记,是自譬石头所记之事也。此三名皆书中曾已点睛矣。如宝玉作梦,梦中有曲名曰红楼梦十二支,此则红楼梦之点睛。又如贾瑞病,跛道人持一镜来,上面即錾风月宝鉴四字,此则风月宝鉴之点睛。又如道人亲眼见石上大书一篇故事,则系石头所记之往来,此则石头记之点睛处。然此书又名曰金陵十二钗,审其名则必系金陵十二女子也。然通部细搜检去,上中下女子岂止十二人哉!若云其中自有十二个,则又未尝指明白系某某。极至红楼梦一回中亦曾翻出金陵十二钗之簿籍,又有十二支曲可考。①

这部书的题名确实很多,"凡例"中除《红楼梦》外,还提到了《风月宝鉴》《石头记》和《金陵十二钗》三个书名。这和第一回的说法可以互相参照:

> 空空道人听如此说,思忖半晌,将这《石头记》(甲戌侧批:本名)再检阅一遍,因见上面虽有些指奸责佞贬恶诛邪之语,亦非伤时骂世之旨,及至君仁臣良父慈子孝,凡伦常所关之处,皆是称功颂德,眷眷无穷,实非别书之可比。虽其中大旨谈情,亦不过实录其事,又非假拟妄称,一味淫邀艳约、私订偷盟之可比。因毫不干涉时世,方从头至尾抄录回来,问世传奇。从此空空道人因空见色,由色生情,传情入色,自色悟空,遂易名为情僧,

---

① 〔 〕内的字原缺,此是最早购得该书的胡适所补。按:胡适购得此书是在1927年。

> 改《石头记》为《情僧录》。至吴玉峰题曰《红楼梦》。东鲁孔梅溪则题曰《风月宝鉴》。后因曹雪芹于悼红轩中披阅十载，增删五次，纂成目录，分出章回，则题曰《金陵十二钗》。

与"凡例"相比，这里又多出了《情僧录》一名，同时也暗示了《石头记》是书之本名。其中还提到了几个与书名相关的人名，如空空道人、吴玉峰、孔梅溪、曹雪芹等。这些书名和人名当然会引起读者和研究者的兴趣，它不仅关系着《红楼梦》的作者和来历，更涉及该书的思想和读法。

《红楼梦》的五个书名，批书人早已经注意到。第十七回述大观园"正门五间"，张新之评本（以下简称张本）夹批即云："石头记、情僧录、风月宝鉴、金陵十二钗、红楼梦，书名有五，故门面五间。"由门面五间想到书名有五，似乎暗示了五个书名乃是通向全书的五个门户。一部小说有如此多的名字，并不常见。而每一个名字都关联着一个人物，就更是特别。考虑到作者经常斩草成阵、撒豆成兵，读者似乎不能完全相信字面的叙述。脂砚斋就曾如此提醒：

> 若云雪芹披阅增删，然后开卷至此这一篇楔子又系谁撰？足见作者之笔，狡猾之甚！后文如此处者不少。这正是作者用画家烟云模糊〔法〕处，观者万不可被作者瞒弊了去，方是巨眼。

同样的提醒也见于第八回脂批："作人要老诚，作文要狡猾。"伟大的作品总是狡猾的，唯其狡猾，所以耐人寻味。尤其是面对擅长"荒唐言"的曹雪芹来说，就要越发小心。

曹雪芹对于名义似乎有着异乎寻常的兴趣。他自己的名字和别号甚多，以目前所知，雪芹的本名是曹霑，字梦阮，号雪芹、芹圃、芹溪、耐冷道人等。这些名号当然有它的意义。尤其是字和号，更反映着主人的志趣和追求。如梦阮显示着曹雪芹自觉地和阮籍的生命连接起来，而耐冷道人则有很强的佛教意味，呈现了他自己的心灵世界。作者很喜欢给书中的各种角色设置字号，如第三十七回记载，大观园初起诗社，黛玉要众人皆起诗号，于是李纨号稻香老农，探春号秋爽居士（后改称蕉下客），宝钗号蘅芜君，黛玉号潇湘妃子等，宝玉也要众人帮他起个号：

> 宝玉道："我呢，你们也替我想一个。"宝钗道："你的号早有了，'无事忙'

三字恰当的很。"李纨道："你还是你的旧号'绛洞花王'就好。"宝玉笑道："小时候干的营生，还提他作什么。"探春道："你的号多的很，又起什么。我们爱叫你什么，你就答应着就是了。"宝钗道："还得我送你个号罢。有最俗的一个号，却于你最当。天下最难得的是富贵，又难得的是闲散，这两样再不能兼有，不想你兼有了，就叫你'富贵闲人'也罢了。"宝玉笑道："当不起，当不起，倒是随你们混叫去罢。"

这段话应该仔细琢磨。对于全书的主角，"我们爱叫你什么，你就答应着就是了"，颇具意味。而宝玉的回答"当不起，当不起，倒是随你们混叫去罢"，也值得回味。如果把宝玉比作《红楼梦》，其他人看作读者，对话中的说法似乎也适用。每个人都可以从自己的角度给宝玉命名，正如每一个读者都会有属于自己的《红楼梦》印象。一旦意识到这一点，对于名号保持某种开放的态度，就成为自然的事情。按照这种态度，名号和命名者之间的关系就更值得关注。对于同一个对象，不同的人会有不同的理解和期望，因此也就会有不同的命名。书中有明显的例子表现了这一点，譬如好几个丫鬟的名字就随着主人的变更而改动，典型的例子是袭人本名珍珠，姓花，被宝玉根据宋人的诗句"花气袭人知骤暖"改为袭人；还有贾母身边的鹦哥送给黛玉后，改名紫鹃等。整部书对于贾母的称呼，也是同样的情形，第三十九回记刘姥姥见到贾母，开口便说"请老寿星安"，庚辰本双行夹批云：

> 更妙，贾母之号何其多耶！在诸人口中则曰老太太，在阿凤口中则曰老祖宗，在僧尼口中则曰老菩萨，在刘姥姥口中则曰老寿星者，却似有数人，想去则皆贾母，难得如此各尽其妙，刘姥姥亦善应接。

其中提到"却似有数人，想去则皆贾母，难得如此各尽其妙"，给阅读提供了启示的空间。细想不同人对于贾母的称呼，无不根据各自的身份。众人叫老太太显得非常自然，凤姐叫老祖宗体现着她独有而一贯的奉承，僧尼叫老菩萨是把贾母往佛门里拉，刘姥姥叫老寿星则表示着庄稼人的朴实。

这给我们理解《红楼梦》的众多名字以及与此相关的那些命名者提供了合理的角度。似有数人，不过是一人。似有数名，却只是一本书。在这种云龙之笔中，书名的意义恰恰显示出来。不同的名字提示着不同的写作或阅读角度，这些角度又通过不同的人名如空空道人、吴玉峰、孔梅溪等体现出来。空空道人等当然是虚构的，他们不过是曹雪芹的分身，就像《西游记》中孙悟空用毫毛变化出来的孙悟空们。张本夹批："空空道人作者自谓也，故直曰《情僧录》。"作者出情入僧，遁入空门，故自谓情僧，亦自谓空空道人，自此角度，《石头记》就是以情悟道的记录，故谓之《情僧录》。张本夹批云："此书凡人名、地名皆有借音，有寓意，从无信手拈来者。"此前，《金瓶梅》等书已经采取了类似的笔法。以此来看吴玉峰，如周策纵先生已经指出的，它的谐音便是无玉峰，其实即石头还没有成为通灵宝玉时所在的青埂峰。这是世界的真相，而通灵宝玉所进入的滚滚红尘不过是繁华一梦，故谓之《红楼梦》。至于孔梅溪，作者特别加上东鲁的字样，显然让人想到孔子。周春《红楼梦约评》云："又将孔梅溪题曰《风月宝鉴》，陪出曹雪芹，乃乌有先生也。其曰东鲁孔梅溪者，不过言山东孔圣人之后，北省人口语如此。"风月宝鉴在书中主要用于反思贾瑞和凤姐生命中呈现出来的欲望，涉及儒家和佛教之间的对话。而《金陵十二钗》显然集中在生命的主题，作者把这个名字留给自己，表现了对于悲剧性的人生在世境遇的关注。

从各种线索来看，这部书的本名无疑是《石头记》。第一回提到《石头记》的时候，脂砚斋的旁批特别强调："本名也。"各种脂评本多使用《石头记》书名，批语中也是如此。程本《红楼梦》前有程伟元之序，亦称《石头记》是此书原名。《石头记》之得名，在作者的叙述层面中，很容易理解。根据作者的交代，这部小说并不是自己的创作，而是从石头上抄来的，因此也被称为"石上书"。整部书的内容，不过是一块无材补天的石头的记录：

列位看官：你道此书从何而来？说起根由虽近荒唐，细按则深有趣味。待在下将此来历注明，方使阅者了然不惑。原来女娲氏炼石补天之时，于大荒山无稽崖炼成高经十二丈、方经二十四丈顽石三万六千五百零一块。娲皇氏只用了三万六千五百块，只单单的剩了一块未用，便弃在此山青埂峰下。谁知此石自经煅炼之后，灵性已通，因见众石俱得补天，独自己无材不堪入选，遂自怨自叹，日夜悲号惭愧。一日，正当嗟悼之际，俄见一僧一道远远而来，生得骨格不凡，丰神迥别，说说笑笑来至峰下，坐于石边高谈快论。先是说些云山雾海神仙玄幻之事，后便说到红尘中荣华富贵。此石听了，不觉打动凡心，也想要到人间去享一享这荣华富贵，但自恨粗蠢，不得已，便口吐人言，向那僧道说道："大师，弟子蠢物，不能见礼了。适闻二位谈那人世间荣耀繁华，心切慕之。弟子质虽粗蠢，性却稍通，况见二师仙形道体，定非凡品，必有补天济世之材，利物济人之德。如蒙发一点慈心，携带弟子得入红尘，在那富贵场中、温柔乡里受享几年，自当永佩洪恩，万劫不忘也。"二仙师听毕，齐憨笑道："善哉，善哉！那红尘中有却有些乐事，但不能永远依恃，况又有'美中不足，好事多魔'八个字紧相连属，瞬息间则又乐极悲生，人非物换，究竟是到头一梦，万境归空。倒不如不去的好。"这石凡心已炽，那里听得进这话去，乃复苦求再四。二仙知不可强制，乃叹道："此亦静极思动，无中生有之数也。既如此，我们便携你去受享受享，只是到不得意时，切莫后悔。"石道："自然，自然。"那僧又道："若说你性灵，却又如此质蠢，并更无奇贵之处，如此也只好踮脚而已。也罢，我如今大施佛法助你助，待劫终之日，复还本质，以了此案。你道好否？"石头听了，感谢不尽。那僧便念咒书符，大展幻术，将一块大石登时变成一块鲜明莹洁的美玉，且又缩成扇坠大小的可佩可拿。那僧托于掌上，笑道："形体倒也是个宝物了！还只没有实在的好处，须得再镌上数字，使人一见便知是奇物方妙……"……后来，又不知过了几世几劫，因有个空空道人访道求仙，忽从这大荒山无稽崖青埂峰下经过，忽见一大块石上字迹分明，编述历历。空空道人乃从头一看，原来就是无材补天，幻形入世，蒙茫茫大士、渺渺真人携入红尘，历尽离合悲欢炎凉世态的一段故事。……方从头至尾抄录回来，问世传奇。

按照这里的说法，一块石头的凡心偶炽，引起后来化为美玉、幻形入世，然后又复归本质的故事。通部书，不过是石头的旅行游记。空空道人把石头上留下的历历文字抄录下来，流传于世，便是所谓《石头记》。后文还提到"空空道人遂向石头说道：'石兄，你这一段故事，据你自己说有些趣味，故编写在此，意欲问世传奇……'"。事实上，在小说中，作者一直没有忘记石头的身份，因此不时地让它出场，以醒读者之目。试看第四回的叙述：

> 一面说，一面从口袋中取出一张抄写的"护官符"来，递与雨村，看时，

> 上面皆是本地大族名宦之家的谚俗口碑。其口碑排写得明白，下面所注的皆是自始祖官爵并房次。石头亦曾抄写了一张，今据石上所抄云……

另外，第八回通灵宝玉上面刻的文字也是顽石记下的。更明显的则是第十八回：

> 元春入室，更衣毕复出，上舆进园。只见园中香烟缭绕，花彩缤纷，处处灯光相映，时时细乐声喧，说不尽这太平景象，富贵风流。此时自己回想当初在大荒山中，青埂峰下，那等凄凉寂寞；若不亏癞僧、跛道二人携来到此，又安能得见这般世面。本欲作一篇《灯月赋》《省亲颂》，以志今日之事，但又恐入了别书的俗套。按此时之景，即作一赋一赞，也不能形容得尽其妙；即不作赋赞，其豪华富丽，观者诸公亦可想而知矣。所以倒是省了这工夫纸墨，且说正经的为是。

庚辰双行夹批："自'此时'以下皆石头之语，真是千奇百怪之文。"庚辰眉批："如此繁华盛极花团锦簇之文忽用石兄自语截住，是何笔力！令人安得不拍案叫绝。试阅历来诸小说中有如此章法乎？"此外，书中多有"待蠢物逐细言来""待蠢物将原委说明，大家方知"等说法，甲戌双行夹批："妙谦，是石头口角。"庚辰本双行夹批："石兄自谦，妙！可代答云'岂敢！'"这些说法无疑都在呼应着《石头记》的书名，提示着石头作为作者的身份。同时，携带着这块石头的主人公贾宝玉，也经常被早期的批注者称为"石兄"或"玉兄"。如"试问石兄：此一托，比在青埂峰下猿啼虎啸之声如何？余代答曰：遂心如意"（第二十回）。"试问石兄：此一渥，比在青埂峰下松风明月如何？""非颦儿断无是佳吟，非石兄断无是情聆。"甲戌眉批："一部书中第一人却如此淡淡带出，故不见后来玉兄文字繁难。"

石头的经历，简单地说，便是从大荒山下的石头，幻形为通灵宝玉，最后复归石头本质。这三个阶段，应该就是第一回"三生石"名义的意义。"三生"显然是佛家的术语，指前生、今生和来生。这块石头和主人公贾宝玉有同构的关系，它伴随着宝玉来到这个世界。以一般的想法，这似乎有些荒诞，但荒诞的背后也包含着一些有趣的信息，这块石头和人的生命有关，是与生俱来之物，这意味着什么呢？解盦居士《石头臆说》云：

> 《红楼梦》一书得《国风》《小雅》《离骚》遗意，参以《庄》《列》寓

言，奇想天开，戛戛独造。从女娲氏炼石补天说起，开卷大书特书曰：作者自云曾历一番梦幻，借通灵说此石头记一书。是石上历历编述之字迹尽属通灵所说者矣。通灵宝玉兼体用讲，论体为作者之心，论用为作者之文。夫从胎里带来，口中吐出，非即作者之心与文乎？

作者之心，这是解盦居士给出的答案。其实在此之前，张本夹批已经有类似的说法："实在好处再镌上几个字，乃'莫失莫忘'也。其下语则效验，谓非心而何？"张本总评："石头是人、是心、是性、是天、是明德，曰'通灵'即虚灵不昧也。"按照这种理解，石头指的便是心，《石头记》的名义表达的不过就是心灵的觉悟历程和记录。

沿着这个方向思考，通灵宝玉和复归本质的石头其实分别代表着心灵的两种状态，前者是陷溺在这个世界之中的执着而跃动的心，后者则是觉悟之后的不动的空心。以石头来比喻不动之心，《诗经》中便可以看到，《邶风·柏舟》云："我心匪石，不可转也；我心匪席，不可卷也。"郑笺云："言己心志坚、平过于石、席。"有似后世常说的心如磐石之义。而在佛教中，以石头比喻无心则更常见。裴休所编临济宗《黄檗希运禅师传心法要》有云：

> 无心者，无一切心也。如如之体，内如木石，不动不摇；外如虚空，不塞不碍。无方所，无相貌，无得失。

《新纂续藏经》所收明韩岩集解、程衷懋补注的《金刚经补注》记载：

> 志公云：但有纤毫即是尘，举意便遭魔所扰。经云：若人欲识佛境界，当净其意如虚空，学道之人，但于一切诸法无取无舍，见如不见，闻如不闻，心如木石，刮削并当，令内外清净，方是逍遥自在底人。

很显然，石和木一起成为无心或者不动心的象征。这当然不是让人变成木石，佛教一直很强调这一区别。试看《五灯会元》卷三慧海禅师条中如下的话：

> 师曰：大德如否？曰：如。师曰：木石如否？曰：如。师曰：大德如同木石如否？曰：无二。师曰：大德与木石何别？僧无对。

大德只是如木石般无心，但并不真如木石般无生意。这一点在传说是菩提达摩所制的《无心论》中也得到了重视：

> 问曰：和尚既云于一切处尽皆无心，木石亦无心，岂不同于木石乎？答

曰:而我无心,心不同木石。何以故?譬如天鼓,虽复无心,自然出种种妙法,教化众生。又如如意珠,虽复无心,自然能作种种变现,而我无心亦复如是。虽复无心,善能觉了诸法实相,具真般若三身自在应用无妨。故《宝积经》云:以无心意而现行,岂同木石乎?夫无心者即真心也,真心者即无心也。

无心、木石和生命的关系乃是中国佛教讨论的一个问题。站在佛教的立场,可以说心如木石而非木石。如此常见的木石字样难免不会让人想起《红楼梦》中一再突出的"木石前盟",考虑到木和石都是无心或空心的象征,那么木石前盟无论如何动人,却仍然是空中楼阁。

作为石头堕入红尘的幻形,通灵宝玉意味着石头和肉体以及有形世界的结合,石头是无心或空心,通灵宝玉则象征凡心。第八回借宝钗之眼呈现通灵宝玉的真相,作者有诗云:

女娲炼石已荒唐,又向荒唐演大荒。

失去幽冥真境界,幻来亲就臭皮囊。

好知运败金无彩,堪叹时乖玉不光。

白骨如山忘姓氏,无非公子与红妆。

石头的迷失让自己成为通灵宝玉,一方面是和臭皮囊的结合,另一方面是进入金玉的世界。以佛教的立场,这自然是愚蠢的堕落,所以才会有蠢、粗蠢、质蠢、蠢物等说法。蠢的表现是痴迷,携带通灵宝玉的贾宝玉虽然可以拒绝一般人追逐的仕途经济,却迷失在情感的世界之中。第二十五回的着魔当然是贾宝玉痴迷的点题,也是石头堕落的点题。因被声色货利所迷,通灵宝玉应该具有的"除邪祟"的功能不再灵验。把它带入红尘的和尚感叹道:

"……可羡你当时的那段好处:天不拘兮地不羁,心头无喜亦无悲;却因锻炼通灵后,便向人间觅是非。可叹你今日这番经历:粉渍脂痕污宝光,绮栊昼夜困鸳鸯;沉酣一梦终须醒,冤孽偿清好散场!"

两首诗显然对应着石头从本来状态的迷失和通灵宝玉的终极觉悟,表现心灵"迷"和"悟"的两种状态。一念迷即凡,执世界之梦幻以为真实;一念悟即圣,无念无住,得大自在。通灵宝玉是迷悟一体的矛盾之物,作为宝玉,它很容易陷溺于此世界;但作为石头,具有通灵的本领,便有觉悟的能力。就好像小说的主人公贾宝玉,既在这个世界之中,又能够走到这个世界之外。

简言之,《石头记》之名表现的是心灵的旅行及其印记,这个名字的意义和魅力由此呈现出来。作为生命的根本和觉悟的关键,它凸显了中国文化和思想的关键主题:心灵。而与另外几个名字相关的情感、欲望、生命和世界都须借助于心灵得以呈现。在这个意义上,《石头记》作为本名非常恰当。而其他的名字,正是此本名意义的扩展和补充。

与《石头记》相比,《情僧录》显然突出了情感的角度。全书"大旨言情",宝玉和黛玉都被塑造为情痴,所以《红楼梦》被花月痴人称为"情书",汪大可《泪珠缘书后》亦云:"《红楼》以前无情书,《红楼》以后无情书,旷观古今,红楼其矫矫独立矣!"全书对于情感的立体式呈现确实令人印象深刻,以宝玉为枢纽,以男女之情为中心,延伸到人伦亲情、朋友之情或一般意义上的人情。太虚幻境的叙述明显是以情为主线,玉石牌坊之后第一道宫门上的横匾就是"孽海情天"四字,两边还有一副对联:

厚地高天,堪叹古今情不尽;

痴男怨女,可怜风月债难偿。

痴情、结怨、朝啼、夜怨、春感、秋悲,天地之间,作者所关注者,一无尽之"情"字而已。所关注的生命,也集中在所谓的情种。这也是《红楼梦》曲子的核心,"开辟鸿蒙,谁为情种?趁着这奈何天,伤怀日,寂寥时,试遣愚衷,因此上,演出这悲金悼玉的红楼梦"。如"引子"所云,天地开辟之后,情种直接被安置在舞台中心。的确,整部大书在宝玉和黛玉之外,通过冯渊和英莲,张金哥和守备家公子,秦钟和智能儿,贾蔷和龄官,司棋和潘又安,尤三姐和柳湘莲,作者刻画了一系列形态各异的情种,演绎了一个儿女之情的世界。此外,贾母、贾政、王夫人、元春与宝玉之间的天伦之情,宝玉与秦钟、蒋玉菡、北静王、柳湘莲之间的朋友之情,宝玉与晴雯之间的纯情,贾雨村的薄情,倪二的豪情,詹光们的阿谀奉承之情,赵姨娘们的不忿之情,赖尚荣的势利之情等,千变万化,应有尽有,读来有身临其境之感。

但《红楼梦》不是一般的情书,它的宗旨是以情悟道,轨迹是出情入空,相应的生命形态则是从情痴到僧人,成为空空道人。"从此空空道人因空见色,由色生情,传情入色,自色悟空,遂易名为情僧,改《石头记》为《情僧录》。"情僧"的名字醒目之极,脂批:"空空道人易名为情僧,则何空空之有,分明作者调侃之笔。"但调侃之中,却满是泪水。这是一个有情的僧人,他曾经如此执着于情,最终却觉悟到情根之无稽,决绝地走进了空门。进一步说,没有热烈的执着,也就很难有深刻的觉悟。明末董说所著的《西游补》答问第一条说道:

> 四万八千年,俱是情根团结。悟通大道,必先空破情根。空破情根,必先走入情内。走入情内,见得世界情根之虚。然后走出情外,认得道根之实。①

走入情内,见得世界情根之虚,方能走出情外,这正是石头的轨迹,也是贾宝玉和很多人的轨迹。石头必在大荒山无稽崖青埂峰下的道理即在此,青埂峰谐音"情根",情根不过是大荒和无稽。《庄子·大宗师》中有"撄宁"之说,"撄宁也者,撄而后成者也"。说者云:

> 有僧托钵而歌姬院,或非之,曰:我自调心,何关汝事?即撄宁后成之意。英灵汉,须于利欲场得失场中战胜一番,方证大休歇田地。得道之后,任他尘扰弥天,总是臣心如水。

这是一个情僧的画像。空空道人也有着类似的经历,"由色生情,传情入色",在情色中着实热闹过一番。只有到最后发现"到头一梦,万境归空",才能自色悟空。如第一回脂批所云:

> 以顽石草木为偶,实历尽风月波澜,尝遍情缘滋味,至无可如何,始结此木石因果,以泄胸中抱郁。

复归于顽石草木,是以"历尽风月波澜,尝遍情缘滋味"为前提的。痴迷和执着正是觉悟的必经环节。甄士隐如此,贾宝玉也是如此。他们以自己爱情和人情的经历证得了空空之理。从他们的角度来看,《红楼梦》不是《情僧录》又是什么呢?

根据庚辰、甲戌、靖本等的批语,书末应该有一个警幻情榜。情榜的目的似

---

① 周策纵先生曾经专门撰文讨论《红楼梦》和《西游补》的关系,并特别强调两书都重视情的观念。如这里提到的"情根"一词,《红楼梦》中虽然没有直接提到,但"青埂峰"的"青埂"两字,据脂批,暗喻的就是"情根"。见周氏著《红楼梦案》。

乎是从情的角度给每个册中人一个简要的评价和定位，如宝玉是情不情，黛玉是情情。尽管无法看到全貌，情榜存在的本身就确认了情对于这部小说而言的中心地位。而从讨论《情僧录》这一书名的角度来说，"情不情"的标签意味着宝玉从情走向不情的生命历程，一个最伟大的情人变成了一个僧人。前引"开辟鸿蒙，谁为情种"之后，脂批云："非作者为谁？余又曰：亦非作者，乃石头耳。"宝玉无疑是最典型的情种，如果说女儿是水做的，男儿是泥做的，那么宝玉就是情做的。他的情表现为体贴，面向的是整个世界。宝玉越是体贴世界，就越是发现生命和世界的无奈，从他人的生命和情感中，更从自己的生命和情感中，不断地感受虚无。如第三十五回蒙府本回末总批所说：

> 此回是以情说法，警醒世人。黛玉回情凝思默度，忘其有身，忘其有病；而宝玉千屈万折因情，忘其尊卑，忘其痛苦，并忘其性情。爱河之深无底，何可泛滥？一溺其中，非死不止。且凡爱者不专，新旧叠增，岂能尽了其多情之心？不能不流于无情之地。究其立意，倏忽千里而自不觉。诚可悲乎！

多情而终流于无情，"幽微灵秀地，无可奈何天"，不知道参透了情之虚无的僧人宝玉，是否还怀念作为痴情人的时光呢？不妨看看周绮的一首诗：

> 不辨啼痕与墨痕，无情火断有情根。
> 从来此事销魂最，已断尘缘未断情。

我想周绮是对的。如果宝玉真的断掉情根，又怎么会有如此一部情书呢？未断而不得不断，才成就了这部悲剧。如徐畹兰《偶书石头记后》第七首所吟：

> 梨花落尽不成春，梦里重来恐未真。
> 漫道玉郎真薄幸，空门遁迹为何人？

《风月宝鉴》的点睛处在书中第十二回"贾天祥正照风月鉴"，直接涉及的是贾瑞和王熙凤之间的一段公案，其实质则是关于欲望的思考，以及儒家和佛教的对话。贾瑞属于贾氏一族的玉字辈，父母早亡，只有他祖父贾代儒教养。代儒是年高有德的老儒，也是贾府义学的司塾，负责教育族中子弟，对孙子要求甚严。忙碌之时，便让贾瑞帮忙管理学中之事。第九回说，贾瑞"最是个图便宜没行止的人，每在学中，以公报私，勒索子弟们请他。后又助着薛蟠图些银钱酒肉，一任薛蟠横行霸道，他不但不去管约，反助纣为虐讨好儿"。观此则其为人可知。

后在宁府偶遇凤姐，顿起淫心。反遭凤姐毒设相思局，几番戏弄，仍执迷不悟。"不觉就得了一病：心内发膨胀，口内无滋味，脚下如绵，眼中似醋，黑夜作烧，白日常倦，下溺遗精，嗽痰带血……于是不能支撑，一头跌倒，合上眼还只梦魂颠倒，满口说胡话，惊怖异常。百般请医疗治……也不见个动静"。一日，忽有跛足道人来化斋，口称专治冤业之症：

> 那道士叹道："你这病非药可医。我有个宝贝与你，你天天看时，此命可保矣！"说毕，从褡裢中取出正反面皆可照人的镜，背上面錾着风月宝鉴四字，递与贾瑞道："这物出自太虚玄境空灵殿上，警幻仙子所制，专治邪思妄动之症，有济世保生之功。所以带他到世上来，单与那些聪明俊杰、风雅王孙等看照。千万不可照正面，只照他的背面，要紧，要紧！三日后吾来收取，管叫你好了。"

贾瑞反面一照，只见一个骷髅立在里面；正面一照，却见凤姐站在里面点手儿叫他。心中一喜，荡悠悠觉得进了镜子，与凤姐云雨一番，凤姐仍送他出来。如此三四次，便气绝身亡。代儒夫妇大骂道士："是何妖镜！若不毁此镜，遗害人世不小！"正欲烧宝镜时，只听空中叫道："谁叫你们瞧正面了的！你们自己以假为真，为何烧我此镜？"

这显然不是一般意义上的镜子，和宝玉的通灵宝玉一样，风月宝鉴的非凡来历，暗示着它具有揭示人间真相的功能。如王希廉本总评所说："背面是骷髅，正面是凤姐，美人即骷髅，骷髅即美人，所谓色即是空，空即是色也。"来自太虚玄境空灵殿的风月宝鉴，具有的是警幻的功能。其实，这面镜子如同宝玉房中的镜子，以及通灵宝玉，仍然是心的象征。仅仅从正面看这个世界，则难免于执着。唯有在正反面的对观之中，心灵才能发现真实的自己和世界，从而摆脱对于欲望的痴迷。喜欢看正面的贾瑞，必然陷入"色之迷人，至死不变"（东观阁本夹批）的梦幻之中，永远无法觉醒。如有正本总评所说："儒家正心，道者炼心，释者戒心，可见此心无有不到，无不能入者，独畏其人于邪而不反，故用心炼戒以缚之……作者以此……以为痴者设一棒喝耳。"在这个意义上，贾瑞之死，不能怪罪于任何人，而只能归咎于他自己执迷不悟的心。张本夹批："凤姐未必果于杀贾瑞，实贾瑞果于自杀，在此数语即此已是正照风月鉴处。"同理，凤姐之死、黛玉之死、秦可卿之死，也都是如此。而宝玉之所以能跳出情网，正得益于其石头的本质，得益于与生而来的反观能力。

《风月宝鉴》名义之中的"风月"二字是值得留意的。它的含义，或指闲情，或指色欲，很多时候是两者混杂的。苏东坡《前赤壁赋》"江上之清风，与山间之明月"之风月，显然表现作者的高情雅致。大观园的诗会，无疑属于此类。而如第十五回所述智能儿"如今长大了，渐知风月"，当然是指男女之欲。第一回作者特别指出的"更有一种风月笔墨，其淫秽污臭，涂毒笔墨、坏人子弟又不可胜数"，显然是指后者。在直接的意义上，"宝鉴"所观照的风月是贾瑞生命中的男女之欲，其实不仅是贾瑞，它也体现在贾赦、贾珍、贾琏、凤姐、秦可卿等普遍的生命之中。这是自然生命的一部分，如《礼记》所说："饮食男女，人之大欲存焉。"人类当然了解欲望的力量，无论是积极的还是破坏性的，不同的思想或者信仰也都寻找应对此欲望的途径。以儒家为例，它找到的途径是以理制欲，所以有宋儒"存天理，灭人欲"之说的提出，人的欲望必须被纳入理的原则和礼的秩序之中，才能获得合理的安顿。在《红楼梦》中，李纨当然是以理制欲式儒家生命的典范，贾瑞则因为无法控制欲望，不幸地成为否定性的例子。

根据第一回的叙述，《风月宝鉴》的题名者是东鲁孔梅溪。如前所述，这个游戏之笔显示出该名义和儒家之间的某种关系。张爱玲曾经说："楔子末列举书名，'东鲁孔梅溪则题曰《风月宝鉴》'句上，甲戌本有眉批：'雪芹旧有《风月宝鉴》之书，乃其弟棠村序也。今棠村已逝，余睹新怀旧，故仍因之。'庚本有个批者署名梅溪，就是曹棠村，此处作者给他姓孔，原籍东鲁，是取笑他，比作孔夫子。"① 曹雪芹或曾作过《风月宝鉴》之书，后经修改融入了《红楼梦》中。如果其弟棠村有梅溪的字号，那么雪芹为其加上孔的姓氏，很显然意味着儒家的立场。由此看贾瑞的出于儒门，无疑具有强烈的反讽意味，让人们怀疑儒家以理制欲思路的实际效果。不止于此，贾代儒的名字，司塾的身份，处处显示着一个"儒者"的生命。但从秦邦业为秦钟入学，"东拼西凑，恭恭敬敬封了二十四两赘见礼，带了秦钟到代儒家拜见"，到代儒料理丧事之时的一笔笔细账，如张

---

① 张爱玲著：《红楼梦魇》，北京十月文艺出版社2012年版，第76页。

本夹批所说,"调侃假道学不少"。而学堂的混乱,更强化了儒者在现实世界的无力感。有正本总评:"此篇写贾氏学中非亲即族,且学乃大众之规范,人伦之根本,首先悖乱以至于此极,其贾家之气数即此可知。"这种无力感一方面来自权力和财富的强大,另一方面也来自自身的局限。从代儒夫妇怒骂道士的风月宝鉴为妖镜,欲毁灭之,便可看出其肉眼凡胎。如脂怡本(己卯本)所评所说:"此书不免腐儒一谤。"而在谤腐儒的同时,跛足道人所代表的佛教思想的穿透力就更被凸显出来。

《红楼梦》的一个主要思想倾向是佛教的,但正如在现实世界中一样,儒家的存在也是触目可及。人伦秩序、仕途经济自不必论,即以贾氏宗祠而论,四字之匾和两旁的长联"肝脑涂地兆姓赖保育之恩,功名贯天百代仰蒸尝之盛"都是衍圣公孔继宗所书,显示出贾府主人们和孔氏儒门的关联。贾政们也无不以儒家思想来规范自己及后代的生命。但在实际的生活中,无论是贾敬的修仙、贾赦的好色、贾珍贾琏们的荒淫,乃至于贾蓉、贾蔷的助纣为虐,都让儒家的伦理和秩序处在一个非常尴尬的地位。作为书生的贾雨村,一旦步入仕途,也不免贪赃枉法,流入世俗,与凤姐无异。这正是甄士隐和贾宝玉们无法选择儒家的世界作为安身立命之地的根本原因。与道家一样,佛教的生命力正在儒家的失败处显示出来。曹雪芹赋予了跛足道人和癞头和尚终极的拯救能力,这种拯救能力来自对包括欲望在内的世界之虚无的体认。在这个意义上,《风月宝鉴》之名,面子上似乎有儒家的色彩,但里子仍然属于佛教。

《红楼梦》这个名字是读者最熟悉的。在《石头记》之后,它也是各种版本最常用的书名。第五回《红楼梦》曲子当然是该名义的点睛之笔。除此之外,第五十二回宝琴所述真真国女子的一首诗也有同样的作用:

昨夜朱楼梦,今宵水国吟。

乌云蒸大海,岚气接丛林。

月本无今古,情缘自浅深。

汉南春历历,焉得不关心。

王姚合评本眉批:"朱楼梦者,红楼梦也。"王希廉总评:"外国女儿诗,隐隐是一部《红楼梦》。"该诗确实有某种由归结《红楼梦》而来的超越意味。如果考虑到真真国的名义对应着现实的贾府，如张本夹批所说："宁国贾、荣国贾，则为假假国，必有一真真国为之对。"这似乎包含着以真观假的暗示，在这种观照之下，无论是朱楼，还是水国，都不过是长夜一梦。"水国"一词，唐宋诗中屡见，但就《红楼梦》中的使用来看，如果结合宝玉所谓"女儿是水作的骨肉"之论，似指女儿国即大观园而言。进一步追究，宝琴述此诗正在潇湘馆，"乌云蒸大海，岚气接丛林"更含着林海之名，则黛玉所居正是水国的象征。在书中，黛玉也被比作投水而死的湘妃。而"红楼"的意义，自梦觉主人提出"辞传闺秀而涉于幻者，是书以梦名也。夫梦曰红楼，乃巨家大室儿女之情，事有真不真耳。红楼富女，诗证香山；悟幻庄周，梦归蝴蝶。作是书者借以命名，为之《红楼梦》焉"以来，"红楼富女"的意义被很多人所接受。白居易诗中确实喜用"红楼"一词，如"红楼富家女""新人新人听我语，洛阳无限红楼女""到一红楼家，爱之看不足"等，《红楼梦》中也有香菱"红袖楼头夜倚阑"的诗句，似可为"红楼富女"作一注脚。作为女儿国的大观园当然可以作一红楼看，而怡红院或绛云轩，无疑是红楼的中心。

但红楼的意义似不尽于此，它是整个世界的象征。红尘、红袖、红纱、红梅、红花、绛珠、怡红公子等，"红"是这个世界最具代表性的颜色。宝玉的爱红，体现出他对于女儿、对于这个世界的热爱。按照作者的说法，整部书不过是讲石头"被携入红尘，历尽离合悲欢、炎凉世态的一段故事"。后面又有一首偈云：

无材可去补苍天，枉入红尘若许年。

此系身前身后事，倩谁记去作奇传。

红楼梦便是宝玉的红尘一梦，而红尘不过就是这个世界。从最初对红尘的动心，到最后万境归空的觉悟，始知人生和世界不过是一场梦幻。整部书的第一句话便是"此开卷第一回也，作者自云：因曾历过一番梦幻之后，故将真事隐去，而借通灵之说撰此《石头记》一书也"。稍后又有"此回中凡用梦用幻等字，是提醒阅者眼目，亦是此书立意本旨"之语。王姚本眉批："读此书能时时将'梦幻'二字提醒，便不堕入魔障，一切有为相皆作如是观可也。"的确，与其他名义相比，《红楼梦》之名最能够突出梦幻的意味，并契合着作者的"立意本旨"，这或许是甲戌本"凡例"说"红楼梦是总其全部之名也"的根本理由。

所谓梦幻，无非就是认识到世界的虚假。这应该就是作者让贾府成为红尘一梦展开之所的初衷。既然是贾府，那么理所当然，一切都不能当真。如王猗琴咏红诗第一首所云：

贾字当头莫认真，尘缘梦境两无因。

分明一管生花笔，幻出群芳卅六人。

贾的谐音是"假"，在书中第一回借"贾雨村"之名即已言明。甄士隐和贾雨村的名字固然有真事隐去、假语留存的含义，但更深一层，则是揭示世界的虚假。作者特别设计了以贾府为中心的四大家族，匠心独运，妙笔生花：

贾不假，白玉为堂金作马；阿房宫，三百里，住不下金陵一个史；东海缺少白玉床，龙王请来金陵王；丰年好大雪，珍珠如土金如铁。

这是第四回中门子给贾雨村看的"护官符"上的几行字。按照门子所说，贾、史、王、薛"这四家皆连络有亲，一损皆损，一荣皆荣，扶持遮饰，俱有照应的"。这种四位一体的关系，通过史、王、薛家在贾府的会聚，得到了集中的体现。具体来说，史太君、史湘云出于史家，王夫人、王熙凤出于王家，薛姨妈、薛蟠和薛宝钗出于薛家。而史太君、王夫人、王熙凤和薛宝钗都嫁入贾府，薛姨妈和王夫人又是亲姐妹，正应了"连络有亲"的说法。

四大家族是"最有权势、极富贵"的，护官符上的几句话，到处都是金玉的气息，显示出他们的底色。事实上，除了贾之外，史、王和薛几个姓氏也都有寓意。"史"无疑是历史的象征，"阿房宫，三百里"已经把读者带进历史，而保龄侯史公之后的说法，就更显别致。保龄侯的爵位于史无征，更值得推究。没有任何生命可以在实际的生活中保龄，可一旦进入历史，或者进入惜春的图画，便进入了一个永恒的保龄空间。在贾府之中，史太君的辈分最高，年龄最大，她的权威来自其丰富的阅历，这种安排正合乎"历史"的角色。"王"字本身就代表着权力，《红楼梦》描写了东平王、南安王、西宁王、北静王等。王家是都太尉统制县伯王公之后，王夫人和王熙凤掌握着贾府实际的权力。而王夫人的哥哥王子腾，则是贾府之外的朝廷大员，初任京营节度使，后升任九省统制、加授九省都检点，最后任内阁大学士，地位显赫。"薛"寓意着财富，它的谐音是雪花银之"雪"，"珍珠如土金如铁"让人感受到一个财富的世界。薛家是紫薇舍人薛公之后，现领内府帑银行商，乃是皇商的角色，产业遍布天下，由薛蟠负责打理。贾府当然是四大家族的核心，其祖是宁国公贾演和荣国公贾源，乃开国功臣。后代贾赦、贾政、贾珍、贾琏等均有爵位，贾政长女元春贵为贤德妃，加封凤藻宫。正是第一回所说"钟鸣鼎盛之家，诗礼簪缨之族；花柳繁华地，温柔富贵乡"。

寓意既明，作者设计此四大家族的用心也就呼之欲出。权力、财富和历史，再加上李纨代表的理、秦可卿代表的情等，这个世界最重要的元素都被安放在《红楼梦》中，成为作者呈现梦幻和虚假世界的基本素材。情之无根、理之冰冷、财富的来去、权力的升降、历史的笔削，都显示出这个世界的变幻无常。《红楼梦》的整个书写都围绕着这个主题，第一回甄士隐给《好了歌》作的注释把这层意思说得淋漓尽致：

> 陋室空堂，当年笏满床，（甲戌侧批：宁、荣未有之先。）衰草枯杨，曾为歌舞场。（甲戌侧批：宁、荣既败之后。）蛛丝儿结满雕梁，（甲戌侧批：潇湘馆、紫芸轩等处。）绿纱今又糊在蓬窗上。（甲戌侧批：雨村等一干新荣暴发之家。甲戌眉批：先说场面，忽新忽败，忽丽忽朽，已见得反复不了。）说甚么脂正浓、粉正香，如何两鬓又成霜？（甲戌侧批：宝钗、湘云一干人。）昨日黄土陇头送白骨，（甲戌侧批：黛玉、晴雯一干人。）今宵红绡帐底卧鸳鸯。（甲戌眉批：一段妻妾迎新送死，俟恩俟爱，俟痛俟悲，缠绵不了。）金满箱，银满箱，（甲戌侧批：熙凤一干人。）展眼乞丐人皆谤。（甲戌侧批：甄玉、贾玉一干人。）正叹他人命不长，那知自己归来丧！（甲戌眉批：一段石火光阴，悲喜不了。风露草霜，富贵嗜欲，贪婪不了。）训有方，保不定日后（甲戌侧批：言父母死后之日。）作强梁。（甲戌侧批：柳湘莲一干人。）择膏粱，谁承望流落在烟花巷！（甲戌眉批：一段儿女死后无凭，生前空为筹划计算，痴心不了。）因嫌纱帽小，致使锁枷扛，（甲戌侧批：贾赦、雨村一干人。）昨怜破袄寒，今嫌紫蟒长。（甲戌侧批：贾兰、贾菌一干人。甲戌眉批：一段功名升黜无时，强夺苦争，喜惧不了。）乱烘烘你方唱罢我登场，（甲戌侧批：总收。甲戌眉批：总收古今亿兆痴人，共历幻场，此幻事扰扰纷纷，无日可了。）反认他乡是故乡。（甲戌侧批：太虚幻境青埂峰一并结住。）甚荒唐，到头来都是为他人作嫁衣裳。（甲戌侧批：语虽旧句，用于此妥极是极。

苟能如此，便能了得。甲戌眉批：此等歌谣原不宜太雅，恐其不能通俗，故只此便妙极。其说得痛切处，又非一味俗语可到。蒙双行夹批：谁不解得世事如此，有龙象力者方能放得下。）

这段话把贾府里外中人一网打尽，也把世间的一切现象一网打尽。从权力财富到伦理教化、人情爱情，都无法逃过无处不在的无常。甄士隐的抚今追昔，恰如作者自己经历的一番梦幻。伤心至极，痛心至极。"前不见古人，后不见来者。念天地之悠悠，独怆然而涕下"之余，百尺竿头，更进一步，于是有"乱烘烘你方唱罢我登场，反认他乡是故乡。甚荒唐，到头来都是为他人作嫁衣裳"的觉悟之语。有此觉悟，方知梦中所见的太虚幻境才是宝琴所说的真真国，而梦醒之后的现实世界不过是弄假成真。"假作真时真亦假，无为有处有还无"在此有了着落。

人生如梦的说法，见于庄子："梦饮酒者，旦而哭泣。梦哭泣者，旦而田猎。方其梦也，不知其梦也。梦之中又占其梦焉。觉而后知其梦也。且有大觉，而后知此其大梦也。而愚者自以为觉，窃窃然知之。君乎、牧乎，固哉！丘也与女皆梦也。予谓女梦亦梦也。是其言也，其名为吊诡。万世之后，而一遇大圣，知其解者，是旦暮遇之也。"但自认为清醒的庄子仍然可以在这个世界中找到属于自己的桃花源。佛教则把这种理解推向极致，如《金刚经》所说："一切有为法，如梦幻泡影。如露亦如电，应作如是观。"即色悟空，便可一骑绝尘。整部大书始于甄士隐白昼一梦，结尾处应该是贾雨村之觉醒。而在甄士隐和贾雨村的衬托之下，贾宝玉的入梦和离尘构成了红楼之"梦"与"觉"的主线。

在叙述的层面，曹雪芹把《金陵十二钗》的题名权留给了自己，这并不奇怪。这个名字突出了作者最关注的那些女子们，第一回反复强调这一点，整部书开篇即云：

> 作者自云：因曾历过一番梦幻之后，故将真事隐去，而借通灵之说撰此《石头记》一书也，故曰"甄士隐"云云。但书中所记何事何人？自又云："今风尘碌碌，一事无成，忽念及当日所有之女子，一一细考较去，觉其行止见识，皆出于我之上。何我堂堂须眉，诚不若彼裙钗哉？实愧则有馀、悔又无益之，大无可如何之日也。当此，则自欲将已往所赖天恩祖德，锦衣纨

绔之时，饫甘餍肥之日，背父兄教育之恩，负师友规谈之德，以至今日一技无成、半生潦倒之罪，编述一集，以告天下人：我之罪固不免，然闺阁中本自历历有人，万不可因我之不肖，自护己短，一并使其泯灭也。虽今日之茅椽蓬牖，瓦灶绳床，其晨夕风露，阶柳庭花，亦未有妨我之襟怀笔墨者。虽我未学，下笔无文，又何妨用假语村言，敷演出一段故事来，亦可使闺阁昭传，复可悦世之目，破人愁闷，不亦宜乎？"故曰"贾雨村"云云。此回中凡用"梦"用"幻"等字，是提醒阅者眼目，亦是此书立意本旨。

后文更借空空道人和石头的对话进一步提醒此点。当空空道人说此书"第二件并无大贤大忠理朝廷治风俗的善政，其中只不过几异样女子，或情或痴，或小才微善，亦无班姑蔡女之德能，我总抄去，恐世人不爱看呢"。石头在批评了历来野史和才子佳人等书之后说道：

> 竟不如我半世亲睹亲闻的这几个女子，虽不敢说强似前代书中所有之人，但事迹原委亦可以消愁破闷，也有几首歪诗熟话可以喷饭供酒。至若离合悲欢兴衰际遇，则又追踪蹑迹，不敢稍加穿凿。

《红楼梦》叙述的主体确是"家庭闺阁琐事以及闺情诗词"，其中涉及众多人物，但金陵十二钗无疑最为重要。其点睛处在第五回，警幻仙姑引宝玉在"薄命司"中游玩：

> 宝玉看了，便知感叹。进入门来，只见有十数个大厨，皆用封条封着。看那封条上，皆是各省的地名。宝玉一心只拣自己的家乡封条看，遂无心看别省的了。只见那边厨上封条上大书七字云："金陵十二钗正册。"宝玉问道："何为'金陵十二钗正册'？"警幻道："即贵省中十二冠首女子之册，故为'正册'。"宝玉道："常听人说，金陵极大，怎么只十二个女子？如今单我家里，上上下下，就有几百女孩子呢。"警幻冷笑道："贵省女子固多，不过择其紧要者录之。下边二厨则又次之。余者庸常之辈，则无册可录矣。"宝玉听说，再看下首二厨上，果然写着"金陵十二钗副册"，又一个写着"金陵十二钗又副册"。

金陵的名义也是需要留意的，它是一个实际存在的地名，南京的古称。但从《红楼梦》一贯的笔法来看，无论地名、官名等，都是虚虚实实。我更关注的是金陵的寓意，似乎是指向金玉世界的坟墓。在这个意义上，金陵并不是某一个具体的所在，而是象征着这个世界最后的归宿。按照这段话所说，金陵十二钗分正册、副册、又副册三等，这在后文"上中下三等女子之终身册籍"也可以得到验证。从第五回提到的判词来看，又副册中存放的是晴雯、袭人等大丫鬟，副册中则有香菱，最重要的则是正册里的十二女子，即"十二冠首女子"，即通常所谓金陵十二钗。结合判词和《红楼梦》曲子可以知道，这十二钗包括贾府的四姐妹、黛玉、宝钗、凤姐、巧姐、湘云、妙玉、李纨和秦可卿。脂批云：

> 妙卿出现。至此细数十二钗，以贾家四艳再加薛、林二冠有六，去秦可卿有七，再凤有八，李纨有九，今又加妙玉，仅得十人矣。后有史湘云与熙凤之女巧姐儿者，共十二人。雪芹题曰金陵十二钗，盖本宗《红楼梦十二曲》之义。

不可忽视的是，无论是判词，还是曲子中关于十二钗的叙述，都遵循着严格的次序。从宝钗和黛玉二冠起，依次是元春、探春、湘云、妙玉、迎春、惜春、凤姐、巧姐、李纨和秦可卿，绝无错乱，显然出于刻意的安排。进一步思考，我们可以发现十二钗的叙述包含着两峰对峙、双水分流的结构。宝钗和黛玉，元春和探春，湘云和妙玉，迎春和惜春，王熙凤和巧姐，李纨和秦可卿，十二钗构成了六个对子。为了突出这个结构，或者，为了让读者更能够注意到它，作者还特别用湘云和妙玉把贾府四姐妹分隔开。

六个对子的叙述结构给我们理解十二钗的设计提供了新的思路。从小说的文字层面来说，这不过是十二位美丽的女子。但作者真正的用心，是以十二钗来表现十二种现实的或可能的生活。如成之《小说丛话》所说：

> 《红楼梦》中之人物为十二金钗。所谓十二金钗者，乃作者取以代表世界上十二种人物者也；十二金钗所受之苦痛，则此十二种人物在世界上所受之苦痛也。此其旨具于第五回之《红楼梦曲》。[1]

这个说法是有洞察力的。宝钗黛玉们不仅仅是一般意义上的女子，更是不同生活方式的象征，这或许正是警幻所谓"择其要者"的真正内涵。这些生活方式被以

---

[1] 《中华小说界》，第一年第三期至第八期，1914年，第883页。

两两相对的方式叙述，用来表现生活世界中一些对立的原则或选择。此点一经说破，就很容易看出。如秦可卿和李纨分别代表着情和理的生命，湘云的本色对上了妙玉的做作，黛玉之深情与宝钗的无情正相反对等。

一旦意识到此点，那么作者所谓小说仅仅是"使闺阁昭传"的说法就不攻自破。读者再一次意识到了脂砚斋所说"真狡猾之笔耳"的意义。借助于金陵十二钗不同的生活，作者进行的是具体而普遍的生命之反思，追问的是永恒的生存意义。作品的悲剧性决定了人们无论选择什么样的生活方式，都无法逃离生活的无常和终极的虚无。《红楼梦》曲子的最后一支是《飞鸟各投林》：

> 为官的家业凋零，富贵的金银散尽；有恩的死里逃生，无情的分明报应。欠命的命已还，欠泪的泪已尽。冤冤相报实非轻，分离聚合皆前定。欲知命短问前生，老来富贵也真侥幸。看破的遁入空门，痴迷的枉送了性命。好一似食尽鸟投林，落了片白茫茫大地真干净。

俞平伯在1921年写给顾颉刚的信中指出，"十二钗曲末支是总结；但宜注意的，是每句分结一人，不是泛指，不可不知。除掉'好一似'以下两读是总结本折之词，以外恰恰十二句分配十二钗"。他的看法是：

> 为官的家业凋零——湘云
>
> 富贵的金银散尽——宝钗
>
> 有恩的死里逃生——巧姐
>
> 无情的分明报应——妙玉
>
> 欠命的命已还——迎春
>
> 欠泪的泪已尽——黛玉
>
> 冤冤相报实非轻——可卿
>
> 分离聚合皆前定——探春
>
> 欲知命短问前生——元春
>
> 老来富贵也真侥幸——李纨
>
> 看破的遁入空门——惜春
>
> 痴迷的枉送了性命——凤姐

俞先生"每句分结一人"的说法很有趣味。但句子和人之间的对应，除了巧姐、黛玉、探春、李纨和惜春之外，我的理解有些不同。"为官的家业凋零"当指妙玉，祖上曾是读书仕宦之家；"富贵的金银散尽"是湘云，书中已经露出困顿的景象；"无情的分明报应"指宝钗，她的标签正是无情；"欠命的命已还"指王熙凤，十二钗中，只有她的手上有几条人命；"冤冤相报实非轻"指元春，应该是陷入权力争斗；"欲知命短问前生"指秦可卿，她是十二钗中第一个死去者；"痴迷的枉送了性命"指迎春，她所痴迷者是《太上感应篇》。按照这种理解，十二句所对应的十二人基本上保持了前面所说两两相对的面貌，只有宝钗和黛玉、凤姐和巧姐两个对子有些混乱，应该是出于文字韵脚的考虑。

俞平伯后来的想法有些改变，他说："这曲文分配十二钗虽然很巧，却未必很对，特别开首两句，一指湘云，一指宝钗，未免牵强。所以说'我很失望'。甲戌本脂评把'为官的''富贵的'二句先总宁荣；把其他十句将通部女子一总，不穿凿而又能包括，比我这说妥当。"但这种讨论究竟是细枝末节，虽然可以借此了解作者思考和写作的细密。曲子末支之大处则是"好一似食尽鸟投林，落了片白茫茫大地真干净"的结语，读之无限凄凉。联想起第四十九回"琉璃世界白雪红梅"的热闹场景，"此时大观园中，比先又热闹了多少。李纨为首，余者迎春、探春、惜春、宝钗、黛玉、湘云、李纹、李绮、宝琴、邢岫烟，再添上凤姐和宝玉，一共十三人"。那是作者第一次"着意描写大雪"，也是"大观园极盛之时"，如桐花凤阁评本总评所说："大雪盛景，得天时也。大观名园，得地利也。诸美毕集，得人和也。"然此极盛之场面，却在极冷之大雪地上展开，其中微义，却也令人三思。《红楼梦》每于极热处，接以极冷文字，如"贾元春才选凤藻宫，秦鲸卿夭逝黄泉路"之类，正揭示着热终归于冷之理。生命中所有的热闹和繁华，无不立足于冰冷的大雪之基，既然如此，"食尽鸟投林，落了片白茫茫大地真干净"就是必然的命运。

根据上述的理解，《红楼梦》的五个书名，分别突出了心灵、情感、欲望、世界和生命的不同维度，各有其用意。简要说来，《石头记》的书名，借助于一块石头的下凡和复归，突出了一个超越性心灵的视角；《情僧录》则更像是一个情痴看破红尘之后的遁入空门；《风月宝鉴》给这个世界上所有痴迷于欲望之人一个警醒；《红楼梦》则揭示以权力、财富为中心的世界的虚幻；《金陵十二钗》

重在呈现各种生命的悲剧。这些既是作者写作的维度，也是读者阅读的角度。很少有作者以如此的方式对自己的作品加以交代，让读者感受到有似于贾宝玉式的体贴。这种交代显然有助于《红楼梦》的阅读，以及关于该书主旨的认识。更重要的是，它提供了文本意义敞开和无限阅读的可能性。多个名义的共存显示出名义本身的有限性，从而让读者不必执着于某一个名义，也不必执着于某一种阅读。这部书可以是一部失败人生的"忏悔录"，也可以是一部历劫证道的《西游记》，甚至可以是一部出入佛老、反归六经的儒家教化之作。或者如作者所说，不过是一些消愁破闷、喷饭供酒的文字。但作者的狡猾之笔，改变不了血泪之作的事实。如作者开篇所提醒的：

满纸荒唐言，一把辛酸泪；

都云作者痴，谁解其中味。

脂批云："能解者方有心酸之泪，哭成此书。壬午除夕，书未成，芹为泪尽而逝。余尝哭芹，泪亦待尽。每意觅青埂峰，再问石兄，奈不遇癞头和尚何，怅怅。""今而后惟愿造化主再出一芹一脂，是书何幸？余二人亦大快遂心于九泉矣！甲午八日泪笔。"对于《红楼梦》来说，读者和作者的真正相遇，也许只有在血泪之中。脂砚斋看起来像是真正的解人。但究竟说来，只有读者，没有解人。或者，每个读者都可以是解人。

（摘自《入世与离尘：一块石头的游记》，生活·读书·新知三联书店2020年版）

作者简介：王博，北京大学哲学系教授、教育部长江学者特聘教授。现任北京大学党委常委、副校长，兼任教务长、党委统战部部长。著有《入世与离尘：一块石头的游记》《无奈与逍遥：庄子的心灵世界》《老子思想的史官特色》《简帛思想文献论集》《易传通论》《庄子哲学》等作品。

曹雪芹审度人生的三个视点

孙逊 詹丹

一

古今中外的伟大小说家，往往是通过他笔下的主要人物形象来体现他对于人生的基本态度的。比如俄国的托尔斯泰，在他最为著名的长篇小说中，《战争与和平》的彼埃尔、《安娜·卡列尼娜》的列文、《复活》的聂赫留道夫，每一部小说都有一个固定的主要人物来表现作者的思想，体现他对人生的探索。又如我国的《三国演义》《水浒传》《西游记》等作品，作者也是通过刘备、诸葛亮、宋江、孙悟空等主要人物形象，表现了他们各自的政治理想和人生看法。同样，毫不例外，《红楼梦》作为一部具有自传色彩的长篇小说，主人公贾宝玉（还可加上他的知己林黛玉）当然也最经常地代表着作者的思想观点，体现着作者的人生态度。但是《红楼梦》与一般小说不同的是，它还有另外的观照人生的视点。来往于仙界和尘世的一僧一道，以及出入于贾府的刘姥姥，就是除了贾宝玉之外另两个代表作者审视人生的视点，他们从不同的侧面，对人生做出了各自的审视和观照。这两个视点与贾宝玉的合在一起，构成作者曹雪芹的一个多元的矛盾思想体。

如果说荣宁两府的衰亡史在作品中形成一种网状结构，而贾宝玉是以网中人的视角来看待这个世界、看待人生的，那么一僧一道与刘姥姥则主要是从网外的视点来对发生的种种事件、对世态人生进行观照、审视与把握的。其中，一僧一道的视点是形而上的、抽象的，是立足于宗教哲学的；刘姥姥的视点则是形而下的、直观的，来自现实生活中的。上述三种视点或隐或显，或分散或集中，或互较短长，或并驾齐驱，但情节发展至最后，矛盾并没有得到和解，三种视点并没有为一种视点所统摄，从而使作者对《红楼梦》的重要人物安排暗示了其不同的出路。

当然，就《红楼梦》而论，作者的思想观点较之所标举出来的三种视点更为广泛，比如秦可卿托梦、贾雨村论"气"、妙玉说"文是《庄子》的好"，乃至焦大醉骂、宝钗论诗，我们都无妨看作是作者议论的自然延伸。但人物诸如此类的议论，对作者来说只能算是临时代表，它们并不贯穿全书，并且也没有构成作者对人生的基本看法，其中有些部分则已被上述三种视点中的某一种所包含和吸收，因此对此可以忽略不计。

指出这一点也许不是没有意义的，即我们读《红楼梦》，常常感到有几个不同的开头：可以认为小说是从第一回一僧一道开始的，自此开始了那块石头的背景交代，他的传奇式的经历；又可以认为小说是从第三回黛玉进贾府开始的，至此主要人物宝玉、黛玉等一一登场，以其丰满生动的形象出现在我们面前；也可以认为小说是从第六回开始的，前五回都是在交代小说旨意、创作的缘起和人物的关系及他们的结局等，整个前五回似乎只是小说的纲领，作为一个网状结构的贾府衰亡史，其细目似乎到第六回，才从一个芥荳之微的小小人家开始编织。何以会产生这样的感觉呢？这当然和《红楼梦》的独特结构有着密切的关系，但其中和本文提出的作者有观照人生的三个视点也紧密相连。正因为一僧一道、宝黛和刘姥姥分别代表了作者审视人生的三个观照点，因此和他们有关的最先描写，便成为从不同层面观照人生的小说的开始。

不妨借用《红楼梦》中提及的概念，来对这三种不同的视点做一个简单的概括。过去一度盛行过对《红楼梦》色空观念的批判，批评者和被批评者都认为《红楼梦》与宗教的色空观念有关。其实这里有些问题尚待进一步澄清。佛教固然有着色即是空、空即是色的教义，如《般若心经》云："色不异空，空不异色，色即是空，空即是色。"又《摩诃般若波罗蜜经·序品》云："幻不异色，色不异幻，色即是幻，幻即是色。"但《红楼梦》在"色"与"空"之间引进了"情"的观念，所谓空空道人"因空见色，由色生情，传情入色，自色悟空"，把"情"作为联结"色"与"空"的中介。这样，在《红楼梦》里，实际就存在着色、情、空三个概念。而一僧一道、宝黛和刘姥姥这三个视点正和小说中的这三个概念相对应。即一僧一道是立足于"空"来观照人生,宝黛是立足于"情"来把握世界,而刘姥姥则是着眼于"色"来看待周围一切的。更由于在情节的具体展开中,这三种视点并没有为其中的"空"观所一统,而是交相映射,因而使作品的思想内涵呈现出异常丰富复杂以致相互矛盾的情形,这也是《红楼梦》之所以会产生见仁见智的根本原因。本文将通过对《红楼梦》观照人生三个视点的剖析,希冀对作者思想观念中蕴含的矛盾有一个接近全面的认识。

二

如前所述,贾宝玉是从"情"的角度来观照人生、把握世界的。对贾宝玉的"情"的观念,红学界曾有许多论者加以阐述,这里想结合前人的研究,从空空道人"因色生情,传情入色"这一角度,来对贾宝玉的"情"的观念做出分析。所谓"因色生情",是指客体对主体所产生的一种情的感染、感发作用,而"传情入色"则是指主体将自己的情感灌注于客体之中,使之分享主体的情感体验。概而言之,"因色生情,传情入色",是借助于情,将作为主体的人与作为客体的"色"构建了一种新型的亲情关系,一种共情体验。虽然,这里的人,我们是举贾宝玉为代表,但在很多场合,贾宝玉的情的观念是涵盖、包含着林黛玉的思想意识,有时,则是与她的思想意识互为补充的。在脂批透露给我们的"情榜"中,贾宝玉是"情不情",林黛玉是"情情",他俩相合,正把世上所有的无情之物和有情之物都囊括无遗。当然,从一方面看,贾宝玉的"情不情"更为广博,理当将黛玉的"情情"包括在内;但从另一方面看,宝玉的爱博,难免会有所分心,所以,他的情感有时竟不如黛玉那样专一。比较而言,贾宝玉更体现出一种情感的广度,一种爱的泛溢;而林黛玉则更体现出一种情感的深度,她的情之独钟。

由于"情"是贾宝玉作为人与客体的新型关系而得到展示的,所以在作品中,则具体地落实到贾宝玉与自然、社会及自我这三方面的关系上。

（一）贾宝玉与自然的关系

《红楼梦》对"情"的张构，首先在于将作品的主人公与自然万物——那种没有情性的草木石头也以一种亲情来加以维系。通常认为"《红楼梦》中所谈的情，从总体上看，不外是'世情'与'爱情'"①，则未免显得狭视。以贾宝玉之博大情怀，当然不会将自然万物排斥在外。人与自然的分离，使得人们常常努力去探索一条重建人与自然和谐的途径。早在先秦，孔子就留下"仁者乐山，智者乐水"的说法，而庄子的栩栩然化蝶之趣，真叫人相信他是由衷地想跟自然打成一片。但细究起来，庄子是在厌恶了社会的丑恶才萌发投身自然的愿望，其途径则是弃绝情智，做到"形如槁木，心如死灰"，而孔子之徒也是在社会上四处碰壁，不得已才想到去跟大自然亲昵，内心深处对自然物仍存有芥蒂，所谓"鸟兽不可与同群，微斯人之徒吾谁与"。大致来看，后人对自然万物的态度，不归于庄，则归于孔，很少有人是把自然与社会连成一体来看待的。再不然就像文人骚客，把自然万物仅仅看作人与社会的暗喻。这与贾宝玉的观点显然是大相径庭的。

贾宝玉从"人化的自然"眼光出发，给自然万物以人的地位，认为自然万物受环境影响而做出的反应，一如人与人之间的情感交流。用他的话来说，"不但草木，凡天下之物，皆是有情有理的，也和人一样，得了知己，便极有灵验的"（第七十七回）。由于自然万物对环境的反应更直接，较之社会上的有些人更少矫饰气，所以他对万物的这种"真情"、这种"灵验"大加赞叹，要以自己的真心去换取自然的真情，于是"看见燕子，就和燕子说话；河里看见了鱼，就和鱼说话；见了星星月亮，不是长吁短叹，就是咕咕哝哝的"（第三十五回）。在第二十三回，贾宝玉携《会真记》在桃花树下细读，"正看到'落红成阵'，只见一阵风过，把树头上桃花吹下一大半来"，"恐怕脚步践踏了，只得兜了那花瓣，来至池边，抖在池内"。如果说，在这里，贾宝玉对花的爱惜还可能是受了《会真记》中人情的感染，那么在第五十八回，贾宝玉病后初愈，对杏花的一片痴情，显然不可简单地视作被他人情感所感发：

（贾宝玉）从沁芳桥一带堤上走来。只见柳垂金线，桃吐丹霞，山石之

---

① 汪道伦:《中国传统文化中的情学与〈红楼梦〉》,《红楼梦学刊》1990 年第 1 辑。

后，一株大杏树，花已全落，叶稠阴翠，上面已结了豆子大小的许多小杏。宝玉因想道："能病了几天，竟把杏花辜负了！不觉已到'绿叶成荫子满枝'了！"因此仰望杏子不舍。又想起邢岫烟已择了夫婿一事，虽说是男女大事，不可不行，但未免又少了一个好女儿。不过两年，便也要"绿叶成荫子满枝"了。再过几日，这杏树子落枝空，再几年，岫烟未免乌发如银，红颜似槁了，因此不免伤心，只管对杏流泪叹息。

细读这段文字，发现这里有一种严格的平行对称关系：两次对杜牧诗句的引用，两次叙述时间的流逝，以及两次揣想于人、于物将来必然会有的结果。正是在这种平行、对称的表达方式中，体现了贾宝玉对物与对人一样的深情，并且人也可能对自然怀有歉意，所谓"竟把杏花辜负了"。他对自然与对人的同样深情，使他无须在远离社会生活的前提下表现他对自然的亲昵，于是他阅读《会真记》时，不妨暂时停顿下来，为落花寻一个好的安身处，然后继续他的阅读、他对人情的关注。

不幸的是，贾宝玉想借助于情来和自然建立一种和谐、亲切的关系并不能如愿以偿，他对花的痴情，希望花能常开，但花却难以常驻枝头。用今天的眼光来看，我们希望和自然建立一种和谐的关系，这固然需要充分尊重自然，与其进行"情感交流"，使之人情化，但也要通过实践，通过物质改造来创造出"第二自然"，这当然是处于上层地位、不参加任何劳作的贾宝玉不会办到也无从想到的，所以他最终也只能同林黛玉一起在自然万物面前叹息落泪而已。

（二）贾宝玉与社会的关系

贾宝玉虽曾把自然万物当作人来看待，对之一往情深，但作为社会中的人，社会生活毕竟构成他人生的主要内容，也只有在与人的交往中，他的真情才得到淋漓尽致的发挥。在他看来，社会生活的快乐就在于人与人的情感交流，就是爱人与被人爱。贵族、主子式的傲慢对他来说不知为何物，因为这种傲慢架子妨碍了人与人之间情感的真切交流，难怪他做人"连一点刚性也没有"已成为公众舆论（第三十五回）。他无意于钻研仕途的学问，因为在这条道上走出来的人，都是些缺乏真性情的"沽名之辈"。学问只有跟体验情感、抒发情感有关时才能引起他的兴趣。他是那么地珍视眼泪，因为眼泪是真性情的流露，所以他认为能够死在一群姑娘的眼泪中，也就"死得其时了"。

他区分人的标准也是一个"情"字，没有什么善人与恶人，有的只是有情人与无情人。如果是有情人，他就关心他们，帮助他们，即使他们闯了祸，他也愿意为他们担待，例如，第五十八回他为藕官掩饰在大观园内烧纸祭友的事。如果是无情人、虚伪的人，他就痛加斥责或者远远躲开。比如像他这样一个颇重感情的人，偏偏不愿意见到他的生身父亲，就因为其父是个"假正经"，根本不懂得父子情感的弥足珍贵。贾宝玉有一段议论是常被人引用的，他说："女儿是水作的骨肉，男人是泥作的骨肉。我见了女儿，我便清爽；见了男子，便觉浊臭逼人。"（第二回）这话是什么意思呢？这里的水显然不是"落花有意，流水无情"的"水"，而是"柔情似水"的"水"。我们只要想到他和林黛玉的情感交流是水来水去，只要看到他对待虽属男性但却富有情感的秦钟、柳湘莲、蒋玉菡之辈的一片眷恋，看到他对待虽属女性却冷酷无情的周瑞家的连声责骂，就知道，他之眷恋女性厌恶男性并非绝对，关键仍要看他们是否有情，是否能让人感受到一种情感的双向交流。

贾宝玉是以情来认识世界、区别善恶，也是以情来处理周围事件的，情充溢在他心中，散发到他生活的世界。他不知疲倦地爱人、寻求爱，他既杜绝了走经济之道，就把爱人、寻求爱、与周围的人建立一种亲情关系作为实现自我价值的方式。探春、惜春笑他："二哥哥，你成日家忙些什么？吃饭吃茶也是这么忙碌碌的。"（第二十八回）宝钗嘲讽他，称他为"富贵闲人""无事忙"。他们怎么能理解他呢？当贾琏夫妇欺凌了平儿，他能为在平儿面前尽一份爱心、能为她梳妆打扮而喜不自禁；当想到平儿所受的痛苦，又不免悲从中来。他忽喜忽悲，所为皆一个"情"字。别人说他痴，说他呆，佛家也有言："情，性之塞也……心迷则理变而为情。"（见明释·真可《法语》）但贾宝玉却并不因为陷于情而迷了性，忘了理。相反，他入情至深，故能显示出一种心细如发的智慧。他对人的关怀备至，体贴入微，连办事一向细致的平儿也要赞他"色色想得周到"。由于他处事从情出发，体现出一种对他人的关怀之情，故他在处理玫瑰露偷窃事件时，能使当事人及旁人叹服（第六十一回）。有人以为此事的处理"于理不当""于情则妥"，殊不知，情与理其实并不矛盾，因为他从情出发，处理事件的最终目的是避免伤害人，所以合情也就必然合理。否则，一味地秉公而办，查个水落石出，分清谁是谁非，反而显得教条。

他以情来审度人生，而在人生的各种情感中，他最为珍视的，当然是他与林黛玉的恋爱之情。他和林黛玉之间的爱，超越于世俗的门第、功名、富贵等观念之上，是最为纯洁的。他们是在情的领域中互求知己，互求精神寄托。对贾宝玉来说，生活之所以是幸福的，是因为他不仅被爱，而且他有所爱，有他值得爱的人。但这种至纯至洁的爱，在封建社会中当然是难以存活下去的，所以还在爱的嫩芽刚刚萌发时，封建势力的铁蹄就无情地把它践踏了。作者的可贵之处在于，一方面他写出了宝黛恋爱的纯洁、爱的理想性，另一方面又揭示了其在封建社会之难以幸存（如同贾宝玉精心构建的整个情的世界之难以幸存），从而对现实社会做出了有力的批判，使人对情的世界之失落心犹未甘，使人"意难平"。

（三）贾宝玉和"自我"的关系

一方面，贾宝玉是那么执着于构建一种他与自然、与社会的亲情关系；另一方面，他也试图在他的自身、在他的内心深处，形成一种情的和谐。当青埂峰下的玉石幻形肉身——贾宝玉而开始他的人间生活时，他身兼玉与石的两种特性[①]。作为玉，是富贵，是地位的象征；作为石，是自然，是情感的源泉（就像"木石前盟"所提醒我们的）。不幸，在现实生活中，人们只认定他玉的特性，而忽视了他石的品质。虽然他的名字清楚无误地告诉我们，他只是一块"假宝玉"，但世人总是习惯于执假为真，从而使"木石前盟"变成了如梦如幻的遥远记忆。如同《西游记》的石猴出世后，有一个约束他从心所欲的紧箍一样，贾宝玉也有了一个形影不离的紧箍——佩玉。于是，在作品第三回，贾宝玉看到林黛玉没有佩玉而狠命地将玉佩摔掉时，实际上应该理解为他是对玉的特质的舍弃而对石的品性的寻找，也就是要求得内心深处的情的和谐。因为只有找回他自身那石的品性，才能使他与黛玉的"木石前盟"变为事实。但是最终，贾宝玉并没有丢弃他的佩玉，由于他的生活不得不依赖于金钱、地位，于是，那块佩玉成了他自身的软弱、他的思想局限、他难以在内心形成情的和谐的象征。所以，作者也只能让他徒然

---

① 参见王蒙《蘑菇、甄宝玉与"我"的探求》，《读书》1990年第11期。

地在梦中，在暂时离开了现实生活时，喊出："和尚道士的话如何信得？什么是金玉姻缘，我偏说是木石姻缘！"（第三十六回）

对贾宝玉来说，他不但难以找回那块饱含情感的石头，他与现实生活中的侧影——甄宝玉，最后也是以分裂而告终的。

还在第二回，作者就借贾雨村之口，点出了甄宝玉与贾宝玉同重儿女之情的特点。在第五十六回，当甄家的几位眷属在贾宝玉面前提及甄宝玉时，以致他梦到了甄家，而且把镜中自己的影子当作了甄宝玉，想要急切地抓住他，把握他，实际上也就是要把握"自我"，跟自己可能有的幻身建立一种和谐的亲情关系。然而，这种和谐在第一一五回中遭到了彻底的破坏。当甄宝玉果真来到了贾宝玉面前时，居然大谈起"文章经济""为忠为孝"，使贾宝玉与他的幻身、侧影产生了明显的差距，令贾宝玉感到一种难以言状的痛苦。其实，甄宝玉失去儿女真情转而大谈文章经济，无非是贾宝玉心头业已存在的阴影的聚焦。这种阴影，从小说一开始，封建势力就给他蒙上了。当贾宝玉在第五回神游太虚幻境时，警幻仙子一面将其妹许配于他，一面又嘱他从此要"留意于孔孟之间，委身于经济之道"。这种他不想有、他所厌恶的意识在他心头积淀之深，终于导致了他思想的分裂，从而使他的侧影甄宝玉与他分道扬镳。

于是，贾宝玉试图以情来建构人与自然、与社会的新型关系，开创一个温暖、亲切、和谐的情的世界，在封建社会里不但没能奏效，最后也造成了他自己思想意识的分裂、精神的分裂。在《红楼梦》中，再没有像第一一九回中一段文字能反映出他因此而产生深沉的痛苦："贾宝玉仰面大笑道：'走了，走了！不用胡闹了，完了事了！'"贾宝玉的无尽痛苦正来自他的用情之深，如果他能像一僧一道那样以"空"的观念对人生加以把握，那么，他的痛苦也许会有所减轻。因此，作者从作品的整体构思出发，安排下一僧一道这样两个宗教哲理化的人物形象。

三

一般认为，一僧一道在《红楼梦》中是起着点化主要人物、帮助他们由尘世走向佛门的作用。这当然是显而易见的事实。但更重要的，是作者通过一僧一道这两个形象，展现了一种人生的基本态度，一种"空"的观念。对世人来说，这种态度主要是指对物质生活的超然与对情感生活的冷漠。那么，在作品中，这种"空观"是如何具体展开的呢？

首先，是让一僧一道的形体来现身说"空"、说"幻"。一僧一道每进入尘世，其相貌总显得有损造物主的尊严：一个是癞头，一个是跛足。可是我们不会忘记，当一僧一道在青埂峰下说笑、遨游时，他们分明长得"骨格不凡、丰神迥异"，与入世时的形体大为不合。细细一想，无论是道家还是佛家，对于人之外貌形体都表示了相当的貌视。在《庄子·德充符》中，道德完美、识得真谛者，都是些奇形怪状的残废者；在佛教徒口中，人的形体常用"臭皮囊"来指称。一僧一道以丑相入世，无非是想以直观的形式，使世人领悟到肉体的不足道，乃至由此而延伸到根除对世俗生活的依恋之情。

其次，借一僧一道、警幻仙子等洞悉未来的眼光，将人们的历时经验渗透到共时的、即时的体会中，从而淡化、虚化人物每时每刻的情的感发。概括地说，就是要人们从聚中悟到散，在生中品味死，在花开时体会到花落，在欢笑中感受到眼泪。正因为好花不常开，欢乐难持久，于是也就不应当全身心地投入。没有太多的欢喜，也就没有太多的痛苦，在情感的生活中，始终持一种超然的理智的态度。还在贾宝玉年幼时，警幻仙子已经借助于"金陵十二钗"的判词，借助于"曲演红楼梦"，将人物未来的命运暗示出来，给他以一番"万境归空"的启迪。在他十三岁时，一僧一道又亲自来到他面前，对他吟着"沉酣一梦终须醒，冤孽偿清好散场"的诗句，又对他来进行一种理智的点拨。其目的是让他动情的时候，能受到未来"万境归空"的提醒，从而使他不致在情海中沉沦太深。

再次，借一僧一道与时间相始终的无限久长的经历与上天入地的无限广阔的空间，来淡化、虚化整个现实世界，包括整个贾府兴衰史。由于一僧一道的活动，使《红楼梦》中所有人的现实生活跟远古的女娲补天联系起来，并且在这中间留下了一片茫茫苍苍的空白，所谓"又不知过了几世几劫"。己卯本上有一段后人的批语，对《红楼梦》这种从很久很久以前开头的做法大为不满。批语云："语言太烦，令人不耐。古人云惜墨如金，看此则视墨如土矣，虽演至千万回亦可也。"评者显然不明白，作者的目的正是要将这一段故事置于茫茫苍苍的背景中，将一块石头置于三万六千五百零一块中（而这三万六千五百零一块，也刚补了天之一缝），将贾宝玉与林黛玉的感情纠葛，将贾府的盛衰，置于绵绵无尽的时间长河中，将一粟置于沧海中，于是这时一粟的悲痛、忧伤一下子被淡化了、虚化了。按照西方斯宾诺莎的观点："把你的灾难照它的实质来看，作为那上起自时间的开端、下止于时间尽头的因缘环链一部分来看，就知道这灾难不过是对你的灾难，并非对宇宙的灾难，对宇宙讲，仅是加强最后和声的暂时不谐音而已。"① 从一僧一道的角度来看，整个贾府的兴衰只不过是历史长河中的小浪花而已，那么，人物的种种悲欢离合还有什么理由不能把它忘怀呢？

贾宝玉等人最终遁入空门，与一僧一道"空观"的点拨当然有所关系。然而问题是，当贾宝玉最终以一个"翻过筋斗来的人"的立场，追述他以往的一段如梦如幻的经历时，理当以"空观"来统摄全文，或者如有些论者指出的，应该把作品写成一部"情场忏悔之作"。然而在实际展开故事时，却没能自然而然地显示出一种人生如梦的训诫。在叙述中，也没有暗示出青少年时代的那种情痴状态，实在是很愚蠢的。其实，主人公始终没有放弃以情来把握人生的基本态度，他最后表面上是受一僧一道的点化而皈依了佛门，但六根未净，内心里仍怀着爱，怀着爱被摧残的痛苦。由于他始终未能达到一种纯粹的忘情境界，所以一僧一道的点化事实上未能根本奏效。警幻仙子、一僧一道对他的数次点拨，他要么是不能领会，要么是听而不闻，遂使灵慧者如一僧一道等终成了"无事忙"。其实，曹雪芹在作品中安排下一僧一道这两个人物时，其心态是矛盾的：一方面，他希望贾宝玉等人的情的观念能受到"空观"的统摄，不致产生太多太深的痛苦和烦恼，不致"痴迷"而"枉送了性命"；另一方面，这种情感毕竟是那么美好，那么动人，他又不忍心真的让"空观"来虚化它。于是，一僧一道的"空观"实际起到的是一起与"情观"并行的对比、对照作用，即便有所渗透，也是停留在浅表层面的。而作者在选择"空观"还是"情观"时，陷入了两难的境地。

然而"情观"与"空观"也并非全然对立。当贾宝玉还在精心地构建他的情

---

① ［英］罗素：《西方哲学史》下卷，商务印书馆1982年版，第105页。

的世界,信守着木石前盟时,癞头和尚就已断然地指出了金玉姻缘的必然性,他言语间的宿命论色彩,遂变成个人无法抗拒的封建势力的共识。一僧一道在作品开头唱的《好了歌》,也表现了一种清醒的现实感,一种对社会的批判力量。于是"情观"与"空观"的对照遂成了对理想执着追求与对现实清醒认识相辅相成的两个方面。但无论是钟情还是忘情,执着追求理想还是清醒地认识现实,在封建社会里总免不了承受巨大的精神痛苦。

也许,只有像刘姥姥那样,既不深陷于"情",也不立足于"空"去痛苦地灭情,而是从"色"出发,以一种实用的态度来审视世界,把握人生,庶几能使人得到些微的安慰?于是刘姥姥在作品中的地位,就显得举足轻重了。

四

在许多论者的眼里,刘姥姥在《红楼梦》里地位的重要,是由于借助她的眼睛,"点出贫富贵贱的悬殊,艺术地揭露了封建贵族生活的奢侈、淫逸、罪恶和腐朽,并写出了贾府从极盛至衰败的全过程",使"她成了荣宁贵族兴亡衰败史的见证人",等等。

刘姥姥作为一个具体的活生生的个人,她是以何种方式来看待这个世界、看待人生的,却并没有引起论者的重视。事实上,对这类问题,也是刘姥姥"匪夷所思"的。在生活中,她不但缺乏自我认识和反省意识,而且干脆拒绝对自己做客观审视。她游览大观园因迷路而误入怡红院时,书中有这样一段颇具特色的描写:

(刘姥姥)刚从屏后得了一门转去,只见他亲家母也从外面迎了进来。刘姥姥诧异,忙问道:"你想是见我这几日没家去,亏你找我来。那一位姑娘带你进来的?"他亲家只是笑,不还言。刘姥姥笑道:"你好没见世面,见这园里的花好,你就没死活戴了一头。"他亲家也不答。便心下忽然想起:"常听大富贵人家有一种穿衣镜,这别是我在镜子里头呢罢?"说毕伸手一摸,再细一看,可不是,四面雕空紫檀板壁将镜子嵌在中间。因说:"这已经拦住,如何走出去呢?"(第四十一回)

刘姥姥面对镜子，首先是并没有意识到镜里的人就是她自己，当她很快明白过来是怎么回事，使她这个少见多怪的人第一次有机会这样清晰地来审视自己时，她却把这个机会放弃了，而是更仔细地去看清镜子四周的"雕空紫檀板壁"，然后急于想着要离开镜子。然而，在第五十六回，当贾宝玉面对着同一面镜子时，却不由得思绪万千，浮想联翩，并且陷入了不辨真假的困惑中，以致他竟想进入镜子，抓住自己的影子。因为在他心中，一直有着那种认识自我、把握自我的真正的冲动。这种面对镜子的不同态度，使刘姥姥的形象异常鲜明地凸显出来，而我们，也就可以不太费力地来对她的生活观做一番细致的探讨。

如文章开头指出的，对于世界，对于人生，刘姥姥始终着眼于"色"，立足于一种物质的功利观。如果对贾宝玉来说，大自然是作为美、作为情感的表现而展现在他的面前，那么，刘姥姥则是以一种实用的态度来对待自然万物的，就像她自己说的："我们成日家和树林子作街坊，困了枕着他睡，乏了靠着他坐，荒年间饿了还吃他。"虽然刘姥姥也能感受到美的存在，能够受其感染，如她听音乐而不禁手舞足蹈，但这种反应更似牛听音乐会多产奶的生理反应。她的举动虽则对她来说是出于自然，但却显得粗俗，从而招致林黛玉的"牛"舞之讥。

从实利出发，她进贾府并非为了联络感情，而是"打抽丰"。但她不自私，懂得互惠，懂得"一分耕耘、一分收获"这种素朴的原则，所以她在拿走贾府的银子，品尝他们的山珍海味的同时，也献上她从乡村带来的新鲜蔬菜和逗乐的愚蠢、粗俗。这些都是贾府所缺乏的"野味"。由于这些"野味"进入大观园，构成大观园一种不和谐的因子，与周围的环境相激相荡，生发出一种活力，从而使刘姥姥游览大观园成为《红楼梦》最动人的艺术篇章之一，也使大观园里的每一个人体验到了难以忘怀的快乐。试看，在《红楼梦》整部作品中，还有什么场合，人们的欢笑能这样尽情，这样无所顾忌：

> ……刘姥姥便站起身来，高声说道："老刘，老刘，食量大似牛，吃一个老母猪不抬头。"自己却鼓着腮不语。众人先是发怔，后来一听，上上下下都哈哈的大笑起来。史湘云撑不住，一口饭都喷了出来；林黛玉笑岔了气，伏着桌子叫"嗳哟"；宝玉早滚到贾母怀里，贾母笑的搂着宝玉叫"心肝"；

> 王夫人笑的用手指着凤姐儿，只说不出话来；薛姨妈也撑不住，口里茶喷了探春一裙子；探春手里的饭碗都合在迎春身上；惜春离了坐位，拉着他奶母叫揉一揉肠子。地下的无一个不弯腰屈背，也有躲出去蹲着笑去的，也有忍着笑上来替他姊妹换衣裳的……（第四十回）

在这一片笑声里，人们所有的烦恼都被暂时地抛开了。而作为被取笑的对象刘姥姥也并没有着恼。因为她遵循互惠的原则，靠乡下野人的身份来以野卖野，所以她并没有觉着降低了什么，损失了什么，她不会像林黛玉那样因为被人取笑为戏子而恼火万分。

刘姥姥到贾府"打抽丰"并非不知羞耻，但因为受生活所迫，才使她无暇顾及于此；或者说，正是她的地位、她的贫穷生活培养了她的忍耻之心，才使她既能红着脸到凤姐面前讨钱，又能不顾舆论，将有可能流落在烟花巷的巧姐拯救出来，招为板儿之媳（据前五回及脂批透露的曹雪芹原稿线索）。她的头脑是那样单纯，在她看来，生活中的一切安排都是命定的、合理的。她命定是一个终日为生计而奔波的农妇，富贵、安闲、烦恼、忧虑乃至过多的害羞心理、身体的弱不禁风都是一种奢侈品，她无福消受，也不应当去消受。第三十九回中，她与贾母的对话清楚地表明了这一点。她生活得简单、贫穷，但经得起生活的波折。书中曾不止一次提及刘姥姥的健康，并以贾母、巧姐的虚弱来对比，岂不是一种贫穷而健康与富贵而脆弱的对照？也许，这里还具有更深广的象征意义吧？

作者在把刘姥姥的生活观、生活方式与贾宝玉等人做对照时，并没有清楚地判明哪一种生活观、人生观更值得认同，更值得羡慕。事实上，作者也没有把刘姥姥的生活绝对理想化，所以让我们看到了刘姥姥独自"醉卧怡红院"的难堪、粗俗，以及她的缺乏品尝佳茗时的雅致，等等。

值得指出的是，刘姥姥既没有从"情"的观念来把握人生，更不会着眼于"空"的观念。虽然在她二进贾府时，开口念佛，闭口念佛，但她最不了解的，恰恰是佛，所以才会把贾府的"省亲别墅"牌坊当作大雄宝殿来磕拜，以致闹了个大笑话。当她接受贾府的馈赠而"念了几千声佛"时，我们也就领会了，她所谓的佛，是那些能给她带来生活实利的"活佛"，而不是那些让她弃绝尘世生活的"死佛"。

当然，我们所了解到的刘姥姥也并非全然本色，因为大观园毕竟不是刘姥姥的日常生活环境，她在这里的言行不可避免地有点矫揉造作。她虽然是以野卖野，但回到她的环境中，她的卖野是无意义的，也就不会有这样的举动和念头了。从这一点来说，她在大观园中表现出的单纯有着不单纯的含义。是大观园的生活诱发了她矫饰的一面，就像她被凤姐插了满头的野花，却仍坦然地自我解嘲说要当个老风流一样。幸亏她后来误把镜子中的自己当成亲家母，指责她"好没见世面，见这园里的花好"，"就没死没活戴了一头"，于是，我们才隐隐约约地感到她心中曾有过的不坦然的一面。这一些，贾府中的人包括贾宝玉在内，都是无从了解的。

五

耐人寻味的是，贾宝玉与刘姥姥始终处于一种若即若离的关系。他对刘姥姥的乡间趣闻听得津津有味，但当他把这种趣闻视作真情实事去乡村做进一步了解时，却只能失望而归。而刘姥姥游览大观园时，进到黛玉和宝玉的房间，宝玉却总是缺场。后一次我们已经提及，前一次有贾母的突然发问："宝玉怎么不见？"从而提醒了我们，他与刘姥姥在某些重要场合的失之交臂。早在第十五回，当他来到村舍，准备与村姑二丫头交谈时，先是二丫头被人叫走了，不见了，等重新看见，他已不得不随众人返城了，只能"以目相送"二丫头而已。不论是刘姥姥还是二丫头，贾宝玉都没能与她们进行情感的交流、思想的渗透。如果说贾宝玉最终皈依了佛门，与一僧一道们貌合神离，那么他和刘姥姥、二丫头的思想情感、人生态度也就相差得更远了。晋人王戎说："圣人忘情，最下不及情；情之所钟，正在我辈。"一僧一道正是忘情者，宝黛之辈是钟情者，刘姥姥则是不及情者。而作为钟情之辈的贾宝玉，在人生的旅途中，尚有可能达到忘情的境界，但他是绝无可能成为不及情的"最下"的，正如"返璞归真"与本来的"真"已经完全是两回事了。贾宝玉最终的归宿也确乎如此，虽然在内心深处，他最后仍徘徊于钟情、忘情之间，但至少从表面上，他似乎在忘情、在遁入空门中，已经找到了一条人生的出路。于是，如果作者仅仅关心贾宝玉一己的命运，则刘姥姥式的人生观在书中也就显得不那么重要了。但作者在《红楼梦》开首自云："忽念及当日所有之女子，一一细考校去，觉其行止见识，皆出于我之上。"又曰："然闺阁中本自历历有人，万不可因我之不肖，自护己短，一并使其泯灭也。"于是，我们的目光随着作者的注意力而看到了贾府上层女性中最年轻的一位——巧姐。在《金陵十二钗》的正册，有关巧姐的画与判词是：

> 后面又是一座荒村野店，有一美人在那里纺绩。其判云：
>
> 事败休云贵，家亡莫论亲。
>
> 偶因济刘氏，巧得遇恩人。

其画中之纺线美人，岂非与二丫头的生活情形十分相似？在贾府的衰败中，巧姐是得到刘姥姥搭救而走入农人生活圈子的唯一一个人。也许，作者安排下这样的归宿，是有意让贾府中最年轻的上层女性去尝试一种全新的生活，至少在读者心中，要感觉到她过的是从头开始的、不及情的、真正素朴的生活，而不是忘情式的"返璞归真"。于是，在前八十回，巧姐在贾府内的生活有意被忽视了，似乎她被冰封起来，在贾府中永远无法长大。等到高鹗续书时，对巧姐的年龄竟无所适从、困惑不已，以致出现"巧姐年纪忽大忽小"[①]的情形。

如果借用《红楼梦》的"梦"对我们提出的三种人生视点做一归结，那么，宝黛等人是梦迷者，一僧一道是梦醒者，刘姥姥则代表了一批从不做梦者。

当宝黛等人沉迷于情的梦想世界终于使黛玉耗尽了生命，使宝玉因此而万般无奈地走向一僧一道时，巧姐则随刘姥姥来到乡村，纺起线来了。虽然与贾府的大富大贵生活相比，巧姐的地位已经沉沦，但在"留余庆"的曲子里，作者留给了我们一片朦胧的希望。她也许会很贫穷，很艰苦，也没有什么梦想，但是否会生活得更充实、更少烦恼呢？跟执着于情或者不得不皈依空门比较，是否巧姐的生活才能更让人品味到一点幸福的甘汁呢？谁知道呢？对曹雪芹来说，这条出路更多的像是贾宝玉眼中的二丫头，也是一个猜不透的谜。

（原载《红楼梦学刊》1990年第4辑）

[①] 俞平伯：《俞平伯论红楼梦》，上海古籍出版社1988年版，第426页。

作者简介：孙逊，上海师范大学教授、博士生导师。曾任上海师范大学人文学院院长，中文一级学科博士点带头人，上海文史馆馆员，上海高校都市文化 E 研究院首席研究员，《文学评论》编委、中国红楼梦学会副会长，中国民主同盟第六、第七、第八、第九届中央委员。著有《红楼梦脂评初探》《红楼梦与金瓶梅》(与陈诏合著)《董西厢与王西厢》《红楼梦探究》《明清小说论稿》等作品。

詹丹，上海师范大学中文系教授、中国红楼梦学会副会长、都市文化学博士点带头人、光启国际学者中心负责人、上海市古典文学会副会长。著有《红楼梦通识》《红楼情榜》《重读红楼梦》《红楼梦精读》《统编语文教材与文本解读》等作品。

二 《红楼梦》中的文史交响

文史交响共生的《红楼梦》

胡德平

一、《红楼梦》书前为什么会出现"凡例"

《红楼梦》一书的文学空间是巨大的,书中的史学空间是否也是同样宽广的呢?人们只承认《红楼梦》是一部伟大的现实主义文学巨著,它是否也是一部作者对当时社会百态干预和改写的文学作品呢? 20世纪80年代出现的新历史主义的文学创作即持这种主张。我们原来认为,现实主义作品应该源于生活,高于生活。而新历史主义的文学则主张作品源于生活,又要干预和改写生活。如果不好理解,那么用句通俗的话来讲,曹雪芹创作《红楼梦》就是一部文史交响旋律谱成的历史名著,并对未来的历史提出了自己的主观要求。要说明这个问题,让我们从《脂砚斋重评石头记》"凡例"说起吧。

中国的四大名著,除《红楼梦》外,书前都无"凡例",就是《红楼梦》的庚辰本、戚序本及程甲本、程乙本也都无"凡例",己卯本书前部分已佚失,难作评论。为何甲戌本的《红楼梦》开卷之前有一"凡例"呢?

现在著书使用"凡例"的现象非常常见,已没有固定的体例要求,但在我国古代,对"凡例"的使用却是非常严格的。经书、史书、家谱、地方志都有"凡例"在前作为全书的编著说明。"凡例"一词最早出现在晋朝杜预《春秋经传集解》一书中,其序曰:"其发凡以言例。"并且,在《左传·隐公七年》的一段文字后注曰:"此言凡例,乃周公所制礼经也。"四百年后的唐代,孔颖达对此"凡例"又言:"传体有三,即上文发凡正例、新意变例、归趣非例是也。"

曹雪芹著书《红楼梦》,大量取材于他的家世和个人经历,他写作此书的"狡猾之笔",评书人脂砚斋非常清楚。脂砚斋作为一个知情者,他本人的经历和作者在同一频道之中。曹雪芹强烈希望此书传世,脂砚斋也不遑多让。故而脂砚斋作此"凡例",意在提醒读者注意书中凹藏着曹雪芹家族若干历史信息。我认为,在我国古代文学作品中,只要加以"凡例"者,书中必有宝贵的历史资料。难怪清代就有人评论:曹雪芹记一世家,即胜太史公记三十世家。当然,这些"历史资料"都是以文学小说的形式表现出来的。所以尽管都是文学艺术的"满纸荒唐言",内里却隐藏着一芹一脂辛酸生活的人生真味。于是,便引发出学界两种声音:一曰"甄士隐云云(真事隐去)",即探究隐藏着的若干历史真实;二曰"贾雨村云云(假语村言)",即主张阐发文学描写的故事。后人在研究中便形成了红学、曹学两家。其实两家就是一家,两学就是一学。能否从另一角度说明文学改写了历史,历史又干预了文学呢?我认为,这是《红楼梦》最具时代意义的一种创作手法。

二、"凡例"喻示了一种文史互文的创作手法

在中国古代的六部经典中,《易》《礼》《乐》属"经",是授道释惑的;《诗》《书》《春秋》属"史",是述事记人的。《诗》三百零五篇首开文史互文之先河,继而小说家也继承了这一中国文化的传统。《三国演义》就是最早最著名的一例,其书七分历史,三分文学创作。明末清初的毛宗岗有《三国演义》批评本一书,书前说明便有"凡例"作为缘起。明代冯梦龙的《新列国志》书前也有"凡例"说明:"旧志事多疏漏,全不贯串,兼以率意杜撰,不顾是非……"作者参考先秦各国正史,才创作出这部长篇历史小说。这部小说对曹雪芹及其朋友均有巨大影响,这在正白旗村三十九号旗下老屋的题壁诗文中有明显反映[①]。清初,孔尚任写的《桃花扇》,则是根据明末野史创作出来的历史故事,书前也有"凡例"说明,其中说:"朝政得失,文人聚散,皆确考时地,全无假借。至于儿女钟情,

---

① 北京香山正白旗三十九号题壁诗墙上录有《东周列国志》第八十一回诗句:"吴王在日百花开,画船载乐洲边来。吴王去后百花落,歌吹无闻洲寂寞……岂惟世上少看花人,从来此地无花看。"另有《东周列国志》第九十回诗句:"富贵途人骨肉亲,贫贱骨肉亦途人。试看季子貂裘敝,举目亲人尽不亲。"

宾客解嘲，虽稍有点染，亦非乌有子虚之比。"此戏剧故事还在曹寅官署中上演过。曹寅主持编辑的《全唐诗》，书前也有"凡例"，对此又作何解释呢？前面已有《诗经》说明了"文史互文相融"的先例。曹寅主持编辑的《全唐诗》，不但反映了唐代诗歌文化的艺术水平，还可得见唐代全部诗人的全部作品，这本身就有整理唐诗的史学意义。

曹雪芹写的《红楼梦》，其根据既不是正史，也非野史，更非稗史，而是以其亲见亲闻、亲身经历的生活为基础，完成的一部带有时代信息的著作。曹雪芹创作的这部文史互文的现实主义作品，是独创的，并赢得鲁迅先生的称赞。作为革命家的毛泽东何尝不是"红学"大家？他也曾说过《红楼梦》可以当作历史去读这类话。

《红楼梦》书前出现"凡例"还有什么其他原因呢？我认为还有三点。第一，这一文学作品中确有重要的曹家史料，值得研究。其实许多世界名著也有这种隐含作者家世的现象，非《红楼梦》一书独有。第二，曹雪芹确实博学。从《废艺斋集稿》[①]中可以看到，他论述每件事，都愿意从历史的源头谈起，如风筝要从《周礼》的《考工记》谈起，编织则从"周秦以降"开讲。写《废艺斋集稿》时，总离不开《礼记》的"大同篇"。那么要写"凡例"，便必须符合晋人、唐人的古意才用。第三，"凡例"毕竟是脂砚斋所写，他亦想在书中留下自己的生活印迹，以"凡例"喻示也是极有可能的。

三、《红楼梦》中掩藏着曹家什么历史素材

有清以来，内务府包衣独立撰写自家的家谱、家世是没有的，只有一种例外，就是内务府旗籍的包衣抬旗成为满洲旗籍，同时免除了包衣身份的人，才可以有自家的家谱。比如乾隆时期，内务府正白旗的高斌就属此例。后《八旗满洲氏族通谱》中加上了内务府包衣的家谱，但仅仅是作为附录，并非正传。那么曹雪芹在书中涉及其家世的描绘时既不能明言写出，那就只有变通旧例，隐蔽其归趣要旨，用文学改写历史的体例去写作了。

---

① 曹雪芹佚著，稿本八册，编写了金石篆刻、风筝扎糊、编织织补、脱胎塑模、印染配色、雕刻竹器、烹调、园林等十几种工艺。

曹公写的家世离不开他的主子。他的祖上是内务府的包衣,他的主子就是皇帝,皇帝的家就是国,皇帝的家国观就是封建社会的家国观。《红楼梦》中用文学语言改写历史的地方很多,专家已有著述说明,如宁荣二公之灵说:"吾家自国朝定鼎以来,功名奕世,富贵传流,虽历百年,奈运终数尽,不可挽回者。"我认为这就是对曹氏家族家国史的文学改写。还有甄家的四次接驾,以及贾母说史湘云的爷爷排演的《续琵琶》,都有百分之百的历史原型,这都属于历史干预文学的部分。

《红楼梦》中的赖尚荣也是一例。赖尚荣养尊处优的生活就是另一版本的贾宝玉。贾琏的乳母赵嬷嬷在王熙凤面前也是半个主子的做派。因为贾琏和赵天栋、赵天樑是奶兄弟,这是书中的描写。康熙和曹寅的关系,则是真实的历史。不然康熙为何称曹寅之母为"吾家老人也"?清朝这种特殊的主奴关系,家奴这种"呼吸会能通帝座"①的现象,我想在中国历史上恐怕也仅此一例。《红楼梦》第六十三回有两句好诗:"纵有千年铁门槛,终须一个土馒头。"贾宝玉受此惊醒,如醍醐灌顶,嗳哟了一声,方笑道:"怪道我们家庙说是铁槛寺呢?原来有这一说。"贾宝玉的祖上是贾代善,卧佛寺南不远的地方有一座礼王坟,是铁帽子亲王代善的宏大家庙,这是真代善。这里既有文学的故事,又有曹家史料对文学的改写和干预。

四、"凡例"保留了曹雪芹"作者自云"的创作思想

甲戌本《红楼梦》"凡例"的作者下笔行文言之凿凿,对书中一些情节,他这也要考,那也要证,不想却迷倒了旧红学的索隐派和主张自传说的新红学。目前,学界已公认《红楼梦》书前的"凡例"真实不伪,多数学者认为撰写"凡例"的人就是脂砚斋。我完全认同。

甲戌本《红楼梦》"凡例"有五条,前四条都是脂砚斋所写,唯有第五条不是由他完全写成的。其中主要内容是《红楼梦》作者曹雪芹所写,脂砚斋援引他

---

① 苏州织造李煦的幕客张元章写给曹寅的《题仪真察院楼呈醱使曹李二公》中的诗句,生动地诠释了曹寅与康熙之间的亲密关系。

的原话加在了"凡例"第五条中。不难明白,第五条中的"作者"就是《红楼梦》的作者曹雪芹,"作者自云"即曹雪芹自云。曹雪芹自云的内容,从"凡例"第五条"此书开卷第一回也"开始,直到"故曰风尘怀闺秀"为止。

本文想说明的一点是,脂砚斋阅评《红楼梦》再二、再三、再四,也是个了不起的文史专家,他认为此书"打破历来小说窠臼",文笔直追《庄子》《离骚》,都是真实客观的评价。应该讲,让读者深入认识作者曹雪芹,他的功劳非常大。请看他在《红楼梦》第十九回的评语:"此书中写一宝玉,其宝玉之为人,是我辈于书中见而知有此人,实未目曾亲睹者。"可以肯定,贾宝玉是文学作品中的人物,真实生活并无此人。那么,否定《红楼梦》是作者自传小说的第一人非脂砚斋莫属,他在评语中又讲道:"又写宝玉之发言,每每令人不解,宝玉之生性,件件令人可笑。不独于世上亲见这样的人不曾,即阅今古所有之小说传奇中,亦未见这样的文字。"这又是脂砚斋的一大贡献。书中的宝玉真实地反映了作者曹雪芹离经叛道性情品位的历史真实性,实在是作者改写和干预文学作品的最好例证。

曹公和"凡例"的作者在很多问题上也是有分歧的。曹公认为此书经脂砚斋抄阅再评后,仍用"石头记",而脂砚斋却认为此书总名应称"红楼梦"。曹雪芹的主张是对的,他有深意在此,他说的青埂峰下的顽石就是"三生石",它聚具了"石兄"的三世因缘,它有前世、现世,还有来世。我们的时代就属来世的一部分,曹雪芹认为《石头记》的生命力将长存来世。

五、《红楼梦》的时代价值

历史学在断代上是很严谨的,我国的近代史断代是从1840年开始的,已成为我国历史学界的共识,但其前有无序幕以表示一个重要的历史时期将要到来的前奏呢?18世纪的中国,在世界历史中扮演着一个极其特殊的角色。那时,英国已完成了资产阶级革命,开始了工业革命,正在拼命开拓世界市场,强占殖民地。而中国呢?当时中国的出口贸易量占据全球第一,大量白银净流入,清政府却顽固地坚持荒唐的贡赐贸易观念。《红楼梦》中王熙凤对其娘家掌管对外贸易一事竟如是说:"那时我爷爷单管各国进贡朝贺的事,凡有外国人来,都是我们家养活。粤、闽、滇、浙所有的洋船货物都是我们家的。"此段话给读者的印象,王熙凤不就是一个颠顶愚蠢的女王吗?把这段话放在乾隆的身上也十分贴切吧。它形象地描述了当时中西方在贸易认识上的落差,其中有"天子南库"、粤海关广东十三行的历史素材,真实反映了清朝上层对近代贸易的愚昧认识。我认为这是书中文史互文最经典的一段描写。

文史互文的结构,两种旋律的互融互通,一声两歌、一手二牍的艺术手法,这些因素,使《红楼梦》被创作成为一部有着文史交响乐效果,长久传世的悲剧名著。这一现象应成为倡导研究新历史主义的一个经典范例。

曹雪芹的著作对中国近代史的影响是巨大的,它影响了我国的新文化运动,影响了陈独秀、毛泽东等一批中共建党的领导人。曹公的贡献更应该接近我国的近代史,而不是古代史。意大利但丁的《神曲》、西班牙塞万提斯的《堂·吉诃德》都是世界或作者本国的划时代标志,曹公的《红楼梦》是否也应成为中国近代史上的一个标志呢?

(原载《曹雪芹研究》2018年第3期)

作者简介:胡德平,北京曹雪芹学会创会会长、《曹雪芹研究》主编。历任中共中央统战部副部长,十届全国人大常委、全国人大内务司法委员会委员,中华全国工商业联合会第一副主席、党组书记,十二届全国政协常委、全国政协经济委员会副主任委员。著有《说不尽的红楼梦——曹雪芹在香山》《文史交响的红楼梦》《中国为什么要改革》《改革放言录》《与时俱进的民营经济》等作品。

从家族视角看贾府

顾以诺

二知道人《红楼梦说梦》:"太史公纪三十世家,曹雪芹只纪一世家。"曹雪芹笔下的贾府,正是当时社会中众多贵族世家的缩影。家族衰亡是《红楼梦》的主线之一,贾府是《红楼梦》故事发生的背景与所在地。作为家族存在的贾府,是《红楼梦》阅读中不可忽略的部分。

一、贾氏家族的兴起与繁衍

(一)贾府的起家

《红楼梦》第二回中,曾提到贾氏家族的根脉:

> 雨村因问:"近日都中可有新闻没有?"子兴道:"倒没有什么新闻,倒是老先生你贵同宗家,出了一件小小异事。"雨村笑道:"弟族中无人在都,何谈及此?"子兴笑道:"你们同姓,岂非同宗一族?"雨村问是谁家。子兴道:"荣国府贾府中,可也不玷辱了老先生的门楣了。"雨村笑道:"原来是他家。若论起来,寒族人丁却不少,自东汉贾复以来,支派繁盛,各省皆有,谁能逐细考查。若论荣国一支,却是同谱。"

"同宗""同姓""同谱"等词,展现了一个姓氏族群发展过程中繁衍生息、开枝散叶的情况。贾氏一族起源于东汉贾复,到了《红楼梦》的时代,宁荣一支已经成为贾氏中的大家。

贾府由军功起家。第七回,尤氏说焦大"从小儿跟着太爷们出过三四回兵,从死人堆里把太爷背了出来,得了命;自己挨着饿,却偷了东西来给主子吃;两日没得水，得了半碗水，给主子喝，他自己喝马溺"。贾演、贾源兄弟从军，"九死一生挣下这个家业"。书中并未提及宁荣二公的实职，第十三回贾蓉捐龙禁尉的履历上有"曾祖，原任京营节度使世袭一等神威将军贾代化"，贾珍则是"世袭三品爵威烈将军"，荣国府的贾赦则"现袭一等将军之职"，可以推断，宁荣二公在世时应是武将。第七十五回，贾珍因居丧不得游乐，故"以习射为由，请了各世家弟兄及诸富贵亲友来较射"，贾赦、贾政得知，不知就里，反说这才是正理，"文既误矣，武事当亦该习，况在武荫之属"。"武荫之属"，表明贾府子孙的恩荫是来自祖先立下的武功。宁荣二公自称"吾家自国朝定鼎以来，功名奕世，富贵传流，虽历百年……"，贾府是从"国朝定鼎"时就"功名奕世"，则宁荣二公的军功是从龙之功，非同小可。

历史上的曹家，也是军功起家。这当然不是巧合，而是作者曹雪芹有意的设计。曹氏先祖曹世选（一说曹锡远）明末在沈阳为官，努尔哈赤攻下沈阳时被俘，成为包衣。此后，曹家跟随征战，从龙入关，曹家的兴盛即源于此。曹雪芹将自家经历写入《红楼梦》中，饱含了他对于家族的怀恋。

（二）贾府的内部关系

《红楼梦》第二回"冷子兴演说荣国府"，介绍了宁荣二府的子孙繁衍情况。佐以其余文本内容，可知贾府家族谱如下。

宁国府

宁国公贾演，生四子。长子贾代化，生贾敷（早亡）、贾敬。贾敬生贾珍、贾惜春。贾珍生贾蓉，续娶尤氏，妾佩凤、偕鸳、文花等。贾蓉娶秦可卿。另有贾蔷，为"宁国府正派玄孙"，应是宁国公贾演其余三子中的后代。

荣国府

荣国府贾源（一写作贾法），未知生几子。长子贾代善，娶史氏（即贾母），生贾赦、贾政、贾敏。贾赦生贾琏、贾迎春、贾琮，续娶邢夫人，妾嫣红。贾琏娶王熙凤，生贾巧姐，妾尤二姐、秋桐、平儿。贾迎春嫁孙绍祖。贾巧姐嫁周富户之子。贾政娶王夫人，生贾珠、贾元春、贾宝玉；妾赵姨娘，生贾探春、贾环；妾周姨娘，无出。贾珠娶李纨，生贾兰。贾元春入宫为妃。贾宝玉娶薛宝钗。

贾探春嫁周琼之子。贾敏嫁林如海，生林黛玉。

此外，除宁荣两府主支外，贾府旁支甚多。第十三回宁国府办秦可卿的丧事，"彼时贾代儒、（贾）代修、贾敕、贾效、贾敦、贾赦、贾政、贾琮、贾𤩴、贾珩、贾㻞、贾琛、贾琼、贾璘、贾蔷、贾菖、贾菱、贾芸、贾芹、贾蓁、贾萍、贾藻、贾蘅、贾芬、贾芳、贾兰、贾菌、贾芝等都来了"。旁支中出现比较多的，如贾璜，靠奉承尤氏、凤姐有些产业，连妻子的娘家侄儿金荣都进了贾府的义学；贾芹，其母在凤姐前为其求了差事，负责管理小尼姑；贾芸则是争取到了在园中种植花木的活儿。贾府内元宵夜宴、贾母生日等重大场合，也多有旁支来参加宴会。

贾府繁衍生息，已有五代，看似人口繁多，实则深有隐患。主支人口萧瑟，宁国府已经是数代单传，更加值得注意的是，在整个小说的叙述中，两府内没有新生命的诞生。秦可卿是病，不是喜；尤氏曾经报了产育，只是请假在家的借口；王熙凤和尤二姐都是怀孕后小产。贾府的第五代草字辈已经到了婚龄，作者却没有写第六代的诞生，无形之中，暗示着"君子之泽，五世而斩"。

（三）贾府的社会关系

贾府经营百年，形成了一张庞大而丰富的社会关系网。

以贾府为首的四大家族，是由地缘和姻亲构建的关系网。第四回中，门子介绍，护官符写的是"本省最有权有势、极贵大乡绅的名姓""本地大族名宦之家"。贾史王薛四大家族，均为金陵省的大族，护官符中"住不下金陵一个史""龙王来请金陵王"，也明确点出了"金陵"的地缘性质。四家"连络有亲，一损皆损，一荣俱荣"，靠姻亲联系起来，关系紧密。贾府接连三代人都娶了其余三家的女儿：贾代善娶史氏，贾政娶王夫人，贾琏娶王熙凤，贾宝玉娶薛宝钗。

此外，贾府起家、繁衍的过程中，其结交的世交大族也不可小觑。第十四回，秦可卿出殡，世交大族多来送殡，也可看出贾府的社会关系网。

> 那时，官客送殡的有：镇国公牛清之孙现袭一等伯牛继宗、理国公柳彪之孙现袭一等子柳芳、齐国公陈翼之孙世袭三品威镇将军陈瑞文、治国公马魁之孙世袭三品威远将军马尚、修国公侯晓明之孙世袭一等子侯孝康；缮国公诰命亡故，故其孙石光珠守孝不曾来得。这六家与宁荣二家，当日所称

文史链接:《红楼梦》与曹雪芹的世界

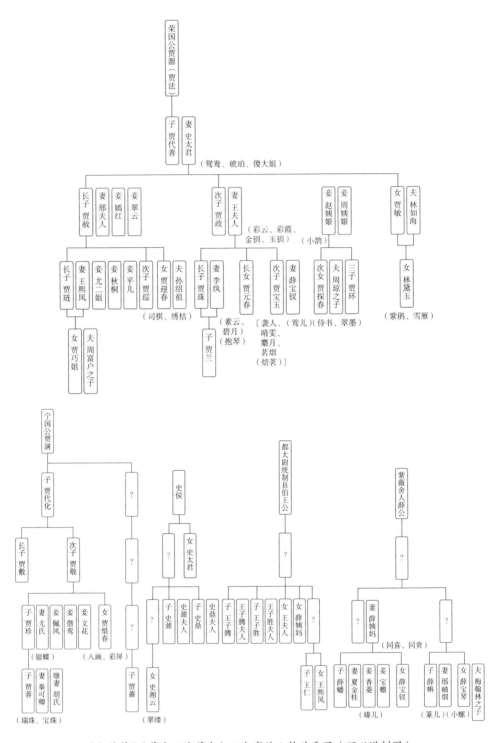

《红楼梦》(蒙古王府藏本)四大家族人物关系图(顾以诺制图)

"八公"的便是。余者更有南安郡王之孙、西宁郡王之孙、忠靖侯史鼎、平原侯之孙世袭二等男蒋子宁、定城侯之孙世袭二等男兼京营游击谢鲸、襄阳侯之孙世袭二等男戚建辉、景田侯之孙五城兵马司裘良。余者锦卿伯公子韩奇、神武将军公子冯紫英、陈也俊、卫若兰等诸王孙公子,不可枚数。堂客算来,亦有十来顶大轿,三四十顶小轿,连家下大小轿车辆,不下百余十乘。连前面各色执事、陈设、百耍,浩浩荡荡,一带摆三四里远。

"这六家与宁荣二家,当日所称'八公'的便是",可知其余六家很可能是和宁荣二公一样,在早期建立的军功,彼此间有战场上打下来的交情。此外,东平、南安、西宁、北静四家王府设有祭棚,北静王水溶"因想当日彼此祖父相与之情,同难同荣,难以异姓相视",亲自到场,又邀请宝玉常到王府做客。

第七十一回贾母八旬之庆,"亲友全来庆贺"。贾府安排外头亲友的宴席就安排了三天,"二十八日请皇亲、驸马、王公并郡主、王妃、国君、太君、夫人等,二十九日便是阁下、都府、督镇、诰命等,三十日便是诸官长、诰命并远近亲友堂客"。贾府日常生活中,王夫人、王熙凤常要出门交际,贾政回京后,也常常带着宝玉、贾环、贾兰等出门做客。

广阔而丰富的社会关系,意味着贾府根基已久。当然,同样值得注意的是,贾府也有不甚往来的人家,如忠顺王府长史上门问蒋玉菡事时,贾政暗思"素日并不与忠顺府来往"。贾府渐渐没落之时,连婚娶这样的大事,四大家族内都不走动了。另有依附贾府、借贾府力谋事者,如长安节度使云光"与老爷(贾政)最契"、傅试、贾雨村等人。作者在塑造这类人物时已有讽喻。"乱烘烘你方唱罢我登场","穷在闹市无人问,富在深山有远亲",凡此种种,皆可一见。

二、贾氏家族的维持

(一) 外部政治地位

贾氏祠堂中御笔:"勋业有光昭日月,功名无间及儿孙。""已后儿孙承福德,至今黎庶念荣宁。"贾府子孙的确承袭了宁荣二公的"功名"和"福德",首先就表现在爵位和官职上。

宁国府一支，贾代化为"世袭一等神威将军"，原任京营节度使；贾敬进士出身，修道而未袭爵，死后仍能受到祖先的福德，"念彼祖父之功，追赐五品之职"；贾珍承袭爵位，为"世袭三品爵威烈将军"；贾蓉一开始只是个监生，贾珍为了秦可卿丧礼上好看，给他捐了个五品龙禁尉的前程。荣国府一支，贾代善袭爵时未降等，仍为荣国公；贾赦"现袭一等将军之职"；贾政本要以科甲出身，其父临终遗本一上，立刻引见，赐主事之衔，入部习学，《红楼梦》故事开始时已是员外郎，后做过学差和粮道；贾琏身上捐了个同知。贾府内几乎所有的成年男性都受到了祖先的荫蔽，或承袭爵位，或受到恩典，或依赖家族的力量捐官。当然，爵位和捐的前程都只是虚职，贾府早期还有"监造海防，修理海塘"这样的大工程，在小说文本的时间段里，贾府内只剩下贾政是实职，贾府在外的政治地位，主要依赖的还是宁荣二公的军功。

元春入宫，继而晋封为凤藻宫尚书，加封贤德妃，也提升了贾府的地位，跻身"国戚"之流。第十六回，贾琏被凤姐称为"国舅老爷"，虽为打趣，也反映了贾府对元春晋封一事之喜。

（二）家族制度与权力

中国家族文化渊源已久，逐渐形成了完善的家族制度和伦理道德制度。雍正在《圣谕广训》中指示："凡属一家一姓，当念乃祖乃宗，宁厚毋薄，宁亲毋疏，长幼必以序相洽，尊卑必以分相连，喜则相庆以结其绸缪，戚则相怜以通其缓急。"贾府作为当时社会中的大家族代表，充分展现了这一点。

传统的宗族构成，必须选出族长为组织者，有祠堂或宗祠作为共同活动的场所，还要设置经费来源的义田和教育族中子弟的义塾。这几点在贾府中均有体现。

第四回写到，贾府目前的族长为贾珍，贾府祭宗祠事，多由贾珍安排。第五十三回中还写到过年时贾珍安排"各子侄们来领取年物"，对于贾芹这种有管事却还来领东西的便有所斥责，说"我这东西，原是给那些闲着无事的，无进益的小叔叔小兄弟们的"，在这点上，还算尽到了族长之责。

《红楼梦》中数次提到贾氏宗祠，贾政出学差要先"拜过宗祠"，第五十三回则详细描写了宗祠内外的景象：

> 原来宁府西边另有一个院宇，黑油漆栅栏内五间大门，上面悬着一匾，写着是"贾氏宗祠"四个大字，旁书"衍圣公孔继宗书"。两边有一副长联，写道是：
>
> 　　肝脑涂地，兆姓赖保育之恩。
>
> 　　功名贯天，百代仰蒸尝之盛。
>
> 亦是衍圣公所书。进入院中，白石甬道，两边皆是苍松翠柏。月台上设着青绿古铜鼎彝等器。抱厦前上面悬一九龙金字匾，写道是"星辉辅弼"，乃先皇御笔。两边一副对联，写道是：
>
> 　　勋业有光昭日月，功名无间及儿孙。
>
> 亦是御笔。五间正殿前悬一闹龙填青匾，写道是"慎终追远"四字。旁边一副对联，写道是：
>
> 　　已后儿孙承福德，至今黎庶念荣宁。
>
> 俱是御笔。里边香炉辉煌，皆系锦帐绣幪，里面虽列着些神主，却因离远看不真切。……至正堂上。影前只见锦幔高悬，挂彩屏张，香烛辉煌。上面正居中悬着宁荣二祖遗像，皆是披蟒腰玉，两边还有几轴列祖遗影。

贾府宗祠的陈列，展现了贾氏祖先的功勋福德，表明子孙不敢忘祖功祖德。贾氏宗祠无论建筑规模还是联匾陈设，都辉煌肃穆。

贾府中有义塾，第七回中，宝玉初见秦钟，便邀请他到贾府义学来上学。第九回介绍贾府义学："原来这贾家之义学，离此不远，不过一里之遥。系当日始祖所立，恐族中子弟有不能请师者，即入此中肄业。凡族中有官爵之人，皆有供给银两，按俸之多寡帮助，为学中之费。特举年高有德之人为塾之长，专为训课子弟。"第十三回，秦氏托梦给王熙凤，提到两件事："祖茔虽四时祭祀，只是无一定钱粮；第二，家塾虽立，无一定的供给。"这两件事均为宗族大事，秦氏建议"将祖茔附近多置田庄、房舍、地亩，以备祭祀，供给之费皆出自此处，将家塾亦设于此"，将来获罪败落之时也好有个退步，祭祀又可永久。此外，贾府还有家庙，方便家中有人去世后寄放。

家族制度为家族传承提供了制度上的保障，而良好的家族伦理道德使得家族传承平稳有序。在家族伦理道德上,贾府遵范式,守尊卑,重孝亲。

在起名上,贾府严格按照范式。宁荣二公单名,均为三点水旁;第二代双名,中间为"代"字,如贾代化、贾代善、贾代儒、贾代修;第三代单名,文字辈,如贾敬、贾赦、贾政,同辈有女子贾敏;第四代单名,玉字辈,如贾珍、贾珠、贾琏、贾环等,贾宝玉的"宝玉"为小名,女子从元春"春"字;第五代单名,草字辈,如贾蓉、贾蔷、贾芸等。

长幼尊卑,上下有序。辈分高者为尊,贾母为贾府内地位最尊者,受子孙晨昏定省。贾芸年龄比宝玉还大,却要认其为父,说"摇车里的爷爷,拄拐的孙孙"。同辈之中,年龄大者为尊,第二十回贾环与莺儿作耍,宝玉走来,"宝钗素知他家规矩,凡作兄弟的,都怕哥哥",有批语"大族规矩原是如此,一丝儿不错"。

贾府重孝亲。第三十三回,贾政打宝玉,贾母赶来。父打子在古代并不为过,然贾母一句"先打死我,再打死他,岂不干净了",就使贾政停手。贾母又以"孝"威胁贾政:"我倒有话吩咐,只是可怜我一生没养个好儿子,却叫我和谁说去!""我猜着你也厌烦我娘儿们,不如我们早离了你,大家干净!""他将来长大,为官做宰的,也未必想着你是他母亲了。"贾政听说,叩头哭道:"母亲如此说,贾政无立足之地。"不孝,即"无立足之地",可见"孝"在宗法关系中的重要性,也可见贾府子孙教育中对"孝"的强调。

古代宗法制度下,家族实行父权制,贾府表面上也遵循着男主外、女主内的原则:宁府外事由贾珍料理,内事由尤氏掌管;荣府则是贾琏夫妇管家。但实际上,贾府的最高掌权人和决策者为贾母,贾珍、贾琏等等只是具体的执行者。第十六回"贾元春才选凤藻宫",宣贾政入朝,"贾母等合家人等心中皆惶惶不定","贾母正心神不定""贾母便唤进赖大来细问端的""贾母等听了方心神安定""贾母带领邢夫人、王夫人、尤氏,一共四乘大轿入朝",写贾府全家反应,均专门点出贾母,可见在这种重大事件上,贾母在家中的掌权地位。平日里,贾母并不管事,喜热闹,好享受,安安稳稳地做个老封君。但贾母一旦发话,谁也不能违逆她,贾赦想讨鸳鸯做小老婆,贾母不肯放人,贾赦夫妇反而丢了脸面。

贾母作为贾府嫡支中辈分最高者,实际是家族的象征。除夕祭宗祠时,贾母站在最前面,由贾母将祭菜放在供桌上,拈香下拜,也是贾母率先下拜,众人方一齐跪下；中秋节这样的团圆之节，气氛凄清寂寞，宝玉一辈的人几乎都走了，贾母却还撑着，可以想见，贾母一走，众人也就散了。家族中也是如此，贾府抄家之后，贾母拿出积年的积蓄一一分派，公平中不失慈爱，她自愧于家族，却为贾府做了最后一件大事。贾母作为宗族的大家长，对于族中人也颇为照顾，关心出于肺腑。元宵夜宴，贾母差人去请族中众人；贾母生日时，族中人来见礼，贾母特意嘱咐照看好族中的女儿喜鸾和四姐儿，以免受下人欺负。

（三）经济支持

贾氏家族能够成为百年大族，自然离不开经济上的支持。贾府的收入主要有几类：一是做官的官饷和爵位的俸银、俸米。第五十三回，就提到贾蓉去领春季恩赏。恩赏的银子主要是体面，"又是沾恩赐福的"。第二类，也是贾府的大头收入，为庄园等固定资产上的收入。第五十三回，乌进孝进贡，长长的单子上，除了各类农牧产品，还有"外卖粮食、牲口各项之银共折银二千五百两"。此外，书中还提到过房租、地租。第七十二回，贾琏和鸳鸯借当，"几处房租、地租，通在九月才得"，按照借当的数额，这部分收入应有几千两银子。第三类收入是变卖资产。第七十二回中，凤姐向旺儿家的历数几件变卖的东西，"后楼上有没要紧的大铜锡器，四五箱子，拿出去弄了三百银子"，"那一个金自鸣钟卖了五百六十两银子"，一转眼夏太监来借银，凤姐又把两个金项圈拿出去押了四百两银子。此外，贾府还有灰色收入，如凤姐弄权铁槛寺，轻轻松松赚了三千两银子。

三、贾氏家族的衰亡

第七十四回抄检大观园，探春一番话振聋发聩，点出大家族的颓败："可知这样大族人家，若从外头杀来，一时是杀不死的，这是古人曾说'百足之虫，虽死不僵'，必须先从家里自杀自灭起来，才能一败涂地呢！"贾府这样的百年大族，其颓败首先在其内部：内部的堕落，内部的争斗，内部的腐朽……贾氏家族的衰亡，其内因有以下几方面。

(一)教育不善,子孙堕落

《红楼梦》第二回冷子兴演说荣国府时,便与贾雨村谈到贾府的教育问题,"如今的儿孙,竟一代不如一代了"。纵观《红楼梦》全书,贾府内教育不善,在降等袭爵的制度下无法寻求新的上升路径;子孙堕落,甚至于败坏道德,违反法律,最终导致了抄家的下场。

贾府虽有爵位,却是降等袭爵。宁国府的爵位只剩"三品爵威烈将军",荣国府也只有"一等将军"之爵,两府的爵位都是再传一两代便无爵可袭。在这样的危机下,贾府却始终没有走上新的上升路径。相比之下,林家"曾袭过列侯",因皇恩多袭了一代,至林如海便"从科第出身",乃是前科的探花。而贾府唯一走过科举道路的贾敬,进士出身,却沉迷丹道,抛下红尘,也抛下对家族的责任,"箕裘颓堕皆从敬",任由儿子贾珍"把宁国府竟翻了过来"。贾政原要以科甲出身,却被额外加恩赐了一个主事之衔。贾府的玉字辈,贾珍"那里肯读书",贾琏"也是不喜读书",贾珠十四岁进学,却英年早逝"一病死了"。宝玉不喜读书,众人皆知,贾环"词句中终带着不乐读书之意"。往下一辈,贾蓉是监生,应是捐进去的,并不读书。阖府之中,只有一个贾兰,是认真要走科举之路的。

更值得忧心的,是贾府的家塾。贾府家塾原是为合族内不能延师者而设,塾之长须是"年高有德之人",现任司塾贾代儒被认为是"当今之老儒",家塾本应是进益学问之所。但贾府中的家塾龙蛇混杂,学生轻易被薛蟠勾上手,风气败坏,又兼贾代儒管理松散,贾瑞行事不公,竟闹出"顽童闹学堂"之事。学堂不能进益学问,反而成了争风斗气的风流所。在传统宗族之中,家塾是家族长久的保障,秦可卿给王熙凤的托梦中,贾府进一步是鲜花着锦,退一步是耕读之家,家塾的堕落,也象征着家族的堕落。

大家族的底蕴,不在高楼屋舍,不在娈童美婢,归根结底,在于道德与礼制,所谓"礼出大家"。第七十五回,尤氏道:"我们家上下大小的人,只会讲外面的假礼假体面,究竟作出来的事都够使的了。"当家族之"礼"变为"假礼假体面",贾府道德败坏程度可知。宁国府内父子聚麀,公然夜间聚赌,外人眼中"除了两个石头狮子干净,只怕连猫儿狗儿都不干净";荣国府内,贾赦好色成性,

"略平头正脸的他就不放手了",还把自己房中的丫鬟赏赐给儿子贾琏为妾;为几把古扇几乎逼死石呆子。风气渐渐蔓延开,淡薄的道德意识与松散的管理制度致使贾府上下满是漏洞,连最后一片净土大观园也被污染:司棋在园中偷情,婆子夜间聚赌,绣春囊公然出现在大观园的山子石上,而王夫人竟然用公开抄检的方式,撕毁了大观园最后的体面。第七十五回"开夜宴异兆发悲音",从贾府宗祠传来的长叹之声,是贾氏祖先对不肖子孙的叹息。

(二)"自杀自灭"的内部矛盾

大家族聚居,时间久了,各种矛盾滋生,所为无非钱、权、宠爱。争宠逐利,便生忌妒之心,《红楼梦》中多次写到家族成员中因忌妒而造成的冲突事件:贾环忌妒宝玉与彩霞厮闹,便推倒蜡灯,想要"用热油烫瞎他眼睛";赵姨娘忌妒宝玉、凤姐得贾母王夫人宠爱,与马道婆勾结使魇魔法;贾环在贾政面前告倒宝玉,致使宝玉挨打,"手足眈眈",用词何等触目惊心;邢夫人因要鸳鸯不得失了体面,忌恨凤姐,在贾母生日时公开给凤姐没脸;贾赦当众讲母亲偏心的笑话……贾府嫡支如此,旁支亦然。第五十三回,贾母差人去请族中众人来参加元宵夜宴,"奈他们或有近年懒于热闹的;或有家内无人,不便来的;或有疾病淹缠,欲来竟不能来的;或有一等妒富愧贫的;甚至于有一等憎畏凤姐之为人赌气不来的;或有羞手羞脚,不惯见人,不敢来的"。"妒富愧贫",同一家族之中,竟已到这种程度;"憎畏凤姐之为人赌气不来的",又可见贾府新一代当家人凤姐的为人太过刚强威风、八面玲珑,则不如贾母有亲和力,贾府嫡支在凤姐管家之下,与旁支关系渐渐不甚亲密,旁支或奉承,或在凤姐手下办事,来维持与嫡支的关系,显然这对大家族的团结十分不利。贾府的奴仆都是"一颗富贵心,两只体面眼",嫡支的奴仆,都能看不起旁支的主子,闹学堂时茗烟甚至敢骂贾璜之妻"只会打旋磨儿,给我们琏二奶奶跪着借当头。我看不起他那样的主子奶奶"。

第七十一回,鸳鸯与探春就有一番对话,讲述大家族的矛盾:

> 鸳鸯道:"罢哟,还提'凤丫头'呢,他可怜见的。虽然这几年没有在老太太跟前有个错缝儿,暗里也不知得罪了多少人。总而言之,为人是难作的:

若太老实了,没有个机变,公婆又嫌太老实了,家里人也不怕;若有机变,未免治一经又损一经。如今咱们家更好,新出来的这些底下奴字号的奶奶们,心满意足,都不知要怎么样才好,少不得意,不是背地里嚼舌,就是挑三窝四,不过安静日子。这不是三姑娘听着,老太太偏疼宝玉,有人背地里怨言还罢了,算是偏心。如今老太太偏疼你,我听着也是不好。这可笑不可笑?"探春笑道:"糊涂人多,那里较量的这许多。我说倒不如小人家人少的好,虽然人少寒苦些,倒是娘儿们欢天喜地的,大家快乐。我们这样人家人又多,外头看着我们,不知我们千金万金小姐何等快乐,殊不知这里说不出来的苦,倒更利害。"

大家族里"说不出来的苦",家族中无休止的猜忌、忌妒、仇恨,消磨了家族的生机。各人只顾自己,主子们或是如邢夫人一般只知自保;或是如凤姐牟取私利;惜春自幼缺乏家庭的温暖,听闻宁府丑事时便与之割席;奴仆中"各家门,另家户"的话脱口而出。"自杀自灭"式的消耗,使贾府成了一个空壳子。

(三)经济上的虚空与腐败

贾府经济上的虚空,主要是由于长久以来的入不敷出,以及预备元春省亲的大额支出。

《红楼梦》故事开始时,贾府就已呈现出衰亡的迹象,如冷子兴说"内囊却也尽上来了",而元春省亲更是加速了这一进程。修筑大观园,打造各类陈设,采买戏班、小尼姑、小道姑等诸多事务,无论小说中怎样强调大观园的设计"省得许多财力",读者也可以想见整个省亲消耗银钱之多,仅采买戏班一项就花费三万,"花烛彩灯并各色帘笼帐幔"则要两万。接驾从来都是"银子成了土泥",曹家曾接驾四次,因此造成织造任上的巨大亏空,一定使曹雪芹印象深刻。省亲时的鲜花着锦,烈火烹油,使人暂时忘却了其背后的惊人数字,但连元春都叹息的奢华过费,其消耗可想而知,正如贾蓉所说"头一年省亲,连盖花园,你算算那一注共花了多少""再省一回亲,只怕就净穷了"。

《红楼梦》中多次提到贾府的入不敷出。第五十五回,凤姐与平儿谈论家事,道:"二则家里出去的多,进来的少;凡有大小事仍是照着老祖宗手里的规矩,却一年进的产业又不及先时。"点出贾府当前经济上的主要问题。论收入，贾府男人做官的实职少，经手的事务不如从前，做官得来的银子少；田庄上的收成也不如从前，乌进孝拿来两千五百两银子，贾珍嫌少，"我算定了，你至少也有五千两银子来"，自然灾害多，庄头又爱打擂台，庄子的数量也在减少，"如今你们一共只剩了八九个庄子"，产出自然不如从前多。论支出，贾府上下大小事务都有祖宗留下的规矩排场，外头的不能裁减，以免被人发现失了世家的体面，里头的用度要省俭，又怕委屈了姑娘们。贾府生活一向奢靡，仅一顿螃蟹宴，便抵得上一家农户一年的开支。元春封妃后，荣国府更是添了许多花钱的事，"一定不可免是要花的"，使得贾府的常规支出又添了一大笔，"那一年不多赔出几千银子来"。第一〇六回，贾政看家中账目，"所入不敷所出，又加连年宫里花用，账上有在外浮借的也不少。再查东省地租，近年头交不及祖上一半，如今用度比祖上更加十倍"，"岂知好几年头里，已就寅年用了卯年的"，贾府之败，早已在经济上决定了。

此外，贾府内经济的腐败程度也堪忧。贾府内事务众多，一一分派出去，便是层层盘剥。姑娘们用的头油脂粉，买办不是不能按时送来，就是质量低下，姑娘们叫官中人买依然如此，无非是怕买的质量好了得罪了买办，只能私下叫人买来。探春说"钱费两起，东西又白掷一半，算起来费两折子钱"。买办从中牟利，已成贾府惯例，无论是奴仆承担的买办，还是旁支子弟领的事务，都是如此。贾蔷负责下江南采办戏班，便问贾琏"要什么东西，顺便置来孝敬"；贾芹领了小尼姑的事务，领了银子，就能"随手拈一块，撂与掌平的人"；贾芸为了领个差事，花十五两多买冰片麝香贿赂凤姐，自然是因为能够从中赚回来。贾府没有设置专门的管理费用，而是默许了管理人员从中贪污（贾芹有了差使，贾珍便认为他不应该再来领年物），长此以往，经济必然腐败。

《红楼梦》全方位地展示了传统宗法制度下一个大家族从起家到繁盛再到衰亡的全过程。《红楼梦》中的贾府，它既有着历史上曹家的影子，又不与曹家等同，它是作者曹雪芹经过思考和创作而形成的一个家族，是历史的，也是文学的。读者可以从贾府窥见四大家族，也可以窥见中国宗法社会的一角。

链接回目

第二回　第五回　第九回　第十三回　第十四回　第十六回　第二十四回
第二十五回　第三十三回　第四十六回　第五十三回　第五十五回　第五十六回
第七十一回　第七十二回　第七十四回　第七十五回　第一〇六回

参考文献

[清]曹雪芹著，[清]程伟元、高鹗补，莎日娜等点校整理:《红楼梦》(蒙古王府藏本)，外语教学与研究出版社2021年版。
胡文彬著:《红楼梦与中国文化论稿》，中国书店2005版。
萨孟武著:《红楼梦与中国旧家庭》，岳麓书社1988年版。
张毕来著:《漫说红楼》，人民文学出版社1980年版。

作者简介：顾以诺，《曹雪芹研究》期刊责任编辑、北京曹雪芹学会会员。南京大学经济学硕士毕业。长期从事《红楼梦》研究、传播与创意开发工作。自中学起多次主讲《红楼梦》课程与讲座，曾受邀在江宁织造博物馆、南京审计大学、外语教学与研究出版社等机构举办相关讲座。《红楼梦日历（锦色版）》撰稿人（合作）。

贾府的经济账

樊志斌

《红楼梦》中贾府是个规模庞大的家族,仅荣国府就有数百人。第六回称:"按荣府中一宅人合算起来,人口虽不多,从上至下也有三四百丁。"荣府主奴规模可以想见。

家族的所有运营首先都要建立在经济收支的基础上。《红楼梦》对荣府经济收支情况的书写是保证小说顺利演进的先决条件。

一、贾府的收入

贾府的收入主要包括五部分:地租、房租、官俸、赏赐、日常交往。

开国之初,宁荣二公因功获得大量土地,建立田庄,雇佣庄头管理生产、交租。每年春、秋两季地租就成为贾府的主要收入。第六回写刘姥姥进贾府,见到周瑞家的,周瑞家的对刘姥姥说:"我们男的只管春秋两季地租子……"既然称春、秋两季地租子,则年底之地租当为秋季地租(收水稻、杂粮季),还当有春季地租(收小麦季)。

第五十三回写腊月(因路上雪化,走了一个月零两日)宁国府田庄(黑山村)庄头乌庄头来交年租(当为秋季地租),单子上写着:

> 大鹿三十只,獐子五十只,狍子五十只,暹猪二十个,汤猪二十个,龙猪二十个,野猪二十个,家腊猪二十个,野羊二十个,青羊二十个,家汤羊二十个,家风羊二十个,鲟鳇鱼二个,各色杂鱼二百斤,活鸡、鸭、鹅各二百只,风鸡、鸭、鹅二百只,野鸡、兔子各二百对,熊掌二十对,鹿筋二十

斤，海参五十斤，鹿舌五十条，牛舌五十条，蛏干二十斤，榛、松、桃、杏穰各二口袋，大对虾五十对，干虾二百斤，银霜炭上等选用一千斤、中等二千斤，柴炭三万斤，御田胭脂米二石，碧糯五十斛，白糯五十斛，粉粳五十斛，杂色粱谷各五十斛，下用常米一千石，各色干菜一车，外卖粱谷、牲口各项之银共折银二千五百两……

可见，地租分成实物、货币两部分，实物类山珍海味、粮食蔬菜俱有，货币则是"卖粱谷、牲口各项之银共折银二千五百两"——按照贾珍的说法，正常年份本季当有五千两银子收入。

> 贾珍皱眉道："我算定了你至少也有五千两银子来，这够作什么的！如今你们一共只剩了八九个庄子，今年倒有两处报了旱涝，你们又打擂台，真真是又教别过年了。"乌进孝道："爷的这地方还算好呢！我兄弟离我那里只一百多里，谁知竟大差了。他现管着那府里八处庄地，比爷这边多着几倍，今年也只这些东西，不过多二三千两银子，也是有饥荒打呢。"

荣国府八处庄地比宁国府八处庄地多几倍，本年此季收入除实物外，不过五千两银子上下，则正常年份本季当有万两白银上下——春季实物外，当有三四千两的收入（春季牛羊滋生时候，未到肥壮，所售自少）。

第七十二回，贾琏对鸳鸯说："几处房租、地租通在九月才得。"可见，九月间，荣府有几处房租、地租的收入。贾琏说八九月间各种送礼需要"得三二千两银子"，因此，请求："暂且把老太太查不着的金银家伙偷着运出一箱子来，暂押千数两银子支腾过去。不上半年的光景，银子来了，我就赎了交还，断不能叫姐姐落不是。"既然说"不上半年的光景，银子来了"，可见，贾琏所说府里秋季的房租、地租指的就是年底的收成（用来赎当的银子即靠年底的地租）。

第五十三回写腊月贾蓉领春祭恩赏，贾珍道："除咱们这样一二家之外，那些世袭穷官儿家，若不仗着这银子，拿什么上供过年？"可见，贾府的地租收入在当朝官员中是数一数二的。

宁、荣二公都是公爵，但每降一辈，爵位便有相应的降低，至贾赦为一等将军、贾珍为三品将军（明代镇国将军年俸千石，辅国将军八百石，奉国将军六百石）。贾政未有爵位，但担任工部员外郎，为从五品官，年俸在一百六十八石。米一石合一百二十斤，则贾府每年当有二十余万斤米的收入，合计六七百两白银（明清中叶米价合计考量）。

贾府还有年节的祭祀恩赏。第五十三回写腊月贾蓉领春祭的恩赏：

> 贾珍因问尤氏："咱们春祭恩赏可领了不曾？"尤氏道："今儿我打发蓉儿关去了。"贾珍道："咱们家虽不等这几两银子使，多少是皇上天恩。早关了来，给那边老太太见过，置了祖宗的供……除咱们这样一二家之外，那些世袭穷官儿家，若不仗着这银子，拿什么上供过年？"

虽然没有明说多少银子，但按贾珍口气推测，当在百两上下。春秋二祭，秋祭自然仍有这些银子。

荣府中，元春为妃嫔后，每年逢年过节也有一定的赏赐，按照本回贾蓉的说法，"按时到节不过是些彩缎古董顽意儿。纵赏银子，不过一百两金子，才值一千两银子"。

此外，每逢各种红白喜事，亲友同僚也会互相送礼。第七十一回写贾母八十大寿，朝廷、元春赏赐并各家送礼情况：

> 自七月上旬，送寿礼者便络绎不绝。礼部奉旨：钦赐金玉如意一柄，彩缎四端，金玉环四个，帑银五百两。元春又命太监送出金寿星一尊，沉香拐一只，伽南珠一串，福寿香一盒，金锭一对，银锭四对，彩缎十二匹，玉杯四只。余者自亲王驸马以及大小文武官员之家凡所来往者，莫不有礼，不能胜记。堂屋内设下大桌案，铺了红毡，将凡所有精细之物都摆上，请贾母过目。贾母先一二日还高兴过来瞧瞧，后来烦了，也不过目，只说："叫凤丫头收了，改日闷了再瞧。"

二、贾府的支出

有入有出。与收入相对应，贾府的支出分为以下几项：各主奴的日常消耗（吃穿用度）、年节红白喜事的费用（对内）与送礼（对外）、修建大观园、迎接元妃省亲。

（一）贾府主奴的日常吃穿用度

第五十三回，贾珍对乌进孝讲宁府的支出情况：

> 贾珍道："正是呢，我这边都可，已没有什么外项大事，不过是一年的费用。我受用些，就费些；我受些委屈就省些。再者年例送人请人，我把脸皮厚些，可省些也就完了。……"

可见，日常消耗、年节红白喜事是府邸最大的两块消耗。

乌进孝送来的东西，贾珍吩咐"留出供祖的来，将各样都取了些，命贾蓉送过荣府里。然后自己留了家中所用的，余者派出等例来，一分一分的堆在月台下，命人将族中的子侄唤来与他们。接着荣国府里也送了许多供祖之物及与贾珍之物"。族中子侄，指"闲着无事的无进益的"人。在外、在家族有差事有收入的不在其内。

因为有田庄出产作为保障，贾府主奴的日常消耗皆由贾府集中供应，基本用不到钱，因此，第四十五回王熙凤对李纨说："你娘儿们，主子奴才共总没十个人，吃的穿的仍旧是官中的。"第五十一回，王熙凤、王夫人商量宝玉与诸姊妹冬季饮食，王夫人道："不如后园门里头的五间大房子，横竖有女人们上夜的，挑两个厨子女人在那里，单给他姊妹们弄饭。新鲜菜蔬是有分例的，在总管房里支去，或要钱，或要东西；那些野鸡、獐、狍各样野味，分些给他们就是了。"贾母怕添个厨房麻烦，王熙凤解释道："一样的分例，这里添了，那里减了。"

不仅平日衣食住行费用，由官中开支，即便是个人的红白喜事，也由府内一总开支。第六十二回写贾府大厨房为贾宝玉生日准备宴会，探春等知晓本日也是平儿生日（平儿称自己不是"牌儿名上的人"），才私下里凑钱为她一总办个生日宴会：

> 探春因说道："可巧今儿里头厨房不预备饭，一应下面弄菜都是外头收拾。咱们就凑了钱叫柳家的来揽了去，只在咱们里头收拾倒好。"众人都说是极。探春一面遣人去请李纨、宝钗、黛玉，一面遣人去传柳家的进来，吩咐他内厨房中快收拾两桌酒席。

贾府主奴的穿着也是大费金钱的一项内容。第三回写王熙凤衣着：

> 头上戴着金丝八宝攒珠髻，绾着朝阳五凤挂珠钗；项上带着赤金盘螭璎珞圈；裙边系着豆绿宫绦双衡比目玫瑰珮；身上穿着缕金百蝶穿花大红洋缎窄裉袄，外罩五彩刻丝石青银鼠褂；下着翡翠撒花洋绉裙。

又写贾宝玉衣着：

> 头上戴着束发嵌宝紫金冠，齐眉勒着二龙抢珠金抹额；穿一件二色金百蝶穿花大红箭袖，束着五彩丝攒花结长穗宫绦，外罩石青起花八团倭锻排穗褂；登着青缎粉底小朝靴。……项上金螭璎珞，又有一根五色丝绦，系着一块美玉。……一时回来，再看，已换了冠带：头上周围一转的短发，都结成小辫，红丝结束，共攒至顶中胎发，总编一根大辫，黑亮如漆，从顶至梢，一串四颗大珠，用金八宝坠角；身上穿着银红撒花半旧大袄，仍旧带着项圈、宝玉、寄名锁、护身符等物；下面半露松花撒花绫裤腿，锦边弹墨袜，厚底大红鞋。

王熙凤的饰品或者还有娘家嫁妆，贾宝玉一身的服饰自然都是由贾府或者贾母、贾政等人提供的。

正是因为贾府主人们衣着豪奢、费用高昂，旺儿媳妇才笑道："那一位太太奶奶的头面衣服折变了不够过一辈子的，只是不肯罢了。"

不仅主人如此，即便贾府的大丫鬟们也都是按等级穿戴名贵服饰。第七十八回写晴雯死后，"剩的衣履簪环，约有三四百金之数"。第五十一回写袭人母亲病重，王熙凤嘱咐袭人用度之事：

> 凤姐儿看袭人头上戴着几枝金钗珠钏，倒华丽；又看身上穿着桃红百子刻丝银鼠袄子，葱绿盘金彩绣绵裙，外面穿着青缎灰鼠皮褂。凤姐儿笑道："这三件衣裳都是太太赏的，赏了你倒是好的。但只这褂子太素了些，如今穿着也冷，你该穿一件大毛的。"袭人笑道："太太就只给了这灰鼠的，还有一件银鼠的。说赶年下再给大毛的，还没有得呢。"凤姐儿笑道："我倒有一件大毛的，我嫌风毛儿出不好了，正要改去。也罢，先给你穿去罢。等年下太太给作的时我再作罢，只当你还我一样。"……一面说，一面只见凤姐儿命平儿将昨日那件石青刻丝八团天马皮褂子拿出来，与了袭人。又看包袱，只得一个弹墨花绫水红绸里的夹包袱，里面只包着两件半旧棉袄与皮褂。

> 凤姐儿又命平儿把一个玉色绸里的哆罗呢的包袱拿出来,又命包上一件雪褂子。

这般打扮较一般地主财主家小姐穿着不次。而且这只是冬季服饰,一年四季各有不同,贾府稍微有点身份地位者穿着服饰的花费可以想见。

(二)贾府主奴的月钱与使费

虽然,贾府主奴的日常吃穿用度都由贾府一概支出,基本没有用钱的地方,但为了保证其日常不时之需,贾府的主子们都有月钱。第四十五回借王熙凤之口,透露了贾府的财政状况和李纨的收支明细:

> 凤姐儿笑道:"亏你是个大嫂子呢!……你一个月十两银子的月钱,比我们多两倍银子。老太太、太太还说你寡妇失业的,可怜,不够用,又有个小子,足的又添了十两,和老太太、太太平等。又给你园子地,各人取租子。年终分年例,你又是上上分儿。你娘儿们,主子奴才共总没十个人,吃的穿的仍旧是官中的。一年通共算起来,也有四五百银子……"

可知,贾母、王夫人每月月钱为二十两,李纨为十两。年终还有年例。

少爷小姐们每月也都有二两银子的月钱。第五十五回探春说:"凡爷们的使用,都是各屋里领了月钱的。环哥的是姨娘领二两,宝玉的是老太太屋里袭人领二两,兰哥儿的是大奶奶屋里领。"第五十六回,探春对平儿等说道:"因想着我们一月有二两月银外,丫头们又另有月钱。"

王熙凤称李纨"你一个月十两银子的月钱,比我们多两倍银子"。第七十二回,王熙凤又说:"我和你姑爷一月的月钱,再连上四个丫头的月钱,通共一二十两银子。"平儿的月银当系一两,丰儿的月钱当一千钱,小红二人当为月钱五百,共三两上下,则贾琏、王熙凤每人月钱当为五两。何以贾琏、王熙凤与李纨同辈分,月钱却只是李纨的一半呢?又,贾琏、贾宝玉同辈分,何以贾琏月银五两,贾宝玉只有二两呢?此种区别,盖与其人的年龄、涉外活动有关。

此外,少爷们上学,每年有"吃点心或者买纸笔"银八两,小姐们每月又有零花钱二两。

男主人的妾月钱也是二两(另有四串钱)。第三十六回,王夫人问凤姐赵姨娘、周姨娘的月例是多少，凤姐道："那是定例，每人二两。赵姨娘有环兄弟的二两，共是四两，另外四串钱。"可知妾与少夫人的月钱数量相似。

主子使用的奴才，不管是成年仆人，还是小厮的待遇，书中并未言及，只说了丫鬟的月钱（丫鬟们每月月钱系当差工资性质）：一等大丫鬟月钱一两银子，二等大丫鬟月钱一千钱，小丫鬟月钱五百钱，衣食也由府内开支。因此，第六十回中，柳五儿着急进大观园当差，诉说理由时谈道："……二则添上月钱，家里又从容些；三则我的心开一开，只怕这病就好了——便是请大夫吃药，也省了家里的钱。"第三十六回，凤姐谈到贾宝玉的诸多丫鬟："袭人原是老太太的人，不过给了宝兄弟使。……就是晴雯麝月等七个大丫头，每月人各月钱一吊，佳蕙等八个小丫头，每月人各月钱五百。"

姨娘的丫鬟本来月钱为一千钱，但后来改为五百钱。第三十六回，王熙凤说："姨娘们的丫头，月例原是人各一吊。从旧年他们外头商议的，姨娘们每位的丫头分例减半，人各五百钱。"

不安排差事的奴仆，也需要支出银、米。林之孝说贾府生活艰难，重要原因就是生齿日繁。第七十二回，林之孝对贾琏说：

> "人口太重了。不如拣个空日回明老太太老爷，把这些出过力的老家人用不着的，开恩放几家出去。一则他们各有营运，二则家里一年也省些口粮月钱。再者里头的姑娘也太多。俗语说'一时比不得一时'，如今说不得先时的例了，少不得大家委屈些，该使八个的使六个，该使四个的便使两个。若各房算起来，一年也可以省得许多月米月钱……"

开恩放几家出去，意思是免除这些老家人的奴籍，不再为他们发放口粮月钱。

奴才婚配死亡也要有相应的赏赐。赵姨娘作为贾府的家生奴才，其兄死，有二十两的烧埋银子；而袭人作为外买的奴才，其母亲死，王夫人赏了四十两银子。白事有赏，红事自然也有赏赐。

（三）各种红白喜事的来往费用

第七十一回，贾母八十大寿，贾府宴席情况：

> 因今岁八月初三日乃贾母八旬之庆，又因亲友全来，恐筵宴排设不开，

便早同贾赦及贾珍贾琏等商议，议定于七月二十八日起至八月初五日止荣宁两处齐开筵宴，宁国府中单请官客，荣国府中单请堂客，大观园中收拾出缀锦阁并嘉荫堂等几处大地方来作退居。二十八日请皇亲驸马王公诸公主郡主王妃国君太君夫人等，二十九日便是阁下都府督镇诰命等，三十日便是诸官长及诰命并远近亲友堂客。初一日是贾赦的家宴，初二日是贾政，初三日是贾珍贾琏，初四日是贾府中合族长幼大小共凑的家宴。初五日是赖大林之孝等家下管事人等共凑一日。

阁下，即内阁中官员。都府，节度使的别称。督镇，指省一级官员。

人情世故，有来有回。因此，贾琏对鸳鸯道："这两日，老太太的千秋，所有几千两银子都使了……明儿又要送南安府里的礼，又要预备娘娘的重阳节礼，还有几家红白大事，至少还得三二千两银子用。"王熙凤称："一个金自鸣钟卖了五百六十两银子。没有半个月，大事倒有十来件，白填在里头。"第五十五回写道："可巧连日有王侯公伯世袭官员十几处，皆系荣宁非亲即友或世交之家，或有升迁，或有黜降，或有婚丧红白等事，王夫人贺吊迎送，应酬不暇。"

（四）因元妃产生的巨大费用

《红楼梦》中，元妃省亲是荣府最荣耀的时刻，人人欢喜，但这个欢喜是建立在大量的银钱耗费基础上的。第十六回，为迎接元春省亲，贾府营造大观园，办理家中戏班，贾珍令贾蔷往苏州合聘教习、采买女孩子、置办乐器行头等事，贾琏问动用哪一处费用：

> 贾蔷道："才也议到这里。赖爷爷说，不用从京里带下去，江南甄家还收着我们五万银子。明日写一封书信会票我们带去，先支三万，下剩二万存着，等置办花烛彩灯并各色帘栊帐幔的使费。"

光是"聘请教习，采买女孩子，置办乐器行头等事""置办花烛彩灯并各色帘栊帐幔"这些园林附属小项就耗银五万两，那么营造大观园的土木工程费用呢？大观园内各种随式打造的器具呢？还有诸多古董陈设呢？

按照清代中叶北京地区皇家园林的营造价格，贾府营造、装饰大观园并迎接元妃省亲，花费当在二十万两白银①，是贾府十年的收入。正如第五十三回贾珍说的，荣府"几年添了许多花钱的事，一定不可免是要花的，却又不添些银子产业。这一二年倒赔了许多"。贾蓉等也说："这二年那一年不多赔出几千银子来！头一年省亲连盖花园子，你算算那一注共花了多少，就知道了。再两年再一回省亲，只怕就精穷了。"

逢年过节，荣国府还要给皇帝等人进贡，进贡的东西，皇帝收不收是一回事，办理都要档次，都要大花费。第九十二回，冯紫英携来四件洋货（围屏、自鸣钟、母珠、鲛绡帐）进行推销："这四件东西价儿也不很贵，两万银他就卖。母珠一万，鲛绡帐五千，《汉宫春晓》与自鸣钟五千。"虽然此次宝物贾府并未购买，但往年多少是要进贡的。

（五）打抽丰的支出

向有钱人家买好，以获取资助，称作"打抽丰"（抽取资产丰饶者的意思）。《红楼梦》中向贾府打抽丰的人分为三类：清客、亲戚、太监。

清客不同于幕僚，幕僚为主人筹划、执行公私事务，每年获得固定费用，清客只是陪同主人娱乐游玩，如吟诗下棋、听戏酒宴等，每年主人适当给予费用，也称"相公"。第十七回，贾政与诸清客谈论入门土山石额题字内容：

> 贾政回头笑道："诸公请看，此处题以何名方妙？"众人听说，也有说该题"叠翠"二字，也有说该题"锦嶂"的，又有说"赛香炉"的，又有说"小终南"的，种种名色，不知几十个。原来众客心中早知贾政要试宝玉的功业进益何如，只将些俗套来敷衍。宝玉亦料定此意。贾政听了，便回头命宝玉拟来。

第四十回，鸳鸯、王熙凤借刘姥姥逗贾母玩笑：

> 鸳鸯笑道："天天咱们说外头老爷们吃酒吃饭都有一个篾片相公，拿他取笑儿。咱们今儿也得了一个女篾片了。"李纨是个厚道人，听了不解。凤姐儿却知是说的是刘姥姥了，也笑说道："咱们今儿就拿他取个笑儿。"二人

---

① 樊志斌：《制度、历史、文学合一视野下的林黛玉财产问题及其他——与陈大康教授关于林黛玉财产下落说之商榷》，《文学与文化》2020年第3期。

便如此这般的商议。

《红楼梦》中，来贾府打抽丰的既有连宗的亲戚刘姥姥，也有真正的亲戚邢忠夫妇（邢岫烟的父母、邢夫人的族弟夫妻）。因二进荣国府的表现令贾府上下都很开心，加之贾府上下多为人宽厚，刘姥姥获得了丰厚的回报。第四十二回写道：

> 刘姥姥忙跟了平儿到那边屋里，只见堆着半炕东西。平儿一一的拿与他瞧着，说道："这是昨日你要的青纱一匹，奶奶另外送你一个实地子月白纱作里子。这是两个茧绸，作袄儿裙子都好。这包袱里是两匹绸子，年下做件衣裳穿。这是一盒子各样内造点心，也有你吃过的，也有你没吃过的，拿去摆碟子请客，比你们买的强些。这两条口袋是你昨日装瓜果子来的，如今这一个里头装了两斗御田粳米，熬粥是难得的；这一条里头是园子里果子和各样干果子。这一包是八两银子。这都是我们奶奶的。这两包，每包里头五十两，共是一百两，是太太给的，叫你们拿去或者作个小本买卖，或者置几亩地，以后再别求亲靠友的。"说着又悄悄笑道："这两件袄儿和两条裙子，还有四块包头，一包绒线，可是我送姥姥的。衣裳虽是旧的，我也没大狠穿，你要弃嫌我就不敢说了。"

清客、亲戚这种打抽丰，消耗有限，到贾府打抽丰最频繁、需要花费最多的是宫里的太监。第七十二回写夏太监打发一个小太监来借钱：

> 这里凤姐命人带进小太监来，让他椅子上坐着吃茶，因问何事。那小太监便说："夏爷爷因今儿偶见一所房子，如今竟短二百两银子，打发我来问舅奶奶家里，有现成的银子暂借一二百，过一两日就送过来。"凤姐儿听了，笑道："什么是送过来，有的是银子，只管先兑了去。改日等我们短了，再借去也是一样。"小太监道："夏爷爷还说了，上两回还有一千二百银子没送来，等今年年底下，自然一齐都送过来。"凤姐笑道："你夏爷爷好小气，这也值得提在心上。我说一句话，不怕他多心，若都这样记清了还我们，不知还了多少了。只怕没有；若有，只管拿去。"因叫旺儿媳妇来，"出去不管那里先支二百两来。"旺儿媳妇会意，因笑道："我才因别处支不动，才来和奶奶支的。"凤姐道："你们只会里头来要钱，叫你们外头弄去就不能了。"说着叫平

儿,"把我那两个金项圈拿出去,暂且押四百两银子。"平儿答应了,去半日,果然拿了一个锦盒子来,里面两个锦袱包着。打开时,一个金累丝攒珠的,那珍珠都有莲子大小;一个点翠嵌宝石的。两个都与宫中之物不离上下。一时拿出去,果然拿了四百两银子来。凤姐命与小太监打叠起一半,那一半命人与了旺儿媳妇,命他拿去办八月中秋的节。那小太监便告辞了,凤姐命人替他拿着银子,送出大门去了。

面对太监的敲诈,贾琏苦笑道:"这一起外祟何日是了!"又说:"昨儿周太监来,张口一千两。我略应慢了些,他就不自在。将来得罪人之处不少。"

正是因为人数繁多,不能节俭,加之各种花费巨大,掌事的主奴侵吞,贾府早就入不敷出,寅吃卯粮了。第一〇七回,贾母问给贾赦远行等准备费用,贾政回道:"昨日儿子已查了,旧库的银子早已虚空,不但用尽,外头还有亏空。……东省的地亩早已寅年吃了卯年的租儿了。"

贾府资产紧张至极,贾母丧事本是大事,但为了将来生活和他人口风,邢夫人、贾政等不愿多做花费,王熙凤手脚无措、狼狈不堪。第一一〇回写因没钱王熙凤狼狈应对的情形:

> 虽说僧经道忏、上祭挂帐,络绎不绝,终是银钱吝啬,谁肯踊跃,不过草草了事。连日王妃诰命也来得不少,凤姐也不能上去照应,只好在底下张罗,叫了那个,走了这个,发一回急,央及一会,胡弄过了一起,又打发一起。别说鸳鸯等看去不像样,连凤姐自己心里也过不去了。

贾府的崩溃,看起来是因为抄家,实际上却是因为贾府财政的危机,也即贾府收入支出比的失衡。曹雪芹敏锐洞察到这个简单而又根本的道理,将其分散到各回书写中。从这个角度上说,曹雪芹无愧于大社会学家的称谓。

链接回目

第三回　第十六回　第十七回　第十八回　第三十六回　第四十回　第四十二回
第四十五回　第五十一回　第五十三回　第五十五回　第五十六回　第六十二回
第七十一回　第七十二回　第九十二回　第一一〇回

参考文献

曹雪芹著,无名氏续:《红楼梦》,人民文学出版社 2008 年版。
陈大康著:《荣国府的经济账》,人民文学出版社 2019 年版。
樊志斌:《制度、历史、文学合一视野下的林黛玉财产问题及其他——与陈大康教授关于林黛玉财产下落说之商榷》,《文学与文化》2020 年第 3 期。

作者简介：樊志斌,北京国家植物园曹雪芹纪念馆研究馆员、北京曹雪芹学会常务理事、中国红楼梦学会理事、《曹雪芹研究》常务编委。主要从事曹学、红学、北京史地园林、博物馆研究。著有《曹雪芹传》《曹雪芹文物研究》《曹学十论》《红学十论》《曹雪芹生活时代北京的自然与社会生态》等作品。

《红楼梦》中的婚姻制度

顾以诺

"昏姻之故,言就尔居。"(《诗经·小雅·我行其野》)在传统宗法社会中,婚姻是一件大事,"合二姓之好,上以事宗庙,而下以继后世也"。对于婚姻关系中具体的人来说,尤其对于女性而言,婚姻是"终身大事",足以决定命运。贾宝玉说:"女孩儿未出嫁,是颗无价宝珠;出了嫁,不知怎么就变出许多不好的毛病儿来;再老了,便不是珠子,竟是鱼眼睛了。"婚姻俨然是人生的转折点。《红楼梦》客观反映了康雍乾时期的婚姻制度,也由此折射出不同阶层、不同身份女性的命运。

一、皇族婚姻

清政府鼓励皇室婚嫁与生育,逐渐形成了严格的八旗秀女遴选制度。选秀由户部、内务府负责组织和挑选,每隔三年举行一次。按规定,凡属八旗所生女子,年至十三四岁一律要送到京师,交户部和内务府预备挑选,即使是宫中嫔妃的姊妹亲眷,也不例外,只是要另为一班,优先挑选。凡有隐瞒秀女者,按具体情况治罪。此外,选宫女也称为选秀,选内务府包衣家女儿,一年一选,供内廷驱使,身份较低,一般年满二十五岁即可出宫还家自行婚配。宫女中也有晋升为嫔妃者。

《红楼梦》中,元春"因贤孝才德,入宫中作女史去了",后被"晋封为凤藻宫尚书,加封贤德妃"。书中并未提及贾府中其他三春需要参加选秀,且元春一开始选入宫中也是做"女史",因此元春的入选并非属于三年一次的秀女大选。

但嫔妃的命运总是相似的，尽管《红楼梦》中安排了现实中极为罕见的妃嫔回家省亲，省亲之时，元春透露了自己的心迹："当日既送我到那不得见人的去处"，"富贵已极"却"终无意趣"，只羡慕"天伦之乐"。省亲只有一次，此后元春再见家人，只有在宫中寥寥数次的相见。元春晋升为贵妃，仿佛为贾府的末路增添了一缕生机，实际上却是无济于事，省亲造成的亏空使得贾府经济越发紧张，元春在宫中的地位也不能长久依靠，还为贾府带来一起"外祟"，夏太监等时常到贾府打秋风。元春薨逝，贾府的政治靠山一倒，则衰亡更速，不久便遭遇抄家。

另外《红楼梦》中还提及宝钗待选，"世宦名家之女，皆亲送名达部，以备挑选，择为公主、郡主之入学陪侍，充为才人、赞善之职"。宝钗待选，选的是公主伴读，也不在清朝两类选秀之列。但既要待选，便不可随意议亲，应是在落选后，薛姨妈才开始考虑宝钗的婚事。

无论是现实中的秀女遴选，还是《红楼梦》中元春、宝钗的选秀，都是命运不能自主。即便选上了，无限荣光的同时，也还伴随着与家人的分离之痛和深宫寂寞之悲。

二、婚姻的缔结与解除

（一）婚姻的缔结

1. 缔结婚姻的法律规定

康雍乾时期，有关缔结婚姻的法律规定已经较为完善。在婚龄上，清朝入关之前，实行早婚制，女子满十二岁即可成婚；入关之后，受到汉文化的影响，基本规定男子十六岁、女子十四岁为法定结婚年龄，具体则受各地区经济、社会文化等情况的影响。《红楼梦》中曾提及贾母说宝玉"上回有个和尚说了，这孩子命里不该早娶，等再大一大儿再定罢"，虽可能是推脱之词，但也表明贾府不要求早婚。

"父母之命，媒妁之言"是婚姻缔结的原则。《大清律例》规定："嫁娶皆有祖父母、父母主婚，祖父母、父母俱无者，从余亲主婚。其夫亡携女适人者，其女从母主婚。"《红楼梦》中的女性婚姻，皆可与此条对看。

黛玉属于"祖父母、父母俱无者"，应当"从余亲主婚"，她父族中无人，长期寄居贾府，因此便有"虽有铭心刻骨之言，无人为我主张"的悲叹。"无人为我主张"，正是宝黛爱情不能圆满的重要原因之一，无怪乎薛姨妈一提起把黛玉配给宝玉"四角俱全"，紫鹃便跑来道"姨太太既有这主意，为什么不和太太说去"，实是黛玉确实需要一个为她主张的人，才可能成就婚姻。

迎春的婚姻则是全由父亲做主，迎春自幼跟随贾母，后来又由王夫人照管，但贾母和贾政夫妇在迎春的婚姻上并没有多少话语权，第七十九回：

> 贾母心中却不十分趁意，但想来拦阻亦未必听，儿女之事自有天意前因，况且是他父母主张，何必出头多事；因此，只说"知道了"三字，余不多及。贾政又深恶孙家，虽是世交，当年不过是彼祖希慕宁荣之势，有不能了结之事，才拜在门下的，并非诗礼名族之裔，因此，倒劝过两次，无奈贾赦不听，也只得罢了。

按照律例，贾政并不能干涉迎春的婚姻，因此只能"劝过两次"贾赦；贾母与贾赦母子关系尴尬，贾赦为人又是"拦阻亦未必听"，贾母也就只说"知道了"。迎春婚后，孙绍祖每每骂迎春"你老子使了我五千两银子，把你准折卖给我的"，所谓"父母之命"，竟致如此。

"其夫亡携女适人者，其女从母主婚"一条，则适用于尤二姐、尤三姐的情形。尤二姐、尤三姐并非尤氏亲妹，而是尤老娘从前头一家带过来的，因此两人理应"从母主婚"。然而尤老娘再嫁后又成了寡妇，只能依靠嫁入宁国府的尤氏过活，尤老娘对贾珍、贾蓉睁一只眼闭一只眼，尤二姐、尤三姐也就轻而易举沦为贾珍父子的玩物。

"父母之命"之外，还有"媒妁之言"，媒人是沟通男女两方的唯一纽带，"天上无云不下雨，地上无媒不成婚"。即使两家已经看准，也需要媒人这个媒介。第五十七回，薛姨妈为薛蝌看中邢岫烟为妻，请贾母做媒，邢家便应了，又请尤氏婆媳做主亲，操持一应事务。第七十二、七十七回提及官媒来求说迎春、探春，可见媒人是沟通婚姻中的重要纽带。

除此之外，还有诸多有关婚姻的禁忌，如"同姓不婚""亲属不婚""良贱不婚""僧道禁婚"等。

清律规定"凡同姓为婚者,各杖六十,离异",但现实中很难执行,到了清后期,就只要求不允许同宗便可。

亲属不婚,主要包括尊卑不婚、不允许同辈亲属间结婚、禁止迎娶亲属之妻妾。其中的"不允许同辈亲属间结婚",实际上难以禁止,后来便规定"其姑舅、两姨姊妹为婚者,听从民便"。宝玉与黛玉是姑舅姊妹,与宝钗是两姨姊妹,无论与谁成婚,都在中表婚的范畴之内。另外,大家族为了维护自身利益,往往互相约为婚姻,多有"亲上做亲"之说,但实际两方未必有血缘关系。如贾琏与王熙凤,名为表兄妹,但王熙凤是贾琏婶娘家的女儿,两人没有直接的血缘关系。

良贱不婚,即良民和贱民之间禁止结婚。所谓贱民,包括奴婢、娼优、丐户等等。《红楼梦》中贾蔷与龄官相爱,但由于"良贱不婚"的限制,二人恐怕也不会有好结局。

清律明令禁止僧道结婚,但实践当中,遇到僧道结婚的案件,地方官员大都以"礼"来处理。但《红楼梦》中的僧尼、道姑等,即使动了凡心,依然被身份所累:妙玉出家修行,却仍以"闺阁面目"自居,她向往爱情,却只能在栊翠庵内打坐;智能儿自幼出家,长大后"渐知风月",与秦钟偷情,后私逃进城寻找秦钟,被秦钟之父秦业发觉,被赶出秦家,恐怕只剩个沦落风尘的结局;水月庵的姑子们,则陷入贾芹的风月案中。

2. 缔结婚姻的程序

缔结婚姻有一定程序,具体包括纳采、问名、纳吉、纳征、请期、亲迎,被称为"六礼"。六礼之中,前四步为订婚,包括了提亲、问姓名八字、占卜吉凶、订立婚约;"请期"和"亲迎"则是确定结婚日期、上门迎娶。

民间娶亲未必按此繁文缛节,但订婚、结婚是每场婚姻都必不可少的。当事人必须订立婚约,订立婚约不得有欺骗或隐瞒行为,婚约一旦订立,就受到法律保护。

《红楼梦》中有几起退婚事件。第十五、十六回,写张金哥受了长安守备家公子的聘定,又被长安府府太爷的小舅子李衙内看上。张家要与府尹攀亲,意欲退婚,然守备家不肯,两家打官司告状起来,张家托老尼静虚寻门路,花三千两贿赂凤姐，凤姐假托贾琏所嘱修书给节度使云光，"那守备忍气吞声的受了前聘之物"，两家退亲。然张金哥听说父母退了前夫，便一条麻绳悄悄地自缢了，而守备之子闻得金哥自缢，"遂也投河而死"。按照律例，已有婚约而"再许他人，未成婚者"，女家主婚人应"杖七十"，后定娶者如知情，则与女家同罪。因此，张家想要退亲，不得不寻求门路、贿赂重金。张金哥是"知义多情"，守备之子是"极多情""不负妻义"，二人结成婚约，彼此已经以"夫妻"视之。

第六十四回，尤二姐"已有了人家"却要嫁给贾琏。尤二姐与张华是早年间两家指腹为婚，后来张家败落，尤老娘又改嫁，两家"十数年音信不通"。贾琏要娶尤二姐，张华被逼退婚，"只得写了一张退婚文约。尤老娘与银十两，两家退亲"。虽然两家已经走了退亲的程序，凤姐却依旧借此做文章，要张华去告贾琏"仗财倚势，强逼退亲"。

第六十五回，尤三姐择定柳湘莲为终身所靠之人，贾琏路遇柳湘莲，说合二人亲事，柳湘莲同意，以鸳鸯剑为定礼。而后柳湘莲心存疑惑，又听闻是宁府之姨妹，便借口姑母已为自己订婚，要索回定礼。贾琏道："定者，定也。原怕反悔，所以为定。岂有婚姻之事，出入随意？"而尤三姐知柳湘莲悔婚，便耻情而觉，以剑自刎。

订婚即意味着夫妻身份的确立，退婚也就是婚姻关系的破裂。因而《红楼梦》中张金哥、尤三姐二人的退婚事件，也就意味着所盼望夫妻恩义的破碎。而尤二姐的退婚，则成为她无法抹去的污点，为她的悲剧命运再添一份折磨。

《红楼梦》对于婚姻程序描写较少，较为具体的两处，一为贾琏偷娶尤二姐，一为宝玉、宝钗大婚。

第六十四回，贾琏偷娶尤二姐。先是买房子、打首饰、置办妆奁床帐及奴仆等，到了婚礼正日：

> 至次日五更天，一乘素轿，将二姐抬来。各色香烛、纸马，并铺盖以及早饭，早已预备得十分妥当。一时，贾琏素服坐了小轿而来，拜过天地，焚了纸马。那尤老见了二姐身上头上焕然一新，不似在家模样，十分得意。挽入洞房。

值得注意的是，贾琏娶尤二姐在"国孝""家孝"两重孝之中，故而结婚用的"素轿",贾琏穿着"素服",减少了婚礼的喜庆氛围。为了瞒着凤姐等人,婚礼是悄悄举行的,比较冷清、简单。这也预示着两人婚姻的变故。

第九十七、九十八回,宝玉与宝钗大婚。两人的婚姻到结婚前才"议定凤姐夫妇作媒人",薛姨妈吩咐薛蝌"办泥金庚帖,填上八字,即叫人送到琏二爷那边去,还问了过礼的日子来,你好预备"。两家在过礼时"不惊动亲友",过礼时礼品虽贵重,但最重要的"羊酒"却没有准备,只准备了"折羊酒的银子",既表明过程的仓促、简慢,也暗示二人婚姻难以吉祥、长久。宝钗"妆奁一概蠲免","好日子的被褥"也是贾家代办的。到了婚礼当日:

> 大轿从大门进来,家里细乐迎出去,十二对宫灯排着进来,倒也新鲜雅致。傧相请了新人出轿。……傧相赞礼,拜了天地。请出贾母受了四拜,后请贾政夫妇登堂行礼毕,送入洞房。还有坐床撒帐等事,俱是按金陵旧例。

婚礼仪式俨然。然而,宝玉揭开盖头,见是宝钗,"两眼直视,半语全无",又是疯疯傻傻。婚礼仪式的"新鲜雅致"与婚姻实质内容的虚假形成巨大反差,又与不远处潇湘馆的凄凉图景形成鲜明对比。

(二)婚姻的解除

在婚姻解除上,清代沿袭了"七出""三不去""义绝"的制度。《仪礼·丧服》中载七出:"无子,一也;淫佚,二也;不事舅姑,三也;口舌,四也;盗窃,五也;妒忌,六也;恶疾,七也。"凡妇人犯"七出"之条,丈夫即可将其休弃。"三不去"则是夫家不能休弃妻子的三种情形:与更三年丧,有所娶无所归,前贫贱后富贵。

"七出"是专为夫权而设立的,妻子犯有"七出"之条,夫家即可将其休弃;而当女子所嫁非人时,却只能"嫁鸡随鸡,嫁狗随狗"。清律中虽有"两愿离婚"的条款,但离婚有损家族声誉,实际上甚少付诸实施。《红楼梦》中迎春出嫁后回家哭诉孙绍祖的恶行,"一味好色,好赌酗酒,所有的媳妇、丫头,将及淫遍",王夫人只能言语解劝:"已是遇见了这不晓事的人,可怎么样呢!……我的儿!这也是你的命。"让迎春认命。

王熙凤的判词中"一从二令三人木","人木"用拆字法,即为"休",暗示其被休弃。后四十回中,凤姐病死,并未被休,但贾琏与凤姐夫妻感情早已无存。对照"七出"之条,可以发现,王熙凤已经犯了"七出"中的数条。

无子。凤姐只有巧姐一女,"好容易怀了一个哥儿,到了六七个月还掉了"。

不事舅姑。邢夫人自讨鸳鸯不成,便不喜凤姐,也不得贾母喜欢,在小人挑唆下"着实恶绝凤姐",贾母生日时公开给凤姐没脸。凤姐虽没有明显的"不事舅姑"行为,但因邢夫人嫌恶,如若贾琏有休妻之意,必然会有这一条罪名。

口舌。凤姐口齿伶俐,不让人,得人喜爱时是"会说话",遭人嫌恶时自然就是"犯口舌"了。

妒忌。凤姐善妒,众人尽知,兴儿说"人家是醋罐子,他是醋缸醋瓮"。凤姐妒忌尤二姐,将其赚入大观园内,暗暗折磨,最终尤二姐落了男胎,吞金自杀。

恶疾。凤姐身有"血山崩"之症,为恶疾,致不能生育。

"七出"之外,凤姐还有诸多罪过:受赃银毁人婚约而致人命,放高利贷,谋杀人命(张华)……凤姐虽未被休,却有被休之罪。贾府败落,诸罪俱显,即便未被休弃,也必将导致她的悲惨命运。从"都知爱慕此生才"到"哭向金陵事更哀",凤姐的一生令人唏嘘。

三、妻妾制度与奴仆婚配制度

(一)妻妾制度

清代法律对妻妾制度有明确的规定。礼法承认的是"一夫一妻多妾制",妻妾之间有明显的区别。名义上,"妻者,齐也",与丈夫地位匹敌,而"妾者,侧也","妻者称夫,妾则称家长"。

在家庭关系中,妻与夫名义上地位相当,共同负有祭祀祖先的义务,也共同接受子孙的祭祀。夫妻一体,共同经营、维持家庭的生计和世系的绵延。《红楼梦》中刻画了大量"妻"的形象:贾母、邢夫人、王夫人、薛姨妈、尤氏、李纨、王熙凤、秦可卿……这些正室夫人承担了侍奉公婆、管理家事、教养儿女、迎送亲友、祭祀祖先等种种重任,也享有正室夫人应有的地位,在一些特殊的场合,也只有正室夫人有资格出席,如代表家庭与亲友世家交际、有诰命者遇年节大礼时进宫朝贺等。但是，在"男尊女卑""夫为妻纲"的背景下，妻子的地位仍为丈夫所限。邢夫人"只知承顺贾赦以自保""家下一应大小事务俱由贾赦摆布"，贾赦要娶鸳鸯，邢夫人去做媒；尤氏"素日又是顺从（贾珍）惯了的"，贾琏要娶尤二姐，尤氏虽知不妥，也"只得由他们闹去"。

妻妾之间界限分明。在分例上，王夫人作为正妻，每月月钱二十两，而赵姨娘作为妾，只有二两，仅为王夫人的十分之一。甚至，在家中内囊渐紧之时，账房也是先拿姨娘的丫鬟开刀，分例减半。在地位上，妾实质上近似于奴仆。第二十回，贾环与莺儿赶围棋作耍赖账，回来被赵姨娘责骂，凤姐在窗外听见，骂赵姨娘道："……他现是主子，不好了横竖有教导他的人，与你什么相干！"贾环是主子，而赵姨娘只是奴才。第三十六回，王夫人问姨娘月例事，显见是赵姨娘少了银子便在王夫人处抱怨，凤姐出门便骂："也不想一想是奴儿，也配使两三个丫头！"第五十五回，赵姨娘的兄弟赵国基死了，探春只按例给银，赵姨娘上门来闹，探春"谁家姑娘拉扯奴才来着""谁是我舅舅"等语，充分表明，妾室身份与奴仆类同，而赵姨娘素日不肯安静，每每生事，众人对其也就更加没有尊重之心。芳官骂赵姨娘"梅香拜把子——都是奴儿"，虽然刻薄，本质上却并没有说错。

娶妻有六礼，娶妾则仪式简单，贾雨村娶娇杏，"乘夜只用一乘小轿，便把娇杏送进去了"。薛姨妈看重香菱，才"摆酒请客的费事，明堂正道的与他做亲"。清律明令妻妾地位不得失序。"凡以妻为妾者，杖一百。妻在，以妾为妻者，杖九十。并改正。若有妻更娶妻者，亦杖九十。（后娶之妻）离异。"贾琏偷娶尤二姐后，"乃命鲍二家等人不许提三说二的，直以'奶奶'称之，自己也称'奶奶'，竟将凤姐一笔勾销"，底下人"新二奶奶""旧二奶奶"乱叫起来，直接威胁到了凤姐的正妻地位。凤姐唆使张华告贾琏，其中有一条"停妻再娶一重罪"，便源于此。

（二）奴仆婚配制度

清代家奴制度中规定奴仆"婚配俱由家主"。奴仆没有挑选婚姻对象的权利，一应婚娶都由主子做主。贾府内有定期指配适龄奴仆成婚的规定，第七十回，"林之孝开了一个人名单子来,共有八个廿八岁的单身小厮,应该娶妻成房的,等里面有该放的丫头们好求指配"。鸳鸯被贾赦看中做姨娘,本人不愿意,但一则"婚配俱由家主",二则她兄嫂都已答应贾赦邢夫人,鸳鸯无从反抗,只得闹到贾母面前寻求庇护,要么出家,要么终身不嫁,以此等惨痛的方式保全。彩霞已经被王夫人开恩放出,允许其家人安排婚配,然旺儿之子看中彩霞,旺儿一家求到凤姐处,凤姐开口说媒,彩霞之母也只能答应。

对于犯了错的丫鬟,往往有"配小厮""交给庄子上,或卖或配人"的惩罚。丫鬟如果得宠,或有机会被主子开恩放出允许自行婚配,犯错被赶出只能"配小厮",必然是身份低微、品貌卑劣之流,而到庄子上配人,是更为严厉的处罚,极可能被配给年龄、家境等各方面都不相当,或是犯过错的低等奴仆。

也正因此,《红楼梦》中的许多丫鬟都想着"向上攀高",但未必就有好结局。袭人在王夫人处得了"准姨娘"的身份,最终还是嫁与蒋玉菡;成为妾室、"屋里人"的平儿,则要在"贾琏之俗,凤姐之威"的夹缝中生存。

四、婚姻礼俗与婚姻观念

(一)居丧期间的嫁娶限制

历代法律都禁止居丧期间嫁娶,清代也不例外,在当事人的尊亲属丧期或直系尊亲属被囚禁期间,特别是帝王丧期不得举行婚礼。

贾琏偷娶尤二姐,是在"国孝家孝"之中。第五十八回提及,宫中老太妃薨逝,"凡诰命等皆入朝随班,按爵守制。敕谕天下:凡有爵之家,一年内不得筵宴音乐,庶民三月不得婚姻"。此为"国孝"。第六十三回中,贾敬去世,贾敬与贾琏属于宗亲,为贾琏的堂伯,按传统的丧服制度,贾琏应当为贾敬服"成人小功服",有五个月的守孝期,此为家孝。然而贾琏贪图尤二姐美色,"将现今身上有服,并停妻再娶,严父妒妻种种不妥之处,皆置之度外了"。凤姐发觉偷娶之事后,挑唆张华告贾琏中便有一条"国孝家孝"中娶亲,去宁国府大闹时,骂尤氏"国孝家孝两重在身,就把人送来了",扬言要问贾珍"亲大爷的孝才五七,侄儿娶亲,这个礼我竟不知道",又道"两重孝在身就是两重罪",反复强调贾琏在"国孝家孝"中娶尤二姐的罪过。

（二）妇女守节制度

清代鼓励妇女守节，旌表范围有所扩大，并制定了详细的法律标准。孀妇可以改嫁，但如果自愿守志，母、夫家抢夺强嫁者，则要"各按服制加三等治罪"。妇女受旌表后，夫家或本家可从政府获得旌表银，各自建立牌坊，或建于里门，或建于墓前，或建于往来道边，成为家庭、家族乃至地方的光荣。表面上看，旌表贞节为女性提供了保障，但也严重束缚了人性。一旦改嫁，往往为舆论所鄙视，再醮之妇往往低人一等。

《红楼梦》中寡妇众多，其中仅提到尤二姐之母尤老娘改嫁，其余人等均多年守节。刘姥姥是"久经世代的老寡妇"，贾母、薛姨妈、贾芸之母等人都是守寡多年。其中，对李纨的描写，展示了当时守节妇女的生存情况。第四回中介绍李纨，"虽青春丧偶，且居处于膏粱锦绣之中，竟如槁木死灰一般，一概无闻无见，惟知侍亲养子，外则陪侍小姑等针黹诵读而已"。李纨长期处于对丈夫的怀念中，宝玉挨打时王夫人痛哭，想起贾珠来，叫着贾珠的名字，"惟有宫裁禁不住也放声哭了"；说起各处主子倚重的丫鬟，也回忆起"想当初你珠大爷在日"。李纨年轻守节，颇得贾府众人敬服，经济上也待遇优厚，第四十五回凤姐算了一笔账："你一个月十两银子的月钱，比我们多两倍银子。老太太、太太还说你寡妇失业的，可怜，不够用，又有个小子，足的又添了十两，和老太太、太太平等。又给你园子地，各人取租子。年终分年例，你又是上上分儿。你娘儿们，主子奴才共总没十个人，吃的穿的仍旧是官中的。一年通共算起来，也有四五百银子。"

尽管李纨的守节行为受到书中众人的尊敬，但在《红楼梦》的价值观中，守节并不值得鼓励。李纨判词"枉与他人作笑谈"，曲子中言"虚名儿与后人钦敬"，贞节最终都是虚名，而李纨的青春锦绣年华，却都为这虚名葬送了。

第七十一回，宝玉道："我能够和姐妹们过了一日是一日，死了完了事。什么后事不后事！"却遭到李纨等的嘲笑："难道他姊妹们都不出门的？"贾府旁支的女儿喜鸾道："等这里姐姐们果然都出了门，横竖老太太、太太也寂寞，我来和你作伴儿。"又被李纨、尤氏嘲为"呆话"："难道你是不出门的？"对于《红楼梦》中的女子，婚姻是归宿，也是命运。《红楼梦》对婚姻制度的描写虽不尽全，依然为女儿们的"千红一哭""万艳同悲"提供了一个有效的窗口。

链接回目

第四回　第十五回　第十六回　第十八回　第二十回　第四十六回　第五十五回
第五十七回　第六十四回　第六十五回　第六十六回　第六十八回　第七十一回
第七十二回　第七十九回　第八十回　第九十三回　第九十七回

参考文献

［清］曹雪芹著，［清］程伟元、高鹗补，莎日娜等点校整理：《红楼梦》（蒙古王府藏本），外语教学与研究出版社2021年版。

万梅：《红楼梦与清代婚姻法律制度评论》，华东政法大学，2008年。

张薇：《清代妇女的婚姻法律地位研究——基于〈红楼梦〉的探析》，曲阜师范大学，2012年。

郭丹曦：《"宝钗待选"解谜》，《红楼梦学刊》2020第6辑。

武迪：《无"祥"难"久"的金玉姻缘——以"羊酒"为视角》，《红楼梦学刊》2016年第2辑。

刘相雨：《论〈红楼梦〉中婚姻习俗的文学意蕴》，《红楼梦学刊》2017年第3辑。

《红楼梦》中的奴仆

顾以诺

《红楼梦》生动展现了清代贵族世家的生活图景，而这种生活图景是由贵族家庭成员与其数量庞大的奴仆共同呈现的。以《红楼梦》中书写最为丰富的贾府为例，宁国府、荣国府两府主子合计仅二十余人，而奴仆数量达数百人。第五回，不管事的宝玉口中，"如今单我们家里，上上下下，就有几百女孩儿呢"；第六回，"按荣府中一宅中合算起来，人口虽不多，从上至下也有三四百口"；第一〇六回，抄家后贾政检阅花名册子，"除去贾赦入官的人，尚有三十余家，共男女二百十二名"。历史上的曹家，抄家后"家人大小男女共一百四十口"，曹雪芹的舅祖李煦被抄家后，"计仆人二百十七名，均交崇文门监督五十一变卖"。

奴仆数量多而种类繁，其中势必存在诸多矛盾。广大数量的奴仆是《红楼梦》生活图卷中的背景，是《红楼梦》人物中的重要组成部分，一定程度上反映了清代的家奴制度。理解《红楼梦》中的奴仆，对于理解《红楼梦》中贵族世家的生活有着重要作用。

一、《红楼梦》中奴仆概述

《红楼梦》中的奴仆来源众多，职能各异。

从来源上看，《红楼梦》中的奴仆大致可分为两类，即"家里的"和"外头的"。第五十五回，赵姨娘的兄弟赵国基死了，发放丧葬银子，探春提及老太太屋里的老姨娘，"也有家里的，也有外头的，这有个分别"。姨娘身份尴尬，属于半奴半主的身份，有"家里的""外头的"两种来源。

"家里的"奴仆，也有多种来源。一是自家拥有的，也就是家族扩张中获得的奴仆，及这些奴仆所生的后代。如宁国府的焦大，曾经和宁国公一起经历战争，应是贾府中资历最老的奴仆了。二是通过姻亲关系进入的，如各位太太所带来的陪房。陪房中既有陪嫁丫鬟，又有一家子都做陪房的情况，随主人陪嫁后在府中负责管理一部分事务。《红楼梦》中王夫人的陪房周瑞一家，周瑞"只管春秋两季的地租子，闲时只带着小爷们出门就完了"，周瑞家的"只管跟太太、奶奶们出门的事"，事实上周瑞家的堪称王夫人的心腹，在书中戏份颇多。

而"外头的"奴仆，或为买来的，如袭人，而买来的又有死契和活契之分；或为他人所赠，如晴雯即系赖嬷嬷孝敬贾母的丫鬟。另有一种特殊情况，《红楼梦》中提到包勇，本为甄家世仆，甄家被抄后，甄府将其荐至贾府。

从职能上看，贾府奴仆的人员配置与清代贵族世家府邸存在高度重合之处。贾府外院中，以荣国府为例，赖大为大管家，林之孝、单大良、吴新登等管家则分管具体房田事务、账房、人员、银库等。在管家之下，戴良、钱华、周瑞等头目共同管理维持粮仓、买办房、庄田处。二门之外，还有李贵、旺儿等较为体面的仆人，茗烟等众多年龄较小的小厮等。

《红楼梦》描写的重点为贾府内院之事，因此内院女性奴仆的笔墨更多。内院妇差主要分为成年女仆与未成年丫鬟。成年女仆分为管事媳妇、陪房、乳母、粗使婆子等。管事媳妇如赖大家的、林之孝家的、单大良家的、吴新登家的、张材家的等，她们实际执掌贾府内院管理。陪房媳妇如周瑞家的、来旺家的、王善保家的，她们作为女主人的娘家陪嫁心腹，忠实完成各自女主人安排的任务。乳母则如赵嬷嬷（贾琏乳母）、李嬷嬷（宝玉乳母）、王嬷嬷（黛玉乳母）等，在主子长大后有教导和照顾之责。数量最多的是粗使婆子一类，如怡红院被袭人差遣给湘云送东西的宋妈、擅长打扫竹子的老祝妈、二门上的张妈等，各有职务。

未成年丫鬟主要围绕主人服侍，丫鬟间有等级，一等丫鬟如鸳鸯、袭人、金钏儿、玉钏儿等，月钱一两；二等丫鬟如紫鹃、晴雯、麝月、司棋、侍书、入画等，月钱一吊钱；三等小丫鬟如小红、坠儿、春燕、小蝉、傻大姐等，月钱五百钱。按第三十六回中王夫人与王熙凤的谈话可知，主人所使唤的丫鬟等级与数量均有

"旧例"，宝玉等未婚主人身边没有一等的丫鬟，袭人作为特例，其人事关系在贾母处，只是给了宝玉使。而丫鬟待遇与主人身份相关，姨娘的丫鬟甚至被降低月钱待遇。就职能而言，主人身边的心腹丫鬟可以管理主人私人财物、调度主人生活所需，其余二等以上丫鬟照料主人起居，小丫鬟则负责洒扫跑腿等粗活。

贾府的奴仆中，既有因职能划分而形成的较为清晰的等级制度，也有各种因待遇、受主人宠爱程度等形成的隐性"鄙视链"。平儿作为凤姐的陪嫁丫鬟，因凤姐有管家之权，平儿的地位也水涨船高，又因平儿素日行事受人敬服，其实际地位远超出应有的地位。如第五十五回，平儿伺候探春洗脸，又被探春命令去催宝钗的饭，而实际上，平儿答应着出来，探春口中那些"办大事的管家娘子"却对平儿百般恭敬。平儿生日时，她自谦"我们是那牌儿名上的人"，柳嫂子得知后却向平儿磕头拜寿，足见平儿的超然身份。第二十四回，小红作为怡红院的洒扫丫鬟，因无意中进屋给宝玉倒了茶，被秋纹叱骂"你也拿镜子照照，配递茶递水不配"。一方面，秋纹是二等丫鬟，等级比小红高；另一方面，宝玉身边的大丫鬟，出于"向上攀高"的目的，几乎垄断了在宝玉身边伺候的权利，使小红"那里插的下手去"。第五十八回，晴雯麝月教芳官给宝玉吹汤，芳官干娘跑进来，晴雯喊道"你让他砸了碗，也轮不到你吹"，小丫头们道"我们到的地方儿，有你到的一半儿，那一半儿是你到不去的呢"，连"阶下几个等空盒家伙的婆子"，同为粗使婆子，也嘲笑芳官干娘"嫂子也没有用镜子照一照，就进去了"。这就可以看出，奴仆间的"歧视链"是以"到的去"的地方离主人远近、在主人跟前露脸受宠的程度而言的。小丫头不如大丫鬟，而粗使婆子更不如小丫头。

尤其值得注意的是，贾府奴仆中殊为奇特的一个群体——"副小姐"，特指晴雯、司棋等在主子身边为心腹的大丫鬟们。第六十一回，司棋差遣小丫鬟去小厨房要鸡蛋羹，柳嫂子抱怨"我倒不要伺候头层主子，只预备你们二层主子了"，拒绝了司棋的要求，司棋便大闹小厨房。"副小姐"们在小丫鬟和粗使婆子面前俨然是"二层主子"，在王善保家的这样的陪房眼里"一个个倒像受了诰封似的"，如同千金小姐。"心比天高，身为下贱"，实为"副小姐"们的写照。由此，读者也可以理解丫鬟们为何惧怕被赶出去。晴雯"一头碰死了也不出这门儿"，金钏儿哭求王夫人"别叫我出去就是天恩了",司棋、入画等被撵出大观园时都百般不舍……被撵出去不是获得自由身,她们仍然属于贾府的奴仆,但是她们不再拥有"副小姐""大丫鬟"的身份,而是会嫁给贾府的男性家仆,变成粗使婆子,进入奴仆鄙视链的最下游。

二、清代家奴制度在《红楼梦》中的反映

(一)"世世子孙永远服役"下的世仆

《大清律例》规定:"凡民人家生奴仆、印契所卖奴仆,并雍正十三年以前自契所买,及投靠养育年久,或婢女招配生有子息者,俱系家奴,世世子孙永远服役。"

"世世子孙永远服役"的制度导致了大量世仆的存在。《红楼梦》中的贾府,其奴仆大部分都属于世仆。这部分奴仆是在贾府发家及扩张的阶段获得的,如焦大,是跟随宁国公打仗的奴才;又如赖嬷嬷,属于"年高伏侍过父母的家人",曾经在宝玉面前提及贾代善打贾政之事。像赵嬷嬷这样曾经见证贾府的全盛阶段"把银子都花的淌海水似的",可能是第一代奴仆所生的子息。

子又生孙,孙又生子,在"世世子孙永远服役"的制度下,《红楼梦》中随处可见一家子都在贾府服役的奴仆。一家子在贾府各处当值也是常事,如司棋在迎春处当差,其父亲曾是大老爷那边的人,其叔叔婶娘却是二老爷贾政这边的人,婶娘秦显家的是"园里南角子上夜的";贾府老宅、田庄等在京外,因此还存在一家子在不同城市当差的情形,如鸳鸯的父母在南京看房子,而鸳鸯与其兄嫂都负责老太太处的事务。

(二)"赎身"与"放出"

在"世世子孙永远服役"的制度下,奴仆想要脱去贱籍,获得平民身份,是极其艰难的一件事。按清代制度,无论是奴仆想要自己花钱赎身,还是主人将奴仆放出,全都仰仗主人的"恩典"和"慈悲"。《红楼梦》第六十回,春燕劝慰其母:"宝玉常说道:这屋里的人,无论家里外头的,一应我们这些人,他都要回

太太全放出去，与本人父母自便呢。"其母听了，"念佛不绝"。宝玉所谓"回太太全放出去"，即解脱奴籍，获得自由身，家生子即可摆脱"世世子孙永远服役"的命运，被卖的女儿也能摆脱贱籍。宝玉的想法自然有些天真，但的确充满慈悲。

《红楼梦》第十九回，袭人母兄想要赎袭人回去，因袭人不愿，又知袭人与宝玉关系密切而作罢。就制度上说，"原是卖倒的死契，明仗着贾宅是慈善宽厚之家，不过求一求，只怕身价银一并赏了这是有的事"。康雍乾时期，普遍来说印契奴仆不准赎身（乾隆四十四年，"印契置买奴仆并无缴价赎身之例"），只有少数情况下才允许赎身，如奴仆年老"不堪驱使"、本主养赡不起、准许奴仆后裔赎身等，且都需要"其主准赎"的恩典。由此可见，袭人也属于不准赎身的情况，《红楼梦》中说"原是卖倒的死契"，希望仰仗贾府慈善宽厚而开恩准赎，是符合历史情境的。

《红楼梦》中最典型的"放出奴仆"，当属赖尚荣。《红楼梦》第四十五回，赖嬷嬷口中讲述了赖尚荣的"放出"之路：赖家几代人在贾府为奴，"熬了三辈子"，赖尚荣出生就获得"主子的恩典"被放出来，如公子哥一般读书认字，二十岁时"蒙主子的恩典"捐了前程，三十岁时"求了主子，又选了出来"，成了一州的州官。

如赖尚荣一般从奴仆身份顺利变为平民，又飞速成为官身的极少。雍乾时陆续定例，有条件地准许某些奴仆放出为民，乾隆二十一年（1756）则进一步解除了开户奴仆出旗为民的禁令。政策如此，但实际操作中手续烦琐，除了获得主人同意外，还需要本组宗室无人反对，族长、学长同意，佐领出结，参领盖印，宗人府批准，户部通过，州县给照等七八道关卡。赖尚荣一出生就能被放出，所蒙受的"主子的恩典"一定还包括了这层层关卡的打通，其顺利选官也离不开贾府的运作。

至于赖尚荣能够顺利捐了前程，又选上了官，则有曹雪芹文学创作的夸张成分。乾隆三年（1738）规定放出奴仆"止许耕作谋生，不准考试"，即便放出，也无进阶之路。到乾隆四十八年（1783），才规定"未便绝其上进之阶"，但"于录用之中，仍令其有所限制"，允许放出奴仆"与平民一例应考出仕"，但无论是做京官还是外官，都不得做三品以上的大员。此后这项规定又有反复，到嘉庆十一年（1806）规定放出家奴不许考试出仕，必须三代以后子孙才允许出仕，且为官不能超过三品。现实世界中放出奴仆进阶之艰难，与小说中赖尚荣捐前程选官之顺利形成对比，既彰显出赖尚荣在一众家奴中的难得，又显示出贾府"主子的恩典"。赖嬷嬷那句"你那里知道那'奴才'两字是怎么写"，可谓意蕴丰富。一方面，为人奴仆深受苦楚，又有"世世子孙永远服役"的限制极难突破；另一方面，赖家如非贾府奴仆，又哪里来的"主子的恩典"能让子孙轻易捐上前程、选上州官！

但是，即便已经放出，奴仆与旧家主之间"主仆名分尚存"，因放出不需要缴回身价，其主仆恩义比赎身的奴仆更重。这也是赖嬷嬷在赖尚荣已经选上州官后仍然警告他"尽忠报国，孝敬主子"的缘由。虽无主仆之名，仍有主仆之实。第一一八回，贾政扶贾母灵柩南行，盘费算来不敷，差人到赖尚荣处借银五百，赖尚荣只肯借五十两。贾政恼怒，差人将银钱送回。赖尚荣心中不安，修书回家，回明其父赖大叫他赎身出来，但贾蔷、贾芸压根儿没告诉王夫人。即便贾府已经大不如前，其与赖家的主仆关系仍然存在。

（三）"婚配俱由家主"

清代家奴制度中规定，家奴的婚配全由家主决定，凡背主偷聘者，均要遭到严苛的处罚。如康熙十二年（1673）"凡不问主子将女儿私聘与人，鞭一百"；乾隆九年（1744）一个名叫"二汉"的奴仆将女儿私自许人并偷嫁后，因怕主子追问，全家逃走，追回后仍"照家仆将女偷嫁与人例，鞭一百"。

《红楼梦》中塑造了不少青春美好的丫鬟形象，由此也展示了丫鬟在"婚配俱由家主"下的悲惨命运。第七十回，"林之孝开了一个人名单子来，共有八个廿八岁的单身小厮，应该娶妻成房的，等里面有该放的丫头们好求指配"，丫鬟、小厮到了年龄，就由主子做主婚配。《红楼梦》中凡是反抗"婚配俱由家主"的丫鬟，如鸳鸯、彩霞等，都付出了惨痛的代价。

第四十六回，贾赦看中鸳鸯，命邢夫人去讨，邢夫人试探鸳鸯不成，又找到鸳鸯嫂子。鸳鸯嫂子回禀鸳鸯不愿意，贾赦又亲自找到鸳鸯的哥哥金文翔，并威胁道："叫他细想，凭他嫁到谁家，也难出我的手中。"鸳鸯系家生女儿，全家"世世子孙永远服役"，她的婚配全由主子做主，未来即使有老太太恩典放出，但并不能完全摆脱贾府的控制。贾赦的威胁不是空穴来风，是完全有可能的。因此鸳鸯只能选择最决绝的方式，在众人面前向贾母表白心志，以求得贾母的庇护。贾母去世后，鸳鸯失去庇护，殉主了事。

第七十二回，旺儿之子欲求彩霞为妻。彩霞已系王夫人开恩放出，允许其父母做主"随便自己拣女婿"，彩霞父母并未答应旺儿家的。然旺儿家的为凤姐陪房，借凤姐之势，凤姐亲自和彩霞之母说，彩霞之母自觉"何等体面，便心不由意的满口应承出来"。表面上看，是彩霞之母觉得这门亲事有凤姐说合，"何等体面"，便同意彩霞嫁与旺儿之子；但这一回的回目"来旺妇倚势霸成亲"就已表明，彩霞之母是畏惧凤姐之"势"，"心不由意"，不得不答应亲事。彩霞虽已放出，但其父母妹妹仍在贾府为奴，无论如何都无法违逆凤姐。彩霞求赵姨娘不成，最终只能嫁给好赌贪杯的旺儿之子。

（四）主仆纲纪

据《清大内档案·起居注册》记载，雍正曾强调："夫主仆之分，所以辨上下而定尊卑，天经地义，不容宽纵。""主仆之分，等于冠履；上下之辨，关乎纪纲。"在"世世子孙永远服役，婚配俱由家主"的制度下，主奴关系甚至超越了父子关系。《红楼梦》第五十四回，元宵夜宴，袭人未跟着宝玉，贾母问起，王夫人解释袭人身上有热孝不便前来。一向宽厚的贾母却表示"跟主子却讲不起这孝与不孝"，认为袭人如此"皆因我们太宽了"。《红楼梦》中称当时"以孝治天下"，但这"孝"字却落后于主奴关系，引人深思。

贾府在外人眼中是"慈善宽厚之家"，但书中仍有多处细节描写奴仆受到虐待。老仆焦大因醉酒牢骚，被"拖往马圈里去"，"用土和马粪满满地填了一嘴"；凤姐过生日时，多个丫鬟被打，连平儿也因凤姐撒气挨了打；柳五儿被冤偷玫瑰露，被关一夜，无水无米……第六十回，探春劝诫赵姨娘时道"那些小丫头子们原是顽意儿……他不好了，如同猫儿狗儿抓咬了一下子"，主仆纲纪下，奴仆如物品，如玩物。

也正因如此，宝玉"甘愿为诸丫鬟充役"才显得珍贵，黛玉与紫鹃的情同姐妹才尤为可感。曹雪芹在《红楼梦》中展现了清代奴仆制度的严苛和残酷，却也超越时代，在贾宝玉和林黛玉身上赋予了可贵的人性。

三、奴仆制度下的重重矛盾

贾府奴仆代代滋生，人口渐多，关系复杂，渐渐产生许多矛盾。《红楼梦》第十三回末，凤姐分析宁国府内五条弊病：头一件是人口混杂，遗失东西；第二件，事无专执，临期推诿；第三件，需用过费，滥支冒领；第四件，任无大小，苦乐不均；第五件，家人豪纵，有脸者不服约束，无脸者不能上进。这五条弊病，或多或少都受到奴仆制度的影响。凤姐短时间内协理宁国府，雷霆手段规避了这些弊病，但奴仆制度在贾府沉疴已久，奴仆制度下的重重矛盾间接导致了贾府的衰亡。

（一）人口滋生，经济上无力负担

《红楼梦》第二回中，冷子兴就已指出了贾府的经济危机。此后，元春省亲、修建大观园，更是消耗了贾府的大量金钱。贾府的日常用度中，奴仆的开支一项就不小。但贾府素来有"旧例"，不可轻易改动，裁撤奴仆、削减月钱之类都很难做到。《红楼梦》第七十二回，管家林之孝专门向贾琏提出建议，"把这些出过力的老人家用不着的，开恩放几家出去"，内院的丫鬟也裁撤一些，"如今说不得先时的例了，少不得大家委屈些"。贾琏以贾政刚回家，不宜骨肉分离为由，没有同意林之孝的建议。第七十四回，王夫人因绣春囊事向凤姐发难，凤姐建议暗暗访查，借机裁革丫鬟，既能避免生事，又能省些用度。王夫人又以几位小姐可怜，不能委曲为由拒绝。人口滋生，经济上无法负担，清代规定的准许赎身的情形之一就有"本主养赡不起"。但贾府毕竟是世家，排场不能轻易省俭，恐遭人笑话；无故裁革奴仆，又易生矛盾，最终只能"胳膊折断了往袖子里藏"！

（二）奴仆内部关系盘根错节，扩大家族内部矛盾

贾府世仆众多，因而奴仆间多有盘根错节的亲戚关系。如同贾史王薛四大家

族"一荣俱荣,一损俱损"一般,奴仆的关系网也同样牵一发而动全身,矛盾随着关系网的传递而越加复杂。第五十八回至六十一回,随着贾母、王夫人等人不在家,小戏子们进入大观园,贾府奴仆阶层的矛盾集中展露出来。曹雪芹在其中展示了一张复杂的奴仆关系网。

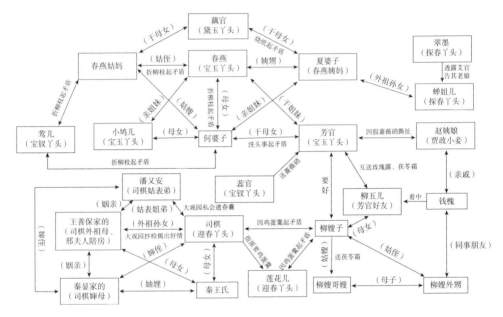

第五十七回至第六十一回及第七十一回至第七十四回相关仆役关系网络(奚沛翀制图)

小戏子们"不安分守己者多",又与梨香院一干婆子有旧怨。第五十八回,藕官因烧纸一事与夏婆子(春燕姨妈)争吵,芳官又因洗头事与何婆子(春燕之母)争吵。第五十九回,春燕姑妈又因莺儿折柳枝叱骂春燕和莺儿,春燕之母又要打春燕,事情闹到宝玉面前。大观园中矛盾不断。第六十、六十一回,柳嫂子一家又卷入玫瑰露、茯苓霜事件,柳家交好芳官,夏婆子的外孙女小蝉与芳官口角,又在林之孝家的面前告倒柳家,称其有偷玫瑰露嫌疑。司棋去厨房要鸡蛋羹不成,砸了小厨房;柳嫂子被查期间,司棋的婶母秦显家的又谋小厨房的职位。

矛盾不是一天形成的。奴仆之间存在的等级差异与"鄙视链",归根是为了逐利。小到洗头用品的小便宜,大到大观园小厨房的管理权,底层奴仆摸爬滚打,从宝珠褪色成鱼眼睛,"越老越把钱看得真了"。在关系网的联动下,个人利益变为家庭利益，逐利动机越强，逐利行为也就越加凶狠。第五十八回至六十一回的这一连串事件，看似都是小事，却动摇了大观园内的平静。更大的矛盾即将浮出水面。

奴仆分属不同阵营，矛盾逐步扩大化，成为贾府家族内部的矛盾。第七十一回"嫌隙人偏生嫌隙事"，起因是大观园中两个婆子不把尤氏放在心上，周瑞家的得知后回了凤姐，凤姐命令过两天再处置，周瑞家的因与这几人不睦，命人立刻捆起来关在马棚里。婆子的女儿求林之孝家的不成，求到邢夫人的陪房费婆子处，费婆子又挑唆邢夫人，致邢夫人当众给凤姐没脸。矛盾如滚雪球一般在关系网中滚大，每个人都因个人的不睦与怨愤扩大了矛盾，最终导致了"嫌隙事"的发生。贾府中的"自杀自灭"，在抄检大观园之前，就已经伴随着种种矛盾的扩大而开始了。在抄检大观园中，矛盾进一步激化，王善保家的素来经常挑唆邢夫人，又因为与园中丫鬟的私怨挑唆王夫人，个人恩怨得到推手，将矛盾扩大到整个大观园。贾府内正式上演"自杀自灭"，大观园动荡不安。

奴仆中的矛盾，也属于贾府家族内部"自杀自灭"的一部分，并成为贾府衰亡的推手之一。

（三）奴大欺主

奴仆制度下，主人对于奴仆拥有支配权，但事实上，伴随奴仆力量的滋生及其内部复杂的关系网，也存在奴大欺主的现象。

第十六回，贾琏从南边回来，凤姐说家中事，便提到管家时的困难："咱们家所有的这些管家奶奶们，那一位是好缠的？错一点儿他们就笑话打趣，偏一点儿他们就指桑说槐的抱怨。'坐山观虎斗''借剑杀人''引风吹火''站干岸儿''推倒油瓶不扶'，都是全挂子的武艺。"凤姐这话并无夸张，管家数年，如平儿说"二奶奶若是略差一点儿的，早被你们这些奶奶治倒了"。奴大欺主，或倚仗其"三四辈的老脸"，或凭借其在府中扎根多年的关系网，凤姐即便三头六臂，也在多年管家中耗尽心血。第五十五回，凤姐病倒，探春、李纨、宝钗三人管家，更上演了"欺幼主刁奴蓄险心"的戏码。从回目名就可以看出，奴仆对于主人，表面上是绝对服从，而事实上多做手脚、使绊子。吴新登媳妇故意借赵国基之事试探探春和李纨，谁知探春机敏有主见，当即驳回，讽刺吴新登媳妇："你素日回你二奶奶，也现查账去？"才在众人面前立威。至于迎春房中人欺负邢岫烟、乳母敢偷累丝金凤去赌钱等事，不过是奴大欺主背景下的小小写照。多年的奴仆制度下，主子和奴仆已经形成了一场博弈，孰强孰弱，不可尽知。然而在这种无休止的博弈之下，贾府这座百年世家的内蕴渐渐耗空。

贾府如同一架巨大的机器，奴仆则是机器上数不胜数的齿轮与螺丝，时间一久，齿轮与螺丝上沾满了污垢，间接阻止了机器的运转。《红楼梦》中的奴仆，其数量之庞大，内容之丰富，矛盾之复杂，是《红楼梦》阅读中不可忽略的群体。贾府是贵族们的贾府，也是奴仆们的贾府。

链接回目

第二十四回　第四十五回　第四十六回　第五十五回　第五十八回　第五十九回　第六十回　第六十一回　第七十一回　第七十二回　第七十四回

参考文献

［清］曹雪芹著，［清］程伟元、高鹗补，莎日娜等点校整理：《红楼梦》（蒙古王府藏本），外语教学与研究出版社 2021 年版。

奚沛翀、何云波：《包衣眼界：论〈红楼梦〉的贵族世家府邸营运书写》，《曹雪芹研究》2022 年第 1 期。

北京师范大学清史研究组《"红楼梦"历史背景资料》编辑小组：《〈红楼梦〉历史背景资料（之一）——清代奴婢的反迫害斗争》，《北京师范大学学报》（社会科学版）1977 年第 5 期。

夏桂霞、夏航：《〈红楼梦〉中贾府奴仆所反映的清朝奴婢制度》，《黑龙江民族丛刊》2008 年第 3 期。

经君健著：《清代社会的贱民等级》，四川人民出版社 2021 年版。

孔令彬：《一种封建婚姻习俗中特殊的陪嫁品——论〈红楼梦〉中的陪房》，《红楼梦学刊》2004 年第 4 辑。

胡文彬著：《红楼梦与中国文化论稿》，中国书店 2005 年版。

贾府与庭院深深

李纬文

宁国公、荣国公二府,是贾氏一族的生活空间,也是《红楼梦》故事的主要舞台。二府一左一右,府门临街,府内厅堂层叠,院落重重,世族长幼各居其所。这两座府邸虽然是作者虚构,但其布局模式却不可避免地以明清时期的王府宦宅为原型。而作者也并不仅仅描摹二府的高堂广构,也以生动的笔墨刻画了府邸日常生活中的伦理道德与社会现实。

一、敕建府邸的模板

《红楼梦》中描写建筑空间向来不堆砌胪陈,作者善于借用人物的观察生成一个观览路线,将不同的空间串联起来,如借黛玉初进贾府的谨小慎微写贾府主子们的家宅(第三回),借刘姥姥的忐忑好奇写贾府后门的仆从人家(第六回),又借薛宝琴的留神观察写贾氏宗祠的祭典(第五十三回)。借由这些不同场合的描写,宁荣二府的总体形制便逐渐在读者眼前清晰起来。

初代宁国公、荣国公为兄弟关系。封爵虽然平等,但兄长居尊,故而两府相并,宁国府在左而荣国府在右。左右按建筑群主人方位为准,府邸坐北朝南,左即是东,右即是西。故而黛玉从东边进入宁荣街后,先见宁府大门,后见荣府大门。黛玉见府邸正门匾额上有"敕造"字样,即为按照朝廷品级定制建造,其主体部分需要遵循典章而设计,不得随意隆杀(增加、降低规制)。

宁荣二府主体部分的规制,在第五十三回除夕祭宗祠的场合中得到了系统介绍。这一天,二府中路所有建筑大敞正门,宁府从南至北分别为"大门、仪门、大厅、暖阁、内厅、内三门、内仪门并内塞门,直到正堂",荣府当与之相同。再结合黛玉所观察到的荣府建筑具体规制,又可知二府大门为"三间兽头大门",正堂(荣府正堂称"荣禧堂")为"五间大正房,两边厢房,鹿顶耳房钻山"。其余建筑虽然没有详细描写,但也足以明确二府中路格局:大门临街,仪门在内,是坊门或垂花门式的礼仪建筑。进入仪门为前院,大厅在前,是全府的核心,面阔至少五间的厅堂式建筑;暖阁虽然可以指室内隔断出的炕间,但从宁府人员在正式场合中从暖阁前上下车轿来看,仍可能是具有一定独立性的建筑形体,如设置为大厅的后抱厦。大厅之后另有内厅,两厅构成了府邸前院的主体。内厅再北为内三门或称三门,是府邸内院的大门,也是男女之防的界限。男性仆从至此一般不再继续深入。这里所谓的"三门"是指中轴线上的第三座门①,即以临街大门为头道门,以外院仪门为二门。内三门以北也有仪门,称内仪门,与前院的安排相同,其规模则略小。内仪门再北为内塞门,即屏门式的轻小结构,平日不开,作为遮挡视线的屏风。这三重门过后才是内院正堂,即家主待客的堂屋。

明清时期,与这一规制比较接近的真实府邸制度有两种。其一是明代郡王府,万历版《大明会典》(卷之一百八十一)规定其主体部分"前门楼三间五架。中门楼一间五架。前厅房五间七架。厢房十间五架。后厅房五间七架。厢房十间五架"("架"是描述房屋进深的单位,一架即是屋面上的一排檩木,七架即是七排檩木)。宁荣二府府门即相当于郡王府的前门楼,仪门则相当于中门楼;大厅、正堂分别相当于郡王府中的前厅和后厅。但宁荣二府的外院内厅在明代郡王府中没有对应建置。其二是清代贝子、镇国公、辅国公级别的府邸。《钦定大清会典》(卷七十二)规定"基高二尺,正门一重,堂屋四重,各广五间,脊用望兽"。清代从亲王至这一级别的府邸在理论上均可在前院安排前后两殿,唯贝勒及以下级别的府邸不称殿,仅称堂屋。《红楼梦》中的贾府规制明显更接近清代制度。

目前现存的清代王府、贝勒、贝子府以及几处得到考古发掘的明代郡王府——如济南宁阳王府、宁海王府(这两座府邸恰与宁、荣二府一样,同街并立),开封永宁王府等,得以让我们想象小说中的贾府土木制度。当然,这些实际案例也恰恰证明了,历代典章中规定的大型府邸规制只是一种理想情况,在实际营造

---

① 在佛刹中,"三门"一词指最外层门,建筑形态为三门道左右开列,有"三解脱门"之意。后多称"山门"。贾府中的"三门"与之意义不同。

中，各个府邸的具体设计当然会根据实际的礼仪与生活需求做出调适。例如宁阳王府内院主体为一组工字殿，是《大明会典》中没有的设计；明清以来一直使用的曲阜衍圣公宅（孔府）在前院安排三座厅堂，也不见于典章；而清代尽管规定各级府邸都可以在前院设前后两殿/堂，但实际上却只有礼王府在前院安排了前后两殿，其余府邸仅设前殿。这些在典章制度基础上的灵活创新才是真实生活空间的常态。《红楼梦》中的宁、荣二府也并不例外。

二、起居、园居与祭祀空间

无论是宫阙还是府第，都会通过单体建筑的规制与规模来体现各自的等级，例如台基高度、面阔间数、进深架数、石栏杆、琉璃瓦与脊兽的应用、内檐装修等等。高等级的府邸主体建筑规模可能远远超过家庭生活的实际需要，即所谓"大厦千间，夜眠八尺"——礼仪性的厅堂再宏大，居室也要按照人的生物尺度设计。再高的贵胄也终究会偏好紧凑而温暖的卧室，而不会因为他的地位出众，便乐意在过于高敞空旷的大堂里蜷缩一隅。

从小说中描述的实际使用情况来看，宁、荣二府的前院大厅、内厅出场极少，仅在宁府大厅接待张太医时（第十回），秦可卿停灵期间请一百单八位禅僧"拜大悲忏"、贾政等人迎接上祭亲友时（第十三回）、夏守忠在荣府宣旨命贾政入朝时（第十六回）、忠顺府长史官上门告状时（第三十三回）、宁国府除夕祭宗祠时（第五十三回）、遭到查抄期间北静王宣旨时（第一〇五回）等场合得到使用，是纯粹的礼仪性场所。在日常场景中，则只有宝玉到宁府与秦钟会面后，尤氏将他和王熙凤送至大厅这一次描写（第七回）。但这里并非将二人送入大厅，而是描述尤氏作为宁府内眷，送客时止步于大厅、不出仪门的礼节。

与前院大厅、内厅相比，位于内院的正堂作为名义上的家主居室，使用频次更高。但即便如此，当黛玉进入荣府正堂荣禧堂的时候，她也立即意识到，这里的陈设"大紫檀雕螭案"以及上面的礼器、地下摆设的交椅，都是家主在重大场合时才派上用场的陈设，并非日常起居的用具。贾政与王夫人平日待客之处，是荣禧堂的东耳房。这里的陈设尽管依然相当正式，至少是起居场所的性质了。但王夫人也并未在此接待黛玉，而是又将她延请至"东廊三间小正房"以体现自己的亲切。这里的陈设就更加有生活气息，炕上的用具也都是"半旧的"，黛玉便知这里才是贾政与王夫人实际居住的居室。

不仅贾政不住在府邸中轴线上，贾府辈分最尊的贾母也并不居住在正堂里，而是在荣府西路的一座五间正房中。从小说中的情节来看，荣府西路的居住密度很高，院落层叠。王熙凤的宅院规模不大，但距离贾母宅院极近。这才使得她那不见其人先闻其声的著名亮相成为可能：当黛玉和贾母以及贾家姊妹们相认时，王熙凤直接从贾母的后房门中绕了进来。在当天更晚些时候，黛玉也由王夫人带着从同一路径经过王熙凤宅院到贾母房中吃饭。

荣府东路的情况较为特殊。除了略偏在东的王夫人院以及东北角的梨香院以外，荣府东路大部分用地本是"荣府旧园"，后来被另分成一府，由贾赦居住。贾赦的府邸不从荣府大门进出，而是单独有一座"黑油大门"在荣府大门以东。黛玉一眼便知，贾赦宅邸"必是荣府中花园隔断过来的"，所以不仅"正房厢庑游廊，悉皆小巧别致"，更有树木山石的园林基底。至于其"三层仪门"的设置，则应为荣府拆析时补充建造，以形成独立的礼仪格局。在小说中，贾赦的宅邸有着截然不同于荣府主体的生活方式独立性，黛玉首次去拜会，便见"许多盛装丽服之姬妾丫鬟"，暗示贾赦重声色。第五十三回贾府上下庆贺新春，贾赦略略参与便告辞，贾母亦不挽留，"贾赦自到家中与众门客赏灯吃酒，自然是笙歌聒耳，锦绣盈眸，其取便快乐另与这边不同的"，明言其在生活起居上自成一系，而其宅邸的独立门墙显然更加强了这种自我属性。

历代王公府邸在主体部分之外附建花园是常见的安排。尽管明代曾经规定"凡诸王宫室，并不许有离宫别殿及台榭游玩去处"（《大明会典》卷之一百八十一），但从明代亲王府、郡王府的实际遗存与文献来看，园林的设置是极为普遍的。清代王府也都安排有各自的园林区域，有一些在京城中极负盛名，如郑王府、恭王府的花园。

自从大观园的营造之后，《红楼梦》的主要故事舞台转向大观园，贾府的府邸部分相对较少出场。但宁、荣二府都曾各自拥有花园，其中荣府花园由于被改造为贾赦宅邸而不复被小说主角们使用，也无额名提及；宁府花园会芳园则仍然有较多笔墨描写。这座会芳园与日后的大观园深藏在贾府腹地中不同,它有自己的临街大门。在秦可卿丧仪中,会芳园是停灵之处,亲友往来络绎,发挥了不下于宁府主体部分的作用。会芳园中的建筑额名在小说中提及多处,包括天香楼、登仙阁、丛绿堂、凝曦轩、逗蜂轩等,其规模亦应可观。只不过与日后大观园诸景额名在宝玉与元妃的精心构思下所展现的雅致相比,会芳园中的建筑额名相对平俗,与宁府的喧杂相互匹配,似乎隐含了作者的一点讽刺。

宁、荣二府同族,共用同一座宗祠。这座宗祠在宁府西路,有自己的独立门墙。在第五十三回,作者借宝琴的观察描述了这座宗祠,除了荣府正堂荣禧堂之外,这里是御笔匾额楹联最为集中的地方,承载了宁、荣二公当年受到的恩典。与明清时期的真实王公家庙相比,贾氏宗祠规格极高。明代仅有亲王府家庙规制在《会典》中有明确规定,也不过是"正房五间,厢房六间(即东西厢房各三间),门三间"而已;清代则规定仅亲王郡王可以"立庙五间",贝勒及以下只能"立庙三间"(《钦定大清会典》卷五十)。与之相比,贾氏宗祠大门五间,正殿五间带抱厦,超越了明清两代亲王家庙的规格。

值得注意的是,贾府的祭祖并不只限于在宗祠中举行。宗祠中的祭祀对象是祖宗神主,主祭者为族中的男性子嗣,祭祀仅限于三献爵与焚帛,遵从古礼,礼数简约,即所谓"爵呈三献礼当终"(《辇下曲》),随后众人便退出。而祭祖的第二环节则发生在宁府正堂,祭祀对象是祖宗影像,主祭者为贾母,族中女眷在堂内,男性则在堂外按长幼排列。仆从从仪门之外将菜肴逐一传入,众人传递至贾母手中,由贾母放置在供桌上,传完菜后,众人再跟随贾母跪拜。这一环节相当于原庙礼仪。所谓原庙,即是在宗庙之外再立庙,庙中可以行较为亲切的家礼,主祭者也并不仅限于男性。贾府虽然只有一座宗祠,但暂以宁府正堂充作原庙,庙中祭祀比神主更为亲切的遗像,而贡品也是比较贴近生活的常馔宴席而非礼仪性的酒和帛,让众人都能有更加贴近祖先的亲切感。

宗庙与原庙祭祀的并行与严格区分是汉代以来历代皇室的制度。贾府精心准备两套仪轨,在府邸中各得其所,其礼仪生活可谓极其考究。而由于宁府的规制完备,有庙有园,让整个贾家的礼仪生活重心明显偏向宁府一侧,因而为宁府衍生出的种种故事搭了舞台,也是难免的事情了。

三、贾府仪卫与市肆人烟

偌大的府邸不可能独存,而是必然与其所处的城市背景相互动。宁、荣二府在都中相并而立,也与贾家在金陵的故宅一样,占了大半条街。从《红楼梦》的情节来看,这条宁荣街由于贾府的存在而往往受到仪仗与各种礼仪活动的影响,对附近居民而言,实际上并不是一条很好走的街。

宫阙前穿行有禁,是历代常见的制度安排。例如北宋汴京御街极其宽大,但市民仅能从街两侧的廊下通行,御街中央的广大路幅都被红黑两色的杈子拦住不得通行。明清时期北京长安街的核心段落,即长安左门、长安右门之间不对市民车马开放,而抬棺、发丧者更不得从皇城前面经过,必须绕行。当皇家车驾出巡或前往郊坛时,所经过的大街会被帷幕遮挡,市民无法看到帷幕内的情况。

而在《红楼梦》中,贾府的排场也相当大,近乎现实中的皇家仪仗规格。在除夕祭宗祠一回中,两府大门敞开,仪仗乐器开列在府门之外,便使得"行人皆屏退不从此过"。而女眷出府门更会全街戒严,如第七十五回尤氏晚间从贾母处回宁府,尽管"二府之门相隔没有一箭之路,每日家常往来不必定要周备",也仅仅是不必准备正式的仪仗,尤氏坐车回到宁府府门的这短短一段路,"两边大门上的人都列在东西街口,早把行人断住"。如果贾府全府出动,远出宁荣街之外,虽然不能戒严,但"全副执事摆开",场面更加壮观,将道路中间全部占据,"街上人都站在两边"(第二十九回)。而元妃省亲之夜,由于是皇室仪仗驾临,除了设置围幕,更要朝廷方面"打扫街道,撵逐闲人",阵仗更大(第十八回)。

在这种常态下,宁、荣二府的正门仆从对于往来行人是警惕与不屑的。正因如此,当刘姥姥第一次来到贾府希望找到周瑞媳妇的时候,她在宁荣街上丝毫不得线索。一位年长的仆人让她去荣府后门,刘姥姥这才找到了由周瑞家的见到平儿,由平儿见到凤姐,最终得以日后见到贾母等人的门径。

荣府后门的氛围迥异于大门,"门前歇着些生意担子",并无森严戒备。刘姥姥向门外玩耍的孩子们询问,很快便被指引到周瑞家院外。这些孩子就是贾府仆从的后代,即所谓"家生子"。仆从家庭的繁衍让贾府在府邸主体部分之外生成了一个附庸的社会。这个社会也有自己的内部层级，仆从家里也有仆从，其结构关系与贾府宗族同样复杂，而人口规模则又过之。他们对生存空间的寻求让贾府出现了某种"城市化萌芽"：贾府仆从们所掌握的资源实际上相当可观，他们不仅有自己的人际往来，而且这些往来的社会谱系又比"官来官往"的贾府主子们更加广泛。仆从家庭集中的两府后门与大观园后门一带明显更加便捷地与都中的城市背景相联系，也偶尔在一些场合下成为贾府宗族人员的灵活通路，如贾瑞的逃窜（第十二回）、宝玉的宁府逃戏（第十九回），都从后门实现。

在这层意义上，贾府其实便是宫阙乃至都中的缩影。它的威严循礼展现在大门内外、厅堂上下，而它的日常与秘密则要到后门去观察。柳湘莲的著名论断，宁府里只有"两个石头狮子干净"，是站在府门前一眼望穿。但不"干净"处必有人性昭然，曹雪芹便选择徜徉在贾府后门，从后往前张望那庭院深深。

链接回目

第三回　第六回　第七回　第十回　第十二回　第十三回　第十六回　第十八回
第十九回　第二十九回　第五十三回　第七十五回　第一〇五回

参考文献

[清] 曹雪芹著，[清] 程伟元、高鹗补，莎日娜等点校整理：《红楼梦》（蒙古王府藏本），外语教学与研究出版社 2021 年版。
黄云皓著：《图解红楼梦建筑意象》，中国建筑工业出版社 2006 年版。
徐建平：《从〈江宁行宫图〉看贾府及大观园的原型、建筑规模》，《曹雪芹研究》2019 年第 1 期。
樊志斌：《〈红楼梦〉中贾府、大观园方位写作不误》，《曹雪芹研究》2021 年第 4 期。

作者简介：李纬文，故宫博物院在站博士后。法国巴黎索邦大学艺术史与考古学博士毕业，研究方向为中国建筑史、北京城市史。著有《隐没的皇城——北京元明皇城的建筑与生活图景》，译著有《马克思主义使用说明书》《论中国建筑——18 世纪法国传教士笔下的中国建筑》《新建筑与包豪斯》等。

大观园的匠心

李纬文

为迎接元妃省亲,贾府需要盖造一处与元妃的皇家身份相符的别院。这处别院在仪制上相当于皇家领域的一处"飞地",虽然地处贾府,但元妃才是它的主人。考虑到省亲是综合了朝仪、筵宴、观演等安排的综合活动,这处别院被设计为一处园林。《红楼梦》中的众多经典情节都发生在这里,整部小说的笔墨将这里的斋馆山水描绘得极为生动。大观园从设计到营造也非全然虚构,从中我们得以一窥作者生活时代的营缮制度与园林设计模式。

一、择地扩园

小说第十六回对大观园的营造安排有详细的描述。允许省亲旨意颁布之后,多位嫔妃的家庭都开始准备别院,以满足"驻跸关防"即皇家仪制与男女之防的要求。这些别院有两种模式,或是如周贵人家,在"家里动工"扩建;或是如吴贵妃家,"往城外踏看地方"。贾府选择的是以本府园林为基础扩建,贾琏认为"若采置别处地方去,那更费事,且倒不成体统",即一方面考虑到另外择地需要购置地亩,成本较高;另一方面,如果去他处乃至城外,恐怕失去了回家省亲的意味,而皇家女眷出城更是会带来各种礼仪问题。这种情况在现实中也发生过,明嘉靖时期最初将先蚕坛修建在北京安定门外北郊,结果皇后首次亲蚕便遭遇风霾天气,更兼男女之防礼仪安排复杂,效果不佳,随后便将先蚕坛挪至皇城中。此外,从小说情节考虑,上元之夜的省亲在暮色中开始,此时城门必然已经关闭,贾府位于城内,才使夜游得以成行。如吴贵妃家在城外置办别业,吴贵妃不仅要风尘仆仆地出城，更要在闭城前回宫，体验未必上佳。

贾府的基底较好，于是很快选定了"从东边一带，借着东府里花园起，转至北边"的用地安排。东府花园即宁府会芳园，可知这一用地总体位于贾府北部，将原本分隔两府的夹道截断，占用会芳园的一部分（从日后宁府依然在会芳园中活动来看，会芳园的建置并没有取消），向西占用贾府东北部的"下人一带群房"。由此生成未来大观园的总用地规模"三里半大"。古人营建城池等项均以周长计算用地，如多个朝代的宫城采用"九里三十步"为规模，即指外墙垣周长。明代肇造凤阳中都"周六里"（《凤阳新书》）；北京紫禁城"周六里一十六步"（《明史·地理志》），由此亦可知大观园的规模略为今日故宫的一半，是相当可观的平面尺度，超过所有王府园林实例，达到了真正的皇家园林尺度。而其园门规制，即"正门五间，上面筒瓦泥鳅脊（泥鳅脊即卷棚屋面）"，也是清代皇家园林的通行规制。

在旧园基础上改扩建新园，是古人的惯常操作。康熙时期圣祖驻跸的畅春园即是在明后期勋戚武清伯的清华园基础上改建而来；圆明园在雍正时期的大幅扩建，乾隆时期长春园的设置，也都大量吞并原有的小型园林。园林贵在四时阴晴风雨留痕，要达到最佳的观赏状态，需要一段时间的成熟期。借旧园基址的妙处，明末造园家计成在《园冶》中即道出："旧园妙于翻造，自然古木繁花。"由于借会芳园旧基，大观园自然获得了水源而无须再加疏浚，部分原有山石树木也得以重新应用，更将贾赦所住的荣府东路旧园的"竹树山石以及亭榭栏杆等物"挪来应用。只不过此事便大有明代景泰帝派人拆用英宗所居南宫内的木石栏杆用于新营造的意味，同是弟弟拆挪哥哥的园子，贾赦的心情恐怕是复杂的。但无论如何，大观园终究因此而得以在不长的工期之后就具备成熟园林的景观，尤其是蘅芜苑的牵藤引蔓，对旧园的利用功不可没。

大观园的营造先从丈量用地与"画图样"开始，即绘制整体平面图，在清代文献中多称"地盘图"，上面将山形水系、房屋开间描绘清楚，但尚不表现各个单体建筑的设计。各景建筑群的具体设计则另有细节图表现，开间跨度、檐柱高度的详细数值以及特殊的立面设计标注其上，这些图档便构成了小说中所称的"房样子"。

清代皇家工程的地盘图由样式房绘制,由于雷氏家族从康熙时期雷发达一代起在样式房任职直至清末,人称"样式雷"。今日存世的清代皇家工程设计档案大部分出于雷氏之手。中国传统营造调集八个建筑行业,即土作、石作、搭材作、木作、瓦作、油作、彩画作、裱糊作,统称"八大作"。而土木瓦石,以木为宗,各大营造项目往往以大木匠作为总建筑师。

但园林营造又与一般建设项目不同,其堆山理水亦是一门专业程度极高的操作,并非随意可为。故而园林营造在以大木匠为主之外,还要有一位擅长堆山造景的匠师。清代皇家园林的山形水系设计领域亦有一世家张氏,其地位与负责总体规划的雷氏家族相埒。张氏家族闻名于张南垣一代,其子张然进京后广泛参与官式营造,皇家与王府贵胄园林皆经其手,有"山子张"之称。《红楼梦》中为大观园进行总体规划与堆山造景设计的是"山子野",其原型或即是"山子张"世家;而大木匠反而没有留名,可见景观设计在大观园工程中的突出地位。

二、斋馆列置与山形水系

关于大观园的原型,学界已多有讨论,作者可能参酌了北京西郊皇家园林如畅春园、圆明园以及家族记忆中的扬州高旻寺行宫花园、江宁织造府行宫等处,编织了一处惟妙惟肖的大观园。大观园的造园格局体现出典型的清中期大型皇家园林模式,即在整体山形水系中列置轩馆群落,以形成集锦式效果。除了体现元妃皇家身份的正殿组群尺度突出之外,大观园中散布着多处以居住功能为主的轩馆,这些轩馆受到江南私家园林的深刻影响,每处被赋予一个特定的景观主题,或仿写一个著名的文学意象。在实际的皇家园林案例中,承德避暑山庄在康熙、乾隆时期各钦定了三十六景,圆明园本体则以四十景著称,但其实际轩馆数量则不止四十处。

贾政等人首次游览大观园时,这些轩馆被称作"处"。其中的主要群落,即是元妃省亲时点出的"四大处"——怡红院、潇湘馆、稻香村、蘅芜苑,外加若干小型轩馆如藕香榭、紫菱洲、秋爽斋等，主次分明。这些轩馆的设计原型也是学界关注的重点。例如以竹为主题的潇湘馆与圆明园中的天然图画（雍正时期称"竹子院"）颇为相合；以农家风范为主题的稻香村则与圆明园中的杏花春馆（雍正时期称"稻香村"）如出一辙；通向蘅芜苑的港洞幽幽仿写《桃花源记》，则与圆明园中的武陵春色一景用意相同；而省亲别墅前为码头牌坊，以大观楼与复道连接的两座翼楼为前导，突出仙界氛围，则大有圆明园方壶胜境的意趣。只不过与现实中的圆明园相比，大观园明确以省亲别墅组群为全园主体，而广阔的圆明园则没有一处统领全园的核心建筑群。

大型园林以一组核心建筑群统领全园，需要大尺度山形水系的配合。清代皇家园林案例中，仅有清漪园（今颐和园）以山衔水抱的独特格局实现了以万寿山大报恩延寿寺（今排云殿—佛香阁）为全园视觉中心的设计。大观园的布局意趣，大抵介乎圆明园与清漪园之间。

仅有平摆浮搁的建筑尚不能构成一座园林，大观园的山形水系构成了非常精妙的动线设计，才使得贾政等人获得了种种山重水复、柳暗花明的空间体验。一入院门，众人首先看到"迎面一带翠嶂挡在前面"，有羊肠小径通入山口。这种设置，近似于清代皇家园林分隔宫廷区与园林区的"寿山"。寿山设置在宫门正殿背后，开设一处模仿天然山峪的山口，称为"寿山口"。穿过之后，园林境界才展现在眼前。包括这处园门翠嶂在内，大观园中的所有堆山都是从一处堆筑的"大主山"发脉而来。这处大主山是全园规模最大的山景，但它的位置则未必在全园中心或者轴线上。在真实的圆明园中，虽然没有统领全园的大型山景，但出于模拟传统认知中九州地形的用意，造园者利用地势，将全园西北角设置为全园地形最高处，仿写传说中昆仑山作为中国诸山发脉处的意象，并依托这座假山设置紫碧山房一景。这与大观园中在大主山上设置凸碧山庄的意味近似。大观园主山的山脉四下蜿蜒，包藏若干小型建筑群，如"山环佛寺"，穿入蘅芜苑等轩馆的院墙之内，让人在方寸之间有大山在迩的感觉，奠定了山居的基调，乃至于让人适时迷路，让园中空间仿佛无边无际。

造山还要配合以理水。大观园继承了宁府会芳园的优良水源条件，从北侧引入径流，随后在大主山近傍设池调蓄。山高而水洼，一山一水造就了大观园中最大的地形高差,而凸碧山庄与凹晶溪馆的高下遥对也造就了第七十六回中一边厢凄清闻笛、一边厢寂寞联诗的经典隔空互动。溪水从这处调蓄池继续分脉,流经园中各处,奔园中交通要道沁芳桥而来。

在理水工程中,桥与闸往往并建。大观园中沁芳桥上游有闸拦水,以免因为地势的变化而让溪水过快流出园去。在贾政要求宝玉为园中各景拟定额名时,宝玉认为此闸既然为沁芳桥上游之闸,便应该称作"沁芳闸",而不必另拟他名。这一命名原则颇为得体,桥闸虽然相隔一段距离,但关系明确。在北海镜清斋(今静心斋)中,就有这样一处处理水景高差的沁泉廊桥亭,位于整组建筑的中轴线上,亭下是滚水坝,拦住上游水流,其意味与大观园沁芳亭、闸非常类似,只不过对桥和闸做了一体化设计。有趣的是,北京大观园中的沁芳桥便是模仿镜清斋沁泉廊而设计,可谓贴切。

北海公园静心斋之沁泉廊

山景与水景的并存让大观园中的游览动线千变万化,有极为直接的路径,也有曲折不尽的玩法。贾政等人初次游览时,攀山过桥,半日也就游玩了"十之五六",

还数次迷失路径。但元妃省亲时，在朝仪环节，她只一航船便从园门直抵省亲别墅码头，除了顺流欣赏夹岸灯光美景外，动线毫无曲折，园林空间与她不招不逗，无挡无遮，完美实现了她在礼仪上作为园林主人径直升殿的需求。而到了筵宴的环节，她作为大观园的贵客，则又像贾政一样，再次从陆路入园，在宝玉的引导下尽情穿过曲径通幽，感受园林设计的妙处，沉浸在各种空间体验中，甚至在筵席后还要将未游之处再一一游到，丝毫没有辜负贾府与造园者的苦心。

在真实的清代皇家园林中，陆路与水路动线的并存也会让园中人在不同的场合有不同的走法。例如乾隆时期的《穿戴档》中便记载高宗在前往圆明园中各处拜佛拈香的时候亲自步行遍历，而在晚饭后游园则坐上游船，一路航行到园林极深之处，再直接归航到寝宫安歇。在如此浩大的园林中，其曲直可通，缓急自便，才是游园的妙处。

三、没有天仙，也没有老农

在历代皇家园林中，有两个母题反复出现，历代造园者都难以舍弃。其一是仙境，其二是耕织。

在追求长生的汉代，在大型园囿中模拟仙境成为帝王无法抗拒的诱惑。自从汉武帝在昆明池中堆筑代表海中三仙山的岛屿开始直到清高宗的清漪园三岛，汪洋仙岛的母题贯穿了中国皇家园林的营造史。有的时代以这些园林为载体，毫无掩饰地赞颂神仙的金银宫阙、御风而行、永生不死；也有一些时代面对这样的诱惑，从儒家入世思想的角度表达了谨慎、质疑与考问。而更多的时候，在两种态度之间的纠结才是常态。

在标榜营造道德的乾隆时期，高宗对于在园林中摹写仙境多次表达批判与否定。然而他作为热情高涨的造园者，却又次次无法抗拒诱惑。无论是他对瀛台的增建，为圆明园蓬岛瑶台更换五色琉璃瓦，营造规模宏大的圆明园方壶胜境、清漪园治镜阁、长春园海岳开襟，都在拥抱对神仙境界的想象。然而在营造的同时，

［清］唐岱、沈源绘《圆明园四十景图咏·蓬岛瑶台》

他又不忘时时以批判的视角进行心灵考问，反复指出神仙都是虚妄，而他之所以营造这些景观，主要是为了从唯物论的角度证明传说中的仙境都可以在尘世实现，"要知金银为宫阙，亦何异人寰？即境即仙，自在我室，何事远求"（《圆明园四十景图咏·方壶胜境》），而让后世子孙不再对仙境有不切实际的向往。

与之相比，耕织便是一个安全得多的造园母题。它是儒家梦想的微缩模型，是国家根本的动态展示。它在皇家园林中所占有的一席之地，也有着漫长的历史。元代后期已经在皇城中辟有御苑，皇家在其中亲身体会耕织的乐趣；明代更是在太液池南部安排水田，在乐成殿设水碾，每年获得收成；而清代皇家园林中也有以耕织为主题的景观，如圆明园澹泊宁静、映水兰香，清漪园耕织图，以及在三山五园绵延不尽的京西稻田。帝王最爱吟咏这些景观，比他们在仙境沙盘面前的扭捏大方许多。"园居岂为事游观，早晚农功倚槛看。……日在豳风图画里，敢忘周颂命田官"（《圆明园四十景图咏·映水兰香》），一小片稻田，甚至可以论证一整座园林的道德合理性。

［清］唐岱、沈源绘《圆明园四十景图咏·方壶胜境》

［清］唐岱、沈源绘《圆明园四十景图咏·映水兰香》

无独有偶，大观园中也有这两种景观。大观园正殿组群虽然是皇家规制之所系，但却大胆采用了仙境主题，以大观楼和两侧翼楼为前导，是近乎琳宫梵刹的模式。而前设白石牌坊，则近乎庙宇陵寝的气度，几乎不是为凡人而设，更非一般行宫所能有。怪不得宝玉恍恍惚惚，想起了梦里的太虚幻境，而贾政的清客们更是词穷，只好想出"蓬莱仙境"的匾额来。而在此不远处，却又是极力摹写农家生活的稻香村，酒幡飘扬，屋宇朴拙，甚至连院中禽鸟都要鸡鸭来充当，大动贾政的"归农之意"。

　　可是这两处景观终究落入窠臼，它们遭到破解与批判只是转眼间的事。面对超凡出世的白石牌坊和它上面"天仙宝境"的临时灯匾，元妃即刻下令更换为"省亲别墅"。这是一次默契的互动，"天仙宝境"把此处的造园意趣与贾府的赞颂之意表达完满之后，"天仙"的名义便完成了使命，留待元妃更换为伦常主题的"省亲"字样，拒绝了对她神仙下凡式的称颂，而把这处建筑群拉回尘世，确是皇家风范。而对稻香村的批判甚至来得更快，不待元妃驾临，宝玉心直口快，直接否定了这处耕织景观。贾政只以为他不能欣赏农家清幽，"终是不读书之过"，可宝玉的批判却早已在更高的层次上："远无邻村，近不负郭，背山山无脉，临水水无源，高无隐寺之塔，下无通市之桥，峭然独出，似非大观。"这段批评不仅在于美学层面，更是指出了希图在方寸园林中摹写社会现实的虚妄。贾政在埋首案牍之时所动的"归农"之意，终究不是向往老农老圃面朝黄土背朝天的辛苦；而日后李纨入住稻香村以"老农"自号，也只是表达自己寡欲独居的安分守己，而非对家禽菜蔬的务农热情。

　　大观园中，其实没有天仙，也没有老农。仙境是个幻影，农庄则是个模型。大观园就像所有的御园一样，虽然确实有着自己的社会多样性，有主有仆，有上有下，但终究与造园意匠无关，而是表现在更加日常、琐屑与严苛的角落里。士大夫经过了儒家教育，皆知神仙虚妄而耕织为本，但仙境可以万般模拟，耕织却是复杂的社会真实。贾府贵胄对田间地头的一知半解，还是来自庄头乌进孝的讲述，没有因为大观园里有个稻香村，便知道了庄稼人的苦衷。

[清]孙温绘《全本红楼梦》(旅顺博物馆藏)之大观园试才题对额场景

链接回目

第十六回　第十七回　第十八回　第七十六回

参考文献

[清]曹雪芹著,[清]程伟元、高鹗补,莎日娜等点校整理:《红楼梦》(蒙古王府藏本),外语教学与研究出版社 2021 年版。

[明]计成著:《园冶》,中华书局 2020 年版。

冯精志著:《大观园之谜》,北京燕山出版社 1993 年版。

李明新:《大观园里有大观——北京大观园》,《曹雪芹研究》2013 年第 2 期。

商伟:《逼真的幻象:西洋镜、透视法与大观园的梦幻魅影》,《曹雪芹研究》2016 年第 1、2、3 期。

段启明:《大观园里玉溪生——兼及"枯荷"与"残荷"》,《曹雪芹研究》2017 年第 3 期。

奚沛翀:《曹雪芹与〈圆明园四十景图〉关系浅探》,《曹雪芹研究》2018 年第 1 期。

黄斌:《一桩绘事,四人情致——从"大观园行乐图"事件看〈红楼梦〉"一笔多用"之妙》,《曹雪芹研究》2019 年第 4 期。

《红楼梦》中的异国风情

周　哲

　　脂砚斋曾在《红楼梦》批语中指出，真正的富贵人家，并不会满地铺金、遍身绫罗。如果认为公侯贵族府中日日龙肝凤髓，天天挥金如土，那便落入了暴发户的穷酸想象。所谓"鲜花着锦、烈火烹油"，生在江宁织造府的曹雪芹懂得，越是泼天的富贵，越是银子流淌如水，反而越是让人看不到明晃晃的金光。

　　王夫人房里半旧的靠背坐褥（第三回），宝钗身上的家常衣服（第七回），丝毫不会影响她们的富贵气度。而宝玉挨打时王夫人随手给出的玫瑰清露（第三十四回），宝钗送黛玉燕窝贴心配上的洁粉梅片雪花洋糖（第四十五回），这些来自域外的新鲜巧物，也恰恰是在最日常琐屑的用心中为富贵乡增添了温柔。

一、洋货——家常日用之物

　　刘姥姥进贾府见了世面，开了眼界。她第一次见平儿遍身绫罗，插金带银穿，差点误以为她就是凤姐（第六回）；初进大观园对着省亲别墅牌坊纳头便拜，因为和她在家乡见到的庙宇依稀仿佛，认为自己到达了"玉皇宝殿"（第四十一回）。在这一层面，刘姥姥尚且还能通过她的生活经验去自行对号入座，猜个八九不离十。可是有些物事实在无法在她的认知中找到参照物，令她摸不着头脑。这些往往是仅在特殊渠道流通的洋货。凤姐屋里叮当作响的"爱物儿"，怡红院内穿衣镜中的"亲家母"，墙画上迎面含笑而来的"女孩儿"，这些吓了刘姥姥一跳的西洋景儿其实是贾府日常生活的点缀之物。

基于方豪先生在《红楼梦西洋名物考》中的研究，我们不妨先将一捋书中与异域风情有关的条目种类。它们大致可分为机械钟表、工艺品、布料、美术作品、食品、药品、动物、外国地名，等等。读者可以轻易地发现，除了最后一项"外国地名"属于非实体信息，书中人对于外国的了解与接触基本上都来自家常日用的"洋货"。至于域外文明的文化与政治，还远未进入天朝上国的视野。

据方豪先生统计，机械钟表是《红楼梦》中出现次数最多的西洋器物。曹公不吝笔墨，几次特写王熙凤和宝玉房中的自鸣钟。琏二奶奶是贾府内苑的当家人，宝二爷则是备受贾母宠爱的"无事忙"，两位大忙人时常要问"几点了"。主子注意时刻进度，下人们自然必须具备时间观念。凤姐身边的侍从日常携带钟表，在主子协理宁国府时起了重要作用，"素日跟我的人，随身自有钟表，不论大小事，我是皆有一定的时辰。横竖你们上房里也有时辰钟"。凤姐如此这般警告宁国府的奴仆们要安分守时（第十四回）。怡红院外间房中十锦槅上的自鸣钟"当当"作响（第五十一回），大丫鬟、小丫头都会看表听更（第六十三回）。只是这类自鸣钟属于精密仪器，芳官摆弄了一下钟摆它就闹罢工了，晴雯嫌弃这"劳什子"老得"收拾"（第五十八回）。除了自鸣钟，宝玉屋里还有能够拿起来看时间的小型钟表，他自己也随身带着怀表。有一次宝玉晚上冒雨探望黛玉，掏出了一个核桃大小的金表，瞧了一瞧，那针已指到戌末亥初之间（第四十五回）。需要注意的是，书中出现的西洋钟表很可能已经被匠人将罗马数字改为中国时辰，免去了大家换算时刻的麻烦。

在那个时代，制作精巧、用料奢侈的钟表足以跻身高级工艺品行列，具备硬通货的属性。凤姐曾经将一座金制自鸣钟卖出了五百六十两的高价（第七十二回），而冯紫英更试图以五千两的价格将一座自鸣钟卖给贾政。这座三尺多高的钟表有小童拿着时辰牌报时，颇为有趣，但是价格吓得政老爷连连拒绝，"那里买得起"（第九十二回）。就算过去手头阔绰的时候能够买下来，也是为了进献应酬的场合博君一笑。异国物品虽属奇珍玩器，贾府却更看重它的实用属性，绝不会单单因其精巧珍贵而供起来当摆设。

文史链接:《红楼梦》与曹雪芹的世界

铜镀金自开门人打钟,英国,18世纪,高125厘米,宽77厘米,厚44.5厘米
(故宫博物院藏)
冯紫英试图卖给贾政的自鸣钟可能与此钟原理类似。

除了钟表,玻璃制品也是贾府洋货中的一个典型品类,出现在多处生活场景中:装盛玫瑰清露的玻璃小瓶(第三十四回、第六十回)、黛玉让宝玉拿着的玻璃绣球灯(第四十五回)、令晴雯痛快打喷嚏的西洋鼻烟壶(第五十三回)、贾母看戏时用的眼镜(第五十三回)、贾府年节张灯结彩悬挂的联三聚五玻璃芙蓉彩穗灯(第五十四回)、宝玉常斟的西洋葡萄酒的酒瓶(第六十回)、粤海将军送来的玻璃围屏(第七十一回),等等。

第四十九回,大家计划在芦雪庵开诗社,宝玉心心念念着下雪,起床时只见床上光辉夺目,心内早踌躇起来,埋怨定是天晴了。可是再仔细从怡红院的玻璃窗户望出去,原来外面已经是白茫茫一片。宝玉喜得跑进园里,仿佛置身于玻璃盒中。这段叙述充分描写出了玻璃的特性:透明、轻薄,且有一定的隔温作用。同时也让读者在脑中描绘出怡红院明朗的卧室、通透的厅堂,透过窗扇镶嵌的剔透玻璃,院子里芭蕉、海棠、玫瑰、仙鹤,四季万物,尽收眼底。

在曹雪芹生活的时代,玻璃的制作工艺尚不能被国内匠人完全掌握,大多还是依靠外国进口。特别是像穿衣镜那样的大尺寸平板玻璃，麝月都难以伸手够到顶部（第五十一回），是难得的高级洋货。此外，玻璃质的工艺器物也胜在意趣。芳官扮成小土番儿颇有异域风情，被宝玉唤作"金星玻璃"（温都里纳，据学者考证音译自 aventurine 砂金石），更有晶莹闪耀之意（第六十三回）。金星玻璃的"金星"来自玻璃中混入的沙金微粒（在清代主要用铜），即使在皇家器物中也是夺目光彩的珍贵材质。如此看来，宝玉颇能领会舶来器物在物质属性之外的妙处。

清乾隆金星玻璃冰裂纹笔筒，高 13.5 厘米，口径 13 厘米
（故宫博物院藏）

此外，曹雪芹以织造世家的专业眼光，还通过贾母之口，对西洋纺织品做出了冷静的评级。《红楼梦》中出现过的外国布料大致有：洋绉、洋锦、哆罗呢、洋巾、凫靥裘、雀金裘、洋绒、洋毯、洋罽、哔叽、氆氇、洋灰皮，等等。其中能让贾母看得上眼的只有两件，凫靥裘和雀金裘，直接送给了她宠爱的宝琴与宝玉（第四十九回、第五十回、第五十二回）。

实际上，书中提到的西洋布料均为比较厚实的材质，最轻盈的也是包裹林妹妹匙箸的洋巾（第五十九回），我们无法想象林妹妹在这样的帕子上滴泪题字。西洋布料大多出现在秋冬时节，比如制作年轻奶奶们（如凤姐、李纨等）的外套、外裙，家居铺设的椅垫、地毯，并不会用于制作春夏服装，更不会用来做贴身衣物。纵然有品类多样的洋布，在红楼世界中，贾府闺阁中的女红针黹仍然是无可超越的。

明黄色大洋花纹金宝地锦，清（18世纪初），残料宽26厘米，最长189厘米，英国织造（故宫博物院藏）

在第三十一回中，宝玉有一段著名的爱物论，同样也可用于总结贾府对异国器用的态度："东西原不过是借人所用，你爱这样，我爱那样，各自性情不同。"一件东西，无论贵贱，找到了它让你高兴的使用方式，那便是爱物了。器物纵然珍奇，但生活的主角终究是人的需求。晴雯说起当年那么样的玻璃缸弄坏了也就坏了（第三十一回），黛玉也认为就算玻璃绣球灯打碎了也好过宝玉跌跤（第四十五回）。西洋物件新奇又有趣，玫瑰露香妙，雀金裘无价，但都不如人珍贵。

二、洋货与曹家

《红楼梦》中的洋货花样品类繁盛，它们不仅具有实用性和装饰性，更蕴含着微妙的特权属性。明清时期，进出口商品的流通渠道始终受到中央政府控制，甚至是限制。据罗三洋先生在《西风东渐话红楼——曹雪芹笔下的清朝早期对外贸易》的研究，清朝初年，来华贸易的外国商人带来的主要商品，如葡萄酒、钟表、玻璃、鼻烟等，都被列入官府垄断的商品名单，只允许"官商"或"皇商"经营。

清初的"官商"主要由广东地区政府长官们颁发洋货行许可证，具有官方背景；"皇商"则直属内务府，《红楼梦》中紫薇舍人薛公之后薛蟠"领内府帑银行商"，也就是听命于皇家的商人。这两类商人几乎垄断了清朝初年的外贸市场。

垄断就意味着暴利，在小说中，"丰年好大雪"的薛家在京城坐拥多处铺面，薛蟠从南方游历回来，给家里带了不少礼物，他送给宝钗的自行人是媲美自鸣钟的进口稀罕物（第六十七回）。如果说皇商薛家通过自家的垄断渠道获得了不少进口货，金陵王家祖上则更加直接地参与了官方外交、外贸事宜。凤姐曾与贾琏的乳母赵嬷嬷聊起当年她爷爷接驾圣上、招待外国使臣的情景："那时我爷爷单管各国进贡朝贺的事，凡有的外国人来，都是我们家养活。粤、闽、滇、浙所有的洋船货物都是我们家的。"（第十六回）如果连整船货物都是王家的，那漂洋过海而来的奇珍异宝可不是要先过一遍王太爷的眼，再进入流通渠道。怪不得宁国府来了贵客都要排贾蓉来跟凤姐借玻璃炕屏，以充盈排场（第六回）。

凤姐与赵嬷嬷的这一番对话，大有一副"白头宫女在，闲坐说玄宗"的派头。那绘声绘色的语气令人不禁猜想，或许曹公儿时也这样听家里的老人谈起曹家"鲜花着锦，烈火烹油"的盛世场面。周汝昌在《红楼梦新证》中指出，曹雪芹祖父曹寅、舅祖李煦二家同在江南担任织造职务，在政治上为皇家之耳目，在土物上为皇家之采办。此外自己随时置办贵重物品，进献应酬，"吃穿器玩，时有内用之品"。

此外，曹家在江南经营了近六十年，曹寅曾四次办理接待康熙皇帝南巡。时有西方传教士觐见巡游途中的皇帝，并献上外国方物。这些身处江南地区的外国人士与当地官员有所往来几乎是必然的，而曹寅领导的江宁织造府正是其中最为关键的一环。

据方豪先生在《明末清初旅华西人与士大夫之晋接》一文中的考证，清初时期西洋教士赠送我国士大夫的物品有：望远镜、钟表、西洋纸、西洋布、西洋酒、彩石、鼻烟、倭扇、珊瑚笔架、龙尾砚、龙腹竹杖、日晷、天文仪器、地图、取水器，等等。除器物之外，作为饮品的葡萄酒也颇受清朝士大夫们好评。

对此，清人彭孙贻《客舍偶闻》中曾有一段有趣的记载。康熙初年，传教士汤若望在家请大臣范光文饮葡萄酒，范大人被酒香勾得喜不自胜，可汤若望却不许他多饮，极言葡萄酒之醉人，只给了他半杯。范大人初还嫌少，结果半杯下肚便真的醉醺陶陶，扶着仆人晃悠着回家了。如果说有的官员能够通过与传教士的私人交情接触到葡萄美酒，玫瑰露则更接近传说中的域外神品，只有极少量流出宫外。正如《红楼梦》中所写，珍贵的玫瑰露贴有鹅黄签子，专门特贡内廷。当时有一位文人通过与外国人士的交流，了解到西人使用蒸馏的方法获得植物纯露，得其精华，妙哉美哉。可惜国内尚不能掌握蒸馏植物纯露的工艺，这类饮品是媲美自鸣钟的高端限量进口货。

铜蒸馏器，清，通高 31.8 厘米，宽 15.5 厘米（故宫博物院藏）

曹雪芹不仅在《红楼梦》中详细描述了各类外国器物的外形、用途，还有意无意地透露了它们的来历：上用物品赏赐、外商交易流通、特殊渠道购买。但随着时间的推移，世家特权渐渐弱化，贾史王薛四大家族收入洋货的流通渠道逐渐变窄，最终趋于中断。贾妃与王子腾相继去世，贾、王两家与皇家的密切关系难以维系，遑论接触到内廷特供的可能。薛家的现任当家人薛蟠并不具备为皇室买办行商的能力，他的经理人团队也难免有二心。如此这般，即使坐拥宝山也有坐吃山空的一天。而前两条路的萧条让世家大族渐渐不可能有余钱自行购入新的洋货，甚至要变卖家当以维持家用。古董商人冷子兴的生意就是靠着各大家族的兴替沉浮做起来的。第一〇五回查抄荣宁二府时，查抄的单子里缺失了大量前文出现过的西洋器物,不难想象,当凤姐变卖金自鸣钟时,贾府洋货的全数离去已经是注定。

通过了解洋货的流通方式,我们得以走远一步,将视野放大到小说外的时代背景。垄断带来了暴利,也附带着致命的隐忧。垄断意味着特权,而特权来自主子的恩典。奴才讨得主子的欢心才有可能获得恩典,而人心又是那样的不可捉摸。将一个家族的命运寄托于主上的宠眷,无疑是一场令人欲罢不能的豪赌。精美的器物终有破损的一天,受宠的奴才寿数有限,仁慈的主上也不可能永远在位。

康熙五十一年(1712),曹寅卧床病危,李煦替他奏请皇帝赐药,康熙帝关心备至,命人将西洋医治疟疾的特效药"金鸡纳"(奎宁)速速送给曹寅。只可惜曹寅没有等药物送到就已经离开人世。

康熙五十一年(1712)七月十八日康熙帝朱批李煦代曹寅奏请
赐药折文中"金鸡纳"用满语写出

曹寅去世后,康熙帝与曹寅曾经的默契,却一去不再有。而他赋予曹家的特权,也逐渐降级消失了。一朝天子一朝臣的亘古真理,最终在雍正帝继位后彰显无遗。

三、想象中的方外世界

贾政带着宝玉和清客们在刚刚竣工的大观园中游览时,看到怡红院中的一株海棠正在葩吐丹砂。政老爷告诉大家这是"女儿棠",据传来自女儿国,故得此名。

但他即刻便将这迤逦的联想归为世人的无稽附会，荒唐不经之说（第十七回）。

虽然政老爷不解风情，但这并无法阻止书中人对异域国度的好奇与想象。暹罗国进贡的清茶对了林妹妹的胃口（第二十五回），同样来自暹罗的灵柏香熏猪让见多识广的薛蟠也赞叹不已（第二十六回）。凤姐送给宝玉的寿礼有一个波斯国制的玩器，小巧得能够装进荷包里（第六十二回）。怡红院十锦槅上的金西洋自行船制作精良，唬得宝玉担心它会载着林妹妹回苏州（第六十三回）。

作者曹雪芹没有机会出国，方豪先生推断他对域外地理情况的了解也较为有限，但是这并不妨碍曹公根据亲耳所闻、亲眼所见的外国器物展开想象，甚至将远方描绘得更加浪漫动人。茜香国的女国王大概生活在热带地区，香料物产丰富（第二十八回）。她进贡的汗巾夏天系着，肌肤生香，不生汗渍，更牵起了袭人与蒋玉菡的因缘际会。薛宝琴在西海沿子遇到了真真国少女，是否杜撰已不可考，但是金发少女诗句中的山川明月，却将远方的海风送到了大观园少男少女的心头（第五十二回）。

曹公对于异国的想象中还给我们留下了一些有趣的地理谜题。金荣母亲的盛气、夏金桂的骄悍之气飞去的那个爪洼国，会是今天的印度尼西亚吗？（第十回、第一〇〇回）宝玉向凤姐借来医治晴雯头疼症的西洋膏子药"依弗哪"，也许是"阿芙那"（波斯语"鸦片"afyun 译音）？抑或是麻黄浸膏（efedrina）？让晴雯大打喷嚏的"汪恰洋烟"的"汪恰"二字莫非如周绍良先生猜测，音译自弗吉尼亚（Virginia）（第五十二回）？无论如何，自《红楼梦》成书直至今天，读者都会因书中提到的异国物件而对方外世界产生好奇与向往。

据学者考证，除了家族底蕴的熏陶，曹雪芹成年后的个人经历也让他从其他途径了解到海外世界。他在香山脚下黄叶村著书时有条件接触到玉泉山下"贩骆驼的"，也就是骆驼户。他既能亲眼见到骆驼，又能通过他们了解到一些有关外国的知识。《红楼梦》中鸳鸯提起她嫂子就气不打一处来——"专管是个'九国贩骆驼的'"，到处揽生意（第四十六回）；宝玉管法国叫作"海西福郎思牙"，海西是指处于中国西面的国家，而"福郎思牙"的发音很可能源于俄国人对法国（Франция [ˈfrantsɪjə]）的称呼（第六十三回）；晴雯补的"雀金呢"由俄罗斯国裁缝用孔雀毛拈线织就，而当时的中俄贸易恰恰以脚力稳健的骆驼为负重主力。

《红楼梦》中的异国风情

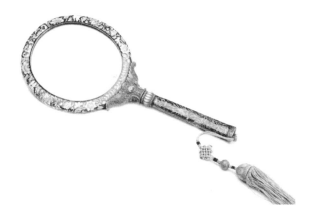

清乾隆年间（1736—1795）玻璃，铜胎画珐琅制（沈阳故宫博物院藏）
"将那药烤和了，用簪挺摊上。晴雯自拿着一面靶镜，贴在两太阳上。"
晴雯手里拿的靶镜大概类似于这柄画珐琅长圆把镜。

画珐琅开光鼻烟壶，清乾隆（私人收藏）
"宝玉便揭翻盒扇，里面有西洋珐琅的黄发赤身女子，两肋又有肉翅，里面盛着些真正汪恰洋烟。"

《红楼梦》的众多人物中，似乎只有宝琴实现了"读万卷书，行万里路"的传统文人理想，也只有她真正接触到了海外世界的边缘。对于四大家族的成员来说，琳琅满目的洋货是他们的日用品和装饰品，在某些场合承载了他们对外部世界的好奇与想象，但更多的时候不过是用来衬托地位、装点品位的玩器罢了。

　　早在距曹雪芹生活时代的一百多年前，西方传教士已经为我国皇帝绘制了详细的世界地图（《坤舆万国全图》《坤舆全图》等），外部世界的面目越发清晰可见。可是相比较走出去，我国古人也许更欣赏"秀才不出门，便知天下事"的智慧。17世纪末，当邻国的彼得大帝在欧洲游学时，康熙帝则满足于在内廷向西方传教士请教数学与天文知识。乾隆时期，圆明园的山高水长曾举行过48次元宵火戏，皇帝高兴地邀请各国使臣与臣民一同观礼，但他却在乾隆四十九年（1784）明确下令禁止臣下呈进西洋钟表，"以昭不贵异物之风"。再看他为圆明园"西洋风情区"起的名字——"谐奇趣""远瀛观""方外观"，外面的世界很有趣，但是远远欣赏着就很好。当皇帝看向方外世界时，他的目光中多少带着警惕与疏离。

　　异国风情可以是精彩的，也可以是浪漫的，但无论是在《红楼梦》中还是在现实世界里，世界始终都被认为是围绕着"王化之地"运转的，直到今天也是如此。

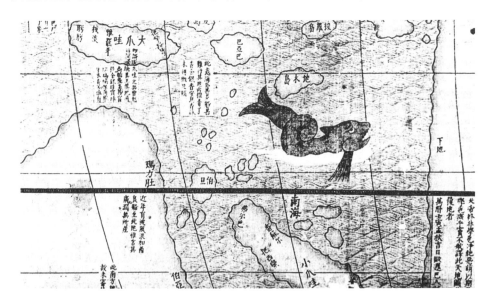

［明］李之藻、利玛窦 Matteo Ricci 绘《坤舆万国全图》（局部）
明万历三十六年（1608）宫廷彩色摹绘

链接回目

第三回　第六回　第七回　第十四回　第十六回　第十七回　第二十五回
第二十六回　第二十八回　第三十一回　第三十四回　第四十一回　第四十五回
第四十六回　第四十九回　第五十回　第五十一回　第五十二回　第五十三回
第五十六回　第五十八回　第五十九回　第六十回　第六十二回　第六十三回
第六十七回　第七十一回　第七十二回　第九十二回　第一一三回

参考文献

[清]曹雪芹著，[清]程伟元、高鹗补，莎日娜等点校整理:《红楼梦》(蒙古王府藏本)，外语教学与研究出版社 2021 年版。

方豪著:《红楼梦西洋名物考》，浙江人民美术出版社 2017 年版。

周汝昌著:《红楼梦新证》，上海三联书店 1998 年版。

[美]史景迁著，温洽溢译:《曹寅与康熙》，广西师范大学出版社 2014 年版。

罗三洋:《西风东渐话红楼——曹雪芹笔下的清朝早期对外贸易》曹雪芹研究 2013 年第 1 期。

黄一农:《"温都里纳""汪恰洋烟"与"依弗哪"新考》，《曹雪芹研究》2016 年第 4 期。

李斌:《上海图书馆所藏〈曹寅年谱〉校考》，《曹雪芹研究》2022 年第 3 期。

作者简介：周哲，《曹雪芹研究》编辑。法国高等社会科学院历史专业博士毕业。负责《曹雪芹研究》的组稿、编辑和英文翻译工作，参与北京曹雪芹学会各项学术活动组织工作，并从事《红楼梦》研究、传播与创意开发工作。留法期间，曾参与组织策划"在花都——20 世纪上半叶中国留学生的巴黎生活"展览，并编写出版同名中法双语书籍。

三 《红楼梦》中的文化传统

贾府的教育

周 哲

诗礼之家，岂有不善教育之理？在两榜进士贾雨村看来，贾府宁、荣二宅，是最教子有方的。贾府的始祖，即第一代荣、宁二公，为了能够让族中所有子弟，无论家庭条件贫富如何，皆能受到教育，设立了家族义学，延请年高有德之族人担任塾长。不仅如此，贾府的女孩子们也拥有良好的教育资源。对诗礼大族来说，教育是诗书传家的基础，是功名延续的保障。

一、家学和蒙学

富贵如贾府，必然会为宝玉提供顶配教育资源，一对一家庭教师是基本条件。他曾与好友秦钟提过自己的业师因上年回家去了，还没来得及回来继续教学（第七回）。这位业师至少应与黛玉的塾师贾雨村同等级别：两榜进士，饱读诗书，教学经验老练，很可能已经培养出举人学生，甚至拥有仕途经历，能够从学问、经济、世情、人情等多方面指导学生。

不过宝玉的业师回家后就再也没了音讯，也许就像曾经指导甄家公子学业的贾雨村那样，"因祖母溺爱不明，每因孙辱师责子"（第二回），寻由婉辞了这份劳神的工作。所幸宝玉结识了秦钟，愉快地决定一起去家学读书。贾府家学，又称作"义学"，由始祖开设，在家族范围内推行教育普及，族中子弟都可以来学里念书。学费丰俭由人，饮食、茶水免费供应。家学的塾掌为贾代儒，与宝玉的爷爷贾代善同一字辈，年高有德（第九回）。

公益家学的创办理念令人称道，但是实际教学水平如何，还有待考量。代儒自己未曾考得功名，他对长孙贾瑞寄予厚望，"素日教训最严，不许贾瑞多走一步，生怕他在外吃酒赌钱，有误学业"（第十二回）。饶是如此，贾瑞到了二十多岁也没高中，只好在学堂一边温习功课，一边担任助教工作。这样的师资配置，是无法与宝玉之前一对一的家庭私教相提并论的。此外，贾府家塾子弟的年龄差距明显，教学进度参差不齐。第九回顽童闹学堂时，宝玉、秦钟、贾兰、贾芸、薛蟠等人皆为同班同学，同处一室。到了第八十一回，宝玉再度入学堂时，学里已不是当年一同念书的小学生们了。实际上，府里的义学营造了一种"陪太子读书"的氛围，学堂的点卯课业、同窗间的玩笑热闹才是学堂胜过私家小灶的魅力之所在。

说到底，无论读书还是教书，都不是容易的事。第六十六回，兴儿向尤氏姐妹介绍贾府情况时，说起贾氏子弟的读书情况："我们家从祖宗直到二爷，谁不是寒窗十载。"旧时启蒙读物《七言杂字》有言："用上十年好功夫，中个秀才不费难。"《红楼梦》中提到贾兰五岁上学（第四回），由启蒙识字到读完《四书》《五经》、若干篇时文八股，再学会作八股文、试帖诗的本领，大约需要十年。不过"十年寒窗"只是一个时间参数，并不能取代府考颁发秀才的"毕业证"。

需要注意的是，府考并不是取得毕业证的唯一途径。贾府真正通过考试取得秀才资格的仅有贾敬、贾珠二人，贾琏、贾蓉的官职皆是"捐纳"而来（第二回冷子兴提到贾琏的学历："这位琏爷身上现捐的是个同知。"第十三回贾府办理秦可卿丧事时，"贾珍因想着贾蓉不过是个黉门监，灵幡经榜上写时不好看"）。就连宝玉和贾兰也是买来的监生资格（第一一八回，李婶娘问起宝玉和贾兰没有进学，如何能下场考试。王夫人解释道："他爷爷〔贾政〕做粮道起身时，给他们爷儿两个〔援〕了例监了。"）。他们跳过了考秀才这一步，直接参加乡试考中举人，再同二三百名贡生一同在皇宫参加殿试，宝玉考取第七名，贾兰第一百三十名（第一一九回）。如此看来，对荣、宁二府的直系子弟来说，科考举业只是一项选择，而不是要步步踩实的必经之路。这对家长或教育者的心态也有着直接影响。

比起业师或家塾，家庭才是孩子的第一个学校。贾府对子弟的开蒙教育极为重视，不能让孩子输在起跑线上，而这项重要的零起点教学任务便交给了孩子最亲近的母系成员。荣国府的第五代嫡孙贾兰的母亲李纨便是"课子"的一把好手。她在这项任务上可谓有家学渊源，她的父亲李守中是国子监祭酒，几乎等同于现代最高学府的校长，甚至是教育部部长级官员（第四回）。

如果母亲不具备足够的文化水平，贾府定会配备雄厚的师资力量，以确保幼儿的开蒙教育。比如脂粉队里的英雄王熙凤，都太尉统制县伯王公之后的她，被"自幼假充男儿教养"，玩笑间杀伐决断，连威烈大将军贾珍都为之侧目，但文化课是她的短板，所以她的女儿贾巧姐跟着一位李妈学读书认字，学了三千多字，也能够自行阅读《女孝经》和《列女传》了（第九十二回）。

宝玉的第一位老师则是元春。在他三四岁还未入学堂时，便已得姐姐手引口传，跟着学了几本书，掌握了数千字。书中明确点出，元春在名分上是宝玉的姐姐，但是她对弟弟的关爱与教导却是近乎母子（第十八回）。如今现代教育体系中，小学毕业时要求掌握的识字量约为三千字，而宝玉在三四岁时就已经达到了这项指标。贾府外孙女黛玉的蒙学配置自然也不会在宝玉之下。贾敏与丈夫林如海将独养女儿黛玉视若珍宝，乃至以培养儿子的心态教她读书认字（第二回）。贾敏是贾府正统的千金小姐，王夫人回忆起她未出阁时是"何等的金尊玉贵"（第七十四回）。黛玉的业师贾雨村也感叹："怪道我这女学生言语举止另是一样，不与近日女子相同，度其母必不凡，方得其女。"（第二回）

除了学文，荣、宁二府蒙武荫起家，自然也很重视习武，鼓励自家子弟演习骑射。贾兰给大家做出了勤勉的表率，于念书的空闲时间在园子里射小鹿（第二十六回）。而贪玩的贾珍也在宁府组织射箭演习比试，得到贾赦、贾政的大力支持，两位老爷命宝玉、贾环、贾琮、贾兰等四人于饭后过来，跟着贾珍习射一回，方许回去（第七十五回）。宝玉虽谈不上喜欢骑射，但也还过得去。第四十三回宝玉赶在凤姐生日宴会前，快马加鞭前往水仙庵祭奠金钏，能够在大清早打个来回，骑马功夫可见一斑。他的射箭水平也得到了贾珍的夸奖："大长进了，不但样式好，而且弓也长了一个力气。"（所谓"力"，指"弓力"，即张弓时所用力气的单位，每"力"为9斤14两〔清制1斤为16两〕）。相比较，难以用时间量化进益的文化课，像骑马射箭这样的"体育课"倒是世家子弟普遍拿得出手的过人技能。

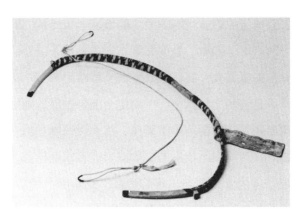

清宫造办处制作木葡萄纹桦皮雍正帝御用弓，长179厘米（故宫博物院藏）

二、家长的教育焦虑

痴心父母古来多，"鸡娃"是古今家长无可回避、无可抗拒的人生主题。对贾府这样的诗礼簪缨之族而言，培养优秀的下一代是稳固家业的康庄大道。但是具体到贾氏各府、各家、各人的实际教育理念，却是各村有各村的"鸡娃"高招，每位家长所重视的学习要点不尽相同。

"鸡娃"首先来自家长的焦虑。贾政也不能免俗，他对学习态度的要求甚于对学业程度的了解。只要做出酷爱读书的样子来，他便点头放过。解语花袭人就参悟出了讨老爷欢心的窍门，她对宝玉的面授机宜颇让人抚掌称赞："你真喜读书也罢，假喜也罢，只是在老爷跟前或在别人跟前，你别只管批驳诮谤，只作出个喜读书的样子来，也教老爷少生些气，在人前也好说嘴。"（第十九回）袭人对老爷的"鸡娃"思路判断质朴而敏锐：像今天的许多家长一样，贾政对孩子的关注是点状的，没有连缀成线，更不可能编织成网。作为日理万机的大家之长，他对孩子的认识与判断仅来自有限的几次会面，以及旁人吹的耳边风。然而在与严父的短暂会面中，孩子呈现出来的状态不可能是平时的自然姿态，宝玉会因为紧张害怕而进入呆状，贾环会假装酷爱读书以掩盖委琐、荒疏之态。而飘入贾政耳中的他人评价，早就被筛选过滤了好几层，贾政却不细加辨别。塾掌说宝玉"不喜读书"，正戳中老爷对学习态度的严格要求（第十七回）；黛玉拭去宝玉脸上的胭脂,提醒他不要带出幌子来,以免让别人发现了告诉贾政,"又当奇事新鲜话儿去学舌讨好儿"(第十九回)。可见贾政时常轻信耳报神的消息。这也就能解释为什么贾环的学识、文采皆不能与宝玉相提并论,但贾政对他的评价却是"若论举业一道,似高过宝玉"(第七十八回)。

贾政的焦虑不仅源于自身的盲目与片面,更源于他空虚的内核——自己没有定见。贾政每每发作教训子女,皆是从某一微小不满展开,并无原则与节奏可言。且看点燃宝玉挨打导火索的第一个火星,乃是源于贾雨村来访(第三十三回)。贾政见宝玉迎客迟到,待客谈吐"全无一点慷慨挥洒""葳葳蕤蕤",已存了三分火气:"你那些还不足,还不自在?"宝玉当时正为金钏投井而自责,只怔怔站着没有反应。接下来,忠顺王府长史上门揭发宝玉和琪官的交往,一顿冷嘲热讽;贾环编排宝玉非礼金钏儿,一番添油加醋,只消小动唇舌,便足以左右贾政的判断。于是贾政将宝玉流荡优伶、荒疏学业、淫辱母婢等罪状熔为一炉,根本不必分青红皂白,脸红眼紫,抄起板子开打。此处我们不妨借脂砚斋口吻一叹:古今父母皆有此劫。

打儿子这一教育手段是贾府的传统。根据贾府资深老奴赖嬷嬷的回忆,老祖宗管儿子皆动手。荣、宁二府文字辈的兄弟几个,都被各自的父亲三天两头地打。说起宁府的贾代善管教贾敬的场景,赖嬷嬷叹道:"说声恼了,什么儿子,竟是审贼!"(第四十五回)不过赖嬷嬷明确指出,动手打儿子也不是由着性子想打就打。在她看来,以贾赦、贾珍为代表的贾府第三代、第四代父亲,管教儿子的手段都管得"到三不着两的",因为管儿子的前提是先管好自己,这几位父亲并不能够以身作则,起到好的榜样作用。

此外,贾政的教育焦虑还有一个深层次的原因:贾政自己也没参加过"高考"。父亲贾代善临终时,皇帝赐给贾政一个"主事"的保送名额,直接免去了科考之劳(第二回)。但这样的恩典能否延至第四代,还是个未知数。这是他每每看到宝玉不喜读书便由愁转怒的难以明言的原因。像贾政的妹夫林如海那样,虽然并没有获得破格保送的资格,但却凭本事自己考取了探花,才是让贾政羡赏不已的读书正途。但若政老爷扪心自问:不保送参加科考举业,我能行、我能上吗?这个问题有点"扎心",古往今来的家长们都不会正面回应,他们会将这种焦虑转嫁给自己的下一代。

与焦虑的贾政相比，大哥贾赦在"鸡娃"读书这件事上就要"佛系"很多。一方面他自己顺利袭官，没在读书上面下功夫；另一方面，他对于自家子弟受教育的期待值很明确——读书不过比别人略明白些，当官够用即可，"何必多费了工夫，反弄出书呆子来"（第七十五回）。

而比贾赦更加"佛系"的父亲要数隔壁宁府贾敬。如果说贾赦的教育可谓随性，那么贾敬的教育就是彻头彻尾的荒疏与麻木。作为贾府唯一考取进士的子弟，贾敬对贾珍的学业没有提出任何具体的要求，将官位传给儿子之后，径自去城外与道士们共商求仙之道了。这一举动固然令人费解，但也并非毫无根由。根据赖嬷嬷的回忆，贾敬曾经被父亲如"审贼"一般教训。也许是训斥与棍棒冲散了父子之间的牵绊，让贾敬最终斩断了世俗情根。被贾敬忽略的女儿惜春曾引古人言"善恶生死，父子不能有所勖助"（第七十二回），冥冥之中给出了对"箕裘颓堕皆从敬"的侧面注解。

三、冷眼看功名的女孩子们

林家与王家将黛玉和凤姐自小当男儿教养，贾府也对自家的姑娘们施以类似的教育理念。贾府所有的小姐都要识字念书，在蒙学阶段与贾府男丁别无二致。虽然贾母故作谦辞，说三春念书"不过是认得两个字，不是睁眼的瞎子罢了"。但实际上黛玉进贾府时，三位贾小姐同少爷们一样要上学，只不过她们应是在府内跟随特聘来的西席念书。贾母对她们还有出勤率要求，只有适逢特殊场合，如有客来访，老太太才允许姑娘们缺勤一天（第三回）。

贾府不仅重视自家女儿的文化教育，娶进来的媳妇也不能少了文化底蕴。拿大嫂子李纨来说，书中第四回提到其父李守中不十分令其读书，只让她读了《女四书》《列女传》《贤媛集》等三四种书，认得几个字，记得几位贤女便罢了。但要注意的是，这段信息的主语是李纨的父亲，很有可能出自贾、李二府见亲家的场合，李守中刻意谦谈女儿的文化程度。黛玉刚进贾府时也是这样交代自己的读书情况："不曾读（书），只上了一年学，些须认得几个字。"读者不难发现，在后文的几次大观园诗社活动中，李纨不经意间流露出来的文学素养，并不在诗社诸芳之下。第五十一回"薛小妹新编怀古诗"，大家讨论古迹的考据问题，李宫裁随手拈来史地文献《广舆记》，指出大可不必胶柱鼓瑟，囿于史鉴。李纨言谈机敏，见识广博，绝不仅仅是位"槁木死灰一般"的青春寡妇。

  对古代女性来说，尤其是像贾府这样富贵红楼里的女孩子，比念书更重要的功课其实是女红针黹。第九十二回，巧姐开蒙念书很是伶俐，已经认了三千字，能够自行阅读《列女传》，宝玉大为赞赏。贾母却特意叮嘱她要跟着刘妈妈认真学习女红，"咱们这样人家固然不仗着自己做，但只到底知道些，日后才不受人家的拿捏。"男儿们有夜书要读，女孩儿们也有夜课针线活儿要做。饱读诗书如宝钗，也告诫黛玉等人以女红针黹为要，作诗写字等事并非女儿家分内之事。她自己时常带着香菱和莺儿描花样子、做针线活儿。昼短夜长的时节，宝钗每夜灯下做女红必至三更方寝（第四十五回）。

  科考举业是贾府长辈对男性子孙的殷切期待，但是对府中小姐来说，榜上有名只是对男性亲友的祝福，与自己并无关系。第九回，宝玉去学堂前与黛玉作辞，黛玉笑道："好，这一去，可定是要'蟾宫折桂'去了。"贾雨村曾对冷子兴感慨，教黛玉读书比教甄家公子写八股文省力得多，因为女学生没有考取功名的压力。而女子既与科考举业无缘，也就极大地失去了以文字表达自我的自由。这样一来，即使女子有机会满腹经纶，也仅能在未嫁时于闺中挥洒，一旦嫁人了，礼教便更加要求她安于相夫教子，收敛光芒。正如宝玉喟叹的那样，无价之宝珠不知怎么就失去了光彩宝色。

  可是曹公绝不忍眼见闺阁裙钗埋没于混沌尘世，他将女儿们的高明才智融于行止见识。正因与科考相隔不可逾越的一射之地，饱读诗书的世家女孩看待功名的视角别有一番冷峻意味。

  第四十二回，平日里因时守分的宝钗冷静指出，男人们若不明理，"读了书倒更坏了"。第五十五回，敏探春发出宣言："我但凡是个男人，可以出得去，我必早走了，立一番事业，那时自有我一番道理。"第七十二回，在抄检大观园的尾声，惜春冷笑道："状元榜眼难道就没有糊涂的不成。"

  我们不难发现，在没有男人参与的私下场合，闺中女儿可以不失犀利地指出男人们言必称举业背后的荒诞,也因此更加明确地意识到男女极端不平等的社会环境。这些闺阁精英很清楚男女之间不存在智力上的区别,然而自己却不享有接受系统教育的权利。不亚于须眉的才学永远不能转化为功名,而多年来的饱读诗书、夜课女红只能转化为礼教所推崇鼓励的"坤德"。

第五十四回,女先生说书《凤求鸾》,史太君将才子佳人故事的陈腐套路破解一番,无形中却揭开了现实中更深一层的"陈腐旧套"。她斥责戏文说部里的才女形象败坏风俗时讲道:

"只一见了一个清俊的男子,不管是亲是友,便想起终身大事来了,父母也忘了,羞耻也没了,鬼不成鬼,贼不成贼,那一点儿是佳人?就是满腹文章,作出这些事来,也算不得是佳人了。"

流露一点情思,便可能让满腹诗书被诬为虚妄。所以宝黛初见,宝玉可以脱口而出"这个妹妹我曾见过的",而林妹妹只能将这份似曾相识的惊讶憋在心里。而作者曹雪芹观察到了闺阁裙钗们的光芒,体会到了她们所受的不平等,替她们立言昭传,便显得更加难得。

尽管贾政一门心思地"鸡娃",凡有机会便以"读书"二字敲打宝玉,但是他自己对读书的态度到底如何呢?贾政第一次路过潇湘馆时曾感叹:"若能月夜坐此窗下读书,不枉虚生一世。"(第十七回)足可见在那一瞬间,他将读书当作人生理想。但是贾政真的看重读书吗?在第九回,贾政命李贵向掌管贾府家塾的贾代儒传话,称:"什么《诗经》古文,一概不用虚应故事,只是先把《四书》一气讲明背熟,是最要紧的。"贾代儒与贾政的父亲同一辈分,大家都要尊称一声"太爷";姑且暂不考虑辈分关系,贾代儒也是宝玉的老师,是个正经的读书人,贾政竟然会命下人传话对其教学内容指手画脚。很难想象这是一位自小酷喜读书、深以儒家思想处世行动的老学究之所为。平行对比更觉蹊跷,贾政的妹夫林如海对待自己女儿塾师贾雨村的态度就要客气谦卑许多。即使贾雨村是两榜进士,而贾代儒并没有功名在身,贾政对待自己长辈的态度也难掩轻慢。看重读书的贾政尚且如此,贾府上下对家塾的态度可想而知。贾赦曾经很直白地表示,如贾家这般的世家大族,不必要求自家子弟寒窗苦读争功名,言语间将读书科甲归为寒门书呆子的上升渠道。说到底,读书是项苦差事，参加科举不过是荣、宁二府直系子弟经营仕途经济的一项选择，绝非唯一的路径。

链接回目

第二回　第三回　第四回　第七回　第九回　第十二回　第十三回　第十七回　第十八回　第十九回　第二十六回　第三十三回　第四十二回　第四十三回　第四十五回　第五十一回　第五十四回　第五十五回　第六十六回　第七十二回　第七十四回　第七十五回　第七十八回　第八十一回　第九十二回　第一一八回　第一一九回

参考文献

［清］曹雪芹著，［清］程伟元、高鹗补，莎日娜等点校整理：《红楼梦》（蒙古王府藏本），外语教学与研究出版社 2021 年版。

邓云乡：《宝玉的学问》《私塾教育之一》《私塾教育之二》《曹雪芹·八股文》，见邓云乡著《红楼风俗名物谭》，文化艺术出版社 2006 年版，第 64-112 页。

沧溟水：《迎春的超然》，《曹雪芹研究》2014 年第 3 期。

段江丽：《红楼家庭角色论——以贾政为中心》，《曹雪芹研究》2015 年第 2 期。

蒋春林：《〈红楼梦〉中的书事》，《曹雪芹研究》2015 年第 3 期。

段江丽：《家庭文化视野下的贾珍与贾琏》，《曹雪芹研究》2015 年第 4 期。

樊志斌：《曹雪芹与〈红楼梦〉描写、批评中的"世家"意识》，《曹雪芹研究》2016 年第 1 期。

陈熙中：《林黛玉所读书考——读红零札》，《曹雪芹研究》2020 年第 3 期。

张平仁：《〈红楼梦〉"成长"主题研究评析》，《曹雪芹研究》2020 年第 4 期。

杨锦辉：《〈红楼梦〉书中"古文"词义考辨——兼论小说中的科举文化语境及其时代特征》，《曹雪芹研究》2020 年第 1 期。

宝玉的书单

周 哲

"妹妹可曾读书？"

这是宝玉对黛玉说的第一句话。

然后他便援引《古今人物通考》的"黛石"典故，送林妹妹"颦颦"二字。

无论是否是探春笑称的"杜撰"，宝玉的阅读量也颇为可观，连宝钗都认可他"旁学杂收"的功夫。只不过，在父亲贾政眼中，这位"膏粱纨绔"着实"愚顽怕读文章"，虽有几分歪才情，但就是"不喜读书"，十分令人头痛。然而无论是为大观园题对额，还是信手拈来四时即景诗，抑或是应对"老学究"命作的《姽婳将军词》，宝玉都展现出了令人赞叹的文学素养。

那么宝玉到底读了哪些书籍？宝玉是如何看待、使用这些书的？我们不妨也给宝玉理一理，看看他的书箱子里都有什么宝贝。

以现代的年龄标准来看，宝玉是一位中学生。以今天的标准，他的阅读书目可以分为四类：必修教材、选择性必修教材、怡情悦兴之闲书、禁读"邪书"。

一、必修书目

首先，宝玉肩负"高考"（科举考试）的任务，在学堂有一套必修书目——《四书》《五经》。宝玉不仅要能够熟读记诵这些书目的内容，还须应对以必修书目内容命题的考试题目，写出通达流畅的"八股文""试帖诗"等考场文章。此种功夫在当时被称为"时尚之学"，即时人所崇尚的学问。

根据"高考指挥棒"，父亲贾政给出了明确的指示："什么《诗经》古文，一概不用虚应故事,只是先把《四书》一气讲明背熟,是最要紧的。"(第九回)这是因为明清科举考试明确以《四书》《五经》的原文作为命题材料,难怪贾政耳提面命要求宝玉烂熟于心。

事实上,宝玉将必修教材掌握得不错。第七十三回,父亲要盘考他的功课时,临阵磨枪的宝玉不仅能背诵《大学》《中庸》《论语》正文,连注释都能背出来,只有《孟子》还夹生,之后也跟着师父读完了(第八十四回)。至于《五经》,《诗经》自然是热衷于诗社活动的宝玉的手边书,其他四部虽然谈不上能够熟读背诵,却也能信手应用于应酬往来。比如第十七回,奉贾政命为大观园题对额时,宝玉引用《尚书·益稷》中的"有凤来仪"为第一处行幸之所题匾,明确符合"颂圣"的礼制要求,在清客们面前为贾政挣足了面子。值得注意的是,《五经》并不在贾政素日指定的必读范围内(第七十三回),这与明清科举考试要求略有出入,或许是因为担任过学差(提督学政)的贾政了解考试重点(第三十七回),更看重上古典籍《四书》的圣人之言。

不仅如此,宝玉还能将必读书目融入日常的休闲活动。第二十八回,在与蒋玉菡、云儿、冯紫英、薛蟠等人喝酒行令时,宝玉提出酒底令约"要席上生风一样东西,或古诗、旧对,《四书》《五经》或成语"。将教材化用于谈笑游戏之中,既要读得透,又要讲得出,必要时还得能"歪解"(古人称"别解"),着实为高手玩法。

必读教材除了《四书》《五经》,还有贾政精选并命宝玉熟读的百十篇"时文八股",也就是前人的优秀考场范文。这才是宝玉最厌恶的阅读材料——"原非圣贤之制撰,焉能阐发圣贤之微奥,不过作后人饵名钓禄之阶。"(第七十三回)他曾向袭人痛陈"文死谏、武死战"行为是多么的"不知大义",无法接受这些"禄蠹"们不加思考地替圣人立言,表忠心、喊口号。他对此感到既不屑又愤怒,所以才会夸张地宣称除了"明明德"(《大学》)外无书(第十九回),甚至还将《四书》之外的书都焚了(第三十六回),烧的大概就是这类"仕途经济"之书。当然他也只敢在大观园里这样做,也只敢对袭人讲这些话。遇到这种情况时,林妹妹有她的见识,宝姐姐有她的劝解,而宝玉总是会不好意思而词穷。

二、选择性必修教材

科举考试在乡试、会试阶段主要考察八股文写作，到了最高等级的殿试阶段就不再局限于应试文章，而是针对当世时务的"策论"写作。若有幸能与皇帝对话，考生还要能有现场应制作诗的捷才。这就不是仅仅靠平时背诵必考书目、勤操八股文写作所能应对的了，而是要通过大量阅读选择性必修教材，来进行文学素养的自我提升。

选择性必修教材主要是除《四书》《五经》以外的其他经史类读物，读的古文如《左传》《战国策》《史记》《春秋公羊传》《春秋谷梁传》《资治通鉴纲目》等，另外还有与"时文"八股相对的"古文"，即唐宋文。有这些汉唐古文装在肚子里，才能做到"文史交响"，在落笔答卷时生动出彩，这也是宝玉温习功课时的重要知识点（第七十三回）。至第一一九回，宝玉考中了第七名举人，考场策论"平正通达"，皇帝阅览后也赞为"清奇"文章，可知他的文章不仅逻辑严密，也有旁征博引，出人意表之笔。

至于应制作诗，更是宝玉的必修课业。如今入选现代语文课本的古典诗词大多是述怀明志、吟咏四时之作，而应制诗必然以歌功颂德为主题，古今都不将其看作诗歌精神的第一载体。但对古代文人来说，在重要场合根据皇家的需求创作应制诗是日常工作、生活的重要组成部分，绝无在心理上拒斥的道理。黛玉教香菱学诗时力荐的王摩诘、老杜都是应制诗的高手；而在元妃省亲时，清高如黛玉也在捉刀之作中，写出了"盛世无饥馁，何须耕织忙"的应制佳句。

宝玉虽然没有机会在金銮宝殿应皇帝之命作诗，却也能够在正式社交场合交出恰如其分的应酬之作。第十七回，他为大观园题的对联匾额得到了元妃姐姐的热烈赞赏，"且喜宝玉竟知题咏，是我意外之想"；紧接着又在省亲正殿现场连作三首五言律诗，虽然第四首由黛玉相助的"杏帘在望"被元妃列为最佳，宝玉自作的三首应制也让姐姐喜之不尽，再呼"果然进益了"！至第七十八回，宝玉应贾政要求创作《姽婳词》，他首先指出"这个题目似不称近体，须得古体，或歌或行"，接下来几句铺陈至"不系明珠系宝刀"，让一向凌厉的父亲都展露了笑容。

事实上，应对这种场合的作文任务，宝玉自有一套创作思路，一方面是不能前怕后怕，尤忌胡乱堆砌；另一方面则是要向古人找灵感，但又要避免直接照搬，这就离不开大量的课外阅读积累。

三、怡情悦性之闲书

如果不考虑科举任务，宝玉爱读的书可就多了。且看他搬进大观园后，心满意足，每日只和姊妹丫头们一处，或读书，或写字，或弹琴下棋，作画吟诗（第二十三回）。让他读得心满意足的书当然不能是学堂指定教材，而是各类怡情悦性之书。虽然在父亲贾政眼里看是"精致的淘气"，却也是宝钗认可的"杂学旁收"。

正如明朝文人张岱所说："人无癖不可与交，以其无深情也。人无疵不可与交，以其无真气也。"宝玉的深情与真气正是来自他广泛涉猎的无用之书。在这一层面上，宝玉既是一位多情的诗人，又是一位认真的生活家，还是一位懵懂的哲人。

为了和大家一起玩诗社玩得尽兴，除了常看常新的《诗经》，《乐府》《晋文》也是宝玉书桌上的常客。第四十八回，黛玉为香菱列出的学诗书目是作诗的底子：唐朝诗人王摩诘的五言律、老杜的七言律、李青莲的七言绝，以及魏晋南北朝陶渊明、应玚、谢灵运、阮籍、庾信、鲍照诸人之诗作。宝玉听了香菱的读后感，一边鼓励她已得了"三昧"，一边提醒莫要学杂了。第七十八回，宝玉为晴雯痛极，哭颂《芙蓉女儿诔》。姑且不论宝玉的诗才高低如何，他在诗中远师楚人之《大言》《招魂》《离骚》《九辩》《枯树》《问难》《秋水》《大人先生传》，洒泪泣血，一字一咽，一句一啼，足以动人心弦。

宝玉虽然被宝钗称为"富贵闲人"，但也顶着个"无事忙"的头衔，玩出了风格，玩出了体系。宝玉的头脑中有一篇详尽的植物图谱，把斗草游戏中积攒的经验与《楚辞》《文选》《吴都赋》《蜀都赋》中提到的各类香草汀兰相结合。到了关键时刻，事实证明他的闲书都没有白看，在蘅芜苑中为贾政和清客们指点一番："这些之中也有藤萝薜荔。那香的是杜若蘅芜，那一种大约是茝兰，这一种大约是清葛……红的自然是紫芸，绿的定是青芷。"这是父亲的威压也拦不住的知识癖好。

植物学与药学密不可分，宝玉的药学知识也不可小觑。第二十八回，王夫人想不起来"天王补心丹"，他插科打诨地说了一连串《景岳全书》的方剂。第五十一回，晴雯生病了，宝玉一眼就看出来医生开的药方中有不合适的药材，连呼："该死，该死，他拿着女孩儿们也像我们一样的治，如何使得！凭他有什么内滞，这枳实、麻黄如何禁得。"

宝玉身边的女孩子们使用的胭脂也来历非凡，很有可能是宝玉从书上寻得古人秘法，加以多次实践，才研制出了香妙非常的胭脂。目无下尘如黛玉，她的胭脂膏子便是由宝玉盯着制调出来的（第九回）。宝玉自己用不上怡红院的胭脂，却喜出望外地献给平儿理妆，还不忘解说产品细节："这是上好的胭脂拧出汁子来，淘澄净了渣滓，配了花露蒸叠成的。"（第四十四回）

哲学书籍也是让宝玉颇为得意的一类日常读物，如庄子的《南华经》，以及《参同契》《元命苞》《五灯会元》，等等。第二十一回，宝玉和袭人、麝月拌嘴不开心了，回到怡红院闷着翻庄子的《南华经》，越看越有共鸣，还要提笔续上一段，后来被黛玉发现，不禁也提笔续书一绝奚落他；第二十二回，宝钗给他念了一支北曲《点绛唇》的《寄生草》，就让他听了喜得拍膝画圈，称赏不已。宝玉绝非惺惺作态，一句"赤条条来去无牵挂"，让他当晚便要参悟禅机，先占一偈，后又填一支《寄生草》。至第一一八回，他又将庄子的《秋水》篇看得得意忘言。实际上，在宝玉所处的社会背景下，这类玄奥的书籍已经处在应该看与不该看的边缘了。宝钗更是认为这些道书禅机最能移性，绝不能将这类"出世离群"的话当作一件正经事。

四、禁读"邪书"

宝玉的藏书中还有一类不足为外人道的书目，那就是不能在大观园里名正言顺随意翻看的"邪书"，如果让贾政发现了更是会有打板子风险的"禁书"。第二十三回里，茗烟给宝玉寻来了"珍宝"——古今小说，飞燕、合德、武则天、杨贵妃的外传，以及《会真记》《牡丹亭》《琵琶记》"元人百种"等各种"传奇角本"。机敏如茗烟，反复叮嘱宝玉不可拿进园去，"若叫人知道了，我就吃不了兜着走呢"。后来宝玉还是忍不住带了其中几套进大观园，让黛玉发现了《会真记》，还给出了热情的评价："真真这是好书！你要看了，连饭也不想吃呢。"然而在宝钗、李纨看来，这类才子佳人的故事最能移人性情，是最不能看上瘾的杂书、邪书。第五十四回中史太君将其批评为"陈腐旧套"："只一见了一个清俊的男人，不管是亲还是友，便想起终身大事来，父母也忘了，书礼也忘了，鬼不成鬼，贼不成贼，那一点儿是佳人？"在当时的礼教氛围下，谈情终究是敏感的。

最后，宝玉那些离经叛道的"疯话"其实也并非无所本，只是他把那些书藏得比唐寅的春宫画还隐蔽。第三十四回宝玉批评"那些个须眉浊物，只知道文死谏，武死战"，此观点应是来自明朝李贽（1527—1602）的《焚书·答耿司寇》：

> 夫君犹龙也，下有逆鳞，犯者必死，然而以死谏者相踵也。何也？死而博死谏之名，则志士亦愿为之，况未必死而遂有巨福耶？

在第八十二回，宝玉明确对八股文章表示蔑视，"拿他诓功名混饭吃也罢了，还要说代圣贤立言"，李贽在《焚书·复邓石阳》中亦有极为相似的说法：

> 堂堂天朝，行颁《四书》《五经》于天下，欲其幼而学，壮而行，以博高爵重禄，显荣家世。

事实上，李贽自称"不信道，不信仙、释，故见人则恶，见僧则恶，见道学先生则尤恶"，他的著述自明朝以来先后数次被禁毁不绝。可以想见，李贽的言论大概会比《南华经》更加令宝玉拍案叫绝。只不过如此有罪于名教的书，他是绝对不会让人发现自己读过。

作为一名身负"举业发迹"厚望的世家子弟，宝玉或许不能达到父辈的期待，只能"于国于家无望"；但是作为一名青少年，他在任何时空里都是一位有思想、有礼节、有风趣的英气男儿。时至今日，宝玉如何也不会想到，他的言行故事，也成了现代"宝玉"们的必读书目了。若要问他对此有何感想，大略他会笑道："老天生人再不虚赋情性的，习文学诗倒在其次，何不来跟我学学制胭脂膏子？"

附：宝玉书单

（据侯莉《宝玉喊你回家读书》中所列"宝玉读书书目"梳理而成）

一、必读书目	
《四书》	
［春秋］曾子	《大学》
［战国］子思（孔伋）	《中庸》
［战国］孔子弟子和再传弟子	《论语》
［战国］孟子弟子和再传弟子	《孟子》
《五经》	
［春秋］孔子	《春秋》
［西周至春秋］作者不详	《诗经》
［约春秋］孔子（传）	《尚书》
［西周］周文王	《周易》
［战国］孔子弟子	《礼记》
二、选修必读书目	
［春秋］左丘明	《春秋左氏传》（左传）
［战国］谷梁赤（传）	《春秋谷梁传》
［战国］公羊高（传）	《春秋公羊传》
［战国］韩非子	《五蠹》
［西汉］刘向	《战国策》
［西汉］司马迁	《史记》
［东汉］班固	《汉书》
［东汉］许慎	《说文解字》
*另有元春曾口授宝玉的启蒙类书籍，如《三字经》《神童诗》《千家诗》《幼学琼林》等。通过这类书籍，小宝玉已经能认识几千字了。	
三、怡情悦性之闲书	
［战国］庄周	《南华经》（即《庄子》）
［战国至汉初］作者不详	《山海经》
［战国］屈原	《离骚》《九辩》
［战国］宋玉	《大言赋》《招魂赋》

三、怡情悦性之闲书	
[西汉]刘安及其门客	《南淮子》
[西汉]刘向	《列仙传》
[西汉]刘向（传）	《列女传》
[东汉]魏伯阳	《周易参同契》
[西汉至东汉]作者不详，全书已佚	《元命苞》（《春秋元命苞》）
[汉]东方朔	《答客难》
[汉]扬雄	《解难》
[三国]曹植	《洛神赋》
[西晋]左思	《吴都赋》《蜀都赋》
[西晋]张华（编）托名：[汉]东方朔	《神异经》
[晋]陶渊明	《桃花源记》
[东晋]王羲之	《兰亭序》
[东晋]葛洪（抱朴子）	《西京杂记》
[南朝宋]范晔	《后汉书》
[南朝宋]刘义庆	《世说新语》
[南朝梁]宗懔	《荆楚岁时记》
[南朝梁]萧统（主编）	《文选》（《昭明文选》）
[南朝]徐陵	《玉台新咏》
[南北朝]庾信	《枯树赋》
[南朝]任昉	《述异记》
[南朝]范泰	《鸾鸟》
[唐]欧阳询等（编）	《艺文类聚》
[唐]孟棨	《本事诗》
[唐]石头希迁	《参同契》
[唐]陈鸿	《长恨歌传》
[唐]房玄龄等	《晋书》
[唐]李商隐	《李长吉小传》
[唐]柳宗元	《龙城录》
[后晋]张昭、贾纬等	《旧唐书》
[宋]吴淑	《茶赋》

续表

三、怡情悦性之闲书	
[宋]郭茂倩	《乐府诗集》
[宋]李昉等编	《太平广记》
[宋]李昉等编	《太平御览》
[宋]杭州灵隐寺普济	《五灯会元》
[元]脱脱、阿鲁图	《宋史》
[元]左克明	《古乐府》
[明]张景岳	《景岳全书》
[明]董斯张	《广博物志》
[明]叶绍袁	《续窈闻记》
[清]林云铭	《庄子因》
[清]尤侗	《钧天乐》
作者不详	《处州府志》
作者不详（或宝玉杜撰）	《古今人物通考》
诗词类 ※ 由于诗词类条目繁多，难免挂一漏万，此处仅列出宝玉曾提到或引用典故的诗词作者，略去具体作品。	
魏晋南北朝	陶渊明、应场、谢灵运、阮籍、庾信、鲍照等
唐	李白、杜甫、王维、王昌龄、李商隐、杜牧、白居易、许浑、罗邺、崔国辅、鱼玄机、常建、钱珝、罗隐等
宋	苏轼、欧阳修、陆游、秦观、杨万里、李重元等
明	唐寅、徐渭等
四、禁读"邪书"	
古今小说	书中未指明具体题目，如[明]冯梦龙之"三言"（《喻世明言》旧题为《古今小说》，《警世通言》《醒世恒言》）
美人外传	飞燕、合德、武则天、杨贵妃的外传，书中未指明具体题目。如[宋]乐史《杨太真外传》[唐或宋]佚名《飞燕外传》（托伪[汉]伶玄所著）

续表

四、禁读"邪书"	
"传奇角本"	如［明］汤显祖《牡丹亭》《西厢记》 ［唐］元稹《莺莺传》(《会真记》) ［元］高明《琵琶记》 ［明］臧懋循编《元曲选》("元人百种")
离经叛道、罪于名教之书	如［明］李贽《焚书》《史纲评要》

链接回目

第九回　第十七回　第十八回　第二十一回　第二十二回　第二十三回　第二十八回　第三十四回　第三十六回　第三十七回　第四十四回　第四十八回　第五十一回　第五十四回　第七十三回　第七十八回　第八十二回　第八十四回　第一一八回　第一一九回

参考文献

［清］曹雪芹著,［清］程伟元、高鹗补,莎日娜等点校整理:《红楼梦》(蒙古王府藏本),外语教学与研究出版社 2021 年版。

邓云乡:《宝玉的学问》,见邓云乡著《红楼风俗名物谭》,文化艺术出版社 2006 年版。

吴世昌著,吴令华编:《红楼碎墨》,见《吴世昌全集》(第九卷),河北教育出版社 2003 年版。

李希凡:《红楼梦与现代性》,见《红楼梦十五讲》第八讲,北京大学出版社 2007 年版。

蒋春林:《〈红楼梦〉中的书事》,《曹雪芹研究》2015 年第 3 期。

詹颂:《宝玉的烦恼与文字禅——〈红楼梦〉第二十二回"听曲文宝玉悟禅机"解析》,《曹雪芹研究》2018 年第 3 期。

胡联浩:《宝玉缘何不喜读书》,《曹雪芹研究》2022 年第 2 期。

侯莉:《宝玉喊你回家读书》,见《红楼梦学刊》编辑部主编《微语红楼:红楼梦学刊微信公众号选萃(二)》,文化艺术出版社 2018 年版。

省亲与皇家仪注

李纬文

《红楼梦》第十八回的元妃省亲，是整部小说的一处关键情节。在省亲之夜，大观园的奢华、皇家制度的严肃、世族大家的风度、各个人物的风采，都得到了系统而集中的展现。"省亲"是作者虚构的活动，历史上并没有过制度性的宫妃省亲安排，但《红楼梦》中的描写又并非天马行空，而是建立在对真实皇家仪注的观察之上。

一、皇家仪注线索

《红楼梦》第十六回，贾琏、王熙凤、赵嬷嬷闲谈省亲旨意，作者借凤姐之口道出省亲一事"历来听书看戏，古时从来未有"的事实。皇室后妃身份敏感，其出行受到多重礼法的约束。在小说中，省亲的礼法基础自然是皇帝的"至孝纯仁、体天格物"与太上皇、皇太后的特旨，但也强调了"有重宇别院之家，可以驻跸关防之处"作为约束条件，以确保男女、君臣之大防。《红楼梦》描写元妃省亲，其仪注极尽翔实而得体。目前存世的皇家仪注中，基本未见有皇室后妃出现在父母私第的场合，但依然存在一些近似的礼仪，让作者的描写不至于陷于无据可考。

《大明会典》《大清会典》中分别记载了两朝的纳后、大婚礼仪以及皇子、亲王纳妃礼仪，其原则总体相同，《大明会典》记载更详。除了亲王纳妃有近似于省亲的"回门"环节之外，其余婚礼不设"回门"环节。但皇室婚礼是发生在皇宫与女方家庭宅邸之间的一系列往来互动，是对皇室女眷在自家的仪注安排最为详尽的场合，《红楼梦》中的省亲情节虽然为虚构，但也显著参酌了这些仪注。

皇室婚礼从纳采问名到告期、发册奉迎，皇家的正、副使多次出入女方宅邸，陈列礼物、接受款待，女方家庭人员必然有预先习仪的过程。而在小说中，"巡查地方总理关防太监"等内官在省亲数天之前就"指示贾宅人员何处退，何处跪，何处进膳，何处启事，种种仪注不一"，即是对这一过程的描写。在省亲一回中，我们还得以注意到如下细节。

元妃只是省亲，因而不存在贾府与皇家使节往来的问题，但省亲之日依然有"一太监骑大马而来"，预告接下来的时间安排。贾府接到消息后，"带领太监们去吃酒饭"，这基本是接待皇家使节的规格。"吃酒饭"并非日常筵宴用语，而是特指酬谢礼仪人员，带有鲜明的明代仪注风格，可以出现在高规格的礼仪场合，如经筵结束时皇帝的传统口谕"先生每（们）吃酒饭"。这一安排在元妃入贾母正室省亲时还有后续，即在宁国府及贾赦宅款待执事太监与宫廷女官们，可谓极细致的行文。

［清］孙温绘《全本红楼梦》（旅顺博物馆藏）之元妃省亲场景

在皇室婚礼的当日，除了女方在宅邸大门、正堂等处安设香案宝案等以迎接册宝之外，另有"女官奉皇后首饰袆服入中堂""内官陈仪仗车辂等物于大门内""进皇后仪仗""设女乐于堂下"（万历版《大明会典》卷之六十七）等安排，代表女方皇家身份的生成。元妃虽然不是皇后，但身为贤德妃并身兼高级女官之职,其仪仗等级亦极高,"曲柄七凤黄金伞""冠袍带履",甚至其他用具皆有内官捧行。其模式近似婚礼,皆是为了确保皇室女眷出现在宫室以外的空间时被笼罩在安全的礼法屏障中。在省亲过程中,元妃两次更衣。"更衣"一语固然可以指小解,但从场合的转换可知,元妃更衣应的确改换了服装。其首次更衣是为了来到大观园正殿完成礼仪性的朝觐环节,随后她再次更衣,以省亲车驾来到贾母处行家人之礼。

[清]孙温绘《全本红楼梦》(旅顺博物馆藏)之元妃省亲场景

这样的安排在皇室婚礼中也存在:在奉迎当天,首先是"皇后具服出阁",此时的"具服",是作为一位女性,完成伦常意义上成为新妇的更衣仪式。在望阙行礼、接受册宝之后,她便重新入阁更衣,随后再次在女官的奏请下"冠服出阁",此时她便完成了皇家身份的建立,准备在仪仗前导之下入宫了。这一过程与元妃在省亲时更衣原理相同,只不过省亲是将婚礼反转了过来。

元妃在省亲环节见到了她的父亲,两人隔着象征男女之防的帘幕交流,贾政请元妃"业业兢兢,勤慎恭肃以待上"。这一环节实际上类似于皇室婚礼中女方入宫之前其父母的仪式性嘱托。在纳后礼仪中,皇后居中站立,皇后父母东西侧立,父亲的嘱托为"戒之敬之,夙夜无违命",母亲的嘱托为"勉之敬之,夙夜无违",增不得一字,减不得一字。值得注意的是,在真实的皇家仪注中,即便是不拜父母的皇后,也得以与父母平等对话,父母的发言被冠以"曰",即与皇后平等的关系。太子与亲王的婚礼中,女方父母则得以"坐于正堂"进行类似的嘱托,而这些嘱托被冠以"命",即长辈对子女训话的姿态,并没有出现与伦常相悖的情况。在元妃省亲的情节中,贾政的发言被冠以"启",是下对上的话语,而元妃发言则被冠以"嘱",是上对下的话语,二人囿于君臣之别,礼节颇与父女关系相违背。贾政言辞之间极致卑微,句句称臣,甚至于说出"下昭祖德",把元妃的地位放在贾氏祖宗之上,反倒是元妃开口嘱咐父亲"只以国事为重",这显然超出了任何时代的礼仪要求。看似仪注周全的省亲,终究流露出伦常的荒诞乃至倒错,而这正是作者的妙笔所着意讽刺的现象。

二、行宫驻跸与接驾排场

仅仅靠谙熟古今仪注,并不足以让作者如此生动地描述皇家起居的奢华一面。清康熙年间,曹雪芹祖父曹寅任江宁织造。作为圣祖心腹近臣,曹寅在车驾南巡时多次于江淮地面接驾。学界一般认为,第十六回中赵嬷嬷与王熙凤闲谈时提到"江南的甄家……独他家接驾四次,若不是我们亲眼看见,告诉谁谁也不信的",即是来自作者少年时听闻的家史。而这也使得《红楼梦》"神异画出内家风范……别书中摸不着"(第十八回脂批)成为可能。

康熙四十四年(1705),圣祖第五次南巡,曹寅与江淮地区的盐商们预先在扬州南郊依托高旻寺修建了宝塔湾行宫,在车驾抵达扬州后奏请皇室驻跸并设宴接待。这可能是曹雪芹有机会了解的最接近元妃省亲场面的皇室活动。对这场接驾,《圣祖五幸江南全录》中的记载较《清圣祖实录》更为详细生动:"皇上……抵三塗河宝塔湾泊船。众盐商预备御花园行宫,盐院曹奏请圣驾起銮,同皇太子、十三阿哥、宫眷驻跸,演戏摆宴……晚戌(戌)时行宫宝塔上灯如龙,五色彩子铺陈,古董诗画无计其数,月夜如昼。"从《圣祖五幸江南全录》中记载的各地接驾安排可知,地方官员士绅进献古董字画,乃至用蜜饯堆成的景观,铺陈罗列,山耸而至,皇帝阅视后,往往不过点收数样而已。盐商们家资雄厚,高旻寺行宫的排场只可能有过之而无不及。借此想象,《红楼梦》中赵嬷嬷所言"凭是世上所有的,没有不是堆山塞海的,那'罪过''可惜'四个字竟顾不得了",当为不虚。

高旻寺行宫在乾隆年间继续为高宗南巡服务,宫廷画家钱维城在《乾隆南巡驻跸图》册页中描绘江淮各大行宫规制,留下了高旻寺行宫最为翔实的图像资料。图中可见行宫依托寺院而设,但其规模则远远超过寺院本体。高旻寺偏在一隅,仅由殿、塔所在中路及临水东路构成,而行宫则有中、东、西三路殿堂以及园林斋馆,前设宫门、值房、牌楼、影壁与红漆杈子(清代文献中多称"挡众木"),俨然御园。这处行宫虽然主要由盐商们集资兴建,但如果没有谙熟皇家制度的曹寅加以指导,恐怕难以做到这种近乎京师畅春园的严整,也便难以有将之称作"御花园行宫"奏请驾临的自信。

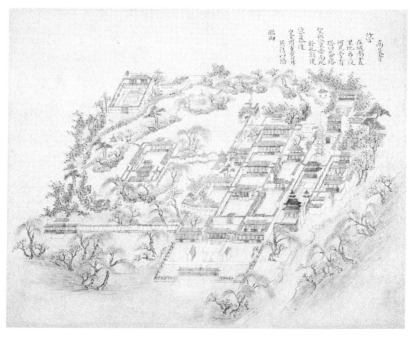

[清]钱维城绘《乾隆南巡驻跸图》(大英图书馆藏)
扬州高旻寺行宫,庙、塔、殿堂、戏台、园林具备

由于高旻寺行宫的独特缘起,其在制度上的安排与南巡路途上其他行宫不同,是民间接驾诚意与排场铺张的集中展示地。高宗南巡时,考虑到"朕不过偶尔驻跸,而伊等先期多方觅置",旨意要求各地行宫不再置办器玩陈设,仅高旻

寺行宫是一处例外："除扬州之高旻寺行宫，原系商人自行置办，应仍听其预备，但须交收清楚外，其余各处行宫概毋得陈设玩器，惟洁净轩窗、布置裀褥，足供顿宿可矣。"（《钦定南巡盛典》卷二十六）保留了这处"买虚热闹"的渠道。

皇家在这座行宫中如何起居、观演、设宴，官修文献中没有描绘。但我们仍能从高旻寺行宫的功能安排中窥得一斑。行宫依托寺院而设，尽管寺院偏在一侧，但车驾甫至，必然先往寺院拈香，然后才有来到行宫正殿接受朝觐的安排，而筵宴娱乐则更要在此之后，真正的热闹场景要到"戌时"才在夜色中开始。这与《红楼梦》中借由宫监之口所提到的元妃在上元节当日的安排"未正二刻还到宝灵宫拜佛，酉初刻进大明宫领宴看灯方请旨，只怕戌初才起身"在礼法上应是一致的，只不过省亲的情节在空间安排上被拉长，从皇宫迤逦来到贾府，而主体也换成了元妃。

《乾隆南巡驻跸图》上的扬州高旻寺行宫（局部）
"右宫门入书房、西套房、桥亭、戏台、看戏厅"

车驾驻跸行宫在时间安排上相对宽裕，而嫔妃独自省亲的虚构仪注则必然受限于皇家对宫人的礼法要求，作者于是安排元妃必须在当夜回宫，这使得游览大观园只得在晚间进行。由于情节巧妙安排在上元之夜省亲，夜游园林顺理成章，而实际上发生在驻跸行宫中的晚间游园则可能主要是观演活动。《扬州画舫录》（卷七·城南录）记载高旻寺行宫"右宫门入书房、西套房、桥亭、戏台、看戏厅"。结合钱维城所绘图来看，行宫园林中位于水心洲上的院落即是戏台与看戏厅的所在。圣祖驻跸当晚在此观戏，需要从行宫中路经由水面桥亭进入看戏厅，桥亭与水面当有灯饰，即与元妃所见"清流一带，势如游龙；两边石栏上，皆系水晶玻璃各色风灯，点的如银光雪浪"的景致近似。

[清]孙温绘《全本红楼梦》（旅顺博物馆藏）之元妃省亲场景

小说中，元妃在晚间宴席上便为大观园赐书匾额楹联。在实际的驻跸期间，这些安排应发生在翌日昼间，即《圣祖五幸江南全录》中所载"皇上行宫写字观看，御笔亲题……"的活动。《扬州画舫录》详细记载了圣祖、高宗二帝在高旻寺及行宫中赐题的匾额楹联，表达了他们对这处胜地的欣赏。而在欣赏之余，他们自然也不忘借由行宫的豪华而表达戒奢的道德宣示，即如圣祖御制诗所言"绕胸经史安邦用，莫遣争能纵恣奢"，大抵如元妃在对大观园"极加奖赞"的同时又规劝"以后不可太奢，此皆过分之极"的意味。只不过元妃即便如此表示，她终不能想象贾家为这省亲一晚所付出的物力以及更深层次的代价。即便以圣祖之雄才，固然意识到"尝览汉文帝惜露台百金，后世称之，况三宿所费，十倍于此乎"，可他也终究还是单纯以为"茱萸湾之行宫，乃系盐商、百姓感恩之致诚而建起"，却不省隐藏在这座行宫背后的苦心与靡费，终将在若干年后把曹寅拉入无底深渊。

三、"人情而已矣"

《礼记·问丧》对礼仪的本质做出了总结："礼义之经也，非从天降也，非从地出也，人情而已矣。"礼仪固然可以极致精细考究，但它的基础依然是人最朴实的感情。无论是元妃省亲还是皇家驻跸，这些活动的安排所要处理的不外是人类社会中最基本的几种关系：亲缘、尊卑与主客。

皇室在行宫驻跸主要涉及其中后两者：皇帝在国土上的任何地点都是至尊，但当他出现在远离皇家领域的地方时，他也要学会成为客人，尤其是在民间给他预备的行宫里。《圣祖五幸江南全录》中经常记载地方接待人员邀请皇帝游览当地园林、出席检阅，而民间耆老们也会在道边向皇帝献上土产。圣祖的回应则表现出他希望自己首先被大家看作是一位好客人——尽管他也有他的原则要遵守——对于地方的邀请，他一般都欣然答应并给予嘉奖，如果不能参与，也会给出理由；如遇地方挽留他多驻跸几日，他有时也会应许；对于地方官献上的精心准备的礼物，他未必多收，但民间耆老们代表乡民献上的礼物（谷物、蔬菜类），他基本都会收下。

我们已经看到小说作者在虚构省亲仪注时所参考的原型。元妃在贾府的礼仪又在尊卑、主客之外多了亲缘一层关系。实际上，元妃省亲仪注有相当一部分环节都在处理这几种关系之间的微妙冲突：她在亲缘上是晚辈，尊卑上却是天家亲眷，她入大观园为客，礼仪上却是主人。元妃进入贾府后，首先在仪卫簇拥下走水路直奔大观园正殿举行朝仪，并无任何贾府人员陪同。在理论上，大观园是皇家领域的一块"飞地"，元妃在贾府虽然是客，但却是大观园的拥有者。她初入大观园，先要代表皇家的驾临。随着她升殿，贾府有职人员与女眷才以臣子身份出现。在完整的礼仪中，贾府人员在殿前排班，将要行君臣跪拜之礼与上元贺礼。而这种完全忽视长幼亲缘的互动绝非元妃所愿，于是传免，迅速跳过了这一环节。在此之后，她转换服饰与仪仗，离开作为皇家领域的大观园，以贾家女儿的身份来到贾母正室，这一动作才是礼仪意义上的省亲。这一次在长辈面前，元妃只想序伦常，欲行家礼，而此时仪注的约束依然存在，贾母等长辈们"跪止不迭",即并不挽止元妃,而是在元妃跪拜时与之对拜。这一礼节与明代亲王婚礼回门时,亲王本人"于妃父母前行四拜礼,妃父母立受两拜,答两拜"(万历《大明会典》卷之六十九)原理相同。只不过在真实的回门礼中,王妃四拜父母,父母还可以坐受不必答拜。而贾母等一众长辈们的谦恭则再一次超越了古今一切仪注,省亲的非人属性再一次被刻画得淋漓尽致。

[清]孙温绘《全本红楼梦》(旅顺博物馆藏)之元妃省亲场景

正式的省亲环节完成后,元妃终于可以踏踏实实做一位好客人了。此时她走陆路重入大观园,为她引路的,便不再是宫人内官,而顺理成章地是自己的亲弟弟了。在之后的筵宴、作诗、看戏等娱乐环节中,元妃终于短暂地享受了一段天伦之乐。元妃虽然居主位,但深深体察贾府营造大观园、组织盛筵的匠意苦心,玩赏尽兴,让贾府上下、大观园的各个角落都有机会一逞风采,"将未到之处复又游玩",可谓极尽客道。

礼仪出自对欲望的控限与有序释放,而其基础恰恰在于肯定欲望与情感的真实存在。古人看重礼仪所承载的敬意,尽力避免因为礼数过烦而导致麻木失敬,但繁文缛节依然因为礼仪的日趋程式化而不可避免。明世宗在大礼之议中曾有一句名言:"人而无父母是人欤?"(《明世宗实录》卷之二百八十五)将亲情置于一切礼法问题之上。在元妃省亲的霎时欢欣中,纵然有千般豪奢,大量时间依然

[清]孙温绘《全本红楼梦》(旅顺博物馆藏)之荣国府归省庆元宵场景

消耗在理顺礼法的操作中。最真实的省亲瞬间,却是元妃与贾府亲人们的多次相对垂泪。强烈的亲情在隐忍中默默释放,才让一切礼仪铺垫最终具有了意义。

链接回目

第十六回　第十八回

参考文献

[清]曹雪芹著,[清]程伟元、高鹗补,莎日娜等点校整理:《红楼梦》(蒙古王府藏本),外语教学与研究出版社2021年版。

《礼记·问丧》

《明世宗实录》

万历《大明会典》

《大清会典》

《扬州画舫录》

《圣祖五幸江南全录》

《钦定南巡盛典》

薛戈、黄一农:《〈红楼梦〉中"元妃省亲"原型考》,《曹雪芹研究》2012年第2期。

陈章:《元妃省亲"太监拍手"及"有凤来仪"探源》,《曹雪芹研究》2017年第1期。

判词与红楼图谶

李纬文

《红楼梦》中多谶语。有的关乎人物命运，有的关乎贾府兴衰，也有的在三言两语之间把世家大族的起落加以概括。作者以宿命、因果、劫数为外衣，却把人间现实与某些社会客观规律蕴含其中，将传统的图谶模式作为文学手法为写作意图服务，营造了《红楼梦》中笼罩一切喜怒哀乐的苍茫氛围。

一、从图谶到符瑞

图谶是兴盛于两汉至南北朝时期的一种谶语模式。"图"本义为河图洛书，《易》主张"天垂象，见吉凶，圣人象之。河出图，洛出书，圣人则之"（系辞·上传）。在上古传说中，"河出图，洛出书"是上天降启示给圣王时的现象，往往被解读为天命将有所归。在图谶的后续发展中，"启示"本身的内涵被逐渐淡化，而"谶"的部分——将要应验的天命有归，转而成为创作者与传播者关注的重点。这种实践在西汉诸帝对黄老之学的兴趣中强化了理论基础，并在汉光武帝建立东汉的过程中首次发挥了关键政治作用，图谶、谶纬（"纬"指纬书，是以经书内容为基础，试图从中发现指示历史演变脉络的线索的作品）因此成为显学，其变体越发多样，"图"的概念也不再仅限于河图。在此之后直至南北朝时期，重大的王朝更替与板荡时期，精心运作的"灵篇秘图"、在民间传播的歌诀童谣、偶然发现的金石镂刻，往往激起全社会的解读热情，各种政治图谋也因之而主张天命。而一旦更替完成，这些应验的谶语又一转而为符瑞，发挥"启觉天人之期，扶奖帝王之运"（《南齐书·祥瑞》）的道德教化作用。

这些谶语曾经配以什么形式的图示，如今已经难以查考。但其文字部分的基本模式即是谜语。汉、魏以来，相当一部分谶语的谜格，即设谜形式，已经基本具有了后世谜语的意味，其中以拆字（又称"别字"）为谜面的字谜，利用汉字同形异义特点而加以阐释（又称"别解"）的字谜占据主流，兼有以物为谜底、以数字为谜底的谜格，三者相互结合，利用解读者的预期，提供设谜者希望传达的信息。而历史上那些最有生命力、传世最久而让人津津乐道的谶语则往往故意模糊谜格，让人在猜物与猜字之间捉摸不定。例如著名的"亡秦者，胡也"（《史记·秦始皇本纪》），据记载曾给始皇帝造成极大的困扰，其日后应验不在匈奴，而在秦二世胡亥，则又出人意表。与之相埒的大概是性质类似的"代汉者，当涂高也"：当涂既是地名，亦是姓氏，高字更可以作无穷解释，李傕、袁术试图利用之而最终身败，直待曹氏之兴，"当涂高"才顺理成章地被解读为路边高大的"魏"阙。与之相比，直白的字谜"鬼在边，委相连，当代汉，无可言。言在东，午在西，两日并光上下移"（《三国演义》第八十回）明示"魏"与"许昌"字眼以及更替意象，则未免浅近流俗，更像是目的明确的宣传词了。

历史从来是胜者写就，谶语的解读模式总是在事后被开示，似乎没有什么定法。这在以数字为谜底的"卜数"图谶中最为明显。古人两数并称时，往往取因数关系，相乘而得谜底。传说汉武帝醉后泄露"汉有六七之厄"（《汉武故事》），被解读为两汉传续42代帝王的"卜世"谶语。但意味相近的所谓"赤厄三七"（《宋书·符瑞上》），则需要再加上一个10作为因数，才能被解读为西汉国祚210年的谶语（汉代五行属火德，故称"赤"）。最为牵强的恐怕要数南朝刘宋兴起时，有冀州道人称"玉璧三十二枚"，被认为是"卜世"之谶，预言刘宋将有32世的传续。结果刘宋六十年而亡，《宋书》于是对这一谶语进行了重解，认为"盖卜年之数也"，所谓"三十二"，其实是"二三十"，而2乘以3再乘以10得60，此谶才通（《宋书·符瑞上》），可谓煞费苦心了。

二、《推背图》与判词

南北朝之后，图谶符瑞逐渐衰微，加以历代朝廷的严禁，传世者越发稀少。宋元以降，仍然承载世人对上古图谶想象的作品，便非《推背图》莫属了。这部作品被传说为唐代袁天罡、李淳风所作,述及唐代直至未来的史事。宋元文献俱有提及,但目前存世最早的版本不过明代。学界一般认为,此书的内容经过历代传抄以及故意扰错,已经不复初创时原貌,其解读亦不可深究。但其图文模式仍颇为明确,当为《红楼梦》中"金陵十二钗"判词与"红楼梦"十二支曲的一部分灵感来源(第五回)。甲戌本眉批指出"世之好事者争传《推背图》之说……此回悉借其法",说明作者在此借用图谶以营造"幻境""仙机"的氛围,是建立在当时世人熟谙《推背图》图文模式基础上的文学创作。

[清]金圣叹批注《推背图》书影

《推背图》目前流传最完整的版本共六十象,每一象包括一干支、一卦、一象、一谶、一颂。其中象为图示,谶大多作四言,亦有作其他格式古体诗者,以设谜为主;颂作七言绝句,对谶做进一步解释。这一信息格局与《红楼梦》第五回中贾宝玉翻阅《金陵十二钗》各册时的阅读体验近似,先看图画,再看判词。《红楼梦》中没有附图,但从行文对判词附图的描述来看,其画面往往为两三个元素拼成,或人或物,借以设哑谜,其构成与《推背图》之象相同,谜格也近似。其中一部分以物作字谜,如袭人判词上"画着一簇鲜花,一床破席",林黛玉、薛宝钗判词上"画着四株枯木,木上悬着一围玉带;又有一堆雪,雪下一股金簪",李纨判词插图上以茂兰为贾兰,皆是以人物名为谜底,略如《推背图》第五象以马鞍、史书并置,以像安禄山、史思明的意味。以香橼指代元妃,以飞云逝水指代史湘云,亦属此类。另一部分判词配图则直接表意,如晴雯判词配图中与她的名字截然相悖的乌云浊雾、探春判词配图中的风筝与大海、妙玉判词配图中的美玉与污垢、王熙凤判词配图中的雌凤等,虽然点出遭逢,尚不全然表现为人物形象。而出场较为靠后的判词,如被饿狼扑追的迎春、在古庙中独坐看经的惜春、在荒村野店里纺绩的巧姐、凤冠霞帔的李纨、在高楼大厦里悬梁自缢的秦可卿,则都以"美人"本体出现,明显直白得多。有趣的是,宝玉本来便期待在《金陵十二钗》各册中看到实际的人物形象,结果一上来皆是"闷葫芦",便使得他"看了不解"。待到后来,仿佛是册籍感受到了他的不解,判词上的配图开始变得越发直白,他便有欲罢不能之势,而仙姑也开始担忧宝玉"天分高明,性情颖慧",再看下去恐怕要泄露天机,于是加以阻拦。这也算是册籍与宝玉之间的某种互动了。

在判词的文字部分,作者多次使用历代图谶中惯见的拆字法为谜格,如以"两地生孤木"影射夏金桂,以"子系中山狼"的"子系"对应孙绍祖的"孙"姓,以"凡鸟"指代王熙凤的"凤"字,既有谜面,又入诗意,极为贴切。不是人物姓名的字也可拆,如王熙凤判词中"一从二令三人木",以"休"字拆为"人木",并不特意追求用典艰险,而是主动向读者递出线索,引导判断,可谓得图谶精髓。

翻阅完判词,警幻仙姑又在席间让十二位舞女演出"新制《红楼梦》十二支"北曲。除第二支曲采用宝玉口吻之外,后续之曲分别对应林黛玉、元春、探春、史湘云、妙玉、迎春、惜春、王熙凤、巧姐、李纨、秦可卿,其出场次序,与先前宝玉所翻看的《金陵十二钗》正册中的完全相同,可知这些曲原是配合册籍的,这也是警幻提醒宝玉"若不先阅其稿,后听其歌,反成嚼蜡矣"的原因。如与《推背图》对照,这些曲即对应着《推背图》每象最后的"颂",以较为充裕的字眼展开,对晦涩的"谶"做出相对详细的解释。《红楼梦》十二曲的曲牌为作者杜撰,颇与各曲主题中的人物命运相配合,也可谓图谶的组成部分。

在这一回中,警幻在向宝玉展示群芳命运时,采取了一种似乎矛盾的态度:她一方面担心宝玉看得太懂,即时对号入座,导致天机泄露;另一方面又担心宝玉转眼即忘,看不出个中意味。在宝玉听曲显得"甚无趣味"乃至"朦胧恍惚"时,警幻还不免暗暗感叹"竟尚未悟"!想来警幻在宁荣二公之灵的嘱托下所期待的效果,是宝玉一方面不必当下便理解判词与曲中所讲的人物命运具体都是谁、意味着什么,但又能够隐隐意识到在所谓的命数中蕴含着一种虚无,在这种虚无面前,任何痴求、用情与身心投入,最终都将落入空幻。在这层意义上,判词与那些往往让人动心动念的图谶文字原理类似,但目的却截然相反。

当然,宁荣二公之灵所在意的,终究是宝玉能"跳出迷人圈子,然后入于正路",至于大观园群芳,对他们而言,不过是为这一目的服务的"教学法"中当作案例展示的"上、中、下三等女子"而已。宝玉经过这一场太虚幻境的教学,并未见悟。在警幻看来,他对判词里讲述的群芳宿命视而不见;而以宝玉之聪慧,未必是真看不懂图谶、听不明曲词,只是在心底拒绝把活生生的佳人看作末世遭逢的一群剪影罢了。

三、灯谜的谜面之谶

红楼之谶,又不仅见于第五回的判词、曲词。古人云,"一语成谶"。判词的图文并茂,是精心炮制的图谶,而有时无心之语才更是谶言的真实载体。在第二十二回,作者安排元春、贾母等人制作上元灯谜,并明确借猜谜人贾政之心思,指出这些谜面包含着意味不祥的谶语。这是全书中除判词外又一处成系统地对贾府与大观园中众人的命运做出描述。

在春灯雅谜中蕴含人物命运,可谓是对图谶原理的双向发挥。灯谜以猜物者多，而这些灯谜中蕴含的谶语却未必仅以谜底为谶，还可能出现在谜面文字里。我们已经看到，谜面与图谶原理相同，它们都或多或少地服从格律或韵脚，因而势必附带有冗余的信息。对这些冗余信息的安排是否精当，往往能决定谶语的生命力。例如东汉末年的著名谶语"千里草，何青青，十日卜，不得生"（《后汉书·五行志》），言董卓之败。其中"千里草""十日卜"二语以拆字法射董卓姓名，"不得生"预言其身死，而"何青青"则看似是相对冗余的字眼。但此语却恰恰极言董卓一时声势之浩大，宛如青草暴长，漫山遍野，既补完"董"字的拆字意象，又与戛然收束的"不得生"形成反差。同时，"千里""十日"也并非单纯拆字，而是蕴含了蔓延成祸，却陡然终局的意味。

与之相仿的是，灯谜之谶也有相当一部分内容在谜底之外。贾政一向关心国事家运，对晚辈们的成长也十分上心，以他的敏感，自然将谜底琢磨了个遍，并意识到元春的谜底爆竹、迎春的谜底算盘、探春的谜底风筝、惜春的谜底海灯，都是"不祥之物"。至于这些谜底与制谜者个人的命途之间存在什么联系，贾政未对谜面多做思考，自然也就没有认识到，"一声震得人方恐"是已经发生过的元春加封以及"烈火烹油"、声势浩大的省亲；"只为阴阳数不同"预示了迎春因为"不得其夫"而婚姻不幸；"清明妆点最堪宜"隐含了探春带着远嫁的妆容像风筝般一去不回的生离死别；"前身色相总无成"则似乎预示了惜春在入空门之前，终究没能把贾母托付给她的"大观园行乐图"画出个眉目来。

也正是因为贾政只关注了谜底，他没能看出，贾母在席间的首发之谜"猴子身轻站树梢"，尽管谜底是无关宏旨的荔枝（"立枝"），但若考虑进看似冗余谜面的"猴子"，竟是"树倒猢狲散"的悚然心惊之语；而宝钗的灯谜谜底更香固然"倒还有限"，无伤大雅，但"琴边衾里总无缘"，已经预示了未来婚姻生活的落空。

而贾政当然也无法想象，他自己制作的灯谜以砚台为谜底，固然符合他的文人身份，也契合他对后辈在科场取得功名的期待，但"有言必应"的谜面，终究预示了当晚的所有灯谜都顺理成章地落向它们难以逆转的结局。

四、如戏如梦

贾府兴衰，如一场先喧后寂的戏。而《红楼梦》中的日常谶语，更有落在戏目与席间游戏中者。第十八回，元妃省亲时所点戏目，《豪宴》《乞巧》《仙缘》《离魂》，已经在数语之间将整部小说的大起伏、大线索全部道出。而在第二十九回中，众人随贾母到清虚观看戏，戏目之谶则又超出了人力所能左右的范畴。寺观往往在山门前等处设有戏楼，取娱神之意。虽然承应剧目时神人同观，但剧目的选择却需要"神前拈戏"，以神的意愿为主。此次拈戏的结果，前后三本分别是《白蛇记》《满床笏》《南柯梦》，分明将荣宁二府创业、守成，最后归于虚空的家史一时说尽。当贾珍将这三出戏说与贾母时，贾母的态度也因此而起伏：讲汉高祖斩白蛇起事的《白蛇记》贾母并不熟悉，问贾珍"是什么故事"，暗示贾母对于荣宁二公出生入死取得世勋的历程已经不再有清晰的记忆；《满床笏》表现世家极盛、家主庆寿的美满场面，最是贾母喜爱的热闹戏文，贾母态度转喜，犹嫌它落在第二本上，"神佛要这样，也只得罢了"；待听到第三本是《南柯梦》，贾母"便不言语"，她知道这段故事终于梦醒，万事归空，并非吉兆。神前拈戏是掣签决定，不出于看戏者之意，《南柯梦》与《满床笏》一样，均是"神佛要这样"，可贾母于《满床笏》上还敢嗔怪神佛，这次却无言了。

《红楼梦》多席间故事，席间行令往往也是一语成谶的土壤。这些游戏之谶便往往没有一定之规，也不设那"闷葫芦"的谜，只是在口无遮拦之间，无意点出了将会成为现实的未来。第二十八回宝玉与冯紫英等人嬉闹行令，宝玉的"女儿悲，青春已大守空闺"和蒋玉菡的"女儿悲，丈夫一去不回归"均影射了人物命运，只是还未点出人物身份。而第六十二回席间射覆，宝玉在射宝钗覆的"宝"字时引用旧诗"敲断玉钗红烛冷"，已谶言二人婚后生活之冷淡。湘云必知其不妥，连称宝玉所猜不通，意欲帮忙掩饰，而整日痴痴读诗的香菱却没有解意，竟用李商隐诗"宝钗无日不生尘"论证宝玉所射无误，言语直白，则大大超出了谶语的范畴，几乎只能称为"不吉利"了。当大观园甫成，贾政与清客们带着宝玉题园中牌额时，一位清客在日后的蘅芜苑中题楹联，用了"蘼芜满手泣斜晖"为典，已被众人斥为"颓丧，颓丧"（第十七回），香菱所用之典，其哀怨恐怕数倍于"泣斜晖"，湘云也只好"无话"。而宝钗本人又作何反应，作者大概已不忍提及。

春不能永驻，花也不能长开。第六十三回众人在席间掣花名签子时，已经各有心事重重。麝月掣得一签"开到荼蘼花事了"，酒约"在席各领三杯送春"，大动宝玉之忧心。宝玉拒绝解释这背后的文理，但众人还是按酒约喝了送春的酒。谶之所以为谶，是煞费苦心也无法扭转的，宝玉一定明白这个道理。

第十三回，秦可卿在去世前，曾经给王熙凤托梦，赠她两句话"三春去后诸芳尽，各自须寻各自门"，近乎明谶。与警幻对宝玉的态度不同，曹雪芹并不担心读者们过早看出贾府故事的发展走向，毕竟幸福才可能千篇一律，不幸却从来跌宕起伏、横生枝节。图谶也是一样，那些卜世的、卜年的、主张天命有归的，终究会在千百年后在字里行间显露出记述者的私心；倒是那些预言了败亡的、点破了某种世事无常、盛筵将散的谶语，在不同的时代反反复复地让人唏嘘。

曹雪芹化用图谶的文字传统，在《红楼梦》中营造了一种贯穿始终的巨大苍茫气氛。我们不必因为这些形式各异的谶语的出现，便认为曹雪芹是要强调宿命论观点。这种苍茫并非一人一户一家的悲凉，也并非仅仅出于曹家家世的遭逢，而是一种近乎历史尺度的观察。他在18世纪中叶的中国能有这样的观察，其意味是大大超前于时代的。

链接回目

第五回　第十三回　第十七回　第十八回　第二十二回　第二十八回　第二十九回　第六十二回　第六十三回

参考文献

［清］曹雪芹著，［清］程伟元、高鹗补，莎日娜等点校整理：《红楼梦》（蒙古王府藏本），外语教学与研究出版社2021年版。

［西周］周文王撰：《周易·系辞上传》。

[南朝宋]范晔撰:《后汉书·五行志》。

[南朝梁]萧子显撰:《南齐书卷十八·志第十一·祥瑞》。

[西汉]司马迁著:《史记·秦始皇本纪》。

[约六朝时期]佚名撰:《汉武故事》,全本首见于[宋]晁载辑《续谈助》。

[南朝梁]沈约等撰:《宋书》。

[明]罗贯中著:《三国演义》,人民文学出版社2019年版。

清溪散人编:《中国预言七种》,文明书局和中华书局1915年版。

蔡义江著:《红楼梦诗词曲赋鉴赏》(修订重排本),中华书局2004年版。

刘灿:《从清虚观打醮演剧探析戏曲传奇透漏的红楼心事》,《曹雪芹研究》2019年第1期。

龚鹏程:《〈红楼梦〉与儒道释三教关系》,见《红楼梦十五讲》第八讲,北京大学出版社2007年版。

《红楼梦》中的节日

樊志斌

随着人类对天地万物的观察，人们逐渐发现一些宇宙人生的规律，经过不断总结和解释，于是，就慢慢诞生了天文、科学、鬼神、宗教思想，并用以指导自己的劳动、生活，以历法、信仰为基础的风俗节日逐渐形成。经过数千年的演化、积累，不同民族间血缘、文化的交流与融合，至清代，尤其是北京地区，形成了集大成式的中国节日风俗。

在《红楼梦》中，曹雪芹借助人物、故事演进，书写了诸多传统节日、风俗、活动，将中国传统的节日文化表现得淋漓尽致。

一、最漫长丰富的节日——春节

一年中，最大的节日，也是最特殊的节日，无过于春节。

春节，也叫过年，是旧年的结束，是新一年的开始；又是迎接祖先、神灵回家过节的时候。中国人讲究万象更新、敬天法祖，故而最重视春节。

广义的过年，可以从进入腊月（十二月）准备开始，到一月底结束；狭义的过年，指除夕至正月十六"元宵节"结束，或者更局限于正月初一至正月初五，节日的长短视家族规模、交游情况、有无特殊情况而定。

《红楼梦》第五十三回将贾府除夕祭祀、初一进宫朝贺、过年吃酒、元宵佳节等事写得繁花锦簇，如写贾府祭祀祖先后，合家"守岁"（合家不眠，等候新年到来）情形：

众人围随同至贾母正室之中，亦是锦裀绣屏，焕然一新。当地火盆内焚着松柏香、百合草。贾母归了坐，老嬷嬷来回："老太太们来行礼。"贾母忙又起身要迎，只见两三个老妯娌已进来了。大家挽手，笑了一回，让了一回。吃茶去后，贾母只送至内仪门便回来，归正坐。贾敬贾赦等领诸子弟进来。贾母笑道："一年价难为你们，不行礼罢。"一面说着，一面男一起，女一起俱行过了礼。左右两旁设下交椅，然后又按长幼挨次归坐受礼。两府男妇小厮丫鬟亦按差役上中下行礼毕，又散押岁钱、荷包、金银锞，摆上合欢宴来。男东女西归坐，献屠苏酒、合欢汤、吉祥果、如意糕毕，贾母起身进内间更衣，众人方各散出。那晚各处佛堂灶王前焚香上供，王夫人正房院内设着天地纸马香供，大观园正门上也挑着大明角灯，两溜高照，各处皆有路灯。上下人等，皆打扮的花团锦簇，一夜人声嘈杂，语笑喧阗，爆竹起火，络绎不绝。

正月十五元宵节，人家、街市皆作灯会，猜灯谜。街市上，不仅陈列花灯、搭建鳌山，还演唱各种杂戏，如骑竹马、扑蝴蝶、跳白索、舞龙灯、打花棍等。正月十三至十六四天，城市不关城门，极尽欢乐。第五十三回写元宵节贾府家宴室内陈设："每一席旁边设一几，几上设炉瓶三色，焚着御赐百合宫香。又有八寸来长、四五寸宽、二三寸高的点着宣石、布满青苔的小盆景，俱是新鲜花卉。又有小洋漆茶盘，内放着旧窑茶杯并十锦小茶吊，里面泡着上等香茗。"更是长篇大论专门书写贾府珍藏紫檀璎珞的原委及此物之稀少，凸显贾府的富贵无匹：

一色皆是紫檀透雕，嵌着大红纱透绣花卉并草字诗词的璎珞。原来绣这璎珞的也是个姑苏女子，名唤慧娘。因他亦是书香宦门之家，他原精于书画，不过偶然绣一两件针线作耍，并非市卖之物。凡这屏上所绣之花卉，皆仿的是唐、宋、元、明各名家的折枝花卉，故其格式配色皆从雅，本来非一味浓艳匠工可比。每一枝花侧皆用古人题此花之旧句，或诗词歌赋不一，皆用黑绒绣出草字来，且字迹勾踢、转折、轻重、连断皆与笔草无异，亦不比市绣字迹板强可恨。他不仗此技获利，所以天下虽知，得者甚少，凡世宦富贵之家，无此物者甚多，当今便称为"慧绣"。竟有世俗射利者，近日仿其针迹，愚人获利。偏这慧娘命夭，十八岁便死了，如今竟不能再得一件的了。所有之家，纵有一两件，皆珍藏不用。有那一干翰林文魔先生们，因深惜"慧绣"

之佳,便说这"绣"字不能尽其妙,这样笔迹说一"绣"字,反似乎唐突了,便大家商议了,将"绣"字便隐去,换了一个"纹"字,所以如今都称为"慧纹"。若有一件真"慧纹"之物,价则无限。贾府之荣,也只有两三件,上年将两件已进了上,目下只剩这一副璎珞,一共十六扇,贾母爱之如珍如宝,不入请客名色陈设之内,只留在自己这边,高兴摆酒时赏玩。

二、独出心裁的节日——饯花神

正月过后,比较重要的节日是花朝节。

花朝节,也叫花神节,俗称百花生日,即二月十二(南方)或二月十五(北方)——曹雪芹叔祖曹荃生日即在此日。习俗,姑娘们剪五色彩纸粘在花枝上,称为"赏红";或者结伴郊外赏花。

《红楼梦》中并未写及花朝,但却将其变形为两个月后的芒种节"饯花神",在第二十七回描述了一番:

> 至次日乃是四月二十六日,原来这日未时交芒种节。上古风俗:凡交芒种节的这日,都要设摆各色礼物,祭饯花神,言芒种一过,便是夏日了,众花皆卸,花神退位,须要饯行。然闺中更兴这件风俗,所以大观园中之人都早起来了。那些女孩子们,或用花瓣柳枝编成轿马的,或用绫锦纱罗叠成千旄旌幢的,都用彩线系了。每一颗树上,每一枝花上,都系了这些物事。满园里绣带飘飘,花枝招展,更兼这些人打扮得桃羞柳让,燕妒莺惭,一时也道不尽。

芒种,一名"忙种",《说郛》卷九引宋马永卿《懒真子录》:"所谓芒种五月节者,谓麦至是而始可收,稻过是而不可种。"指此时要忙于种稻。

宝钗扑蝶、黛玉作《葬花吟》、冯紫英演习皆在今日。

三、春时祭祀扫墓的大节——清明

北斗星的斗柄指向乙(或太阳黄经达15°),为清明节(二月末、三月初左右)。是时,天气清明,正适合踏青、祭祀祖先坟茔。清潘荣陛《帝京岁时纪胜》

载乾隆时代北京风俗：

> 清明扫墓，倾城男女，纷出四郊，担酌挈盒，轮毂相望。各携纸鸢线轴，祭扫毕，即于坟前施放较胜。京制纸鸢极尽工巧，有价值数金者，琉璃厂为市易之。清明日，摘新柳佩带，谚云："清明不带柳，来生变黄狗。"又以柳条穿祭余蒸点，至立夏日，油煎与小儿食之，谓不齼夏。

《红楼梦》第五十八回写清明时候藕官烧纸事：

> 可巧这日乃是清明之日，贾琏已备下年例祭祀，带领贾环、贾琮、贾兰三人去往铁槛寺祭柩烧纸。宁府贾蓉也同族中几人各办祭祀前往。因宝玉未大愈，故不曾去得……
>
> 正胡思间，忽见一股火光从山石那边发出，将雀儿惊飞。宝玉吃了一大惊，又听那边有人喊道："藕官，你要死，怎弄些纸钱进来烧？我回去回奶奶们去，仔细你的肉！"宝玉听了，益发疑惑起来，忙转过山石看时，只见藕官满面泪痕，蹲在那里，手里还拿着火，守着些纸钱灰作悲。宝玉忙问道："你与谁烧纸钱？快不要在这里烧。你或是为父母兄弟，你告诉我姓名，外头去叫小厮们打了包袱写上名姓去烧。"藕官见了宝玉，只不作一声。

"打了包袱写上名姓去烧"，指用纸互称信封样式，上写烧送对象名称。

四、事故频出的端午节

五月间，百虫萌动、百病多生，民间有"毒五月"的说法。本月大节是五月五日的端午节。

从五月一日开始，准备过节要用的各种避毒物品、粽子、果品、雄黄酒等。清潘荣陛《帝京岁时纪胜》载：

> 五月朔，家家悬朱符，插蒲龙艾虎，窗牖贴红纸吉祥葫芦。幼女剪彩叠福，用软帛缉逢老健人、角黍、蒜头、五毒、老虎等式，抽作大红朱雄葫芦，小儿佩之，宜夏避恶。家堂奉祀，蔬供米粽之外，果品则红樱桃、黑桑葚、文官果、八达杏。午前，细切蒲根，伴以雄黄，曝而浸酒。饮余则涂抹儿童面颊耳鼻，并挥洒床帐间，以避虫毒。饰小女尽态极妍，已嫁之女亦各归宁，

呼是日为女儿节。

"蒲龙艾虎",指用蒲草、艾草编成龙、虎,取其草形如剑、味道香馥。所谓"老健人",当即老人形象。"角黍",即粽子。"五毒",指此一时期活动频繁的蜈蚣、壁虎、蝎子、蟾蜍、蛇五种毒虫。"米粽",即用糯米混合其他馅料包成角状,煮熟的食品。一说因屈原沉水,人们投掷米粽避免鱼食其尸。

《红楼梦》中写五月初一清虚观打醮演戏;五月二日宝玉、黛玉口角;五月三日薛蟠生日;五月四日金钏挨打、龄官画蔷、宝玉误踢袭人、晴雯撕扇;五月五日王夫人治宴、史湘云来府、史湘云论阴阳、宝黛诉衷肠、金钏投井、宝玉挨打。第三十一回写端午期间贾府活动:

> 这日正是端阳佳节,蒲艾簪门,虎符系臂。午间,王夫人治了酒席,请薛家母女等赏午……
>
> 晴雯在旁哭着,方欲说话,只见林黛玉进来,便出去了。林黛玉笑道:"大节下怎么好好的哭起来?难道是为争粽子吃争恼了不成?"宝玉和袭人嗤的一笑。

"蒲艾簪门",将蒲草、艾草插在大门上。"虎符系臂",即将用彩线编成的老虎系在胳膊上。

五、七月七乞巧节

七月七日,称"七夕",一名"乞巧节",俗称"鹊桥会",相传是银河两岸的牛郎、织女每年相会的日子。清潘荣陛《帝京岁时纪胜》载:

> 七夕前数日,种麦于小瓦器,为牵牛星之神,谓之"五生盆"。幼女以盂水曝日下,各投小针,浮之水面,徐视水底日影,或散如花,动如云,细如线,粗如椎,因以卜女之巧。街市卖巧果,人家设宴,儿女对银河拜,咸为乞巧。

《红楼梦》中并未明写七夕,但却借王熙凤之女大姐的生日写及了这个重要的日子。第四十二回写刘姥姥让给王熙凤病了的女儿大姐送祟,果然见效:

> 凤姐儿笑道:"到底是你们有年纪的人经历的多。我这大姐儿时常肯病,

也不知是个什么原故。"刘姥姥道："这也有的事。富贵人家养的孩子太娇嫩，自然禁不得一些儿委曲；再他小人儿家，过于尊贵了，也禁不起。以后姑奶奶少疼他些就好了。"凤姐儿道："这也有理。我想起来，他还没个名字，你就给他起个名字。一则借借你的寿；二则你们是庄家人，不怕你恼，到底贫苦些，你贫苦人起个名字，只怕压的住他。"刘姥姥听说，便想了一想，笑道："不知他几时生的？"凤姐儿道："正是生日的日子不好呢，可巧是七月初七日。"刘姥姥忙笑道："这个正好，就叫他巧哥儿。这叫作'以毒攻毒，以火攻火'的法子。姑奶奶定要依我这名字，他必长命百岁。日后大了，各人成家立业，或一时有不遂心的事，必然是遇难成祥，逢凶化吉，却从这'巧'字上来。"

传统时代，人们认为单数（一三五七九）为阳数，除正月初一外，重叠数日子多主灾异，如三月三、五月五日、七月七、九月九都需要拔禊、避毒等，故王熙凤称大姐生于七月七日子不好。因两七相逢巧，本日，妇女乞巧，故刘姥姥为大姐起名为"巧"，后来逢凶即从为大姐起名的刘姥姥处化吉。

六、团圆赏月的节日——中秋

八月十五，号称"中秋"，是天高地净、圆月高悬时候，人家祭月赏月，供奉兔爷（北京地方风俗），食用月饼瓜果。清人富察·敦崇《燕京岁时记》载京师中秋节习俗：

> 京师之日"八月节"者，即中秋也。每届中秋，府第朱门皆以月饼果品相馈赠。至十五月圆时，陈瓜果于庭以供月，并祀以毛豆、鸡冠花……供月时，男子多不叩拜。故京师谚曰："男不拜月，女不祭灶。"
>
> 京师谓神像为"神马儿"，不敢斥言神也。月光马者，以纸为之，上绘太阴星君，如菩萨像，下绘月宫及捣药之玉兔——人立而执杵，藻彩精致，金碧辉煌，市肆间多卖之者，长者七八尺，短者二三尺，顶有二旗，作红绿色，或黄色，向月而供之。焚香行礼，祭毕，与千张、元宝等一并焚之。

神像张贴在对月亮方向的墙壁或帐子上，人们对月燃香、纸钱，叩头（京师汉人男性少拜）。千张、元宝，皆祭祀用纸钱，制成不同形状。

《红楼梦》第七十五回写贾府中秋情景：

> 贾母又道："你昨日送来的月饼好；西瓜看着好，打开却也罢了。"贾珍笑道："月饼是新来的一个专做点心的厨子，我试了试果然好，才敢做了孝敬。"……贾母道："此时月已上了，咱们且去上香。"说着，便起身扶着宝玉的肩，带领众人齐往园中来。
>
> 当下园之正门俱已大开，吊着羊角大灯。嘉荫堂前月台上焚着斗香，秉着风烛，陈献着瓜饼及各色果品。邢夫人等一干女客皆在里面久候。真是月明灯彩，人气香烟，晶艳氤氲，不可形状。地下铺着拜毯锦褥。贾母盥手上香拜毕，于是大家皆拜过。贾母便说："赏月在山上最好。"因命在那山脊上的大亭上去……
>
> ……于厅前平台上列下桌椅，又用一架大围屏隔作两间。凡桌椅形式皆是圆的，特取团圆之意。居中贾母坐下，左垂首贾赦、贾珍、贾琏、贾蓉，右垂首贾政、宝玉、贾环、贾兰，团团围坐。只坐了半壁，下面还有半壁余空……
>
> 贾母便命折一枝桂花来，命一媳妇在屏后击鼓传花。若花到谁手中，饮酒一杯，罚说笑话一个。于是先从贾母起，次贾赦，一一接过。

文人多饮酒赋诗，《红楼梦》中，林黛玉、史湘云月下联句，佳句迭现，精彩纷呈。

七、登高赏菊的重阳节

九为至阳数最大者，故称九月九日为"重阳节"。是日，习俗登高、食花糕、赏菊。潘荣陛《帝京岁时纪胜》"重阳条"载：

> 京师重阳节花糕极胜。有油糖果炉作者，有发面酦果蒸成者，有江米黄米捣成者，皆剪五色彩旗以为标帜。市人争买，供家堂，馈亲友。小儿辈又以酸枣捣糕，火炙脆枣，糖拌果干，线穿山楂，绕街卖之。有女之家，馈遗酒礼，归宁父母，又为女儿节云。染铺赈济饥贫，闠然如市。

"赏菊"条云:"秋日家家胜栽黄菊,采自丰台,品类极多。惟黄金带、白玉团、旧朝衣、老僧衲为最雅。酒垆茶社亦多栽黄菊,于街巷贴市招曰:'某馆肆新堆菊花山可观。'""辞青"条云:"都人结伴呼从,于西山一带看红叶,或于汤泉坐汤,谓'菊花水可以却疾'。又有治肴携酌,于各门郊外痛饮终日,谓之'辞青'。"

《红楼梦》中并没有对重阳节的专门书写,但第三十七回、第三十八回却写及了八月下旬咏菊花、赏桂花、食螃蟹等相关内容。第四十六回贾赦逼娶鸳鸯当是在重阳前后。

八、消寒会与大如年的冬至

北方地区冬季寒冷,为了消耗时间,冬日,达官显贵、文人雅士作"消寒会",亦称"暖冬会"。清阙名《燕京杂记》云:"冬月,士大夫约同人围炉饮酒,迭为宾主,谓之'消寒'。好事者联以九人,定以九日,取九九消寒之义。"九九,指自冬至日起,每一个九天为一九,至九九,春来。

《红楼梦》第九十二回即写贾府每年十一月初一"消寒会"习俗:

> 宝玉点头道:"我也知道。如今且不用说那个。我问你,老太太那里打发人来说什么来着没有?"袭人道:"没有说什么。"宝玉道:"必是老太太忘了。明儿不是十一月初一日么,年年老太太那里必是个老规矩,要办消寒会,齐打伙儿坐下喝酒说笑。我今日已经在学房里告了假了……"

十一月初一,贾府办消寒会。不久,就是大节日冬至了。

冬至,一名"日南至",在农历十一月下旬。本日,太阳光直射南回归线,随后,直射点往北回返,北半球白昼一天比一天长,是阴阳转换的日子。《汉书》中说:"冬至阳气起,君道长,故贺。"国家于此日祭天,民间于今日食馄饨或饺子(南方食汤圆),有"冬至大如年"的说法。《帝京岁时纪胜》"十一月·冬至"条载:"长至,南郊大祀。次旦,百官进表朝贺,为国大典。……预日为冬夜,祀祖羹饭之外,以细肉馅包角儿奉献。谚所谓'冬至馄饨夏至面'之遗意也。"《红楼梦》第三回,林黛玉拜见王夫人,坐下后,王夫人因说:"你舅舅今日斋戒去了，再见罢。"按时间计算，即是冬至前。

自本日起，民间盛行"数九"：每九天为"一九"，九九毕，春归。《帝京岁时纪胜》"十一月·消寒图"条载：

> 至日数九，画素梅一枝，为瓣八十有一，日染一瓣，瓣尽而九九毕，则春深矣，曰"九九消寒之图"。傍一联曰："试看图中梅黑黑，自然门外草青青。"谚云："一九二九，相逢不出手。三九四九，冰上走。五九四十五，穷汉街前舞。七九六十三，路上行人着衣单。"

"五九四十五，穷汉街前舞"，指时将立春、天气转暖，穷人街上闲逛。又谓："五九六九，沿河看柳"。

九、喝粥的腊八

十二月初八，系释迦牟尼佛得道日。民间盛行以八宝粥供佛、亲友互相馈送的习俗。《燕京岁时记》"十二月·腊八粥"条载：

> 腊八粥者，用黄米、白米、江米、小米、菱角米、栗子、红豇豆、去皮枣泥等，合水煮熟，外用染红桃仁、杏仁、瓜子、花生、榛穰、松子，及白糖、红糖、琐琐葡萄，以作点染。切不可用莲子、扁豆、薏米、桂元，用则伤味。每至腊七日，则剥果涤器，终夜经营，至天明时，则粥熟矣。除祀先供佛外，分馈亲友，不得过午。并用红枣、桃仁等制成狮子、小儿等类，以见巧思。

腊八是每年的最后一个大节，其后，就进入了准备过年的时间，因此，在我国北方有"小孩小孩你别馋，过了腊八就是年"的说法。

《红楼梦》并未写及腊八，却两次及于此节。第五十三回写道："当下已是腊月，离年日近，王夫人和凤姐治办年事。王子腾升了九省都检点，贾雨村补授了大司马，协理军机参赞朝政，不题。"第十九回写元月十六贾宝玉为林黛玉讲腊八故事：

> 宝玉又诌："林子洞里原来有群耗子精。那一年腊月初七日，老耗子升座议事，因说：'明儿乃是腊八，世上人都熬腊八粥。如今我们洞中果品短少，

须得趁此打劫些来方妙。'乃拔令箭一枝，遣一能干的小耗子前去打听。一时小耗回报：'各处察访打听已毕，惟有山下庙里果米最多。'老耗问：'米有几样？果有几品？'小耗道：'米豆成仓，不可胜记。果品有五种：一红枣，二栗子，三落花生，四菱角，五香芋。'……"

链接回目

第三回　第十九回　第二十七回　第三十一回　第三十七回　第三十八回
第四十二回　第四十六回　第五十三回　第五十八回　第七十五回　第九十二回

参考文献

曹雪芹著、无名氏续：《红楼梦》，人民文学出版社2008年版。
邓云乡著：《红楼梦风俗谭》，中华书局2015年版。
樊志斌编著：《红楼梦日历》（岁时版），北京联合出版公司2021年版。

《红楼梦》中的诗社活动

顾以诺

一

海棠诗社成立之前,《红楼梦》中已出现过两次集体作诗活动。这两次活动都与元春相关:第一次是在元春省亲当晚,第二次则是元春命众人作元宵灯谜。灯谜情节主要体现诗词的隐谶功能,诗谜暗喻人物命运,而元春省亲时的作诗情节,则与后文中的诗社活动形式相似,意义上也有关联。

作诗是省亲流程中的重要内容。元春要求"妹辈亦各题一匾一诗",并命宝玉以四处景点各作一首。作毕,元春评点"终是薛、林二妹之作与众不同",又指出宝玉所作四首中,黛玉代拟的《杏帘在望》一首最佳。有命题,有创作,有点评,与正式的诗社活动相当接近。这次作诗虽为应制,却为之后的诗社活动铺垫了大量内容。论诗才,林、薛二人为尊,但宝钗不以作诗为要,黛玉却有"安心大展奇才"之心,与后文中黛玉作诗数量为全书中最多照应;贾府三春中,以探春出于姐妹之上,却"勉强随众塞责",可见其精明,故探春能为诗社的发起人;写迎春、探春、李纨笔墨较少,表明其诗才有限;宝玉虽有才华,却在关键时刻需要宝钗"一字师"、黛玉代拟,可与其在诗社中每每落第对看。这次作诗活动不仅具有省亲的政治意义,元春作为大姐姐,知晓家中姐妹的才情,命众姐妹作诗,也为省亲增加了一缕温情和诗意。元春因"贤孝才德"选入宫中,其省亲也有"才"的一面。

海棠诗社的建立则更具性灵。从第三十七回开头探春的花笺可知,探春在"前夕新霁,月色如洗"之时赏玩清景,三更犹"徘徊于桐槛之下",因而病卧在床，立意"或竖词坛，或开吟社"，写帖邀请众人，谁知一招即到。众人商议起诗社，定名号，推社长，立社约。黛玉要求"先把这些姐妹叔嫂的字样改了才不俗"，这就将诗歌世界从现实中独立出来。李纨自荐掌坛，又推迎春、惜春为副社长，既与她大嫂子的身份相合，又照顾迎春、惜春懒于诗词。此后又立社约，规定每月两社，旁者随兴起社。社约为诗社活动做了必要的约束，也为故事的发展添加了细节，如惜春因画园子图而要请长假，故事一波三折而更加精彩。

海棠诗社的活动，大致可以分为三个阶段。

第一阶段，诗社甫定，探春为东道主人，李纨就白海棠命题，迎春限韵限体。一时间探春、宝钗、宝玉、黛玉各作一首，李纨推宝钗为首。次日，湘云补作二首入社，众人盛赞"这个不枉作了海棠诗"。湘云自告奋勇邀社，与宝钗夜拟菊花题，螃蟹宴后，十二首菊花诗依次排开，如同菊谱。李纨点评《咏菊》第一，《问菊》第二，《菊梦》第三，推黛玉为菊花诗魁首。乘此余兴，宝玉、黛玉、宝钗又各作咏螃蟹诗一首。

第二阶段，以香菱学诗为前情，以薛宝琴、李纹、李绮、邢岫烟入大观园为烘托，至天降大雪，众人割腥啖膻毕，此时诗情已饱，方贴出诗题。李纨命"即景联句，五言排律一首，限二萧韵"。众人分出次序，凤姐也是唯一一次参与诗社活动，起了一句"一夜北风紧"。随后众人先是依序联句，而后才高者争联，湘云如同"抢命"一般，黛玉、宝琴与湘云三人对抢，热闹至极。细评论一回，独湘云的多。邢岫烟、李纹、薛宝琴又分韵"红梅花"三字咏红梅，宝玉作"访妙玉乞红梅"。雪下联句是《红楼梦》中参与人数最多的诗社活动，计李纨、宝玉、黛玉、宝钗、探春、湘云、凤姐、香菱、宝琴、李纹、李绮、岫烟共十二人。次日，众人又应贾母要求作春灯谜。

第三阶段，海棠社停滞许久之后，第七十回林黛玉以一首古风《桃花行》重建桃花社，又因宝玉课业耽误，最终改为作柳絮词。除湘云提前作《如梦令》，宝钗、宝琴、探春、黛玉、宝玉五人应社。本社首次出现了白卷（宝玉）和未能作完（探春）的情形，虽有宝玉续完探春的半首，但诗社的衰微之象已现。众人评论以宝钗的《临江仙》为尊，黛玉的《唐多令》缠绵悲感，湘云的《如梦令》情致妩媚，各有特色。自此，《红楼梦》中再无出现大规模的诗社活动，原有讨论的中秋赏月联句,也只剩黛玉与湘云。槛外人妙玉在此前的诗社活动中未能参与,在中秋联句中稍稍弥补了这一空白。

《红楼梦》中的诗社活动,兴起于秋,极盛于冬,渐衰于春,在秋日留下一丁点回响。所咏之物,秋之海棠、菊花,冬之大雪、红梅,春之桃花、柳絮,诗社记录了大观园的诗情四季。形式上,有一题同咏(海棠诗)、数题分咏(菊花诗)、联吟(雪下联句)等,柳絮词虽是一题同咏,却由拈阄决定词牌。题目和用韵上,有限题限韵(海棠诗)、限题不限韵(菊花诗)、限题分韵(红梅花诗)、不限题不限韵(春灯谜)等。诗体则涉及七律(海棠诗、菊花诗等)、排律(雪下联句、中秋联句)、七绝(春灯谜)、歌行(《桃花行》)、词(柳絮词)等,如果将省亲时的作诗也考虑在内,则还有五律。《红楼梦》中的诗社活动形式多样,内容丰富,铺陈了大观园内的诗意生活。

二

《红楼梦》中的海棠诗社,是明清之际女性诗社在小说中的投射。

明代末年,江南一带就已经有姐妹、母女、婆媳一门皆能诗的风雅之事。到了清代,诗风益炽,胡文楷《历代妇女著作考·自序》中说:"清代妇人之集,超轶前代,数逾三千。"典型的女性诗社有明末桐城的名媛诗社、康熙年间杭州的蕉园诗社和乾隆末年吴江的清溪吟社等。

和《红楼梦》中的海棠诗社一样,蕉园诗社为家族内部的诗社,其成员之间多有血缘或亲属关系,如顾之琼与林以宁为婆媳,与钱静婉、钱凤纶为母女,与冯娴为妯娌,与柴贞仪、柴静仪为姑侄,其余成员亲属关系不一一列举。其时还存在不少家族闺媛吟诗群体,虽无结社之名,而有结社之实。家族下的诗社关系相对稳固,通常由其中年长者或是家族中有威望的女性主持诗社。但《红楼梦》中的诗社成员均为同辈,仅由年龄最长的大嫂子李纨掌坛,这显然是作者曹雪芹的独特设计。

明清时期,女性诗社成员一般都有雅号,如蕉园诗社中柴静仪号"凝香室",钱云仪为"古香楼",清溪吟社中张允滋号"清溪居士"等。《红楼梦》中黛玉率先要求把众人"姐妹叔嫂的字样"改了，正得此中要义。在诗的世界里，每个人只以自己独立的思想面目出现，而无人情社会中的羁绊。这一点以黛玉尤甚，日常生活中的林黛玉，总带着一丝狡黠灵巧，爱说笑，而作为诗人的林黛玉，则更为敏感纤弱，纯"潇湘妃子"之味。

蕉园诗社"月必数会，会必拈韵分题，吟咏至夕"，与《红楼梦》中海棠诗社何等相似！从现存诗作看，她们或相邀出游，或在家小聚，《红楼梦》中的诗社活动均集中在大观园内部，只有薛宝琴"天下十停走了五六停"，能将从小走过的地方古迹写成怀古诗。

与现实世界里的女性诗社相比，《红楼梦》中的诗社更为理想化。海棠诗社只存在于大观园中，大观园中尚且有争斗、有矛盾，而海棠诗社至纯至洁，甚至具有净化身心的作用。曹雪芹只把青春美好留给了海棠诗社，即使是家族中的权威贾母，也只能是围观的一员。而那些年轻的、美好的生命个体，曹雪芹毫不吝惜地让她们一一加入进来。他让湘云的叔叔外放，使得湘云被贾母留下；现实世界中，桐城名媛诗社中方维仪、方维则姐妹守寡后以诗为寄托，而曹雪芹在《红楼梦》中用诗歌点亮香菱的生命，照见她本来应有的美好人生；他让一把子四根水葱汇聚在大观园，形成前所未有的欢聚；甚至连王熙凤这样毒辣的人物，曹雪芹也为她赋上"监社御史"的一笔，念出一句"一夜北风紧"，添上几分温情……这是作者有意建设的精神世界，是独立于日常生活之外的诗意空间。

作为主体为女性的群体，无论是现实中的女性诗社还是《红楼梦》中的海棠诗社，其成立都尤为强调其女性身份。顾之琼的《蕉园诗社启》惜乎不存，但江珠的《清黎阁诗稿·自叙》中却有一段对清溪吟社的赞语，其中道："接瑶席而论文，宛似神仙之侣；树吟坛而劲敌，居然娘子之军。……即使须眉高士，亦应低首皈依；纵有巾帼才人，定向下风拜倒。"但是，清溪吟社的成员多为任兆麟的女弟子，社课作品一般也由任兆麟加以评定，诗社虽为"娘子之军"，实际仍由男性担当领袖角色。而家族内部的闺媛吟诗群体，或有父兄提倡，或有夫婿鼓励，或有后嗣彰扬，总离不开男性文人的支持。相比之下，曹雪芹有意创设了一个独属于青春女性的空间，即便是贾宝玉，也要在诗社中屡屡落第，甘心为众姐妹捧场。诗社特意安排在贾政出学差之后开始，也就避免受到父权的干扰；诗社活动仅限于大观园内,家族内其他男性无从得知。"孰谓莲社之雄才,独许须眉;直以东山之雅会,让于脂粉。"海棠诗社真正符合了发起人探春的期许,它完全由这一群青春女儿主导,而不逊于男子。同时,它又有别于此前省亲时的作诗活动,是完全自发的、独立的。

三

但是,我们不得不承认,就诗作水平而言,《红楼梦》中海棠诗社明显逊色于清代的女诗人们。

曹雪芹是能诗的。友人评价他"工诗善画""诗笔有奇气",诗风如李贺,他应当有能力为诗社创造出好作品,却没有这么做。这又是为什么?

答案很简单,《红楼梦》里的诗,是小说里的诗,它服务于小说,服务于小说中的人物和情节。《红楼梦》第一回中就抨击了才子佳人小说中的惯常套路,"千部共出一套""不过作者要写出自己的那两首情诗艳赋来"。而曹雪芹作为小说的作者,下笔极其谨慎和克制,他为小说人物所拟的诗,绝不超出人物和情节的设定。他要写"慕雅女雅集苦吟诗",让香菱连写三首咏月诗,最后从梦中得了八句。梦中得诗,显然是作者的金手指,一方面表现香菱"精神成聚",苦心人,天不负;另一方面又为她的突飞猛进找到借口,梦中得来的好句,并不是香菱的真实水平——雪下联句中香菱就表现平平,符合初学者的水准。而面对诗社活动这样多人同时创作的情形,曹雪芹明显更着力于因头制帽,为每个人物创设风格,如柳絮词中,黛玉缠绵悲感,湘云情致妩媚,宝琴"声调壮",宝钗"果然翻得好气力"。也正因如此,书中才会出现宝玉读《桃花行》"便知出自黛玉",宝琴道"现是我作的呢"而宝玉不信的情节。曹雪芹早已为各人铺设了作品风格。

更重要的是,海棠诗社作为曹雪芹特意设置的精神空间,对于小说主旨有极为深远的意义。因此,作者放弃在诗社中制造一群才女,而以她们不算上佳的作品,塑造一群"或情或痴,小才微善"的女儿。

明清时期,女诗人蔚然兴起,成为震荡文坛的一股力量。但女性诗人对自己的女性身份并不认可，甚至形成了"去女性化"的现象：形象上，她们不施粉黛，改换男装；行为上，她们和男性一样苦读、著述、出游（同时完成主流道德所要求的女性义务）；而在诗文上，她们刻意"去脂粉气"。几乎在所有的"闺秀诗话"中，著者无论男女，"绝无脂粉气""健举""豪雄"等范畴都是对闺秀诗歌的褒扬，女性诗人则公开宣扬"高情不作女郎诗"（席佩兰《题归佩珊绣余诗稿》）。

而《红楼梦》尤其强调女儿们的"本来面目"与闺阁身份。第七十六回妙玉要续联句诗，就强调"到底还该归到本来面目上去"，怕"失了咱们的闺阁"。海棠诗中，宝钗"珍重芳姿昼掩门"，明显是女性视角，脂批"宝钗诗全是自写身份""珍重芳姿"，是宝钗的端庄自持。而黛玉"半卷湘帘半掩门"，同是女性视角，而与宝钗风格截然不同，正合尾联"娇羞默默同谁诉"的形象。宝钗诗含蓄浑厚，黛玉诗风流别致，然均是闺阁面目，"珍重芳姿""自携手瓮""不语婷婷"是深闺淑女，"半卷湘帘半掩门""娇羞默默""倦倚西风"是秋闺怨女。而对于口出"但凡我是个男人，我早走了"之语的探春，和爱打扮成个小子的湘云，她们的诗作中，既有"科头坐""抱膝吟"（湘云《对菊》）、"短鬓冷沾""葛巾香染"（探春《簪菊》）这样极具男性化的动作,也有"纤手自拈来"（湘云《如梦令》）、"芳心一点娇无力"（探春《咏白海棠》）这样的女儿心肠。与现实世界的女诗人相比，《红楼梦》中的诗人们更有勇气和自由展现自己的闺阁面目。她们并非大才，只是"小才微善"，但她们的面目更加真实。

海棠诗社只限于大观园内，诗人们甚至不愿将作品传出。第四十八回，黛玉、探春听闻宝玉将诗作传出，都道："你真真胡闹！且别说那不成诗，便是成诗，我们笔墨也不该传出去。"黛玉是诗社中的翘楚，探春为诗社的发起人，她们都不愿意将诗作传出，固然有传统礼教对女性约束的因素；另外，也与社会对女性诗人的评价有关。只有在大观园的真空世界里，海棠诗社的女诗人们才能保有创作的自由，她们本就是女儿，可以有脂粉气，有个性，有风格。海棠诗社的历次活动中，海棠诗以宝钗"含蓄浑厚"为尊；菊花诗以黛玉"题目新，诗也新，立意更新"推作魁首；雪下联句则以湘云所联数量最多，赞其捷才；柳絮词则是以宝钗《临江仙》"果然翻得好气力"为尊。众人审美相对一致，对于各人的风格也都有赞赏。值得注意的是，对于黛玉的缠绵悲感，众人感叹"太作悲了，好固然是好的"；在评价《桃花行》时，宝玉又说宝钗"断不许妹妹（注：指宝琴）有此伤悼语句"。众人对黛玉诗风的感叹，也是对她命运的关怀。

由此，我们可以看到海棠诗社的女诗人们对于诗的态度。一方面，女诗人们受到传统礼教的规训，如宝钗说"连作诗写字等事，也非你我分内之事"，多次提及诗词并非女子的"本分"，连黛玉、探春也不愿将自己的作品传到外面去。另一方面，女诗人们积极投入诗社活动中，使诗社活动成为日常生活的一部分。宝钗虽认为诗词并非女子的本分，却主动资助湘云举办螃蟹宴，对于香菱想要学诗，宝钗虽说她"得陇望蜀"，却提供了宽松和谐的学习环境。诗社点燃了许多人的生命热情，如李纨，槁木死灰一般的寡嫂，却在诗社中自荐掌坛，"不善作却善看"也得到一致认可；如香菱，苦志学诗，在诗社中度过了人生最美好的时光；对探春来说，发起诗社正是她"才自精明志自高"的第一次小试；湘云则得以焕发她的"名士"风流。就连孤僻的惜春，也因其诗社一员的身份，在绘画大观园的过程中与众人有了更多的联结。而林黛玉，她天生的诗人气质使她在诗社内外都大放异彩，在诗社渐衰时又以一首《桃花行》重建诗社。海棠诗社是所有人共有的精神世界，是诗人们共同构筑的另一处家园。

四

曹雪芹以相当篇幅叙写了《红楼梦》中的诗社活动。1935年，茅盾选编开明书局节选本《红楼梦》时，认为大观园中女性结社吟诗等风雅故事是全书中最乏味的章回，因而把这些诗社描写全都删去。而事实上，《红楼梦》中的诗社活动，在文本叙事上同样具有重要的意义和价值。

其一，诗社活动以其同时展示多个人物的诗词作品，集中展示了人物的精神世界。心理描写是有限的，往往局限于当前情节，而诗词作品则是对人物精神世界的深度挖掘和展示。小说对于日常生活的描写和具体情节的开展，通常只能展示某一个人的内心，而诗社情节的设置中，多个人物同时进行创作，展示其作品，在小说文本中生成如同交响乐一般的复调文本群。

其二，诗社活动并不直接推动小说情节，但在小说叙事中，诗社活动改变了节奏，形成变调，使得小说从繁复琐碎的日常生活叙事中暂时脱出，转向从容优美的诗化文本。同时，小说的内涵得以丰富，被注入了诗意的灵魂。

其三，诗社活动所产生的诗词承担了一部分谶语的功能，如柳絮词中黛玉"叹今生谁舍谁收"、探春"一任东西南北各分离"等。

《红楼梦》中的诗社活动，一定程度上反映了明清时期女性诗社的情形。但《红楼梦》之为小说，作者创造海棠诗社时，在现实中固然有所本，但更多的是为小说主旨服务。因此，《红楼梦》中的诗社活动更为理想化、更为纯粹，其诗作水平虽不能与同时代女诗人相较，但却保存了诗人的闺阁本来面目，达到了作者"使闺阁昭传"的目的。

链接回目

第十八回　第三十七回　第三十八回　第四十八回　第四十九回　第五十回　第七十回　第七十六回

参考文献

［清］曹雪芹著，［清］程伟元、高鹗补，莎日娜等点校整理：《红楼梦》（蒙古王府藏本），外语教学与研究出版社2021年版。

俞晓红：《〈红楼梦〉诗社与明清江南闺媛结社小识》，《红楼梦学刊》2009年第5辑。

夏晓虹：《〈红楼梦〉与清代女子诗社——从大观园中的"海棠诗社"谈起》，《文史知识》1989年第7期。

杨霖：《明清女诗人"去女性化"现象论析》，《华侨大学学报》（哲学社会科学版）2018年第6期。

周兴陆：《女性批评与批评女性——清代闺秀的诗论》，《学术月刊》2011年第6期。

马昕：《清代女性诗人的历史歌咏与性别意识》，《苏州大学学报》（哲学社会科学版）2019年第2期。

《红楼梦》中的戏曲文化

顾以诺

《红楼梦》孕育和诞生的清雍乾时期,正值我国戏曲艺术高度繁荣。曹雪芹的祖父曹寅即为剧作家,自称"吾曲第一,词次之,诗又次之",有《北红拂记》《续琵琶》等剧作,曹雪芹自幼便生活在戏曲氛围浓厚的环境中。也正因如此,《红楼梦》中有大量情节与戏曲有关,既展示了当时社会的文化生活,也对小说叙事的演进发挥了重要作用。

一、《红楼梦》中所涉戏曲及其作用

(一)《红楼梦》中涉及的戏曲剧目

《红楼梦》中多次出现戏曲演出活动,上演了大量剧目,列表如下。

回次	剧目名称	剧种	演出人员	场合	地点	备注
11	《双官诰》	昆曲	外头戏班	贾敬生日	天香楼	凤姐点戏
11	《长生殿·弹词》	昆曲	外头戏班	贾敬生日	天香楼	凤姐点戏
11	《牡丹亭·还魂》	昆曲	外头戏班	贾敬生日	天香楼	凤姐点戏
18	《一捧雪·豪宴》	昆曲	家班	元妃省亲	大观园	元妃点戏
18	《长生殿·乞巧》	昆曲	家班	元妃省亲	大观园	元妃点戏
18	《邯郸记·仙缘》	昆曲	家班	元妃省亲	大观园	元妃点戏
18	《牡丹亭·离魂》	昆曲	家班	元妃省亲	大观园	元妃点戏
18	《钗钏记·相约》	昆曲	家班(龄官)	元妃省亲	大观园	龄官自选
18	《钗钏记·相骂》	昆曲	家班(龄官)	元妃省亲	大观园	龄官自选

续表

回次	剧目名称	剧种	演出人员	场合	地点	备注
19	《丁郎认父》	弋阳腔	外头戏班	元宵节里	宁国府	贾珍倡导
19	《黄伯央大摆阴魂阵》	弋阳腔	外头戏班	元宵节里	宁国府	贾珍倡导
19	《孙行者大闹天宫》	弋阳腔	外头戏班	元宵节里	宁国府	贾珍倡导
19	《姜太公斩将封神》	弋阳腔	外头戏班	元宵节里	宁国府	贾珍倡导
22	《西游记》	昆曲	外头戏班	宝钗生日	贾母内院	宝钗点
22	《刘二当衣》	弋阳腔	外头戏班	宝钗生日	贾母内院	王熙凤点
22	《虎囊弹·山门》	昆曲	外头戏班	宝钗生日	贾母内院	宝钗点
29	《白蛇记》	其他	外头戏班	道观打醮	清虚观	神前拈戏
29	《满床笏》	昆曲	外头戏班	道观打醮	清虚观	神前拈戏
29	《南柯梦》	昆曲	外头戏班	道观打醮	清虚观	神前拈戏
43	《荆钗记·男祭》	昆曲	外头戏班	凤姐生日	贾府内	黛玉点评
53	《西楼记·楼会》	昆曲	外头戏班	元宵夜宴	贾母内院	"赏"戏
54	《八义·观灯》	昆曲	外头戏班	元宵夜宴	贾母内院	节令演戏
54	《牡丹亭·寻梦》	昆曲	家班（芳官）	元宵夜宴	贾府内	贾母点戏
54	《惠明下书》	杂剧（昆曲保留）	家班（葵官）	元宵夜宴	贾母内院	不用抹脸
63	《上寿》	昆曲	芳官	宝玉生日	怡红院	芳官清唱
63	《邯郸记·扫花》	昆曲	芳官	宝玉生日	怡红院	芳官自选
85	《蕊珠记·冥升》	其他	外头戏班	贾政升官，黛玉生日	贾府内	王子腾送戏
85	《琵琶记·吃糠》	昆曲	外头戏班	贾政升官，黛玉生日	贾府内	王子腾送戏
85	《祝发记·渡江》	昆曲	外头戏班	贾政升官，黛玉生日	贾府内	王子腾送戏
93	《占花魁·受吐》	昆曲	南安王府戏班	临安伯府宴会	临安伯府内	新聘琪官掌班

除了演出的剧目外，《红楼梦》中的人物对话、诗词歌赋、心理活动等处也多次涉及戏曲剧目，如宝玉对宝钗说"这叫做'负荆请罪'"（第三十回），贾母向众人回忆史府家班演戏"凑了《西厢记》的《听琴》，《玉簪记》的《琴挑》，《续琵琶》的《胡笳十八拍》"（第五十四回），等等。

《红楼梦》中的戏曲剧目，按照类型分，大致可分为昆腔、弋阳腔、杂剧等。昆腔即昆山腔，为明代中叶至清代中叶影响最大的声腔剧种，《红楼梦》中所出现的《牡丹亭》《长生殿》《双官诰》《一捧雪》《邯郸记》《钗钏记》《西游记》《虎囊弹》《西楼记》《玉簪记》《续琵琶》《祝发记》《占花魁》等剧目，均为昆腔剧目。弋阳腔剧目则有《刘二当衣》《丁郎认父》《黄伯央大摆阴魂阵》《孙行者大闹天宫》《姜太公斩将封神》《混元盒》等。杂剧剧目如《西厢记》《负荆请罪》《临潼斗宝》等。另有《白蛇记》《霸王举鼎》《五鬼闹钟馗》《百寿图》等，为其他剧目[①]。

《红楼梦》中演出"昆弋两腔俱有"，恰好反映了康乾之际戏曲界的"花雅之争"。弋阳腔起初在下层中受欢迎，渐与昆腔争胜，至乾隆年间竞争已到白热化状态，有"六大名班，九门轮转"的盛况。《红楼梦》中的戏曲演出以昆曲为主流，尤其在一些重大场合中演出的剧目皆为昆曲，如元春省亲时点的四出戏《一捧雪·豪宴》《长生殿·乞巧》《邯郸记·仙缘》《牡丹亭·离魂》，均为昆曲的代表性剧目。同时，在下层中流行的弋阳腔也已走入王公贵族之家，宝钗生日时请的小戏"昆弋两腔皆有""凤姐亦知贾母喜热闹，更喜谑笑科诨，便点了一出《刘二当衣》"，正是弋阳腔剧目。第十九回，宁府演出《丁郎认父》等弋阳腔剧目时，"倏尔神鬼乱出，忽又妖魔毕露，甚至于扬幡过会，号佛行香，锣鼓喊叫之声远闻巷外"，弋阳腔走入贵族之家，已经不同于其在下层人民中流行时的滑稽调笑，而是受到了政府改良、"雅化"的要求，讲究排场、喧闹，正如清宫内廷中采用昆、弋并奏编撰宫廷大戏时，"场面力求煊赫，砌末力求辉煌，行头力求都丽"。曹雪芹客观展示了当时社会中"花雅之争"的境况，也隐隐表露了他的态度，宁府上演的弋阳腔，满街之人赞道"好热闹戏，别人家断不能有的"，

[①] 学者对《红楼梦》中剧目考证颇多，部分剧目各家观点不一，此处从徐扶明《红楼梦与戏曲比较研究》，上海古籍出版社1984年版。

宝玉却认为"繁华热闹到如此不堪的田地",可见曹雪芹对弋阳腔的排斥。

(二)戏曲在《红楼梦》中的叙事作用

《红楼梦》中涉及戏曲的情节众多,作者根据不同情节的需要安排了不同的剧目,使其在小说叙事中发挥了多种作用。

第一,刻画人物形象。第二十二回,宝钗生日,贾母先后命宝钗、凤姐点戏。宝钗"推让一遍,无法,只得点了一折《西游记》",贾母"自是欢喜";"凤姐亦知贾母喜热闹,更喜谑笑科诨,便点了一折《刘二当衣》",贾母"果真更又加喜欢"。两折热闹戏,生动展示出多个人物的性格:贾母喜热闹,爱说笑;宝钗为人圆融,有分寸;凤姐善逢迎,又最得贾母心意。随后,宝钗又点一出《鲁智深醉闹五台山》,宝玉不喜,宝钗解释这出戏"排场又好,词藻更妙",又念【寄生草】一支,宝玉称赞宝钗"无书不知",宝钗的博学从此可见一斑,也与后文中宝钗称自己从小看《西厢》《琵琶》以及《元人百种》等"杂书"暗合。

第二,推动情节发展。第二十二回"听曲文宝玉悟禅机",一支【寄生草】,引发几重波澜。宝玉听宝钗解说【寄生草】一支,喜得"拍膝画圈,称赏不已",便引发黛玉的醋意,被黛玉讽刺"还无唱《山门》,你倒《妆疯》了",这是第一重波澜。接着,宝玉在湘云、黛玉的纠葛中调和不成,"反已落了两处的贬谤",联想到前日所读《南华经》,便有所悟,感慨"他们是大家彼此,我是赤条条来去无牵挂",并自填一首【寄生草】。这是第二重波澜,正如回目所说"听曲文宝玉悟禅机",宝玉喜得"拍膝画圈,称赏不已",并非因为这出戏的排场、词藻和音律,而是因为其中的禅机。随后,黛玉、宝钗得知宝玉悟禅,宝钗后悔提起【寄生草】引得宝玉悟禅,撕了字帖,黛玉却与宝玉打起了机锋,宝钗又比出六祖慧能的语录,宝玉方不自寻苦恼。这是第三重波澜,黛玉与宝钗在宝玉悟禅上的不同表现,也进一步彰显了其个性。曹雪芹巧妙利用戏曲本身的文化内涵,推动了情节的演进,使故事更为跌宕起伏、意味深长。

第三,展现人物所处的社会环境。《红楼梦》中贵族家庭多蓄有戏班,家中常有演出活动,展示了当时豪门中的风气。第十一回宁府家宴演出《双官诰》,此戏宣扬立志守节、教子成名,以《荣归》《诰圆》结局;第七十一回贾母生日收到围屏《满床笏》《百寿图》，恭祝贾府官运亨通，贾母福寿延年。这些剧目的出现，都展示了贾府希图吉庆的心理。在具体情节中，戏曲剧目成为小说故事的背景，第十九回中宁府演《丁郎寻父》《孙行者大闹天宫》的热闹，恰反衬出宝玉偷溜出去找袭人的真诚；第五十四回中荣国府演出《八义记·观灯》，恰好符合元宵佳节的气氛，展示出豪门欢度新年的热闹与繁华，在八出《八义》的热闹中，贾母等人絮絮而谈，园中袭人与鸳鸯对谈心事，宝玉为众人斟酒，一派富贵安宁景象。

第四，预示故事结局。《红楼梦》中多处戏曲剧目的设置，都服务于故事的结局。典型的例子如第十八回元妃省亲所点的四出戏《豪宴》《乞巧》《仙缘》《离魂》，这四出戏并不符合清代戏曲演出的惯例。《邯郸梦》为黄粱一梦，《离魂》为《牡丹亭》中杜丽娘之死，更为不吉，都不符合省亲时的吉祥气氛。但曹雪芹却有意如此安排，此处脂批解释了曹雪芹的有意设计："《一捧雪》中伏贾家之败。《长生殿》伏元妃之死。《邯郸梦》中伏甄宝玉送玉。（《离魂》）伏黛玉死。"第二十九回清虚观打醮，神前拈戏，头一本《白蛇记》，第二本《满床笏》，第三本《南柯梦》。《白蛇记》为"汉高祖斩蛇起首的故事"，暗示贾府以军功起家；第二本《满床笏》为郭子仪事，暗示贾府"赫赫扬扬"的百年繁华；第三本《南柯梦》，暗示一切繁华都是南柯一梦，终将消散。三本戏恰好是贾府从发家到衰亡的全过程，贾府中人绝不可能这么点戏，因此作者安排这是"神前拈戏"，"神佛要这样，也只得罢了"，表明了家族命运非人力可扭转。

二、《红楼梦》中的戏曲演出活动

（一）演出活动所反映的社会风尚

1. 演出场合

《红楼梦》中的戏曲演出，讲究一定的场合，细分起来有迎驾、礼仪、节令、酬神四种。

迎驾演戏，即如元妃省亲，演戏与作诗一样，是省亲流程中重要的一环。脂批"借省亲事写南巡"，在迎驾演戏上的确如此。康熙南巡中曹家接驾四次，曹寅曾多次安排接驾中的戏曲演出，"四十四年四月二十日康熙从浙江回江宁，二十七日离开，短短五天，曹寅就在织造府安排了二十二、二十三、二十五三个晚上的'进宴演戏'"。

礼仪场合的演戏，如生日、升官、丧礼等。《红楼梦》中描写的生日宴会，大多有戏曲演出。贾敬生日，"找了一班小戏儿并一档子打十番的"；宝钗生日请了一班"昆弋两腔皆有"；凤姐生日时贾府已有家班，凤姐嫌听厌了，从外头叫了一班。第八十五回，黛玉生日正好赶上贾政升官，王子腾家送戏贺喜。丧礼演戏则如秦可卿出殡前一天晚上，"这日伴宿之夕，里面两班小戏并耍百戏的与亲朋、堂客伴宿"。康雍之际均有明令禁止居丧期间演戏，但屡禁不止，在《红楼梦》中也有所反映。

节令演戏，如元宵节时贾府演出《八义记》等。观剧者会选择符合节日气氛的剧目，演出者也会随机应变。第五十三回末，文豹发科浑道："你赌气去了，恰好今日正月十五，荣国府老祖宗家宴，待我骑了这马，赶进去讨些果子吃，是要紧的。"引得贾母、薛姨妈等人喜悦，满台钱响，更加热闹。

酬神演戏，如清虚观打醮。值得注意的是，清虚观打醮是元春下的命令，让"唱戏献供"，可见酬神演戏受到皇家的认可。

此外，贵族世家中日常聚会、娱乐时，也常演戏。如第七回中凤姐至宁府做客，玩牌算账，"却又是秦氏、尤氏二人输了戏酒的东道，言定后日吃这东道"。《红楼梦》中多有"戏酒"一词，戏与酒总是相连的。从《红楼梦》中的演剧场合，可见戏曲在贵族世家中的盛行程度。戏曲演出不仅仅是贵族阶层的消遣享乐，还具有政治与宗教上的意义，成为当时社会文化生活中不可或缺的符号。

2. 演出时间

《红楼梦》中的戏曲演出，大多为日场。开场时间不定，或在饭前，或在饭后。第八回宁府请贾母等人看戏，上午就开场，贾母晌午回去歇息，凤姐等"尽欢至晚方散"；第四十三、第四十四回凤姐生日，宝玉从外面回来时正值坐席，"耳内早已隐隐闻得歌管之声"，到凤姐回屋发现贾琏偷情，跑回向贾母求救时，"戏已散出"；第二十二回宝钗生日，是"吃了饭点戏"，至晚方散。

《红楼梦》中偶尔也有夜场戏，如第十八回元妃省亲，第五十四回元宵夜宴等,这都是由节日庆典的特殊性决定的。这两次都是元宵节,本就是夜间的节日。第十八回演戏到半夜,第五十四回则是演一整夜到天亮。清代雍乾年间,朝廷法令规定"止许白昼演戏,如深夜悬灯唱戏,男女混迹,混杂喧哗,恐致生斗殴、赌博、奸窃等事",然屡禁不止。但在《红楼梦》中,贾府是不允许夜间游乐的,如第六十三回怡红夜宴,李纨、宝钗等都说:"夜太深了不像,这已是破格了。"

可见,《红楼梦》中的演出时间,除元妃省亲时较短外,其余少则四五个小时,多则七八个小时。就演戏的数量来看,贾府中每次演戏几乎都在十余出。第十一回,唱了"八九出"后凤姐又点两出;第二十二回,宝钗点两出,凤姐点一出,黛玉点一出,"然后宝玉、史湘云、迎、探、惜、李纨等俱各点了,接出扮演";第五十四回,先是唱了八出《八义》,又有《西楼记·楼会》《寻梦》《惠明下书》等,中间还有女先儿说书、吹弹等曲艺。

《红楼梦》中演剧,演出时间长,数量多,戏曲演出已经成为贵族宴会的一部分。由此看出贵族观众的观剧面貌,多慵懒、随意,有兴致则看,无兴致则歇息,正如第八回脂批"若只管写看戏,便是一无见世面之暴发贫婆矣,写随便二字,兴高则往,兴败则回,方是世代封君正传"。戏曲演出是贵族生活中必不可少的一部分,是其繁华富贵生活的背景音乐。

3. 演出场所

演戏须有戏台。《红楼梦》中的贾府,拥有多个戏台,以适应不同场合的需要。宁府内会芳园中有一个戏台,太太小姐们坐在天香楼看戏;荣国府中,大观园正楼大观楼有一个戏台,仅在元妃省亲时使用过;大花厅有一个戏台,第四十三回、第四十四回凤姐生日,第五十三回、第五十四回元宵夜宴,都在大花厅戏台上演出。另外,荣庆堂也有戏台,第七十一回贾母生日,在荣庆堂招待南安太妃等坐席看戏。大花厅戏台主要在过年过节、吉庆喜事时供自家人看戏用,而荣庆堂戏台主要用于在大节时招待宾客。此外,《红楼梦》中还有临时搭建的戏台,如第二十二回宝钗生日,"贾母内院中搭了家常小巧戏台",因宝钗生日是家庭内小型聚会,"并无一个外客",家常小巧戏台足矣。因演剧场合的不同而设置不同的戏台,展现了戏曲活动在社会文化生活中的丰富意蕴。

另外，随主人心意，也可临时铺设氍毹，如第四十回贾母叫小戏子铺排在藕香榭，"借着水音更好听"，既展现出贾府的富贵，又彰显了贾母的审美品位。

4. 演出程序

旧时演出时有一套程序，《红楼梦》中虽未全部涉及，也可见其规矩和排场。

（1）参场。第七十一回贾母生日时演出，王妃、诰命等入席后，"一时台上参了场"。所谓"参场"，指开演前掌班率领全班演员，穿着各行角色的行头，出台向观众致敬，同时也是显示演出阵容。《红楼梦》中演出众多，只有这一次专门提及"参场"，可见其隆重。

（2）点戏。《红楼梦》中多次提到点戏，不同场合中点戏方式不同。第十八回元妃省亲时，贾蔷将戏目交与太监，元妃点戏，再由太监传出。第七十一回贾母生日，戏单先后从小厮、回事媳妇、管家媳妇（林之孝家的）、侍妾（佩凤）传到贾府的奶奶尤氏手中，由尤氏亲自交给南安太妃。重大场合中请点戏的等级森严，可见一斑。重大庆典中，点戏顺序由身份、地位、辈分决定，如贾母生日宴会上，南安太妃先点，北静王妃次点，然后"众人又谦了一回"；贾敬生日时尤氏让凤姐点戏，凤姐道"亲家太太和太太们都在这里，我如何敢点"，得知长辈们已点过后才点。但在家常宴会上，长辈叫谁点戏，谁就点，可以不拘礼节和辈分，如宝钗生日上贾母叫宝钗和凤姐点戏，又叫黛玉点，黛玉"因让薛姨妈、王夫人等"，贾母说笑道"今日原是我特带着你们取笑，咱们只管咱们的，别理他们"，黛玉便点了一出，宝玉等也都点了，而王夫人、薛姨妈等未点戏。

另外，点戏多点吉庆戏文，贾母生日时，南安太妃便"点了一出吉庆戏"，或是遵照长辈心意点戏，如宝钗生日时宝钗、凤姐均揣测贾母喜热闹的心理点了热闹戏。《红楼梦》中几处不符合节庆气氛的戏，如元春省亲时点《仙缘》《离魂》，清虚观打醮时演《南柯梦》等，均为作者专门设计，暗伏故事结局，有意为之。

（3）开场戏与正场戏。宴会上的戏曲演出，多由一两出吉庆戏文开场，如贾母生日时南安太妃率先点戏，点的吉庆戏文；第八十五回贾政升官与黛玉生日，"出场自然是一两出吉祥的戏文"。开场戏后演出的则为正场戏，有演整本的（如元宵夜宴演出《八义记》),有演散出的(第八十五回演出《冥升》《吃糠》《达摩过江》等),有宾客点戏的(如贾敬生日),有由戏班自选好的唱的(如贾母生日)。

演出的种种程序表明,演出虽是供人消遣,但作为社会文化生活的一部分,也带有社交层面的意义。

(二)演出活动反映出观众的审美品位

在剧坛"花雅之争"的大背景下,贾府所演出的剧目以昆曲居多,表明贾府以贾母为代表的观众,仍然偏好中正清雅的雅部昆曲,这也与贾府"钟鸣鼎食之家""诗礼簪缨之族"的世家身份相吻合。《红楼梦》中所提及的弋阳腔剧目,被作者批评"热闹到不堪的地步"的几出,都是在宁国府上演,也隐隐表露出在贾珍的"把宁国府竟翻了过来"之下,宁国府的贵族底色已经黯淡,表面"热闹",内里"不堪"。

《红楼梦》描写的演出活动中,不乏具有审美鉴赏力的观众,代表人物有贾母、凤姐、宝钗、宝玉与黛玉。

贾母幼时家中有戏班,第五十四回贾母指湘云道:"我像他这么大的时节,他爷爷有一班小戏,偏有一个弹琴的凑了来,即如《西厢记》的《听琴》,《玉簪记》的《琴挑》,《续琵琶记》的《胡笳十八拍》,竟成了真的了。"《续琵琶》是曹雪芹祖父曹寅的剧作,曹雪芹写入《红楼梦》书中,别有意味。贾母生活在戏曲氛围浓厚的家庭中,又经历贾府的全盛时期,经过见过的多了,因此艺术鉴赏能力极高。《红楼梦》中多次写到贾母对演出活动提出特别的要求。第四十回,要求小戏子们在藕香榭演出,"借着水音更好听",改换演出场所,令环境为演出增色。第五十四回,又要求"弄个新样儿的",让芳官唱一出《寻梦》,"只用箫随着,笙、笛一概不用",《寻梦》一出戏缠绵婉转,只以箫伴奏,则其缠绵又增几分;让葵官"唱一出《惠明下书》,也不用抹脸",花脸戏照理必得带妆,贾母令葵官不用抹脸,主要是为了听唱,如贾母所说"咱们清雅些好"。贾府内的小戏班角色不全,组建时间不长,未必比得上外面的班子,贾母弄这两出"新样"戏,恰好是发挥了小戏班的长处,而且还显得雅致。

凤姐、宝钗都擅点戏。二人虽在宝钗生日时为奉承贾母点热闹戏，实则对剧目有相当的了解。凤姐在贾敬生日时点《弹词》《还魂》，《弹词》为李龟年回忆《长生殿》诸事，为当时名戏，所谓"家家收拾起，户户不提防"，"不提防"即为《弹词》开篇"不提防余年值乱离"，一套【货郎儿】十分动人耐听。宝钗在生日时点《山门》，说"排场又好，词藻更妙"，并能念出【寄生草】的内容，她小时候曾经偷读过《西厢》《琵琶》《元人百种》等，对戏曲有很深的了解。

宝黛二人则是另一种审美偏好。二人起初对戏曲并不甚留意，宝玉抱怨宝钗"只好点这些戏"，黛玉则是"素习不大喜看戏文"。二人对戏曲的审美源自戏曲文本，宝玉听宝钗念【寄生草】，喜得"拍膝画圈，称赏不已"，从此悟禅机；黛玉读罢《西厢》，听到梨香院内演习《牡丹亭》，唱道"良辰美景奈何天，赏心乐事谁家院"，感叹"原来戏上也有好文章"，直听得"心动神摇""如醉如痴"。如黛玉所想"可惜世人只知看戏，未必能领略这其中的趣味"，宝黛并未就此爱好看戏，但却能够"领略这其中的趣味"，二人超脱了舞台艺术上的审美，抵达了精神的层面。

三、《红楼梦》中的戏班与演员

（一）家庭戏班的广泛存在

《红楼梦》中多处写到家庭戏班。着墨最多的，自然是为了元妃省亲专门采买的一班小戏子"十二官"。细读文本，贾府多年前就曾购置戏班，第十八回"又另派家中旧有曾演学过歌唱的女人们——如今皆已皤然老妪了，着他们带领管理"。此外，贾母自称少时在史家曾有戏班；"薛姨太太、李亲家太太，都是有戏的人家"，可知薛家与李家都有或是曾有过戏班。第二十六回，宝玉与贾芸闲聊，"又说道谁家的戏子好，谁家的花园好"，可见贵族蓄乐风气之盛。

雍乾年间，满洲贵族、八旗将帅乃至汉官蓄乐之风盛行，以至于雍正帝甫登基即敕令禁止外省职官蓄养家乐，但未能根除外官养优蓄伎之弊。曹雪芹的好友敦诚之祖定庵公"家有梨园，日征歌舞"。乾隆年间，养优蓄伎之风再度高涨，甚至达到"诸藩邸皆畜声伎"的程度。民间甚至有"芝麻官，养戏班"的歌谣。而曹雪芹家族也有蓄养家班的传统，曹雪芹祖父曹寅好风雅，创作《北红拂记》时"游越五日，倚舟脱稿，归授家伶演之"。曹雪芹舅祖父李煦任苏州织造时，曾负责为皇室采办戏乐（见《李煦奏折·弋腔教习叶国桢已到苏州折》）。李煦之子李鼎也好戏蓄乐，"延名师以教习梨园，演《长生殿》传奇，衣装费至数万"。《红楼梦》中所描写的贵族蓄养家班的风气，正是现实社会与曹雪芹生活环境在小说中的投射。

另外，《红楼梦》中的家庭戏班，从小戏子的采买、命名到戏班的教习、管理，都与当时社会中的戏班一致。小戏子们皆从苏州买来，年龄在十一二岁，以女性为主，一部戏班由十二人组成，命名时都有"官"字等，都符合当时社会的情况。但贾府家班中的角色有别于昆曲的"江湖十二角色"，缺少贴、副净、正生等角色，而小旦、小生却各有两到三人，这可能是为了演出生旦戏的需要，也是作者的独特设计。曹雪芹多次借由小戏子事使宝玉"情悟"，故而多设置了一对生旦。

从采买、教习到日常运营，家庭戏班都耗费巨大。第十六回，贾蔷"下姑苏合聘教习，采买女孩子，置办乐器、行头等事"，单购置戏班就包括这三项，预备花三万两。其中虽是"大有藏掖"，但戏班采买耗资巨大是无疑的。贾府购置戏班是为了元妃省亲使用，时间紧，任务重，采买小戏子、聘请教习时自然需要有一定经验者，价格也就更高。而戏曲行头之价一向难以估算，如李煦之子李鼎排演《长生殿》"衣装费至数万"，则贾府预备的三万银子并不为过。戏班买来之后，日常运营之中，既有贾蔷的管理费用，教习的费用，还有戏班演员的吃穿用度。小戏子们居住在梨香院，条件优渥，贾府为之配备了嬷嬷仆从，干娘们在小戏子的吃穿用度费用中盘剥获利，中饱私囊，"在外头这两年，不知赚了我们多少东西"，可看出贾府在照管戏班演员吃穿用度上所花费用不菲。贾府家班的解散虽非经济问题，而是因老太妃薨逝而解散，但随着贾府经济的日益吃紧，连普通奴仆尚且考虑裁撤，即使没有老太妃之事，家庭戏班也必然无力维持。

事实上，贾府戏班的从无到有，从有到无，恰好反映了贾府在衰亡道路上"中兴"泡影的破碎。小戏子采买来时，"又另派家中旧有曾演学过歌唱的女人们"

带领管理，贾府全盛时期采办的戏子已成皤然老妪，可见贾府已经渐渐没落，而再次耗费巨资采买戏班，无疑为这个衰亡的家族再添负担。小戏子们解散成为丫鬟，在大观园底层掀起无数风波，也掀开了贾府华美的袍角。而当她们被逐出大观园，便是"千红一哭""万艳同悲"的开始。

（二）《红楼梦》中的演员生活

《红楼梦》第二回中贾雨村谈论"正邪两赋"说："纵再偶生于薄祚寒门，断不能为走卒健仆，甘遭庸人驱制驾驭，必为奇优名娼。"《红楼梦》中所描写的戏子，正是这样一类不能"甘遭庸人驱制驾驭"的人。他们未必成了"奇优名娼"，但由于这一段特殊的戏子生涯，命运格外奇遇。

在身份地位上，戏子可谓"心比天高，身为下贱"，其心之高、身之贱，甚至超过这句判词的原主晴雯。元妃省亲时，龄官敢于违逆贾蔷，偏要作《相约》《相骂》，而元妃竟然未对她的违逆感到不满，反而嘱咐不可难为她。此处脂批云："按近之俗语云：'能养千军，不养一戏。'盖甚言优伶之不可养之意也。大抵一班之中此一人技业稍优出众，此一人则拿腔作势、辖众恃强种种可恶，使主逐之不舍责之不可，虽欲不怜实不能不怜，虽欲不爱实不能不爱。"芳官进入怡红院后，何等骄纵猖狂，也是脂批所说的"拿腔作势、辖众恃强种种可恶"。但与此同时，戏子身份十分低贱，第五十九回芳官干娘骂"怪不得人人都说戏子没一个好缠的。凭你什么好的，入了这个行，都学坏了"，第六十回赵姨娘骂芳官"你是我们家银子钱买了来学戏的，不过娼妇、粉头之流，我家里下三等奴才也比你高贵些"。奴仆已是贱籍，戏子比之普通奴仆尚且不如，却又有那样高的心性，令人可叹。如第三十六回，龄官见雀儿串戏台，联想到自身命运，"你们家把好好的人弄了来，关在这牢坑里，学这个劳什子"，已是笼中鸟，偏偏更向往自由；鸟雀尚"有个老雀儿在窝里"，十二官一干女孩子，却是大多被父兄亲戚所卖。

十二官中，曹雪芹重点着墨了龄官、芳官及藕官、蕊官、药（药）官。

龄官在戏班中为小旦，以《相约》《相骂》为本角戏，而贾蔷令其演《游园》《惊梦》，可知她也能演闺门旦。她"唱的最好"，深受元春喜爱，宝玉也曾找她想让她唱"袅晴丝"一套。小说中第三十回"龄官划蔷痴及局外"、第三十六回

"识分定情悟梨香院",写宝玉旁观中龄官与贾蔷事。龄官于蔷薇架下划蔷,"眉蹙春山,眼颦秋水","大有林黛玉之态","已经画了有几千个""蔷"字,连宝玉也看痴了。第三十六回宝玉去梨香院找龄官,龄官不理,又遇贾蔷买"玉顶金豆"来哄龄官高兴,龄官却触景生情悲叹自己命运,"贾蔷一心都在龄官身上",二人形容,公然又是一对宝黛,宝玉方才理会划"蔷"深意,"深悟人生情缘各有分定"。龄官的"痴",也是黛玉的"痴",龄官与贾蔷,如黛玉与宝玉,因而宝玉有所悟"各人只得各人眼泪罢了"。然而龄官比之黛玉,更加无法自主自己的命运,此后龄官在小说中消失不见,戏班解散时也没有提到她的名字,未知其命运如何。

芳官为戏班中的正旦,贾母曾让她演出《寻梦》一出,怡红夜宴时众人让芳官"拣你极好的唱来",可知芳官唱功颇佳。戏班解散后,芳官被分至怡红院中,她年幼娇憨,宝玉和大丫鬟都极宠她,宝玉为她改名"耶律雄奴""温都里纳""金星玻璃",令其改妆,袭人照看她洗头物品,晴雯为她洗发梳妆,麝月为她叱骂婆子;厨房的柳嫂子为了使自己女儿柳五儿进怡红院当差,也对芳官多有巴结。小戏子与婆子们的风波中,芳官算是"主力军"之一,与干娘因洗头事争执,转送柳家玫瑰露,将蔷薇硝替换为茉莉粉给贾环,招致赵姨娘不满并与之厮打……芳官是可爱的,也确实有些轻狂。她年小时就被卖作戏子,没有学过怎么做一个丫鬟;她熟谙的是舞台上的规矩而不谙世事,而最终不被社会所容,被撵出大观园;立志出家而又被智通、圆信这两个名为尼姑、实为拐子的拐走,进入又一个"牢坑"。

藕官、蕊官、䓘(药)官集中在第五十八回,藕官为䓘(药)官烧纸,被老婆子发现,宝玉为之遮掩,原来藕官为小生,䓘(药)官为小旦,常在舞台上演些温柔缠绵事,日子久了,两人竟是你恩我爱。后䓘(药)官死了,藕官"哭的死去活来的,到如今不忘,所以每节烧纸"。后来补了蕊官,也是一般恩爱,藕官说"只是不把死的丢过不提,就是有情分了",引发宝玉呆性。藕官与䓘(药)官是假凤虚凰,但确是真情,也由此可见曹雪芹的婚姻观念。曹雪芹也曾续娶,乾隆二十五年(1760)他续娶芳卿,友人送他一对书箱子,上有五言诗一首:"并蒂花呈瑞,同心友谊真。一拳顽石下,时得露华新。"宝玉一开始误以为藕官与蕊官"这是友谊",但实际上是假凤虚凰;而在现实中,曹雪芹认为婚姻既要"并蒂"相连,夫妻间还应存在"友谊",才能"同心"。

女伶之外,《红楼梦》中还涉及男伶蒋玉菡和喜好串戏的柳湘莲。

蒋玉菡,艺名琪官,本角小旦,后改小生,与北静王水溶、宝玉、冯紫英等均熟识,又为忠顺王爷所喜。他"妩媚温柔","极是情种",却不能自主,被忠顺王府捉拿。后来年纪渐长,家中有了铺子,任戏班掌班,最后娶了袭人。宝玉曾以袭人汗巾子与蒋玉菡的茜香罗交换,二人也属"姻缘前定"。

不同于专门的伶人,时有世家子弟好串戏的,如《红楼梦》中的柳湘莲。柳湘莲本是世家子弟,父母早丧,读书不成,"素性爽侠,不拘细事,酷好耍枪舞剑,赌博吃酒,以至眠花卧柳,吹笛弹筝,无所不为",最喜串戏,且串的都是生旦风月戏文,故而被人误认为风月子弟。明清时期政府一再颁布禁令,禁止串客串戏,然屡禁不止。串客的子弟,自然也就被认为"甘与优伶下贱为伍",柳湘莲被目为风月子弟、优伶一类,也就不奇怪了。柳湘莲与宝玉交好,家境贫寒却为秦钟打点坟墓,因为他们都秉"正邪两赋"之气而生,尤三姐也是因其串戏而引为同类。冷郎君,冷的是世俗,热的是知己。曹雪芹塑造柳湘莲形象时特意设计了其"串戏"的特色,更广阔地展示了当时的社会生活,使其形象更为丰富,同时,也增加了柳湘莲与尤三姐爱情的悲剧性。

《红楼梦》中所及的戏曲文化,从戏曲剧目、戏曲演出到戏班和演员,涉及面极为丰富,生动展示了康雍乾之际的社会文化生活,也为小说在情节和意蕴上增加了深刻的内涵。诚然,一代有一代之文学,戏曲对小说的影响并不限于此,在《红楼梦》的小说语言、文本叙事上,戏曲都具有更为深远的影响,留待读者细嚼其中滋味。

链接回目

第十一回　第十八回　第二十二回　第二十三回　第二十九回　第三十回
第三十三回　第三十六回　第四十二回　第四十三回　第四十四回　第四十七回
第五十三回　第五十四回　第五十八回　第五十九回　第六十回　第六十三回
第六十六回　第七十一回　第七十七回　第八十五回　第九十三回

参考文献

[清]曹雪芹著,[清]程伟元、高鹗补,莎日娜等点校整理:《红楼梦》(蒙古王府藏本),外语教学与研究出版社2021年版。

徐扶明著:《红楼梦与戏曲比较研究》,上海古籍出版社1984年版。

顾春芳:《〈红楼梦〉戏曲剧目及各类演出考证补遗(上)》,《曹雪芹研究》2017年第4期。

顾春芳:《〈红楼梦〉戏曲剧目及各类演出考证补遗(下)》,《曹雪芹研究》2018年第1期。

王潞伟、张颖:《〈红楼梦〉中演出剧目考证》,《曹雪芹研究》2014年第3期。

王潞伟:《〈红楼梦〉中演剧所反映的"花雅之争"》,《曹雪芹研究》2015年第2期。

顾春芳:《〈红楼梦〉的叙事美学和戏曲关系新探》,《红楼梦学刊》2017年第6期。

李玫:《〈红楼梦〉中王熙凤、贾元春点〈长生殿〉折子戏意义探究》,《红楼梦学刊》2016年第4辑。

李玫:《论荣国府演〈八义记〉八出和贾母对"热闹戏"的态度》,《红楼梦学刊》2020年第5辑。

王潞伟:《从〈红楼梦〉看康乾时期戏曲文化》,山西师范大学,2010年。

朱萍、麻永玲:《〈红楼梦〉中家乐"新样"演出〈寻梦〉〈下书〉考论》,《红楼梦学刊》2016年第5辑。

刘水云:《〈红楼梦〉中贾府家班与清雍乾年间的家乐》,《红楼梦学刊》2011年第2辑。

甘煜婷:《清代贵族家庭戏曲消费活动考察——以〈红楼梦〉贾府戏班为例》,《曹雪芹研究》2021年第1期。

李希凡:《梨香院的"离魂"——十二小优伶的悲剧命运与龄官、芳官、藕官的悲剧性格》,《红楼梦学刊》2003年第2辑。

《红楼梦》中蕴藏的萨满文化

杨春风

《红楼梦》是满族文化与汉族文化相融合的产物。其中的某些观念,尤其是从贾宝玉的女性崇拜观念及警幻仙姑、太虚幻境中所折射出来异样的女性为主的文化观念,用中原儒释道文化解读是很难自圆其说的,但如果换一个角度,从满族及其先民的萨满文化观念来解读,或可得到一个相对比较妥帖的解释。下面将逐一试论之。

一、"女儿是水作的骨肉,男人是泥作的骨肉"之来源

在《红楼梦》中,贾宝玉鲜明的女性本位思想同满族先民的萨满神话中对女性的尊崇有很多相似之处。贾宝玉常说:"女儿是水作的骨肉,男人是泥作的骨肉,我见了女儿便清爽,见了男子,便觉浊臭逼人。"①(第二回)这种说法在中原文化中似乎没有出现过,而在满族先民的神话《天宫大战》中却有类似的说法。《天宫大战》说"世上最古最古时候是不分天不分地的水泡泡","水泡泡"中渐生出最早的三女神(天神阿布卡赫赫、地神巴那姆赫赫和光亮女神卧勒多赫赫)②。女人是女神们用身上的慈肉和烈肉做的,因此女人的原质是水。而男人是地神巴那姆赫赫用自己的肩胛骨和腋毛和着姐妹们的慈肉及烈肉做成的,因为"巴那姆赫赫常把肩胛骨压在身下,肩胛骨有泥,所以男人比女人浊泥多,心术

---

① 曹雪芹著:《红楼梦》,吉林文史出版社1995年版。本文所引《红楼梦》原文如无特别说明,均引自该书,不另注。
② 富育光讲述、荆文礼整理:《天宫大战 西林安班玛发》,吉林人民出版社2009年版,第9页。

比女人叵测"①，这似乎与"男人是泥作的骨肉"的说法相通。在萨满神话《天宫大战》的女神世界中，女神和女人都是心慈性烈，纯净如水，男神则多为恶神，男人从诞生之日起，就比女人多了些浊恶之气。显然，这种两性观念同贾宝玉的两性观念非常相似。

而贾宝玉对于人性恶的本原的认识也同萨满文化观念有异曲同工之妙。小说第七十七回，他指着欺侮司棋的周瑞家的恨道："奇怪、奇怪！怎么这些人，只一嫁了汉子，染了男人的气味，就这样混帐起来，比男人更可杀了。"可见在宝玉的观念中，女儿原本都是好的，只因嫁了汉子，染了男人的气味才变得比男人更可杀。无独有偶，《天宫大战》中的恶神耶鲁里原本也是女神，因为有了"索索"②，变成自生自育的两性怪神之后，才变成恶魔的。

《天宫大战》中女尊男卑、恶神的产生等与男性有关的情节模式，似乎只能诞生在女尊男卑的母系氏族社会。人类最早的婚姻制度是群婚制，在这种婚姻制度下，人们只知其母，不知其父，必然产生一种围绕着女性生活的社会群体，因而氏族社会的早期阶段，女性在社会中享有很高的地位，掌握着氏族的领导权，世系按女性继承，子孙归属母亲。满族先民尤其是东海女真社会中，母系氏族社会延续非常长久，直到明代中后期，甚至清代，有些部落仍是以母系氏族社会为主的社会。在《满族说部》的多部作品中都有对东海女真人女性统治下的女权社会有清晰的描写，如《红罗女三打契丹》《东海沉冤录》《东海窝集传》《乌布西奔妈妈》《扈伦传奇》《飞啸三巧传奇》等，其中尤以《东海窝集传》中的描述最为详尽。如果说个别满族说部作品不足为信，这么多不同时代的作品所反映出来的东海女真人的生活彼此印证，互相补充，基本上可以完整地展现不同历史时期东海女真人女权社会的社会生活和思想观念特点。

与此相对应，在神话《天宫大战》中，三百神祇都是女神，而男性只有恶神，没有善神，在神谱上无名无分，只能作为女神的侍者。《恰喀拉人是怎么来的》也讲："恰喀拉的神大部分是老太太神。男神少，妖怪大部分是男的，不善良。神善

---

① 富育光讲述、荆文礼整理：《天宫大战 西林安班玛发》，第16页。
② 索索：指男性生殖器。

良，他们能治妖怪，常常一种神治一种妖怪。"① 这反映了母系氏族社会重女轻男的传统观念，正如《天宫大战》附录六《神魔大战》所说："阿布卡赫赫特别看不起男人，认为男人是最没能耐的，只能干出力的粗活，还是女神有能耐。"②

有些学者将《红楼梦》中女性崇拜思想的源头归之于明清小说和诗文集中所出现的诸如"天地灵秀之气，不钟于男子，而钟于妇人"的思想，但这些说法似乎只是在表述女子的文才气节，并未突出强调"女儿是水作的骨肉，男人是泥作的骨肉"。说女人有"天地灵秀之气"，只是对女性才华和灵性的一种肯定，似乎仍然把女性看作人，而在宝玉的观念中似乎更多地把她们视作神，是比"阿弥陀佛""元始天尊"还要尊贵的女神——"这女儿两个字，极尊贵，极清净的，比那阿弥陀佛、元始天尊的这两个宝号还更要尊荣无比的呢！"③ 另外，当刘姥姥讲雪地抽柴的女孩的故事时，宝玉十分关心，更深信不疑，并说"规矩这样的人是不死的"，还遣焙茗去踏看，还要为她修庙、塑像。这种"规矩这样的人是不死的"的观念同萨满文化中以女性为主的萨满是不死的且死后重归天上的观念是相通的。如在《神魔大战》中，阿布凯恩都里"委任金翅大鹏把守西北半边天，叫金翅大鹏星，这是人间萨满归天后的去处，他们的灵魂归到金翅大鹏的心里，在那里修炼功法，到一定时候再托生到人间避邪驱妖"④。

二、太虚幻境、警幻仙姑与萨满文化

《红楼梦》中创造了一个曼妙清纯的女仙世界——太虚幻境，让那些具"天地钟灵毓秀之德"的女儿们死后都魂归太虚，成为永生的女仙。相比道教和佛教的神仙境界，太虚幻境有三点特别之处：一是相较佛道境界的等级森严、尊卑有序，太虚幻境的女仙们亲如姐妹，关系平等和谐；二是与佛道世界以男性为主的神权社会相比，太虚幻境是一个女神的世界，男性地位极低，宝玉的前身——无

---

① 谷长春主编：《恰喀拉人的故事 小莫尔根轶闻》，吉林人民出版社2018年版，第1页。
② 富育光讲述、荆文礼整理：《天宫大战 西林安班玛发》，第114页。
③ [清] 曹雪芹：《脂砚斋重评石头记》上卷，天津古籍出版社2006年版，第17页。
④ 富育光讲述、荆文礼整理：《天宫大战 西林安班玛发》，第128页。

材补天的灵石——只能屈居侍者,在一众女仙面前"自形污秽不堪",连渺渺大士、空空道人来此挂号销案也要听凭调遣;第三个特别之处是警幻仙姑暗中教会宝玉男女之事,还让宝玉在梦中与其妹可卿婚配——警幻似乎扮演着性启蒙的角色。显然,这一神仙境界用佛道两家学说是难以解释的,但如果用萨满文化观念来解释,却能自圆其说、顺理成章。在《天宫大战》中,三百女神是天宫的主宰,女性地位崇高,男性屈居其下;三百女神之间情同姐妹,关系平等和谐,同太虚幻境中警幻仙姑与诸女仙姐妹相称颇为相似。

此外,在萨满文化中,萨满不但具备降妖除魔、治病救人、沟通天人的功能,还可指导男欢女爱,治疗各种不孕不育之症,以便更好地生儿育女,传承后代。男女性事、生儿育女对地广人稀、生产力极为低下的满族先民来说,是关系到族群生存发展的大事。所以《天宫大战》中,神鹰用太阳河水哺育第一个萨满女婴时,提到萨满的几大功能,其中就有"用耶鲁里自生自育的奇功,诱导萨满,使她有传播男女媾育的医术"。陈景和先生在《红楼梦与长白山文化》一书中指出,警幻仙姑教会贾宝玉男女之事并婚配其妹可卿,很可能是来自萨满文化的成丁礼,由萨满女神对宝玉进行性启蒙教育[①],还是有一定道理的。

如果说警幻仙姑是萨满女神,那么原型又是谁呢?《红楼梦》的原文中已有暗示——"方离柳坞,乍出花房"(第五回《警幻赋》),这实际上是在告诉读者,警幻仙子是从柳树林中走出来的神女[②]。而在满族先民的传统观念中,树神非常受重视,尤其是佛托妈妈(柳树神),在满族神话中地位极高,一度被封为阿布卡赫赫[③],成为掌管人类的最高统治者。柳树神佛托妈妈是通天通地的天桥,同时也是女性生殖器的象征,是人类性爱的启蒙者,更被视为满族的始祖母和人类的乳母。在民间,佛托妈妈被当成"月下老人""送子观音"一样崇拜,祭祀也非常普遍。在满族说部中,许多作品都描写了在神树下祭祀、聚会和婚礼的场面,神树下成为原始部落中最为神圣的场所。佛托妈妈(一作"佛赫妈妈")还是满族先民心目中的生育神,谁家夫妇没有孩子,都要向佛托妈妈祈祷。在神话《阿布

---

① 陈景河:《红楼梦与长白山文化》,三联书店2018年版,第160-163页。
② 陈景河:《红楼梦与长白山文化》,第168-169页。
③ 阿布卡赫赫:天神或天母之意,为早期萨满女神世界中地位最高之神。

卡恩都里创世》中，佛赫妈妈是人类性爱的启蒙者和导师："那些人和动物，不会传宗接代。……阿布凯恩都里看到以后，立刻打发三弟子到一层天去向老天神佛赫恩都里（佛托妈妈在某些后期神话中又被称为佛赫恩都里）讨教。佛赫恩都里把她开天辟地和乌申阔交合，生下天上群神之事，向他讲述了一遍，详详细细地传授了传宗接代的秘诀。"①《红楼梦》中的警幻仙姑"司人间之风情月债，掌尘世之女怨男痴"，正与佛托妈妈司掌人类男欢女爱、生儿育女颇为相似。

柳树神佛托妈妈在满族人的心目中地位崇高，历代祭祀不断。清宫祭典中也少不了祭"佛托妈妈"，如王宏刚《清宫萨满教的历史演变与文化影响》一文所描写的："在立竿祭天时，还要在屋里进行祭'佛托妈妈'仪式，即给孩子们换锁。用彩布作佛托妈妈的锁线给男孩带上，长大就会成为骁勇威武的勇士巴图鲁，给女孩带上，就可长得俊俏健壮。"②在满族民间祭祀中，更是少不了对佛托妈妈的祭祀，如满族说部作品《依将军传》中描写了依克唐阿将军八岁袭爵时，家中举行祭祖修谱仪式："北炕梢儿供奉的是佛托妈妈，即掌管人丁兴旺、祈福送子之女神。"③依克唐阿是咸丰、光绪年间的旗人，这说明直到清末，满族先民对佛托妈妈的崇祭依然不衰。《红楼梦》的作者曹雪芹是满洲正白旗人，其祖辈在后金时期就已加入旗籍，至曹雪芹这一辈，曹家在满洲八旗已经生活了一百多年，且其曾祖母是康熙的乳母，还有两个姑母嫁给满洲王爷，亲友故旧也多是满人，不可能不知道佛托妈妈这个对满人来说家喻户晓的女神。因而将佛托妈妈作为原型并进行艺术加工后写入《红楼梦》应该是极有可能的。

三、癞头和尚与跛足道人的萨满形象

《红楼梦》中的癞头和尚和跛足道人，从佛道角度看，有些不合常理。首先，他们作为一僧一道，常常同止同行、同声同气，这让人颇感奇怪。自古佛道多

---

① 傅英仁讲述、荆文礼搜集整理：《满族神话》，吉林人民出版社2016年版，第16页。
② 王宏刚：《清宫萨满教历史演变与文化影响》，见故宫博物院明清宫廷研究中心编《故宫博物院明清宫廷研究中心第一届国际学术研讨会论文及提要汇编》，2009年10月版，第253页。
③ 郑向东讲述、于敏整理：《依将军传》，吉林人民出版社2018年版，第49页。

有不合，争夺主导权屡见不鲜，由《西游记》中的僧道之争即可见一斑。其次，这一僧一道不听命于如来佛祖、三清真人，却处处唯警幻仙姑是从，中原文化向是重男轻女，僧道二人既已修到一定境界，又如何能心甘情愿地听凭警幻仙姑调遣？

《新镌全部绣像红楼梦》（乾隆五十六年萃文书屋）插图之一僧一道

笔者以为，《红楼梦》中的癞头和尚和跛足道人，表面上看似乎是佛家和道家的形象，口中所言也都是些宣扬无常和离尘之语，但究其所作所为：贾瑞病重，跛足道人来献"风月宝鉴"；宝玉遭魇，僧道二人用玉除邪；黛玉小时多病，癞头和尚劝其不要见外姓亲友；宝钗生病，癞头和尚奉上"冷香丸"药方——一僧一道既不住寺观也不坐道场，而是四处云游给人治病，这似乎更接近萨满形象。因为萨满在人间最重要的职能，除了沟通人神之外，就是给人治病，《恩切布库》《西林安班玛发》《乌布西奔妈妈》等神话作品中的萨满无一例外都是包治百病的神医。

癞头和尚和跛足道人的来处在小说第二十五回中隐约透露出来："一足高来一足低，浑身带水又拖泥。相逢若问家何处？却在蓬莱弱水西。"——此弱水系黑龙江之古名，这首诗正暗指了僧道二人的来处，在东北的黑龙江一带。在上古时代，西与北区分不很分明，何新先生在《诸神的起源》中指出："上古人凡地理言南者，皆可与东通；凡言北者，又均可与西通。非同于后世以东、西、南、北四向。"① 所以"却在蓬莱弱水西"中的"西"也可能指北方。蓬莱在山东，弱水在黑龙江，处于黑龙江与山东之间，又在北方，显然来自东北地区。来自东北地区，又会沟通人神、治病救人、预知未来，这同北方民族的萨满何其相似！

萨满文化发展到后来，并不排斥佛道，甚至把佛教和道教的仙佛放到堂子里一并膜拜，表面上似乎蒙上了一层佛道的面纱，其实骨子里还是萨满文化的底蕴。在他们看来，无论是释迦牟尼，还是太上老君，甚至是关公，都同他们萨满神没有区别，只要能为之所用就好。《红楼梦》也是这样，癞头和尚和跛足道人更像是披着佛道外衣的男萨满，虽然表面上是僧道的形象，但细观其行为举止，更像是受命于女神的萨满，起着"沟通人神的中介人"的作用。

四、秦可卿萨满文化原型：神女下凡、家族萨满

秦可卿是曹雪芹笔下一个极具神秘色彩的人物形象。她出身低微，在贾府的地位却很高；死得蹊跷，却令宝玉吐血、贾珍顿足、满府狐疑，还有一个极尽奢华的葬礼，公侯王孙路祭，风头盖过贾母与贾敬；死后托梦凤姐，预见贾府未来，为家族兴衰出谋划策，更是常人难以企及。对于秦可卿，尽管学界评析多样，但都不能很好地解释她身上的特别之处，但若用萨满文化观念来解读，或可获得一个相对客观的诠释。

首先，秦可卿是警幻仙姑的妹妹，无疑也是幻境女仙。如果说警幻仙姑的原型为满族天母佛托妈妈，她的妹妹自然在女仙中地位极高。另外，托梦是萨满

---

① 何新：《诸神的起源》，三联书店1986年版，第215页。

文化中沟通人神的重要方式，满族说部中的恩切布库、乌布西奔妈妈等女神，都曾在梦中完成过与天神的沟通与交流。萨满文化讲人有三魂：命魂（与生命同始终）、浮魂（包括意念魂、梦魂）、真魂（传说为转生魂），其中浮魂正是通过在睡梦之中灵魂离体，来实现人神沟通或者探究天地的。秦氏引宝玉入梦，看家族档册，预示族中女眷未来，又与宝玉在梦中试婚并引宝玉出梦，这种沟通人神的方式似与萨满的职能有相通之处。

满族说部中有很多天上的女神下凡为人类造福，成为人间萨满。如《恩切布库》中的恩切布库、《乌布西奔妈妈》中的乌布西奔等女萨满，都原本是天上的神女，为了拯救人类的疾苦，下凡成为人间萨满，死后又回到天上。秦可卿的真身是天上地位很高的神女，她下凡来就很可能成为人间的萨满。在满族先民心目中，萨满的地位是极高的。在最早的原始社会中，萨满与氏族首领一般是合而为一的，萨满既是沟通人神的媒介，也是氏族首领、家族族长，到后来萨满与首领逐渐分离，神权与族权分立，但族权在很大程度上要依赖神权为其正名、服务，甚至得不到萨满对于其神授地位的肯定，氏族首领是无法获得族众支持的。萨满是沟通人神的使者，能给家族带来福祉，且其还能治病救人、预见未来，更是所有族众都离不开的。萨满的遴选与其身份地位无关，只与其是否具有沟通人神的能力有关。如果秦可卿是贾家的家族萨满，则其在贾府中虽出身低微，地位却很高，得到老幼喜爱、阖族拥戴，也就可以说得通了。

可惜在《红楼梦》作者所处的时代，萨满文化已经不流行，甚至被儒释道文化所排挤，所以曹雪芹不得不曲笔隐写，删去了许多段落，没删去的也披上了佛道的外衣。但秦可卿家族萨满的身份，还是在其死后托梦凤姐中表现出来：秦可卿预言家中"又有一件非常喜事，真是烈火烹油，鲜花着锦之盛"，正应其后元春封妃归省；又警诫凤姐"月满则亏，水满则溢""登高必跌重""盛筵必散"，也预示了贾府必有家破人散的一天；又提醒凤姐早早预备，多置田庄房舍地亩，以备祭祀和家塾的费用，更像是一个家族萨满为家族的未来忧虑操心，以保周全。

另外，《红楼梦》中描写秦可卿在性事上的观念相当随意、开放。比如其卧室中有唐伯虎的《海棠春睡图》、武则天当年的宝镜、赵飞燕舞过的金盘、安禄山掷过伤了太真乳的木瓜等,多与香艳故事有关。书中更暗示了她与族长贾珍关系暧昧,在引宝玉午睡的时候,更是不知忌讳地让宝玉睡在自己的香闺,按理男女七岁不同席,秦可卿的做法于其时伦理观念来说是相当大胆的。这一形象在封建社会中必被指为淫荡,但是在萨满文化观念来看,尤其对一个女萨满来讲,则是自然天性的流露,并不是很离经叛道。女萨满对性事是相对自由的,在许多神话中,女萨满有权自选配偶或有多个配偶,这些配偶都被称为男侍者。这在满族说部中有很多类似的描写,如乌布西奔既是部落联盟的首领,又是大萨满,她一生未婚,却有多个男侍。这种女性为主的性自由倾向还同女权社会的遗俗有关,如《东海沉冤录》云:"在东海女真野人的原始部落中,其古俗之一,便是部落由女人掌权,女人说话算数,以女王为核心,并享有至高无上的权力。在女王妈妈的统属下,部落的所有人全是她的子女,组织严密,井然有序,纪律严明。……女王可以在众多男人中,选出年轻、可心的放在身边,做自己的侍卫。奴鲁泰妈妈就选了二十多个棒小伙子,用土话讲,他们裆间都有一根像石头一样坚硬的小椎椎,即小索索。"① 这就如同男权社会中男性国王可以拥有众多妃嫔一样,在女权社会中,女王(通常同时也是女萨满)也可以拥有众多男性的侍者,这在她们的社会中是很自然的现象。

然而这些淳朴自然的婚姻和性爱观念等萨满文化遗俗,在当时必然不被社会所容,经过焦大指桑骂槐的谩骂、"遗簪"风波引起尤氏的不满之后,秦可卿也就无法在贾家立足,而要回到天上了。这也造成了秦氏的过早离世,大夫的药"治得病,治不得命"。秦氏回归天界,也预示着萨满文化在大清帝国由盛转衰、薄命早亡的命运。据满族神话《海伦妈妈》所描写:"到了乾隆年间,阿布凯恩都里奉老三星的旨意,把人间的众神都召回到天上去。从那时起,地上就没有神管了,大神萨满也就不灵了,人间开始出现正邪不分。"② 也就是说,到了乾隆年间,萨满文化已经逐渐走向衰亡,而此际也正是《红楼梦》诞生的时期。

(本文原题为"《红楼梦》萨满文化底蕴初探",原载《曹雪芹研究》2020年第1期,有删节)

---

① 富育光讲述、于敏记录整理:《东海沉冤录》,吉林人民出版社2007年版,第247-248页。
② 傅英仁讲述、荆文礼搜集整理:《满族神话》,第41页。

链接回目

第一回　第二回　第五回　第六回　第七回　第十二回　第二十五回　第六十六回　第七十七回　第一二〇回

参考文献

[清]曹雪芹著:《红楼梦》,吉林文史出版社 1995 年版。

富育光讲述、荆文礼整理:《天宫大战 西林安班玛发》,吉林人民出版社 2009 年版。

谷长春主编:《恰喀拉人的故事 小莫尔根轶闻》,吉林人民出版社 2018 年版。

陈景和:《红楼梦与长白山文化》,三联书店 2018 年版。

傅英仁讲述、荆文礼搜集整理:《满族神话》,吉林人民出版社 2016 年版。

王宏刚:《清宫萨满教历史演变与文化影响》,见故宫博物院明清宫廷研究中心编《故宫博物院明清宫廷研究中心第一届国际学术研讨会论文及提要汇编》2009 年版。

郑向东讲述、于敏整理:《依将军传》,吉林人民出版社 2018 年版。

何新:《诸神的起源》,三联书店 1986 年版。

富育光讲述、于敏记录整理:《东海沉冤录》,吉林人民出版社 2007 年版。

富育光讲述、荆文礼整理:《苏木妈妈 创世神话与传说》,吉林人民出版社 2009 年版。

作者简介:杨春风,吉林省社会科学院文学所副所长、研究员。从事东北文学文化研究、满族说部研究。著有《解读东北 文化 文学人》《从"满族说部"看母系氏族社会的形成、发展与解体》《东北文学六十年》(参与撰写,获长白山文艺奖作品奖)《吉林文学通史》(参与撰写)《满族说部与东北历史文化》等作品。

四　曹雪芹的生活世界

认识曹雪芹

位灵芝

《红楼梦》是世情小说、人情小说，是中国传统社会生活的百科全书，这是后人看书的认识。对作者曹雪芹来说，写作《红楼梦》，就是在"愧则有余，悔又无益"的心情下，对家族过往历史的追忆与反思。读其书，识其人。本文将介绍曹雪芹的家世生平历史，以此约略窥见曹雪芹创作《红楼梦》的生活背景，感受其历史真实与文学创作的触发之处。

一、包衣世家

（一）军功起家的下贱包衣

明天启元年（后金天命六年）（1621），努尔哈赤攻占沈阳、辽阳及辽河以东七十余城，并将后金首都迁至辽阳。曹雪芹的五世祖曹世选（一说曹锡远）可能就是在此期间被满洲军队俘掠，从此成了满洲奴隶（尼堪），隶属多尔衮所统领的正白旗。据《清太宗皇帝实录》记载，到了天聪八年（1634），曹世选之子曹振彦已经在墨尔根戴青贝勒（聪明王）多尔衮属下任"旗鼓牛录章京"。顺治五年（1648）冬，姜瓖在山西大同发动反清复明的"戊子之变"，多尔衮派遣英亲王阿济格带着红衣大炮赶到大同，与其他清军一起围困大同数月，于顺治六年（1649）斩杀守将，攻入城内。曹振彦参与了这次平叛战争，立下军功，并因此转入文职仕途。顺治九年（1652），曹振彦升任山西阳和府（今山西大同市）知府，三年后转任两浙转运盐使司盐法道，奠定了曹氏家族钟鸣鼎食的基础。曹家原为汉人，被俘后虽然身份上是包衣奴隶，但是"从龙入关"出生入死、建立军功,在清朝定鼎中原时,已经是几辈子的老家人了。《红楼梦》第七回"焦大醉骂"一节,可能反映了曹家上世的家族经历。尤氏对王熙凤叹道:"你难道不知这焦大的?……因他从小跟着太爷们出过三四回兵,从死人堆里把太爷背了出来,得了命;自己挨着饿,却偷了东西来给主子吃;两日没得水,得了半碗水,给主子喝,他自己喝马溺。"

尤氏所讲的焦大跟着太爷们出兵的情形,当为曹雪芹上祖起家历史的反映。顺治七年(1650),正白旗主多尔衮死后,顺治皇帝亲自接管正白旗,与正黄旗、镶黄旗同属于"上三旗",曹振彦一家作为多尔衮的包衣,随之归属为皇帝及其家族服务的内务府正白旗,成了皇帝的"家下人",直接为皇帝服务。

(二)专差久任的诗礼之家

康熙二年(1663),康熙皇帝委派曹雪芹的曾祖父曹玺担任江宁织造职务,并一改过去三年一换的惯例,改为"专差久任",这个安排可能与曹玺的夫人孙氏曾做过玄烨的保母有关。曹玺曾担任过顺治皇帝的二等侍卫,管銮仪事。到了江宁织造任上,经营筹划,清理积弊,深得康熙皇帝赞赏,也赢得了江南士人的好感。曹玺除了做好宫廷所用衣料、祭祀、封诰等所用织物外,还向皇帝报告江南的吏治、进献文玩古董,极为尽忠。公务之余,他在织造府后花园的楝亭里教子读书,后来他的儿子曹寅就以"楝亭"为号。康熙二十三年(1684),曹玺在江宁织造任上积劳成疾去世,曹寅奉旨协理江宁织造事务。

曹寅年轻时曾供职銮仪卫、正白旗内务府第五参领第三旗鼓佐领、内务府慎刑司郎中、内务府广储司郎中,康熙二十九年(1690)以内务府广储司郎中出任苏州织造,不到两年后到南京做江宁织造,从此再没离开这个岗位。后期和他的妻兄李煦(继任苏州织造)轮流做两淮巡盐御史,承担了康熙皇帝四次南巡的接驾大典。其中在康熙三十八年(1699)皇帝第三次南巡时,驻跸在江宁织造署,因见到孙氏老保母十分高兴,称她为"吾家老人",并亲自写了"萱瑞堂"三字,悬挂在内院正厅上,对臣下而言,这是历史上少见的殊荣。

此外,这时的江宁织造与苏州织造李煦家、杭州织造孙文成家同为康熙皇帝极为宠信的心腹之臣,三家彼此联络有亲,互相照应,他们在江南一带的影响力,大似《红楼梦》中门子向贾雨村所介绍的"贾、史、王、薛"四大家族的威风。

曹寅广交江南的明朝遗民文士，向康熙皇帝密折陈奏官民大事，在江南文坛颇具威望。康熙四十四年（1705），曹寅奉命主持编校刊刻《全唐诗》，历时一年多，得诗四万八千九百余首，共计九百卷，因刻印质量精良，成为出版史上的典范。

在与当朝文人名士密切交往的过程中，曹寅本人的文艺才华也充分显露，他认为自己"曲第一，词次之，诗又次之"，不仅有《楝亭诗钞》《楝亭集》传世，还作有《续琵琶》《太平乐事》《北红拂记》等传奇，并且自己能粉墨登场，扮上演出。

曹寅也是大藏书家，他的《楝亭书目》著录收藏书目3287种，经史子集、稗官野史共存，有不少是罕见的抄本、宋版刻本。曹寅曾与《长生殿》的作者洪昇有交往，并写有《读洪昉思稗畦行卷感赠一首兼寄赵秋谷赞善》，诗云："惆怅江关白发生，断云零雁各凄清。称心岁月荒唐过，垂老文章恐惧成。礼法谁尝轻阮籍，穷愁天亦厚虞卿。纵横捭阖人间世，只此能消万古情。"可见曹寅在恪尽职守之外，还有对自我心性的认识，对文艺修养的重视。他在一首诗中云"巫峡石……娲皇采炼古所遗，廉角磨砻用不得"，写到了女娲补天弃而不用的遗石。有一年他在扬州时，想到了家乡北京的金山，写下了《江阁晓起对金山》："淮海维扬衽席间，卧游终日似家山。破窗风影千帆尽，倚案茶香六梦删。绝好夕阳明䃖矶，无边新涨听潺湲。从谁绚写惊人句，聚石盘盂亦解颜。"还有《红楼梦》第五十四回中，贾母说到她小的时候，家里戏班子排演过《续琵琶》，还演了《胡笳十八拍》，透露出了曹寅创作《续琵琶》的信息。今天我们还能看到曹寅画过的一幅《文姬归汉图》。尽管曹雪芹在曹寅去世三年之后才出生，但是这个在江南经营了近六十年的诗书之家，是滋养他文学生命的天恩祖德。

（三）天恩眷顾的末世荣光

曹寅因为勤谨奉公，又忧惧接驾导致的亏空，于康熙五十一年（1712）在扬州感染疟疾，没等到康熙皇帝快马送去的西洋药品奎宁，遽然离世。康熙悯恤其家，又破例特许曹寅之子、曹雪芹的父亲曹颙继续担任江宁织造。曹颙很受康熙皇帝赏识,认为他是包衣子弟中难得的文武全才之人。可惜曹颙就任三年,却在出差北京时染病而亡,妻子马氏当时怀胎七月,曹家一片慌乱。康熙皇帝考虑到曹家在江南居住年久,家产不便迁移,曹寅、曹颙两代孀妇无依无靠,于是做主将曹寅的弟弟曹宣(后因避讳改名曹荃)的第四个儿子曹𫖯过继给曹寅之妻为嗣,并由其继任江宁织造。

康熙五十四年(1715)乙未,曹雪芹就出生在这样的家庭环境中。家人为他起名"霑",来自《诗经·小雅·信南山》"既霑既足,生我百谷",颇有感激天恩雨露滋养之意。可以想见,曹家对这位能够接续家族荣宠的独苗抱以深厚的期待。联想到《红楼梦》第五回中,宁荣二公之灵委托警幻仙姑以情欲声色事警戒宝玉,希望使他归入正途,以传家继业。宁荣二公提及家史时说:"吾家自国朝定鼎以来,功名奕世,富贵传流,虽历百年,奈运终数尽,不可挽回……"是不是能感受到创家立业的先辈对家族后继无人、进入末世的忧虑呢?

曹雪芹在江宁织造府生活到了十三岁,其间经历了康熙皇帝薨世、雍正皇帝继位。叔父曹𫖯为人老实,爱读书,性好嗜古,织造业务听凭老家人料理,虽然小心奉上,却总被雍正皇帝斥责办事不力。雍正二年(1724),曹𫖯给雍正的奏报:"江宁织造奴才曹𫖯跪奏:恭请万岁圣安。"雍正这样批复:"朕安。你是奉旨交于怡亲王传奏你的事的,诸事听王子教导而行。……不要乱跑门路,瞎费心思力量买祸受。……因你们向来混账风俗惯了,恐人指称朕意撞你……若有人恐吓诈你,不妨你就求问怡亲王,况王子甚疼怜你,所以朕将你交与王子。"新皇帝对曹家并没有老皇帝的情分,曹寅遗留下的巨额亏空仍然是一个隐忧,时时威胁着这个家族的命运前程。

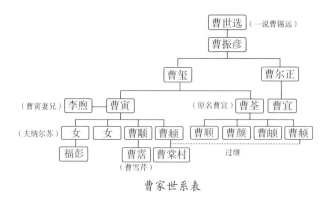

曹家世系表

二、抄家返京的旗人生活

（一）北返回京后的境遇

雍正六年（1728），曹頫因为进贡的织物质量问题被召返京，路上又被山东巡抚参奏"骚扰驿站"，就此被罢免了江宁织造的职务，南京的府第被查封，并被雍正皇帝赏赐给了接任的隋赫德。按照八旗制度，曹家合家奉旨北归回京。回到北京之后，去正白旗的佐领处报到。佐领相当于汉人的父母官。从此，曹家的生活只和满洲正白旗、皇帝的内务府有关系了。

清代统治带有浓厚的氏族社会遗风，曹家作为内务府包衣，在外当差做官时，他们和皇帝是君臣关系，但是回到内务府行走时，他们就是皇帝的奴隶。皇帝既是皇帝，又是他们家的主子。可以看看康熙五十七年（1718）康熙皇帝给曹頫的批谕："（尔）虽不管地方之事，亦可以所闻大小事，照尔父密密奏闻，是与非朕自有洞鉴。就是笑话也罢，叫老主子笑笑也好。"这些都反映了清朝皇帝与内务府包衣之间的微妙复杂关系。这和汉族君臣的廷对问答之语大为不同，反而有几分亲近私情。包衣奴才虽然罢官，只要没有死罪问斩，皇帝主子就要养活他们。作为家内奴隶，只要主子有吃的，他们就饿不死。所以他们回到北京之后，是归旗，旗里的长官应该安排他们的生计。另外，曹雪芹家族在北京还有一个不错的关系网可以走动。

（二）曹雪芹的阔亲戚

曹寅最为风光的事，当属长女曹佳氏由康熙指婚嫁与平郡王纳尔苏为嫡福晋。作为包衣奴才，能与皇家宗室联姻，是极大的荣耀。曹佳氏接连生下了福彭、福秀、福靖、福端四个儿子。雍正四年（1726），平郡王纳尔苏因罪被革掉爵位后，长子福彭袭爵平郡王。平郡王父子两代都参与了平定西部的战争。特别是曹雪芹的表哥福彭，是雍正皇帝和乾隆皇帝都很器重的人。雍正十一年（1733），年仅25岁的福彭就被委以重任，雍正皇帝任命他为"定边大将军"，奉命西征准噶尔部策旺之子策零，弘历（后来的乾隆皇帝）亲自送行，并写诗三首记录此事。其中赞扬福彭说："武略文韬藉指挥，书斋倍觉有光辉。六年此日清河畔，君作行人我独归。"并赞其"虽年少而器识深沉，谦卑自牧，娴学问，通事理"。乾隆元年（1736）三月，福彭任正白旗满洲都统；乾隆二年十月，任正黄旗满洲都统；乾隆三年，升任议政大臣。福彭曾陪弘历读书，还为弘历的《乐善堂集》作序。

平郡王府对于回到北京的曹家是有着切实关照的。据雍正十一年（1733）十月初七日《庄亲王允禄奏审讯隋赫德钻营老平郡王折》可知，在老平郡王的授意下，纳尔苏四子福靖从隋赫德手里索取五千两白银（实际三千八百两），恰好符合原曹家扬州房地产变卖之数。雍正皇帝赏给继任织造隋赫德的钱财，被老平郡王换了个方式要了回来。

乾隆十三年（1748），不知何故被乾隆皇帝淡出权力中心的福彭郁郁而逝，年仅41岁。这位颇似《红楼梦》中北静王的表兄的去世，使得青年曹雪芹遭受了心理上的沉重打击，好在福彭的长子庆明承袭了平郡王爵位，曹家尚有依靠。

除了平郡王府这一至亲，曹家还有另外一门显贵亲戚——傅鼐。曹寅妹妹嫁给了这位满洲镶白旗人。傅鼐在雍正初年由一等侍卫升镶黄旗汉军副都统，旋即升兵部右侍郎。平郡王福彭征噶尔丹时，傅鼐即参赞军中。乾隆即位之初，傅鼐即任刑部尚书兼理兵部。乾隆三年（1738），因违例发往军台效力。傅鼐的儿子富察昌龄，是曹寅的亲外甥，他爱好读书，雍正元年（1723）进士，官至翰林院侍讲学士。昌龄从曹家转移来不少古籍善本，以至于他书斋中所藏的善本图书比纳兰性德的通志堂还要多。从富察昌龄的藏书上，我们能看到曹寅留下的印章。

（三）曹家姻亲的功业反映在了《红楼梦》中

《红楼梦》第六十三回，宝玉为芳官起名"耶律雄奴"，后来总有人叫错或忘了字眼，叫成了"野驴子"。宝玉怕人人取笑、作践了她，于是又改名为"温都里纳"，即"金星玻璃"。曹雪芹的姑祖傅鼐、姑父纳尔苏和表哥福彭都曾参加平定西部边疆，并取得了最后的胜利，小说中的这段内容当是曹家姻亲在参与雍正时期平定西部边疆功业的反映。曹雪芹对这件事是熟悉并且自豪的，所以才会借宝玉之口说："如今四海宾服，八方宁静，千载百载不用武备。我们虽一戏一笑，也该称颂，方不负坐享升平了。"

（四）曹雪芹的旗人生活

雍正七年（1729），曹雪芹进入专门培育内务府三旗子弟的咸安宫官学接受教育。曹雪芹住在崇文门外蒜市口时，离前门、天桥不远，那里有着北京城特有的俗世风情：酒楼、戏园子和庙会。成丁之后，按照旗人惯例，他在内务府当差，做过笔帖式和堂主事，为皇家服务。有传说称曹雪芹曾做过皇家侍卫，所以他有机会出入皇宫大内和西郊的圆明园，熟知皇家制度和生活环境；也有人认为曹雪芹曾经跟着西洋人郎世宁学画，所以他熟悉西洋画法。曹雪芹上结王公贵族，下交贩夫走卒，他在皇家威严与市井气息之中体察着世情百态。可以肯定的是，因为姑父纳尔苏、表哥福彭的特别照应，他经常往来于平郡王府，熟悉王府大宅门内的富贵生活。

曹雪芹是入过学的贡生，乾隆八年（1743）左右，他在右翼宗学当差，在这里与敦诚、敦敏二兄弟结为知交，"当时虎门数晨夕"，有过一段日日相伴的时光。敦氏兄弟是英亲王阿济格的五世孙，当年大同之战时，雪芹上祖曹振彦曾经跟随阿济格建立功勋。后来英亲王被绌，夺了爵位。他的后代也成了没落的闲散宗室，与曹雪芹都有无材补天的失落感。敦敏有《题芹圃画石》，诗云："傲骨如君世已奇，嶙峋更见此支离。醉余奋扫如椽笔，写出胸中魂礌时。"说的就是曹雪芹心中苦闷，画石以泄胸中不平之气的情形。敦诚也曾在《寄怀曹雪芹（霑）》一诗中劝勉曹雪芹："残羹冷炙有德色，不如著书黄叶村。"乾隆九年（1744）左右，曹雪芹开始构思《红楼梦》，他需要一个清净的地方完成写作。

右翼宗学旧址

三、远富近贫的旗营著书

乾隆十一年（1746）前后，曹雪芹来到北京香山正白旗营居住。正白旗营地处金山南麓，曹雪芹居住在今天的四王府以西、地藏沟口左边靠河的地方，门前有大槐树，后面是正白旗的档房（现国家植物园内，原正白旗营房三十九号院，共四间房）。《红楼梦》第一回作者自况："虽今日之茅椽蓬牖，瓦灶绳床，其晨夕风露，阶柳庭花，亦未有妨我之襟怀笔墨。"写的就是香山旗营的风景。曹雪芹住四间房，房前有台阶，门口的几棵槐树枝繁叶茂，其中一棵歪脖树别有风姿。传说有位叫鄂（ào）比的旗人，很感佩曹雪芹的为人处世风格，就送了他一副对联：远富近贫以礼相交天下有，疏亲慢友因财绝义世间多。批曰：真不错！这位朋友应该是对当时社会嫌贫爱富的风气很有感触，看到曹雪芹这么一位落魄公子情愿远离城里有钱的阔亲戚，来到偏远的香山旗营，和最下层的老百姓生活在一起，还能保持以礼相交的风度，真是一位特立独行的人！他对曹雪芹这种生活态度十分欣赏，所以两人成了好朋友。

曹雪芹故居门前的古槐（右为歪脖树）

曹雪芹这时对世事人情已经看得很明白，在城里靠亲戚提携固然可以有好一些的生活条件，可是嗟来之食岂能是"白眼向人"的他所能接受的？来到香山旗营，每月有几两银子和老米果腹，已经足够，重要的是，他有了更多的闲暇时间来写书。

香山八旗驻军，以"两旗夹一村"的格局依香山静宜园左右两路摆开，护卫着香山行宫、卧佛寺行宫。距营房一射之地，是正白旗主怡贤亲王允祥出资修建的家庙十方普觉寺（卧佛寺）。小怡亲王弘晓仍是曹家的恩主。曹雪芹经常去庙里与高僧大德谈禅论玄，"寻诗人去留僧舍"，以至于朋友来了都找不到他。

香山正白旗一直留有传说：曹雪芹给谁看病都不要钱。他住的旗营旁边是个大河滩，这是经年的山洪冲刷形成的，从寿安山下顺地势灌下。河滩里水草杂生，其中长有许多野生的水芹，经冬雪后更加丰茂。这种水芹菜不但能吃，还能为当地的老百姓治肝病。曹雪芹就把溪水附近的野芹菜收集起来制成药物，施舍给人治肝气病，用麻绳菜配好成药给患吐血病的病人。

曹雪芹喜欢自由自在的生活。据说，香山一带八旗规定每年能选十名侍卫去京城当差，这样每季可得俸米三四十石，十分可观，比作为闲散旗人收入高多了。常言道：人不得外差不富，马不吃夜草不肥。这样的美缺外差，曹雪芹就是不去。闲的时候，曹雪芹就包裹起笔墨纸砚，信步到樱桃沟水源头旁边的元宝石上写书；曹雪芹抚琴、舞剑，善丹青。他和朋友鄂比在香山一带享有画名，有时在附近的峒峪村酒馆赊酒，还不上酒钱就作幅画来给酒家抵账。当地老百姓都说，曹雪芹活着就是为了写《红楼梦》，穷死不当差，饿死不进画苑；还说这里的旗兵看不惯他，认为他不官、不兵，又不当差，没准还抢了兵额的钱粮，所以经常向他挑衅，白眼相加。曹雪芹却并不在意。

曹雪芹在这里还结交了一位好友张宜泉，也是旗人，以教书为业，与曹公经常聚会、诗文相和。张宜泉很了解曹雪芹的心境，知道他不轻易吐露心声。在一次寻幽访胜后，张宜泉作《和曹雪芹〈西郊信步憩废寺〉原韵》："君诗曾未等闲吟，破刹今游寄兴深。碑暗定知含雨色，墙颓可见补云阴。蝉鸣荒径遥相唤，蛩唱空厨近自寻。寂寞西郊人到罕，有谁曳杖过烟林？"（《春柳堂诗稿》）他对曹雪芹甘居香山、远富近贫、拒绝皇家画苑征召的举动大为赞叹，认为曹雪芹像五代时著名的道士陈抟一样淡泊名利，并在诗中写道："爱将笔墨逞风流，庐结西郊别样幽。门外山川供绘画，堂前花鸟入吟讴。羹调未羡青莲宠，苑召难忘立本羞。借问古来谁得似，野心应被白云留。"（《春柳堂诗稿》）

乾隆二十六年（1761），曹雪芹带着有世交之谊的李世倬所作的画，去拜访生香老人陈浩，请陈浩题诗。陈浩工书法，得苏轼墨笔的神妙，题在李世倬仿倪云林的画作上，非常生动。还在这一年，曹雪芹画了八幅写意画的册页，都是瓜果、海棠、石头之类的大写意，并在西瓜图旁题诗："冷雨寒烟卧碧尘，秋田蔓底摘来新。披图空美东门味，渴死许多烦热人。"诗里以秦时为东陵侯、入汉甘居布衣之身的邵平为榜样，嘲讽那些追逐功名利禄的"烦热人"。这时的曹雪芹自号"种芹人"，这个"芹"字不是代表士人折桂的"芹泮"之"芹"，而是指他所居住的旗营边小溪流旁的"野芹菜"的"芹"。他后来所用的名号"芹溪居士""芹圃""梦阮"，很清楚地反映了他内心的境况。曹雪芹以文字化解了对秦淮风月繁华的眷恋，化解了对家族零落的痛惜与追悔，也不愿意投亲靠友谋取功名，甘愿在香山耐受贫穷、专注著书。

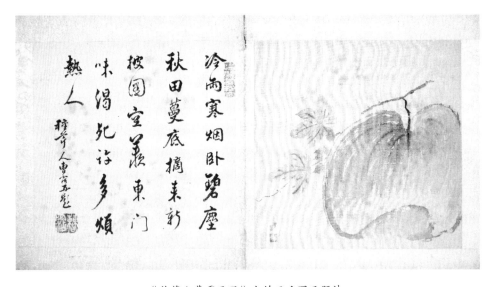

《种芹人曹霑画册》上的西瓜图及题诗

四、废艺济残的大爱仁心

曹雪芹自乾隆二十一年（1756）后，因为帮助朋友于叔度解决生活贫困问题，暂停了对《红楼梦》的修改工作，转向了另一本书《废艺斋集稿》的编辑整理工作。他收集各种工艺技法，汇编成《废艺斋集稿》一书，共八卷，记录了金石篆刻、风筝扎糊、编织织补、脱胎塑模、印染配色、雕刻竹器、烹调、园林等十几种工艺。目前知道的各卷书名仅有讲金石篆刻的《蔽芾馆鉴印章金石集》、讲风筝扎糊绘放的《南鹞北鸢考工志》、讲园林建筑的《岫里湖中琐艺》和讲美食精馔的《斯园膏脂摘录》。

今天我们还能见到的内容是关于风筝"扎糊绘放"四艺的《南鹞北鸢考工志》。曹雪芹把南方软翅风筝和北方硬翅拍子结合起来，以燕子为意象，创造了燕子家族风筝。《南鹞北鸢考工志》中还有曹霑自序，讲到自己花时间来整理这些文人士大夫所不屑为之的"废艺"，其实是为"废疾而无告者"，"谋其有以自养之道"。他将制作风筝的技艺和画法都编成歌诀，方便没有文化的残疾人学习记忆。他以北京人喜欢的沙燕为原型，结合《周易·系辞》的"有天地，然后有万物；有万物，然后有男女；有男女，然后有夫妇；有夫妇，然后有父子……"，根据人伦自然的秩序设计出燕子家族，以此代表人类社会的家庭构成，并在歌诀中使用诗文典故，寄寓对男女、夫妇、孩童和青年人的美好愿望。他以肥燕喻男，瘦燕喻女，比翼燕喻夫妻，雏燕喻娃娃，新燕喻青年，对于每个成员的理想人格都有期许。比如比翼燕的画诀为："比翼双燕子，同命相依依。雄羽映青彩，雌

比翼燕风筝

衣耀紫晖。相期白首约，互证丹心誓。展眉喜兴发，顾眄神彩奕。喁喁多深情，绵绵无尽意。引领瞩遐观，襟怀犹坦适。为筑双栖室，撷取连理枝。卜居武陵溪，仙源靡赋役。相敬诚如宾，真情非伪饰。偕隐岂邀名，澹泊实素志。连夜新春雨，花开不违时。牡丹已葳蕤，红绿交相辉。彩蝶翩翩来，迷花不知惜。锦衣纨绔者，尽是轻薄儿。耻与侪辈伍，联袂去云霓。"从歌诀中我们可以体会到，真情是曹雪芹对理想的爱情和婚姻的期许，他不期求名利，渴望有同心的爱人以同样澹泊的心志，远离锦衣纨绔之辈的浮华，一起隐居到没有赋税、没有劳役的桃花源。

五、再结连理的同心真情

到了乾隆二十三年（1758），曹雪芹在海淀山后白家疃（仍是允祥的封地）治好了白妪的瞎眼病，并在那里盖了四间房子，搬了过去。因为要为于叔度谱定风筝新样，不时往来于寿安山山前山后（今称曹雪芹小道）。乾隆二十四年，曹雪芹去南京一年，事由不详。有说他被时任两江总督的尹继善邀请做幕僚。

乾隆二十五年（1760），曹雪芹在香山与芳卿结为连理，并与芳卿一起编撰《废艺斋集稿》中有关编织织锦纹样工艺的书。曹雪芹拟歌诀，芳卿绘图，两人志趣相谐，感情甚笃。根据他留下的一对书箱上所刻的《题芹溪处士句》："并蒂花呈瑞，同心友谊真。一拳顽石下，时得露华新。"我们能够看到这位芳卿夫人应该是和曹雪芹志趣相合的知音，也是雪芹很中意的才女。曹雪芹称她"清香沁诗脾，花国第一芳"。根据香山老人的传说，这是曹雪芹的续娶，第一位夫人早逝，仅留下一个年幼的儿子。与芳卿的结合，给曹雪芹带来了极大的安慰。这个时间，曹雪芹正对《红楼梦》做修改，他把自己对亡妻的情感和再婚的理由也曲折地表达出来。

《红楼梦》第五十八回，藕官在大观园中烧纸纪念死去的菂官，宝玉不解其意，以为是两个女孩有很好的友谊，没想到芳官竟告诉他：

"藕官扮小生，菂官扮小旦。往常演戏，两人扮作两口儿，唱戏时装的十分亲热,一来二去,两人就像真的一样了。药官死了,藕官哭的死去活来,到如今不忘,所以每逢节日就烧纸。后来补了蕊官,藕官和她也是那样,就问藕官为什么得了新的就忘了旧的。藕官解释说:'不是忘了,比如人家男人死了,女人也有再嫁的,只是不把死的丢过不提,就是有情分了。'"

藕官这段话正如曹雪芹对自己再婚的一个注脚,曹雪芹续娶芳卿时,情感上自然有一番思量,这可能流露了他对男女再婚情感处理的认识;同时《红楼梦》(庚辰本第五十八回)中出现的"友谊"一词,在他与芳卿的婚姻中也存在,所以诗中才说他们是"并蒂花呈瑞,同心友谊真"。两人是有着深厚感情基础的爱人,也是志同道合的知己,所以才能在婚姻生活中被爱情的露华滋养常新。

曹雪芹书箱(北京曹雪芹学会藏)

六、诗酒往来的知心友谊

曹雪芹在香山生活之后,有时仍会回到城内与朋友相聚,太平湖槐园敦敏家就是他常去的地方。乾隆二十七年(1762)一个秋日的清晨,敦诚在哥哥敦敏家的槐园遇到了曹雪芹。当时敦敏还在休息，风雨寒气逼人，雪芹酒渴如狂，敦诚解下佩刀沽酒，并写下了《佩刀质酒歌》，记录他和曹雪芹欢畅喝酒的场景："我闻贺鉴湖，不惜金龟掷酒垆；又闻阮遥集，直卸金貂作鲸吸。嗟余本非二子狂，腰间更无黄金珰。秋气酿寒风雨恶，满园榆柳飞苍黄。主人未出童子睡，罂干瓮涩何可当。相逢况是淳于辈，一石差可温枯肠。身外长物亦何有？鸾刀昨夜磨秋霜。且酤满眼作软饱，谁暇齐鬲分低昂。元忠两褥何妨质，孙济缊袍须先偿。我今此刀空作佩，岂是吕虔遗王祥。欲耕不能买犊牸，杀贼何能临边疆。未若一斗复一斗，令此肝肺生角芒。曹子大笑称快哉！击石作歌声琅琅。知君诗胆昔如铁，堪与刀颖交寒光。我有古剑尚在匣，一条秋水苍波凉。君才抑塞倘欲拔，不妨斫地歌王郎。"

因为曹雪芹留下的史料太少，我们不得不借着曹雪芹友人的诗文来透视他的精神世界。敦诚这首长诗透露了曹雪芹借酒抒怀、阔大放达的豪气，也可看出曹雪芹与知己相交披肝沥胆的真诚。曹雪芹与敦氏兄弟惺惺相惜、来往很多，有时会与敦氏兄弟一众朋友相邀到东郊通惠河庆丰闸附近饮酒游赏。在曹雪芹去世之后，敦敏故地重游时，还不由得想起雪芹与他们同游时的往事："花明两岸柳霏微，到眼风光春欲归。逝水不留诗客杳，登楼空忆酒徒非。河干万木飘残雪，村落千家带远晖。凭吊无端频怅望，寒林萧寺暮鸦飞。"

七、埋骨青山的历史回响

乾隆二十八年（1763）中秋节，曹雪芹的儿子因感染当时流行的"痘疹"，不幸夭亡。他的悲伤无法排遣，只能借酒浇愁，芳卿的关怀与照顾没能让他重新振作起来。癸未年除夕，羊年的最后一个晚上，曹公撒手人寰，留下新婚不久的妻子，追随魂未远走的儿子而去。芳卿在曹公朋友的帮助下，将自己新婚时的嫁衣卖掉，在香山正白旗的义地地藏沟口埋葬了他。香山正白旗有位自称"何太虚"的老先生，说曹雪芹生于羊年，死于羊年，儿子死在八月十五，自己死在大年三十，两人占了两个"绝日"，真是死都死"绝"了。只言片语，讲出了民间对曹雪芹一生境遇的同情。

曹雪芹在皇皇史册中湮没无闻，但他的爱人和朋友却留下了悼念他的诗文，从以下这些幸存的诗文中，我们还可以了解到曹雪芹真实的为人和风貌。

曹雪芹留下的一对书箱子上有芳卿手书的悼雪芹诗：

不怨糟糠怨杜康，乩诼玄羊重赶伤。

睹物思情理陈箧，停君待殓鬻嫁裳。

织锦意深睥苏女，续书才浅愧班孃。

谁识戏语终成谶，窀穸何处葬刘郎。

敦敏《西郊同人游眺兼有所吊》：

秋色召人上古墩，西风瑟瑟敞平原。

遥山千迭白云径，清磬一声黄叶村。

野水渔舠闲弄笛，竹篱茅肆坐开樽。

小园忍泪重回首，斜日荒烟冷墓门。

张宜泉《伤芹溪居士》（其人素性放达，好饮，又善诗画，年未五旬卒）：

谢草池边晓露香，怀人不见泪成行。

北风图冷魂难返，白雪歌残梦正长。

琴裹坏囊声漠漠，剑横破匣影铓铓。

多情再问藏修地，翠叠青山晚照凉。

敦诚《挽曹雪芹》初稿其一：

四十萧然太瘦生，晓风昨日拂铭旌。

肠回故垄孤儿泣，泪迸荒天寡妇声。（前数月伊子殇，因感伤成疾）

牛鬼遗文悲李贺，鹿车荷锸葬刘伶。

故人欲有生刍吊，何处招魂赋楚蘅？

敦敏《河干集饮题壁兼吊雪芹》：

花明两岸柳霏微，到眼风光春欲归。

逝水不留诗客杳，登楼空忆酒徒非。

河干万木飘残雪，村落千家带远晖。

凭吊无端频怅望，寒林萧寺暮鸦飞。

附：曹雪芹年表

康熙五十四年（1715）乙未　1岁

正月初八，曹颙卒。

正月十二日，康熙帝亲自主持将曹荃第四子曹𬣞过继与曹寅为嗣，并补放曹𬣞为江宁织造，给予主事之职。

曹雪芹本年生。父曹颙，母马氏。取名"霑"，承袭家族传统，名字取自《诗经·小雅》"既优既渥，既霑既足"句。

同年，蒲松龄逝世；意大利传教士郎世宁来华。

康熙五十五年（1716）丙申　2岁

曹𬣞（雪芹叔父）就任江宁织造。

二月初，李煦（雪芹舅祖）奏曹寅旧欠事，"乞赐矜全"。秋，李煦复任巡盐御史。

《康熙字典》成书。

康熙五十六年（1717）丁酉　3岁

九月，李煦以两淮余银补完江宁、苏州织造公帑亏欠二十八万八千两。十一月，李煦加户部右侍郎，曹𬣞升员外郎。

康熙五十七年（1718）戊戌　4岁

正月，曹𬣞、李煦、孙文成（杭州织造）奉旨在南方出售人参。六月，康熙帝命曹𬣞密折奏闻地方大小事务。

同年，《桃花扇》作者孔尚任逝世；《俄狄浦斯》在巴黎上演，引起轰动。

康熙五十九年（1720）庚子　6岁

二月，康熙帝谕曹𬣞："已后非上传旨意，尔即当密折内声名奏闻。"

同年，广州商人组成公行，代理外商发卖、收购货物。后来称"广东十三行"。

康熙六十年（1721）辛丑　7岁

李煦、曹𬣞、孙文成（苏州、江宁、杭州三织造）奉旨修理扬州天宁寺，九月告竣。又发三织造库帑各五百两装修佛像。

康熙六十一年（1722）壬寅　8岁

李煦亏空公帑四十五万两，奏请逐年补还。

十月，内务府奏请严催曹頫、李煦送交售参银两。

十一月，康熙帝病逝于畅春园，四子雍亲王胤禛即位。

雍正元年（1723）癸卯　9岁

正月，李煦因奏请代王修德挖参而触怒雍正帝，谕令革职抄家，以其家产抵补亏空。家属十四人及奴仆二百二十名在苏州变卖，其在京产业同时查抄。其余亏空后由两淮盐商解纳，得清。八月，在京房屋奉旨赏年羹尧。

三月，怡亲王允祥分管户部。

十二月，两淮巡盐御史谢赐履奏称本年曾两次解过江宁织造银八万五千一百二十两，部议令曹頫解还户部，而曹頫竟无回复。本年秋冬之间，雍正帝曾欲就曹頫亏空案对其进行某种处置，为同情曹頫的怡亲王所救。

雍正二年（1724）甲辰　10岁

正月，曹頫奏谢允准将织造补库，分三年带完。又有请安折，雍正帝书写长达二百字之长批，其大要有二：一不准攀援结党，二诸事听怡亲王教导而行，朱批并谓："主意要拿定，少乱一点，坏朕声名，朕就要重重处分，王子也救你不下了。"

五月初七日，又有奏报江南蝗灾折，雍正帝朱批谓："据实奏，凡事有一点欺隐作用，是你自己寻罪，不与朕相干。"

十月，谕将李煦家属十一名交还，其奴婢财物等赏年羹尧拣选，余着崇文门监督变价。

曹寅妹夫富察傅鼐原为雍亲王府侍卫，本年出任汉军镶黄旗副都统，授兵部右侍郎。

雍正四年（1726）丙午　12岁

三月，曹頫因织缎轻薄罚俸一年并令织赔。冬十一月进京送赔补绸缎，内务府又奉旨"将缎匹轻薄者完全加细挑出交伊织赔"。

五月，傅鼐（雪芹姑祖）获罪革职，遣戍黑龙江。七月，平郡王纳尔苏因与雍正帝政敌允禵案有牵连"革退王爵，不许出门"。世袭罔替的平郡王爵由其长子福彭（曹寅长女生）承袭。

雍正五年（1727）丁未　13岁

正月，两淮巡盐御史噶尔泰向雍正帝密折报告："访得曹頫年少无才，遇事畏缩，人亦平常。"雍正帝朱批"原不成器"，"岂止平常而已"。

五月，特旨令曹頫押送三处织造缎匹进京。六月，曹頫因御用褂面落色罚俸一年。

十一月，曹頫督运龙衣进京，因骚扰驿站二十四日为山东巡抚塞楞额所参奏。

十二月四日上谕交吏部和内务府严审，十五日由隋赫德接任江宁织造。二十四日，雍正帝因得曹頫转移家产之密报而令江南总督范时绎查抄曹頫家产，其在京产业当即查封。

本年二月，李煦因于康熙五十二年以八百两银子买五个苏州女子送给阿其那（即雍正帝政敌允禩）而发往打牲乌拉。

雍正六年（1728）戊申　14岁

正月十五日前，曹頫在江宁的家产被抄没，据《江宁织造隋赫德奏细查曹房地产及家人情形折》：曹家计有"房屋并家人住房十三处，共计四百八十四间；地八处，共十九顷零六十七亩，家人大小男女共一百十四口"，余则桌椅、床几、旧衣零星等件及当票百余张外，并无别项……又家人供出外有所欠曹頫银连本利共计三万二千余两"。另外，曹頫管理的织造衙门还亏空三万一千余两，外人所欠之银，尽足抵补其亏空。雍正帝将曹家家产全部赏给隋赫德。

夏，曹頫家属回京，隋赫德奉旨"少留房屋以资养赡"，拨给崇文门外蒜市口十七间半房屋及家仆三对，给予曹寅之妻李氏、曹頫之妻马氏并家人度日。至此，前后在江南生活长达六十年左右的曹家回京归旗，曹雪芹随其祖母孙氏与母亲马氏离开了生活十三年的江宁。

六月，曹頫骚扰驿站案结，得革职处分，并令赔还多取银两。七月，隋赫德奏报曹頫曾代贮塞思黑（雍正帝政敌允禟）所铸镀金铜狮一对。

十一月，有旨设立咸安宫官学，是为教育内务府三旗子弟及景山官学中之优秀者而开设。

雍正七年（1729）己酉　15岁

七月，曹雪芹选入咸安宫官学就读。曹頫时枷号示众，原因不明，或因为不能如期交纳追赔银（总数为四百四十三两二钱）而致枷号催追。十一月初八日，雍正帝发布宽释功臣子孙犯法问罪及亏空拖欠者之上谕，曹頫可能援此得释。

本年二月，李煦在乌喇流放地冻饿病卒。

十月，爱新觉罗·敦敏生。

雍正八年（1730）庚戌　16岁

五月，怡亲王允祥卒，在其生前代为各官弥补亏空达二百五十余万两，曹頫之亏空亦经补完。

雍正十年（1732）壬子　18岁

纳尔苏令四子福靖（曹寅女所生）向回京闲居的隋赫德索借银五千两，恰符原曹家扬州房地产变卖银数。后分两次实借给三千八百两。

雍正十一年（1733）癸丑　19岁

十月，隋赫德钻营平郡王案结，隋赫德发往北路军台效力赎罪，老平郡王纳尔苏未予追究。时平郡王福彭已为定边大将军。

雍正十二年（1734）甲寅　20岁

三月，爱新觉罗·敦诚出生。

雍正十三年（1735）乙卯　21岁

八月二十三日，雍正帝暴卒。

九月初三日，乾隆帝即位，有恩诏宽免曹頫骚扰驿站案尚欠银三百二两二钱。曹宜之祖曹振彦及父曹尔正覃恩封赠二品资政大夫。

十一月，表哥福彭协办总理事务；

十二月，雪芹姑祖父傅鼐兼兵、刑二部尚书。有旨编修《八旗满洲氏族通谱》。

乾隆元年（1736）丙辰　22岁

三月，福彭为正白旗满洲都统。

乾隆二年（1737）丁巳　23岁

傅鼐为内务府总管，二月，复授正蓝旗满洲都统。

乾隆五年（1740）庚申　26岁

九月初五日，纳尔苏卒。

十二月，乾隆帝有旨将历年久远之尼堪（汉人）列入《八旗满洲氏族通谱》附录。

乾隆九年（1744）甲子　30岁

曹雪芹开始创作《石头记》初稿。

十二月，《八旗满洲氏族通谱》成，曹氏家族六代十一人收入卷七十回。

同年，圆明三园基本建成。

乾隆十一年（1746）丙寅　32岁

正白旗营西墙上的题壁诗文题写时间为本年四月。

乾隆十三年（1748）戊辰　34岁

约本年前后，曹雪芹在右翼宗学任职，与宗学学生敦敏、敦诚兄弟结社联吟。

十一月，平郡王福彭卒。次年三月，子庆明袭爵。

乾隆十五年（1750）庚午　36岁

约本年前后，曹雪芹已完成第三次增删稿《风月宝鉴》。

九月，庆明卒；十二月，曹寅女所生子福秀之子庆恒过继袭封平郡王。

乾隆十六年（1751）辛未　37岁

正月十三日，乾隆帝第一次南巡。

江宁织造署改建为行宫。

乾隆十八年（1753）癸酉　39岁

本年前后，曹雪芹已完成第四次增删稿，脂砚斋为之作《凡例》，此即脂砚斋抄阅初评本。

乾隆十九年（1754）甲戌　40岁

脂砚斋开始抄阅再评《石头记》。

同年，《儒林外史》的作者吴敬梓去世。

乾隆二十一年（1756）丙子　42岁

五月，曹雪芹第五次增删稿第七十五回已基本写成。

约本年前后，张宜泉有《题芹溪居士》诗，赞美曹雪芹拒绝皇室征召之品格。敦敏在此前后亦有《题芹圃画石》诗赞其"傲骨"。

乾隆二十二年（1757）丁丑　43岁

迟至本年二月，畸笏叟已参与《石头记》抄阅评批工作。

二月，敦诚协助其父山海关关督瑚玠司榷喜峰口税务；秋，作《寄怀曹雪芹（霑）》。

清明前，曹雪芹开始《废艺斋集稿》的第二册《南鹞北鸢考工志》的编辑写作。

正月至三月，乾隆帝第二次南巡。

乾隆二十三年（1758）戊寅　44岁

腊月二十四日，雪芹与敦敏、董邦达、过子和等人在瓶湖过庐聚会，鉴定《秋葵图》、元人《如意平安图》，并放风筝。

乾隆二十四年（1759）己卯　45岁

冬，曹雪芹第五次增删稿已完成前八十回（内缺第六十回、六十七回），乃离京南游江宁一带。张宜泉有《怀曹雪芹》诗。

畸笏叟于本年冬开始抄写己卯原本。脂砚斋第四次阅评《石头记》，并于本年冬夜作有大量批语。

乾隆二十五年（1760）庚辰　46岁

三月，曹雪芹在北京香山再婚，获"拙笔"赠书箱一对，上刻"题芹溪处士句"。

夏秋间，曹雪芹回京，重定畸笏叟抄录之己卯原本为庚辰秋定本。

约本年前后，敦诚作《白香山〈琵琶行〉》传奇一折，曹雪芹为作题跋，其中有"白傅诗灵应喜甚，定教蛮素鬼排场"之句。

雪芹继续《废艺斋集稿》的编撰工作，他的续娶妻子芳卿也加入这项"为废疾无告者谋以自养之道"的工作中来。

雪芹在书箱盖后写了提纲："为芳卿编织纹样所拟诀语稿本、为芳卿所绘彩图稿本、芳卿自绘编锦纹样草图稿本之一、芳卿自绘编锦纹样草图稿本之二、芳卿自绘织锦纹样草图稿本。"

乾隆二十六年（1761）辛巳　47岁

陈本敬、铭道人为《种芹人曹霑画册》题诗。雪芹自题："冷雨寒烟卧碧尘，秋田蔓底摘来新，披图空羡东门味，渴死许多烦热人"。

同年，曹雪芹持李世倬画请陈浩题词。

秋，敦敏、敦诚兄弟访曹雪芹于西山，各有赠诗。冬，敦敏重访曹雪芹未遇，有小诗纪其事。

约本年前后，曹雪芹将第四次增删稿《红楼梦》之抄本借予富察明义，明义作《题红楼梦》组诗二十首。

乾隆二十七年（1762）壬午　48岁

初秋，曹雪芹入城访敦敏于槐园；次晨风雨，敦诚适至，乃同畅饮，雪芹欢甚作长歌以谢，敦诚有《佩刀质酒歌》纪其事。

是年，畸笏叟为《石头记》作多条评语。

乾隆二十八年（1763）癸未　49岁

春二月底，敦敏有《小诗代简寄曹雪芹》，约其同赏杏花春色。

八月十五，曹雪芹爱子夭亡，

除夕之夜，雪芹思子忧心，饮酒过度而亡。

链接回目

第一回　第四回　第五回　第七回　第五十四回　第五十八回　第六十三回

参考文献

[清]曹雪芹著，[清]程伟元、高鹗补，莎日娜等点校整理：《红楼梦》（蒙古王府藏本），外语教学与研究出版社2021年版。

周汝昌著：《红楼梦新证》，中华书局2016年版。

冯其庸著:《曹雪芹家世新考》,文化艺术出版社1997年版。

吴恩裕著:《曹雪芹丛考》,上海古籍出版社1980年版。

胡德平著:《说不尽的红楼梦——曹雪芹在香山》(增订本),中华书局2019年版。

李广柏著:《曹雪芹评传》,南京大学出版社2011年版。

孔祥泽口述,位灵芝、朱冰整理:《我与〈废艺斋集稿〉的不解之缘(上)》,《曹雪芹研究》2019年第3期。

孔祥泽口述,位灵芝整理:《我与〈废艺斋集稿〉的不解之缘(下)》,《曹雪芹研究》2020年第3期。

作者简介:位灵芝,北京曹雪芹学会秘书长、《曹雪芹研究》副主编、北京曹雪芹文化发展基金会理事、中国红楼梦学会理事。致力于曹雪芹家世生平研究和《红楼梦》文化艺术传播。长期参与推动"曹雪芹西山故里"项目建设,发起曹雪芹文化艺术节、红楼梦精雅生活设计中心、红楼梦精雅生活馆、"品红课"课程等曹雪芹文化传播项目。参与"梦饮三百年:曹雪芹诞辰300周年展览"(2015年)、中国国家博物馆"隻立千古:《红楼梦》文化展"(2020年)策展工作。发表有《曹雪芹西山故里建设刍议》《曹雪芹红楼梦文化传播实践》《"曹雪芹在北京"历史文化遗存之考察利用》等论文。

《红楼梦》中的北京香山风物（一）

严　宽

　　《红楼梦》自诞生以来至今已二百五十多年，兴起了两大学派，一个是红学，一个是曹学。实际上红学与曹学有时一分为二，有时合二为一，是很难分离的。正如胡德平先生的一副对联所云：南北通州通南北，曹红二学共一学。

　　红学也好，曹学也好，势必要研究《红楼梦》的诞生之地，即曹雪芹的故居。经过老一辈红学家的辛勤劳动，曹雪芹故居所在地的研究，自1963年张永海的传说开始，视线已从崇文门外蒜市口的十七间半房子等地，转入北京西部的香山地区，于是就出现了海淀、六郎庄、南辛庄、镶黄旗北上坡、白家疃、正白旗等说法。到了1971年香山正白旗三十九号发现了有关曹雪芹的对联及诸多诗文墨迹之后，新老红学家们便对"题壁诗事"展开了热烈的研究，可谓风云际会。其实题壁诗文的内容，才是曹雪芹故居最有力的证据。

　　本文以正白旗为根据地，从这里的具体环境外延到香山地区的历史风物——"三山五园"、健锐营八旗、古迹传说、庙宇古坟，以及天上飞的、地上跑的、水里游的，凡是《红楼梦》创作中所汲取的生活素材，以及环境、朝代历史的反映，都在笔者的视线之内。

　　下面就以"《红楼梦》中的北京香山风物"为主题分成以下九个小题目分享给读者，并祈批评、指正！

一、小照空悬壁上题

　　《曹雪芹在西山》一书，已对《红楼梦》第五十一回"薛小妹新编怀古诗"《桃叶渡怀古》的谜底"小油灯"与香山正白旗题壁诗墙的内在关系，向读者做了揭示，特别是对题壁诗墙对面的小龛做了调查之后的行文记录。其文曰：

> （小龛）长九十九公分，宽九十七公分，距地面高九十八公分，上可放一油灯，晚间挑灯夜读或写作，既不因风摇曳，又可不外泄灯光便于保密，小灯一亮，恰映题诗，悬于西壁，俗物谜底，应为小油灯不是更合时宜、地宜、情宜吗？①

读完这一小段文字，再参观北京西郊香山正白旗"题壁诗文"小屋，自有一番想法和判断。这里要说的是一段红学研究"小照空悬壁上题"的往事。

曹雪芹笔下的"薛小妹新编怀古诗"一共十首，均系灯谜诗，供读者"打灯虎"。曹雪芹并未在书中给出谜底，只说"内隐十物"，造成了二百多年来红学家胡乱猜测的混乱局面。1963年，中国社会科学院文学研究所所长何其芳先生有感于此，便嘱托陈毓罴等人研究一下。陈毓罴先生写了一篇《〈红楼梦〉怀古诗试释》，于1986年发表在《曹学论丛》一书中。文章鞭辟入里、引经据典，很有见识与文采。下面不妨将这篇大作摘抄如下，以鉴老一辈红学家认真治学的精神。

桃叶渡怀古　其六

衰草闲花映浅池，桃枝桃叶总分离。

六朝梁栋多如许，小照空悬壁上题。

《桃叶渡怀古》的谜底似是"油灯"，为当时平民日用之物。首句"衰草"系写草色的（灯草是由灯芯草制成，人们取此草之茎心以供燃灯之用），"闲花"写偶尔能结灯花，"浅池"写盛油之灯盏。作者用一"映"字，即写出光和影来。这一句形象优美，表现出作者丰富的想象力，可以说是警句。次句中"桃"与"陶"谐音，暗示油灯是粗陶器，即瓦器。枝叶分离，指一般民间所用的油灯包括灯盏及灯座两个部分，灯盏常作一花朵形，下面即是灯座，类似根上开花，既无枝，又无叶。我们知道，古代富贵人家所用的灯，斗奇争妍，十分华美。……一般贫民家中所用的油灯根本不能与之相比。曹雪芹为了抓住油灯形状的特点，才把桃根换成挑枝，说"桃枝桃叶总分

---

① 舒成勋述、胡德平整理：《曹雪芹在西山》，文化艺术出版社1984年版，第82–83页。

离"。三句是说灯油与灯草在燃后化为青烟与灰烬，六朝梁栋的命运也大都如此。末句"小照空悬"，写灯盏中灯草吐出灯火之状，白描入神。用一个"空"字最佳。"题"谐音成"提"。"壁上题"者，盖谓人们多将油灯置于壁龛之中（即土墙上特别做成的一个凹处；人们放置油灯，可避风、免使灯光摇曳，同时放得高些也照得远些）。这也点出是贫穷之家。

  曹雪芹并不稀罕那些富贵人家所用的巧立名目的华灯，而对平民日常所用之油灯深有感情，特别为它制作了一个优美的灯谜，我们不能不为他卓越的眼光和精湛的艺术而拍案叫绝。作者长期过着"茅椽蓬牖，瓦灶绳床"的贫困生活，以"十年辛苦不寻常"的精神来创作《红楼梦》，我们可以想象得到他夜间还在伏案写作，对着那荧荧孤灯奋笔疾书，有时夜深了他才上床，脑海不断翻腾，还在继续构思，正是"青灯照壁人初睡，冷雨敲窗被未温"的情景。这油灯发出的光辉，不肯向黑暗让步，又何尝不是他的知己呢！正因如此，他才不以油灯为简陋，能够产生实感。

我看了陈毓罴先生的文章后深受启发，朦胧地觉得，香山正白旗题壁诗屋就有这么一个壁龛。为查究竟，读过文章我便来到"三十九号小院"，当时舒成勋先生不在家，是他的嫂子出来接待的。这是一位七十多岁的老妇人，衣着整洁，待人诚厚，有问必答。她说西小屋的壁龛自她结婚嫁到舒家就有，是放东西用的，冬天可放置油灯照明。她还说壁龛也叫"提"，"提"是指离地面提高的意思。总之是有人叫"龛"，有人叫"提"。

  一番调查后，再读陈毓罴先生的文章，深感"小照空悬壁上题"的"题"，当有二解：一指小油灯在"提"上闪烁着光辉；二也可释为小油灯悬照着壁上的题诗。这当是曹雪芹的故作疑笔。他将自己著书相伴的小油灯和书房中的题壁诗文编成小诗谜写入书中，是很正常的事情。

二、从"胡斯赖"水果说起

  众所周知，《红楼梦》中的贾政养了许多混饭吃的清客，曹雪芹分别给他们取了贬义的名字，如詹光（沾光）、卜固修（不顾羞）、单聘仁（善骗人）等。独有那个叫胡斯来的清客未见有人破解,有强作解人认为是"胡乱来",看来也未中的。二百多年以来,只有《曹雪芹在西山》一书对"胡斯来"的寓意做出了比较完美的回答:

> 香山一带的群众和城里的旗人,都知道一种果子叫"胡斯赖",香山大洼一带出这种果子最有名。它是由苹果和槟子嫁接而成的,外表鲜红饱满,果肉却干涩无汁,旗人送礼常配几个作样子,充门面,是中看不中吃的意思。曹雪芹所以把这个清客命名为"胡斯来",完全取音于"胡斯赖",寓意为"绣花枕头大草包","中看不中吃",也即《红楼梦》中所说的"纵然生得好皮囊,腹内原来草莽"之直意。①

想来没有吃过或见过这种果子的人,断难做出"绣花枕头大草包""中看不中吃""纵然生得好皮囊,腹内原来草莽"的结论。

据考,清代社会的皇宫王府大宅门里养着许多类似书中为贾政之流服务的清客。清客中有一种,只要盘靓条顺就可以,只供在场面上为主人增光添彩,实际上是当"花瓶"摆放。他不像詹光、程日兴那样会鉴定文物,或是能画一笔界画"工细楼台",凭真本事吃饭。

"胡斯赖"这种果子还有一个名字叫苹婆果。北京史地民俗学会秘书长张嘉鼎先生(香山正黄旗张永海老人的后人)曾在《曹雪芹和"苹婆果"》的故事中说,当年郑板桥来香山法海寺游玩时,见到过香山"苹婆果",并且写过摘"苹婆果"的诗。诗云:

> 昔年曾此摘苹婆,石径欹危挽绿萝。
> 金碧顿成新法界,惜他荒朴转无多。
> 参差楼殿密遮山,鸦雀无声树影闲。
> 门外秋风吹落叶,错疑人叩紫金环。
> 树满空山叶满廊,裟裟吹透北风凉。
> 不知多少秋滋味,卷起湘帘问夕阳。

张先生还说:"这种苹婆果并不好吃,香山人管这种果子叫'胡斯赖',是满语,

---

① 舒成勋述、胡德平整理:《曹雪芹在西山》,第89页。

是摆在果盘里看着玩的和闻香的果子，里边像棉花桃，中看不中吃……"

有意思的是，张嘉鼎先生还讲了一个《曹雪芹与"胡斯赖"》的故事，趣味很浓，颇见曹雪芹在香山生活的影子，转述如下。

曹雪芹在正白旗村居住时，曾在院内种了许多竹子，摆放着天棚、鱼缸、石榴树，还从法海寺移来两棵胡斯赖，种在影壁的后边。有文人见了此景便写了一副对联：影壁后头摇钱树，影壁前面聚宝盆。对联中所说的摇钱树就是这两棵胡斯赖，聚宝盆说的是鱼缸。为什么管胡斯赖叫摇钱树呢？趣味就在这里。原来曹雪芹于秋天摘果之时发现一个奇特的现象，其中的一个果实，三面红紫，一面呈树叶状的绿色，是一片树叶贴在果实上形成的。于是乎，他心有灵犀一点通，便做了一个四方形的灯笼，四面的纸中间留一个孔，每孔里放一个鲜红的胡斯赖，每个胡斯赖上有一个"天生"的字，合起来是"春夏秋冬"，灯笼盖上写着"四季平安"，用手提着灯笼叫卖。许多富家少爷小姐看着新鲜，认为是"神物"，不惜花重金购买，曹雪芹发了财。

说到这里，有人会问，那"春夏秋冬"四个字怎么形成的呢？难道真是天生的？其实，曹雪芹等到胡斯赖长到一定程度，用笔墨在向阳的一面写上字，四个一组，即"春夏秋冬"，等到果实上色时，再用湿布将墨迹擦干净，字就出来了。

据笔者调查，当年舒成勋老人讲的"香山大洼长的胡斯赖最好"，所云"大洼"就在今万花山以南，梅兰芳墓地之西，公主坟之东，因地势深广，雨季成泽，故名。香山买卖街的一位老人对我说：听老人们说，每到秋天，大洼这地方分外飘香，另有"大洼"闻香一说。这香味应该说的就是胡斯赖暗放出来的幽香，因之又有了一个新的名字叫"闻香果"。

三、静宜秋景入红楼

香山静宜园始建于清乾隆十一年（丙寅，1746），景观有二十八景之说。乾隆皇帝经常驻跸此园，因之带动了香山政治、军事、经济、文化的发展。它的修建时期正值曹雪芹创作《红楼梦》的时期，一个造园，一个著书，一书与一园是否有些"文艺源于生活又高于生活"的内在联系呢?笔者以为是有的。

说到"静宜秋景入红楼"的问题,先要说一说"京华何处大观园"的问题。总的来说,学界有"恭王府说""南北园林混合说""文学艺术子虚乌有说""礼王园说"。这个说那个说,尤以"大观园取材于海淀三山五园"的"皇家园林说"影响最大。

说"静宜秋景入红楼"的理由如下。

一是《红楼梦》第十七回"大观园试才题对额"时,贾宝玉解释"天然"二字,说出了一套造园艺术的理论主张。他说道:

"却又来!此处置一田庄,分明是人力作造成的,远无邻村,近不负郭,背山山无脉,临水水无源,高无隐寺之塔,下无通市之桥,峭然孤出,似非大观。……"

贾宝玉的主张就是曹雪芹的主张。这一主张,是针对乾隆九年(1744)在香山地区大兴土木建造"三山五园"说的。他反对"张书记来了挖沟,李书记来了填沟",主张造园不要违背自然规律,不然便"峭然孤出,似非大观"。他主张建造园林要远有邻村,近必负郭,背山有脉,临水有源,高处密林中有塔,下面要有小桥流水通向买卖街。只有这样的园林才接地气,才算得上人间大观。

按照曹雪芹的这一造园主张,以香山静宜园为模特考察,不难发现静宜园的现实景观与之非常相符。请看:静宜园外邻着正黄旗、煤厂街、公主坟等村,近处的负郭是团城演武厅,背山靠的脉是"太行第八陉",临水之源有碧云寺卓锡泉、香山双清泉,高处的塔有金刚宝座塔、过街塔,下面通往买卖街的小桥是知乐濠以及静宜园牌楼(已毁)下的明代古桥。

为什么说这一造园主张是针对皇家园林说的呢?"下无通市之桥"一语,透露了信息。"三山五园"内,一共有六条买卖街,均有小桥流水以示乾隆盛世人间繁华。至如今颐和园后山的买卖街已上市开张,读者不妨一游。

二是《红楼梦》第十一回的会芳园赋,赋云:

黄花满地,白柳横坡。小桥通若耶之溪,曲径接天台之路。石中清流激湍,篱落飘香;树头红叶翩翩,疏林如画。西风乍紧,初罢莺啼;暖日当暄,又添蛩语。遥望东南，建几处依山之榭；纵观西北，结三间临水之轩。笙簧盈耳，别有幽情；罗绮穿林，倍添韵致。

这是一篇写秋景的赋文，所赋其花、其溪、其径、其桥、其虫、其鸟、其轩、其榭，其笙簧盈耳，其罗绮穿林，应该说皆有生活出处。笔者认为，这出处便是静怡园秋天的景色。

譬如"黄花满地"（古人有诗云"山林朝市两茫然，红叶黄花自一川"），每至秋天，笔者均到香山赏那漫山的小野菊花。花色有黄，有白，别有风致。"小桥通若耶之溪"，静怡园内双清泉、玉乳泉等均有小桥可通，那潺潺的溪流，皆给人以通"若耶之溪"（仙境之谓）之感。"曲径接天台之路"，香山西北有天台山魔王庙古刹，每年三月十八日为庙会日期，人们顺通往天台山的山道爬行上香，这句似是实写。"石中清流激湍"，这种清泉石上流的景观纯属自然，圆明园、畅春园没有。"树头红叶翩翩"，香山红叶是秋景的一大特色，每年霜降前后，是人们来这里赏红叶的最佳时期，人称"香山红叶节"。"初罢莺啼"，香山有一种候鸟叫黄鹂，善鸣，声音很好听，富有音律变化，俗称"黄莺"或"黄鸟"。"又添蛩语"，香山地区每至秋天，山石缝中、水沟石边、坟圈中有一种蛩虫，善叫，百姓叫"蛐蛐"，民间有"香山的蛐蛐十八嘟噜"之谚语。下面所云的"依山之榭""临水之轩""笙簧盈耳，罗绮穿林"，都属于皇家园林的景致。此不备述。

记得曾有诗人云，京华秋色有十分，香山独占其七。此话虽有过誉之嫌，然也不无道理。香山的红叶，黄叶村的黄叶，是秋天的主调，是香山秋韵的底色。

四、香山老人管"鷃鸡"叫离京

《红楼梦》第六十一回，大观园看门的小厮向柳家的讨杏吃，柳氏啐道："发了昏的！今年还比往年？把这些东西都分给了众妈妈了。一个个的不像抓破了脸的！人打树底下一过，两眼就像那鷃鸡似的……"

这里说的"鷃鸡"是一种鸟。《红楼梦鉴赏大词典》是这样解释的："善斗的凶鸟,身短尾长,体黑,在孵卵期如受侵犯必以死相搏。"这解释可谓言简意赅,将柳氏对大观园实行承包管理以后,老妈们六亲不认,像鸒鸡护小鸟一样负责任的精神形容得很到位。

笔者要说的是香山流传的一句谚语,鸒鸡不叫"鸒鸡"叫"离京"。为什么叫"离京"?老人们是这样解释的:鸒鸡是一种候鸟,每年春秋时来这里搭窝孵鸟,每当早晨四五点钟,它就叽叽喳喳地叫唤。那时的老百姓家里没钟表,地里的农活正忙,人们一听鸒鸡叫唤,就起床下地干活儿。鸒鸡吃飞着的、跑着的活食,特别爱吃一种蚕状的小动物,叫蝲蝲蛄。这蝲蝲蛄的繁殖能力极强,嘴跟刀子似的,专吃青苗的根部,对农业破坏性很大。因此还流传一句话:听蝲蝲蛄叫唤还甭种地哩!意思是蝲蝲蛄虽然破坏青苗,但青苗还得种,生活还要继续。城里没有蝲蝲蛄这样的活食小动物,不适宜鸒鸡的生存。所以每年春夏之交,鸒鸡从南往北飞时,直接奔往香山这样的郊区,哪里坟多、地旷、树多它就往哪里飞,据说它栖息的地方一般都要离京四十里。

"离京"的说法是否真实如此?只可惜物换星移,如今的香山地区似乎也看不到鸒鸡这种鸟了。

柳氏说的"人打树底下一过,两眼就像那鸒鸡似的",太接地气、太有生活啦!笔者当年曾经历过这种场面。我家老宅的邻居刘家院内有棵大槐树,有一年春秋时节,我到刘家找到大哥一起下地干活儿。当来到大槐树下时,就听到"叽喳"的叫唤声,抬头一看,鸒鸡正在窝里孵蛋。它猛然张开翅膀,两眼很凶,似要决斗。原来它以为我要捉它窝里的小鸟。

我想,书中这段人物对话中对"鸒鸡"的描写,应该是曹雪芹在香山著书时生活经历的再现。一个没见过鸒鸡孵蛋的作家,断难写出"人打树底下一过,两眼就像那鸒鸡似的"这样的语句。这正是"过来人说过来语"。

五、刘姥姥在家喝的是山茶叶

关于《红楼梦》中刘姥姥生活原型是哪里人的研究,到目前为止,红学界共有三种说法:一是北京城朝阳门外的农村人,二是石景山区模式口一带的人,三是笔者认为的北京西郊海淀香山地区满汉杂居下的民人。

为什么说不会是石景山区模式口一带的人？这从刘姥姥一进荣国府的行程时间可以判断。一个75岁的农村老妇，起大早带着一个小男孩步行来到荣国府，经过一番折腾，才在周瑞家的带领下见了主妇少奶奶王熙凤；正赶上她吃午饭，又经一番忍辱，才打了二十两银子的秋风；直到下午快关城门前，才带着板儿出城回家。若说家住模式口，来回百十里的路程，体力难支。故此，笔者认为刘姥姥的家住在离城三十里地方香山一带较为合情合理。

如果说刘姥姥住在朝阳门外，这与刘姥姥给贾宝玉讲的冬天穿红衣的姑娘夜间"抽柴"的故事也不吻合。因为"抽柴"之写说明了是柴木之薪，柴木即山间各种木板，存放时一般都捆起来，垛成垛以便冬天取暖起炊使用。而朝阳门外属于沃野平原，木柴很少。

文归正题，再说"刘姥姥在家喝的是山茶叶"。《红楼梦》第四十一回，贾母带着刘姥姥一行人来到栊翠庵吃茶。妙玉将盛着老君眉茶水的成窑五彩泥金小盖钟捧与贾母，贾母吃了半盏，便笑着让刘姥姥尝尝。刘姥姥一口吃尽，笑道："好是好，就只淡些，再熬浓些更好了。"

早先，香山地区的平民百姓都以山茶叶解渴润喉，香山的天宝山、金山、寿安山等地都有野山茶树，因非人工种植，仅零星存活。采摘时也不容易，须连嫩枝带嫩叶，拿回家用小铡刀铡成碎末状收起来备用，不用洗焙等。喝茶叶时不是用开水泡，也不是沏，而是用陶壶或铁锅熬。熬出来的茶水清香扑鼻，喝到口里没有苦味儿，一碗紫红色的汁水很好看，正是色、香、味俱佳。

20世纪五六十年代，每年"战三夏龙口夺粮"，生产队就用熬山茶为社员补充水分。生产队队部派人用大铁锅熬茶水，然后由专人用水桶挑到地头，供大汗淋漓的社员补充水分，以防中暑。

关于山茶叶，"北京通"金受申先生在《老北京的生活》（北京出版社1989年版）一书中有记述，不妨抄录下来，供读者参考：

> 北京泡茶，通称沏茶，以先放茶叶后注水为"沏"，先注水后放茶叶为"泡"。北京则无论用茶壶或盖碗，皆用"沏"的方式。其专爱喝酽茶的，先将沏成的茶喝过几遍，然后倾入砂壶中，上火熬煮，则茶的苦味、黄色尽出，

谓之"熬茶"。

熬茶适用于山茶，所用砂壶价值最廉，统称为"砂包"，为中产以上所不睬，富贵人家所不识，而颇利于茶味。乡间野茶馆常用砂包为客沏茶，冬夏皆宜。

北京西山附近一带，有山中人扛荷席篓荆筐，内实所谓"山茶"，脱售于当地。村民因其价廉，争相购饮。山茶的原料最初以紫荆为主。"紫荆"，北京人称"荆条"，山里人称为"荆蒿"。采其嫩芽晒干，不需蒸焙即可出山售卖。喝山茶的，必须用砂包熬着喝，越熬茶叶越浓，尤以冬日喝山茶为浓厚有趣。

一滴水可以照出整个世界。刘姥姥所说的"好是好，就只淡些，再熬浓些更好了"，从其中的"淡些"及"熬浓些"可以看出她平时在家喝的是山茶叶，说明了她的家靠山根儿住着。

六、水乡"八鲜"入红楼

众所周知，北京西郊海淀香山地区东部的普安淀与玉泉山下的高水湖、养水湖、西湖、万泉庄紧密相连，在曹雪芹的时代成一派"春湖落日水托蓝，天影楼台上下涵。十里青山行画里，双飞白鸟似江南"的水乡景色。这里的稻农流传着一句话，叫"靠山吃八珍，靠水吃八鲜"。所谓"八鲜"，就是八种水生植物：茭白、莲藕、菱角、鸡头（芡实）、荸荠、慈姑、水葱和水芹。

这八种水生植物各有各的吃法，多是夏天清凉消暑之物，正是价廉物美，吃的是新鲜。茭白，肉质细嫩，可切成片状拌着吃，也可当菜炒着吃。莲藕，可直接吃，可切成片儿拌白糖吃，也可做成米粉藕蒸熟了吃。菱角与鸡头里的嫩肉是夏天酷暑小孩的解暑之物。荸荠，以六郎庄产的灯笼红最好，皮薄脆甜，堪比水果。慈姑又叫"万万顺"，其根部果实大如独头蒜，生着吃、煮着吃均可，最受贫苦人的欢迎。水葱，只能夏天吃，一般是蘸酱吃。水芹菜，冬夏常青，四季皆可食，以煮菜粥最好，食之可败火。

《红楼梦》对水中"八鲜"多有记述，从中可以看出曹雪芹水乡生活的影子。

《红楼梦》第一回云,甄士隐的女儿叫英莲,后来宝钗给她起名香菱,到了第四十八回又被夏金桂改成秋菱。都属水草之花。相较夏金桂的"桂花"而言,一个金贵,一个草贱。"自从两地生孤木,致使香魂返故乡",深刻表达了作者对封建社会以富压贫、以强凌弱的不满与批判。第三十七回秋爽斋偶结海棠诗社,写袭人在暑热时打发老宋妈与史湘云送两个小掐丝盒子,一个里边装的是红菱与鸡头两样鲜果。红菱和鸡头是海淀水乡湖河里的产物,特别喜欢沉入水中,根茎很长,果实漂在水面上。穷人家的孩子夏天下河游泳时顺便采摘一些红菱和鸡头,吃里面的嫩肉,有时还拿到市面上出售。

说到红菱和鸡头,吴世昌先生在《论〈石头记〉"旧稿"问题》一文中认为,"水中菱"北京绝不能生长而书中屡次叙及,并问:"北京哪个园中可以采得新鲜的红菱?"

看来吴世昌先生是只识南方水乡,不晓北方海淀也被誉为"双飞的鸟似江南"的水乡,既称水乡,自产"八鲜"。如清代《燕京岁时记》一书就有"菱角、鸡头"条云:"七月中旬则菱芡(鸡头)已登,沿街叫卖,曰老鸡头才上河。"

鲜藕。第二十六回,薛蟠道:"明儿五月初三日是我的生日,谁知古董行的程日兴,他不知哪里寻来的这么粗、这么长粉脆的鲜藕。"海淀六郎庄就是京华有名的"藕乡",所产之藕讲究"九头十八弯",亚赛杨妃玉臂。城里的大饭馆都是提前与藕农订货,如有急需待用,藕农亲自下地,通过"牛逼嘴子"(刚露水面小荷叶的形状),判定泥下的藕是否成形。如发现有,便蹲到水泥里,用小竹刀把藕条切断,把"杨妃玉臂"轻轻抻上来,洗净后用荷叶包好。想来,程日兴的鲜藕就是这么来的。

水葱。第四十九回写晴雯笑向袭人道:"邢夫人的侄女、宝钗的一个妹妹、李纨的两个妹妹,倒像一把四根儿水葱。"水葱,其实是一种水草,每年春天正嫩时长出水面,人们就采来当鲜货吃。用它蘸酱吃,据说清香沁腑,透着水灵,鲜嫩可餐。故此,人们常用它形容十几岁的姑娘青春好看。至如今,香山地区老人形容小姑娘好看还会说:"这个姑娘长得真水灵,像一根儿水葱似的。"

水芹。《红楼梦》第一回云:"后因曹雪芹于悼红轩中披阅十载,增删五次,纂成目录,分出章回,则题曰《金陵十二钗》。"水芹在香山、玉泉山一带的溪流边所在多有，四季常青。性善洁净，浑水边不长，其梗脆嫩，可拌着吃，炒了吃。据说熬芹菜粥最好，是出家道士的养生粥。水芹还有一令人敬重的特性，即雪里夺尊。每至十冬腊月三九天，大雪纷飞，百草皆枯，独水芹菜迎风傲雪在溪流边挺立。古人有"园父初挑雪底芹"的诗句赞芹，当是先有生活，后有诗句。

曹雪芹喜欢芹，钟情于芹，这从芹溪居士、芹溪处士、芹圃、种芹人等名号可以看出。但是他更喜欢溪流边的雪中之芹，喜欢它洁净，喜欢它四季常青有活力，喜欢它傲雪迎风的精神，以故将"曹雪芹"的名字写入《红楼梦》第一回，以昭世人，并宣告著作权非"曹雪芹"莫属。

七、刘姥姥的文学观

刘姥姥是《红楼梦》中诸人物的穷人代表，"三进荣国府"，知名度很高。她向王熙凤打秋风，给大伙儿讲故事，在席面上出口成诗，在贾母面前侃山、打诨等表演，颇见她是个世事洞明、人情练达的农村老妇。

所谓刘姥姥的文学观，是就读者的文学鉴赏和作家的文学创作两方面而言。先说作为读者的文学鉴赏。第四十回，贾母、林黛玉、薛宝钗等人饮宴大观园，三宣牙牌令饮酒作乐。先来看看薛宝钗如何接鸳鸯所宣牙牌令：

鸳鸯道："有了一副。左边是'长三'。"宝钗道："双双燕子语梁间。"鸳鸯道："右边是'三长'。"宝钗道："水荇牵风翠带长。"鸳鸯道："当中'三六'九点在。"宝钗道："三山半落青天外。"鸳鸯道："凑成'铁锁练孤舟'。"宝钗道："处处风波处处愁。"说完饮毕。

每一句都是引用或化用古人诗词佳句。对临场即兴发挥来说，胸中若没有一点文墨是做不到的。

刘姥姥作为一介农妇，对于现场当众玩酒令是有着清醒认识的，她知道自己玩不了这个，于是向鸳鸯求救道："别这样促弄人，我家去了。"无奈，鸳鸯的酒令大于军令，"不论尊卑，惟我是主"。刘姥姥怕罚酒，只好坐下来听令，准备"忽悠"。

从书中情节来看，刘姥姥绝不是一辈子只与黄土地打交道的农民，她有着丰富的生活阅历，懂得"世事洞明皆学问，人情练达即文章"。所以，她有能力在贾母、薛宝钗面前插科打诨，与她们一比高下。若将刘姥姥看成一个俗人，一个当众出丑的人，一个只为讨好贾母供大家取笑的人，则是大大冤枉了她，也说明没有看懂曹雪芹。平心而论，任何一个只读死书而缺少生活体验的人，都是难以写出好作品的。下面就来看看刘姥姥是如何接令的：

> 鸳鸯笑道："左边'四二'是个人。"刘姥姥听了想了半日，说道："是个庄家人罢。"众人哄堂笑了。贾母笑道："说的好，就是这样说。"刘姥姥也笑道："我们庄家人，不过是现成的本色，众位别笑。"鸳鸯道："中间'三四'绿配红。"刘姥姥道："大火烧了毛毛虫。"众人笑道："这是有的，还说你的本色。"鸳鸯道："右边'幺四'真好看。"刘姥姥道："一个萝卜一头蒜。"众人又笑了。鸳鸯笑道："凑成便是一枝花。"刘姥姥两只手比着，说道："花儿落了结个大倭瓜。"众人大笑起来。

有比较才有鉴别。笔者认为，薛宝钗所接诗句，书卷气浓，古人名句信手拈来，堪称佳作。而刘姥姥接的句子，土话连篇，却颇接地气，特别是"一个萝卜一头蒜""花儿落了结个大倭瓜"，这两句将一个种田的农妇形象活脱脱地表现了出来。

刘姥姥这个人物能在荣国府打秋风，证明她见过世面。她能给贾宝玉讲漂亮小姑娘抽柴、死后被村人在小庙供着的故事；敢与"雪满山中高士卧"的薛宝钗这位高士对歌；在贾母面前有问必答、张口就来。这些情节描写，足以看出刘姥姥是一个在特殊环境下的农村中成长起来的特殊老农妇。这个特殊环境便是历史悠久的香山地区。这里古坟地多，买卖街多，古庙多，皇家园林多，八旗营房多（这里的八旗营房与汉民村居处处相邻，口碑曰"两满夹一汉"，如镶黄旗、正黄旗夹着桐峪村，正白旗、镶白旗夹着四王府，镶白旗、正蓝旗夹着小府村）。当年这里的民人种地也好，经商也罢，想着法儿地挣八旗的钱，刘姥姥就是在这里的皇家文化、寺庙文化、八旗文化、丧俗文化的氛围中成长起来的农妇。试想一下即可知，在曹雪芹时代，北京远郊区如门头沟区、延庆县是不会出现刘姥姥这样的人物的。

八、艳如桃花京西稻

北京西郊海淀西香山地区，乃京西物华天宝之地，自清代以来，就有"海淀三件宝：御米、李子、香山枣"之谚语。这是乡亲们夸耀家乡特产的口头禅。个中所云"御米"即是"艳如桃花"的京西稻。

据文献记载，300多年前，清朝康熙大帝在海淀建立畅春园，因此带动了京西稻的种植与发展，文化生活的繁荣。时有小诗曰："都门好，海淀泛轻舟。风吹稻花香两岸，洗衣人语西洋桥。"好一派江南水乡景色。康熙皇帝鼓励农耕建设，特在青龙桥设立稻田厂。至清代乾隆皇帝兴建"三山五园"时，在五个皇家园林中都设有观赏京西稻的文化景观，其中尤以圆明园的"多稼如云"、清绮园的"耕织图"、静明园的"溪田课耕"最为典型。据传说，当时海淀有稻田360顷，皇宫一天吃一顷，还有一大块稻田叫胭脂地，其产生的稻米专供皇妃搽胭抹粉的费用。360顷稻田统称御田，管理人员是内务府奉宸院，种田的农民最初是从江南水乡请来的稻把式和附近的农民，人称御伙计。所产的京西稻米各个圆润晶莹，色有粉红、碧绿之别，蒸出的米饭五谷香最浓，满屋香味，连米汤都如玉液琼浆。由于此米属于贡米，专供皇室和八旗贵族使用，所以稻田叫御田，红色的米叫胭脂米，白色的白米或称玉田米。其中还有"桃花米"一说。桃花米一名，可见诗人对京西稻米的钟爱。清人吴翌凤曾作《张思孝食桃花米饭歌》云："谷惟五种稻最佳，流珠吹玉诗人夸。一种偏宜作红饭，着手鲜润如桃花。"

京西稻不仅好看好吃，还被曹雪芹写入《红楼梦》。第五十三回，黑山村庄头乌进孝年终向宁府交租单上就有"玉（御）田胭脂米"。第七十五回，贾母问有稀饭吃些罢，尤氏早捧过一碗来，说是"红稻米粥"。贾母接过来吃了半碗。据考，康熙五十四年（1715），曹雪芹之叔父曹頫有奏折奏闻试种御稻情况。《养吉斋丛录》卷二十六云："康熙二十年前，圣祖于丰泽园稻田中偶见一穗与众穗迥异。次年，命择膏壤以布此种。"想来，以京都情况论，此膏壤之地必有海淀稻田。海淀西北临山，地处沼泽，水源丰沛，土膏壤肥，再加上天下第一泉之助，所产稻米应是"谷为五种稻为最佳"中的最佳。其植物脂肪含量最高，并且有多种维生素，人间最佳品，自当为当时清代皇室八旗贵族、上层人士享用。

[清]唐岱、沈源绘《圆明园四十景图咏·多稼如云》

笔者当年采访八旗风俗时，曾听一位从东北插队回来的知青说，他家是皇亲国戚，他听他奶奶说，旗人也分三六九等，分配的米不一样，最高的领红色儿米，再下层的领白米，再下等的领老米，领老米的都是八旗兵丁。他奶奶说，他们家是吃红色儿米的。什么是老米呢？老米就是在仓库里存放多年的白米。这种米已经朽了，发霉了，变成了红紫色。香山流传的"铁杆儿老米树"谚语，指的就是这种米。

九、西城门外确有天齐庙

《红楼梦》第八十回写到贾宝玉"坐车出西城门外天齐庙烧香还愿"的故事。这天齐庙是否有其地？抑或出于作者的杜撰？

俞平伯先生曾专写了一篇《西城门外天齐庙》，又在《读〈红楼梦〉随笔》中写了《天齐庙与东岳庙》，认为这西城门是东城门的反语，天齐庙指的是朝阳门外的东岳庙。周汝昌先生在《红楼梦新证》里认为指的是西郊香山董四墓的天齐庙。在1980年6月出版的《红楼梦研究集刊》第三辑里，陈诏先生著文说："《红楼梦》里的天齐庙为北京朝阳门外的东岳庙，这是有些道理的。"因而引起了笔者按葫芦抠籽的精神，于是驱车到董四墓村走访了一位叫陈录的老人，时年他已是八十老翁了。陈老说，天齐庙是董四墓小学所在地，旧时之物仅一松一碑而已。碑文首行写明前朝所建，落款为乾隆年间。陈老还说，过去天齐庙前有一条古道，南通保定府，北通宣化府，皇家运送银两的镖车常从此经过，发生过"劫皇杠"的事情。什么叫皇杠？就是将一根圆木切开两瓣，把里面抠成槽，放好银两后，两部分一合，用铁箍上，是为皇杠。

根据周汝昌先生的说法，结合陈录老人的见闻，我认为曹雪芹笔下的天齐庙就是以董四墓天齐庙为生活素材创作的。

第一，董四墓确有一座天齐庙，坐落在北京西郊金山南麓红山口以西，厢红旗以北，小府村以东。村北即有名的金山宝藏寺。

金文华《北平旅游指南》记载"董四墓有天齐庙一座"。这座天齐庙地处西郊金山，从京城出发出西直门就能到达，与《红楼梦》所写的出西城门外方向正合。

第二，董四墓的天齐庙是城中权贵经常观赏游乐的所在。董四墓有座桃园——御果园，占地五十余亩，由太监管理，所产蜜桃闻名遐迩，是贡桃，这也是有诗文记载的。如魏源《海淀杂诗》就写到董四墓的御桃园："龙髯便是隔山隈，裂帛湖前东四堆。何处香魂桃万树，千年风雨翠华来。"这位亲自到过玉桃园的诗人还有诗注："东四墓、西四墓正当万寿山后，宝藏寺前，皆明代妃嫔葬所也。东四墓宜桃，岁供进御，而都人多传为董氏墓桃，又或云东四亩桃，皆未亲历其地耳。"《北平旅游指南》指出："（董四墓桃园）每年值秋桃放花之际，桃红遍野，红紫缤纷，直为世上桃源。当时城中王公大人届时呼车乘马，联翩而到该地观赏桃花，以为乐事。""每年至中秋节，必由民众公园起发起演唱谢秋戏一天，以谢花神。"当贾母要宝玉到天齐庙还愿时，宝玉巴不得到处去逛逛，听见如此说，喜得一夜不曾合眼。他果然驱车西行，如愿以偿了。

根据曹雪芹的祖父曹寅客宦江南镇江，面对金山写的怀念家乡的诗《江阁晓起对金山》中"卧游终日似家山"句，可知曹寅在北京的家离金山不远，而今日之曹雪芹纪念馆正是坐落在金山西侧脚下。据金山南麓的东四墓天齐庙只有三里之遥，得地利之便，他到过天齐庙游玩并将之当作素材写入《红楼梦》是情理之中的事情。

链接回目

第一回　第六回　第十一回　第十七回　第二十六回　第三十七回　第三十九回
第四十回　第四十一回　第四十八回　第四十九回　第五十一回　第五十三回
第六十一回　第七十五回　第八十回

参考文献

［清］曹雪芹著，［清］程伟元、高鹗补，莎日娜等点校整理：《红楼梦》（蒙古王府藏本），外语教学与研究出版社 2021 年版。

舒成勋述、胡德平整理：《曹雪芹在西山》，文化艺术出版社 1984 年版。

中国曹雪芹研究会编：《曹学论丛》，群众出版社 1986 年版。

金受申著：《老北京的生活》，北京出版社 1989 年版。

《红楼梦研究集刊》第三辑，上海古籍出版社 1980 年版。

金文华编：《北平旅游指南》，中华书局 1933 年版。

作者简介：严宽，北京市海淀区民俗专家、北京曹雪芹学会顾问。长期从事北京八旗风俗研究和调查工作，参与北京曹雪芹纪念馆建设。著有《红楼梦八旗风俗谈》《曹雪芹西山传说》（与张宝章合著）和《槐荫堂随笔》等作品。

《红楼梦》中的北京香山风物（二）

位灵芝

北京香山一带的老人们说"《石头记》，记石头"，说《石头记》是在石头上记载下来的故事。曹雪芹在香山生活的年代大约从乾隆十一年（1746）到乾隆二十八年（1763）之间，正值乾隆盛世。清代著名的"三山五园"之一的香山静宜园是乾隆皇帝避喧听政的重要场所，曹雪芹作为内务府正白旗的包衣，他的职责就是为皇帝服务。为了写作《红楼梦》，他放弃了在城里谋取更好的职务，选择在香山健锐营当一名普通旗兵。当差之余，曹雪芹奋笔写作，以抒胸中块垒，眼前的山川景物、市井百态、乡谈俚语、世风人情，都成为供他取用的创作素材。本文从香山老百姓口口相传的故事中，拈出与《红楼梦》文本可资对看的若干风物，供读者赏析联想，以解作者辛酸之味。

一、绳床瓦灶和阶柳庭花

《红楼梦》第一回有作者自云："虽今日之茅椽蓬牖，瓦灶绳床，其晨夕风露，阶柳庭花，亦未有妨我之襟怀笔墨。"这可以看作对曹雪芹开笔之初生活境况的再现。

北京香山地区属山区，过去瓦灶为本地居民家中常用之物，是用土坯烧制而成的简陋炉灶，到今天还能找到遗存。绳床，也叫"胡床"，又名"交椅"，是一种可以折叠的轻便坐具，其式样来自西域，原为苦修僧徒所坐，也为马背民族常使用，取其便于折叠和携带，因床面用绳子穿成，所以叫绳床。清代八旗仍属于军事组织，随时准备打仗，旗营中备有绳床是很自然的。

文史链接:《红楼梦》与曹雪芹的世界

瓦灶绳床

曹雪芹故居（今国家植物园内曹雪芹纪念馆）

所谓阶柳庭花，正是曹雪芹所住房舍的实景，可见他到了香山正白旗营之后，生活已跌入了八旗的一般士兵阶层，贫寒简陋，不复有在江南时的温柔富贵生活，甚至也没有在京城时的热闹繁华。今天我们还能看到他住过的旗下老屋，院子前有石阶几步，不高的女儿墙外当年应该有翠柳依依，院子里种有海棠、石榴，到了春天也是花团锦簇。所以当他抒写前尘往事时，难免产生一种今夕何夕的感慨，但这种感慨并非一味懊恼追悔，而是一种洗尽铅华后的细细追忆，出门观西山烟霞，掩门赏林下风光，这里的晨风夕月润泽了曹雪芹的笔墨。

二、女娲遗石与元宝石

《红楼梦》第一回说道："原来女娲氏炼石补天之时，于大荒山无稽崖炼成高经十二丈，方经二十四丈顽石三万六千五百零一块。娲皇氏只用了三万六千五百块，只单单的剩了一块未用，便弃在此山青埂峰下。谁知此石自经锻炼之后，灵性已通，因见众石俱得补天，独自己无材不堪入选，遂自怨自叹，日夜悲啼惭愧。"一僧一道说它"形体倒也是个宝物了，还只没有实在好处"。

就在今天北京香山脚下的国家植物园西南方向，有一条峡谷，俗名樱桃沟。樱桃沟最早被称为水源头、水尽头。

明末清初时，曾出任吏科都给事中的孙承泽在此修建"退谷"别业，自号退翁，并写作《春明梦余录》和《天府广记》，后均附有退谷小志，载"水源头两山相夹，小径如线，乱水淙淙，深入数里"。康熙年间的《宛平县志》把"退谷水源"列入"宛平新八景"之内。水源头的南侧有一块巨石，体量巨大，形似元宝，底部悬空，内部砌有一榻，榻上方有一空洞，砌成窗型，可通光线、空气。据《日下旧闻考》记载，"瓮山西北越横岭，白鹿岩在焉。有白石如幢，屹立岭上……岩高数十丈，嵌空欲堕，中虚可旋两车"。

而在民间传说中，一位骑着白鹿的道人，曾在这块形似元宝的石头下面的洞里修道求仙，他不食人间烟火，餐霞饮露，腹内空空，可精力十分旺盛，自称"空空道人"。后来，从天台山又来了一位疯和尚，与空空道人争夺元宝石下方的白鹿洞，僧道坐禅斗法，疯和尚败走。又不知从什么年月开始，香山地区的打夯歌开始这样唱："……林黛玉好比那个山上的灵芝草，贾宝玉是块大石头有了灵性。"不过，这首民间传唱的打夯歌肯定是曹雪芹写出《红楼梦》之后的事了。元宝石距离曹雪芹住的营房也就几里路，曹雪芹为了清净，经常用布包卷起笔墨纸砚，到大石头上去写书，写着写着，这块大石头就成了主人公贾宝玉的名字了。

今天我们走到国家植物园樱桃沟里面，仍然可以看到那块大石头还是个"假"宝玉，而旁边的水源头依然水声淙淙，秋流到冬，春流到夏。

樱桃沟的元宝石

三、木石前盟与石上松

《红楼梦》第五回，贾宝玉梦游太虚幻境时，警幻仙姑将新制《红楼梦》十二支曲演给他听，宝玉边听边看文字，其中第三支《枉凝眉》写道："都道是金玉良姻，俺只念木石前盟。空对着山中高士晶莹雪，终不忘世外仙姝寂寞林。叹人间，美中不足今方信。纵然是齐眉举案，到底意难平。"

《红楼梦曲》中的"木石前盟"与"金玉良姻"相对，在此之前还没发现中国文学中有"木石前盟"的意象。这应该属于曹雪芹的创造，他把神瑛侍者对绛珠仙草的雨露灌溉之恩作为宝黛爱情的前缘设定，宝玉不遵从符合家族利益的金玉良姻，而追求与黛玉情志相合的木石姻缘。

曹雪芹的艺术构思自有其生活原型。在前面介绍的大元宝石之旁，白鹿岩东侧，有一块青石高两三丈，巨石浑体一根草都不长，可在它的顶部生长着一棵有数百年树龄的怪柏，柏的根须外露，主根将巨石撑出一道裂纹，直扎入地。石高10余米，宽4米，因松、柏相似，当地老百姓直呼为"石上松"。据《日下旧闻考》所记："有古桧一株，根出两石相夹处，盘旋横绕，倒挂于外，大可百围，色赤如丹砂。"这"石上松"底部有一汪清泉，汩汩不止，可能正是因为这股泉水，石缝中的树才得以生长。当地老人把桧称为松，说："元宝石，不值钱；石上松，木石缘。"

上面提到的打夯歌还有一段是这样唱的："退谷石上松，人称木石缘。巨石嶙峋宝，甘泉溢水甜。山上疯僧洞，山下白鹿岩。曹公生花笔，宝黛永世传。"这段曲子直接指出了曹雪芹妙笔生花，化自然为神奇，演绎了流传千古的爱情神话。

樱桃沟的石上松

四、林黛玉与黛石

《红楼梦》第三回，宝黛初会。宝玉问："妹妹尊名是那两字？"黛玉便说了名。宝玉又问表字，黛玉道："无字。"宝玉笑道："我送妹妹一个妙字，莫若'颦颦'二字极妙！"探春便问何出，宝玉道：《古今人物通考》上说：'西方有石名黛，可代画眉之墨。'况这林妹妹眉尖若蹙，用取这两个字，岂不两妙！"

曹雪芹在香山生活久了，非常熟悉这里的特产。据《长安客话》记载，"京都宛平县西堂村出产黑石，当地人亦称煤石，或黛石。"又《帝京景物略》记载，宛平县的"西堂村而北，曰画眉山。产石，墨色，浮质而腻理，入金宫为眉石，亦曰黛石也"。今天我们看到这个名字奇丽的石头，也会眼前一亮。而曹雪芹直接把它用作了主人公黛玉的名字，而且让黛玉拥有了一弯美丽的眉毛。

明清两朝香山属宛平县辖区。据香山当地老人说，樱桃沟的河滩里就出产一种黑石头，叫画眉石。过去旗人妇女喜欢用它描眉、染发。黛玉者，黑石也，此石虽黑，但不染衣服不脏手，本质是洁净的。它虽不如荷花美丽，但同样也是出之煤山而不染的净物。可见曹雪芹借用香山出产的黑石特性，也是为了说明林黛玉"质本洁来还洁去"的高洁品质。曹雪芹生活时代的樱桃沟是"樱桃花万树"。每到收获时节，清溪两岸的翠绿山坡上挂满了熟透的樱桃。曹寅曾写过一首题名《樱桃》的七律，其中有"上苑新芳供御厨，承恩赐出绛宫珠"之句。绛珠仙子一名是否与此有关，也惹人遐想。

五、袭人与公道老儿

《红楼梦》列藏本第六十七回，薛蟠从江南带回了许多玩物，宝钗分送给荣府众人。袭人问宝玉，宝钗是送宝玉的多还是送黛玉的多呢？宝玉说："比送我的多着一两倍呢。"于是袭人就讲了很多应该多送给黛玉的道理。宝玉就笑对袭人说："你就是会评事的公道老儿。"

这公道老儿，顾名思义，就是掌握公平原则、办事公道的人。但是，这还是香山地区常见的一种植物的名字。这种植物的种植还和八旗人的"份儿地"有关。

清代时，在北京海淀区四季青乡的万安公墓以东，养水湖以西，约有一千余亩土地，当地老人们管它叫"份儿地"。《满族大辞典》是这样说的：清入关初，拨给八旗兵丁土地三十亩，称为"八旗兵丁份儿地"。香山万安公墓一带的"份儿地"，分有"七亩份""八亩份"，还有"十亩份"。当时份儿地之间以墒沟为界，但常有侵占纷争，后来又以栽石界桩为界，但也不免有人移动，故此想到了栽种"公道老儿"的办法。公道老儿是一种草本植物，春天开红花，秋天结圆果，头一年枯死，第二年再长。它比石头界桩还好，根须特别发达，不管怎么挖刨砍断其根须，每年开春照样原地生长。农民发现将这种草划分地界用，很难挪动作弊。所以，当年旗人田地，份儿与份儿之间就是以"公道老儿"为界限的。曹雪芹了解这种民情，也熟悉这种植物，很自然地把袭人公道为人的做派比作了"公道老儿"。

玉泉山下八旗份儿地

六、铁槛寺、馒头庵与礼王坟

《红楼梦》第十五回"王凤姐弄权铁槛寺，秦鲸卿得趣馒头庵"中，讲到发送秦可卿的殡仪非常热闹，停灵的地方是铁槛寺。这个寺庙是宁荣二公当日修造、贾府仍有香火地亩布施的家庙。离这儿不远，又有尼姑主持的馒头庵。王熙凤作为丧礼的大总管，晚间即在馒头庵歇息。这里提到的"铁槛寺"和"馒头庵"，到底是个什么来头？

曹雪芹手挥心应，到了第六十三回就展明了他命名的意图。"寿怡红群芳开夜宴"时，宝玉收到了"槛外人妙玉恭肃遥叩芳辰"的粉笺，正踌躇不知如何回应之时，得到了邢岫烟的指点，了解到妙玉最喜范成大两句诗："纵有千年铁门槛，终须一个土馒头。"宝玉以"槛内人"回应妙玉就对了。宝玉一听，如醍醐灌顶……笑道："怪道我们家庙说是'铁槛寺'呢！原来有这一说……"可见铁门槛一词是豪门大族的指代,而土馒头是说无论地位多显赫的人,百年之后也不过埋在一个形似馒头的土堆之中。这直接的证明,就在曹雪芹所熟悉的门头村礼王坟。

北京香山厢红旗东南,门头村正南,有清初铁帽子王礼王家族的墓地,占地足有一百多亩,苍松翠柏,宝顶祠堂,很有气势。原来的陵园山门上有金色乳钉64颗,为清代亲王礼制,门槛系铁皮包裹,俗称"铁门槛",表明是"铁帽子王"。礼亲王代善是清初开国功臣,是八大铁帽子王之首。其中克勤郡王岳托系代善长子,其爵位袭至第五代纳尔苏(顺治八年,改克勤郡王封号为平郡王),在康熙皇帝的指婚下,娶江宁织造曹寅之长女为嫡福晋,曹雪芹姑母所嫁纳尔苏为第六代平郡王,曹雪芹表哥福彭为第七代平郡王。福彭自乾隆即位就出任满洲正白旗都统。正是他担任都统期间,曹雪芹才能拨旗归营迁居西山。清末和硕礼亲王诚厚之子毓鋆,在台湾讲学六十年,曾说过曹雪芹一度在他们家借住,礼王府还收藏过曹雪芹所绘《乌金翅图》和《废艺斋集稿》。

和硕礼亲王代善碑

礼亲王家世袭相传，煊赫无比，但也免不了终有一死。门头村距正白旗并不远，在曹雪芹的视野之内，"铁帽子"也免不了"一堆荒冢草没了"。古往今来，帝王将相，莫不如是，贾府的"铁槛寺"挨着"馒头庵"，就是曹雪芹对世事人情的揭露。

今天的曹雪芹纪念馆后方碑林，有两通碑来自门头村的"礼王坟"，一通是礼烈亲王代善的断碑，一通为惠顺亲王（追封）祜塞的碑。

当年占地百亩的礼王坟，现在已变成了海淀区四季青乡的果园，可知不仅没有千年的"铁门槛"，甚至连一个"土馒头"也不能长存。

七、小土番与香山碉楼

《红楼梦》第六十三回，宝玉见芳官梳了头，挽起鬓来，带了些花翠，忙命她改妆，又命将周围的短发剃了去，露出碧青头皮来，当中分大顶。又要芳官改作"雄奴"，芳官十分称心，希望被当作和茗烟一样的小厮，宝玉怕人看出来。芳官笑道："我说你是无才的。咱家现有几家土番，你就说我是个小土番儿……"

番子营遗址

"小土番儿"是指住在番子营的金川藏人。是乾隆十四年金川战役凯旋后，从金川地区带回来的降虏，乾隆皇帝命令他们住在健锐营营房的旁边，"金川降兵专设一营，名为番子营"。曹雪芹在香山生活的时期，正是成立健锐营和番子营的时期，番子营隶属于健锐营管辖，又称"小营"。番人在容貌和服饰上都有异于北方人，他们擅长表演歌舞。曹雪芹在正白旗营写书时，对生活在身边的"土番"是很熟悉的，所以把芳官打扮成番人的模样，又起名"耶律雄奴"就不足为奇了。

除了这些土番，香山还有留存至今的碉楼。在国家植物园西北方向，静明湖的北侧和西南侧就各有一座碉楼屹立，其中一尖顶的为羌式碉楼，平顶的为藏式碉楼。这些碉楼的修建要追溯到乾隆十三年（1748）。

香山老百姓称碉楼为"梯子楼"，因乾隆十二年（1747）四川大金川作乱，清廷派兵进讨受挫，发现番子兵借山高水险和碉房居高临下防守，致使清军久攻不下。为平定战乱，乾隆皇帝命令从金川投降的番兵和工匠在各旗营筑碉。各旗碉楼数量不等，但只有一个是按金川碉楼的储藏、防守、瞭望的实用功能，修有阶梯可以登临，称为活碉楼。其余的均为实心不能上达，只能从外部借助云梯攀爬具有训练功能的，称为死碉楼。因金川地区有嘉绒藏族，也有羌族，他们的碉楼规制不同。藏式碉楼顶部平整，羌式碉楼顶部凸起。并在八旗部队里精选年壮勇健者，特命大臣监视操演，训练"飞虎云梯兵"的攻碉战术。练成以后派往大、小金川作战，对方却不战求和。这支劲旅回兵京师后，乾隆皇帝不舍得解散，于是在乾隆十四年特地成立了"飞虎云梯健锐营"，作为清廷的精锐部队。

曹雪芹所在的正白旗据说有"碉楼九座"，活碉楼建在金山右环山上，今仅存遗址。每逢秋高气爽之时，文人墨客喜集于此，观山赏景，吟诗唱曲。曹雪芹的好友敦敏有《西郊同人游眺兼有所吊》诗云："秋色召人上古墩，西风瑟瑟敲平原。"诗中的"古墩"，有学者认为可能指的是正白旗营附近的碉楼，因为那时距离修建碉楼的时间已经过去半个多世纪了。

羌式碉楼

藏式碉楼

八、俄罗斯国"雀金裘"与四王府骆驼队

《红楼梦》第五十二回,"勇晴雯病补雀金裘"一文中,贾母送宝玉一件氅衣,看起来金翠辉煌、碧彩闪灼。贾母介绍说:"这叫作雀金裘,这是俄罗斯国拿孔雀毛捻了线织的。"

第六十三回中,因为芳官改称"耶律雄奴"闹出了叫成"野驴子"的笑话,宝玉恐怕人人取笑作践了她,就说:"海西福郎思牙,闻有金星玻璃宝石,他本国番语以金星玻璃为'温都里纳',如今将你比作他,就改名唤作'温都里纳'可好?"芳官大喜,以后众人就叫她"玻璃"了。

从上面两处情景可以看到,曹雪芹有着清晰的海外意识。考察其时代背景可以发现,贾宝玉管法国叫"海西福郎思牙",这里"海西"是指地理位置,而"福郎思牙"却是俄国人对法国的称呼。

曹雪芹为什么会了解俄罗斯的物品和语言呢?这可能就和正白旗旁边的四王府骆驼队有些关系了。香山地区驻扎着大批八旗官兵,他们都是有钱粮的当差人,本身不事生产,但消费能力很强。所以四王府、煤厂街、门头村这些地方就成了商贸中心,生意十分兴旺。商品流通需要交通运输,而当年货物往来运输主要是靠骆驼队,玉泉山下是重要的交通要道。四王府村就有自己的骆驼队,门头村也有几户骆驼队,正蓝旗、南辛村也都有驼队。清代能同俄国人接触的只有上层的理藩院和下层香山一带经商的骆驼户,他们与俄罗斯人做生意,在此过程中就学会了俄罗斯的语言。湘云曾经穿着宝玉的衣服,束銮带,穿折袖,打扮成"小骚达子"一般,这个"小骚达子"也是来自俄罗斯语的音,意思是"士兵"。

玉泉山下的驼队

曹雪芹居住的正白旗营紧挨着四王府村,对于这些来自异域的新鲜元素,他一定很有兴趣,并将其呈现在作品中。

九、"骂世伤时之作"与拙笔

《红楼梦》第一回，空空道人听石头解释完这部书的趣味之处后，"将这《石头记》再细阅一遍，因见上面虽有指奸责佞、贬恶诛邪之语，亦非骂世之旨，及至君仁臣良、父慈子孝，凡伦常所关之处，皆是称功颂德，眷眷无穷，实非别书可比"。如果考虑曹雪芹在《红楼梦》中所反映的历史真实，这段话就有些反话正说的意味了。

1971 年，香山正白旗三十九号旗下老屋的一面墙上，发现了"远富近贫以礼相交天下少，疏亲慢友因财而散世间多。真不错"的菱形对联，明高启的《百花洲》、明凌云翰的《六桥烟柳》、明唐寅的《花月诗》、清初陆秩的《鱼沼秋蓉》、明万达甫的《柳浪闻莺》、明聂大年的《平湖秋月》以及抄自《东周列国志》的两首诗文，还有"而今大清治不了，官员尽吃请""岁在丙寅清和月下旬，偶录于抗风轩之南几，拙笔学书"等字样。这个题壁诗墙因"远富近贫"对联曾在 1963 年被红学家采风时记录过（见本书第 294 页，题壁诗墙上的对联与民间传说中的对联仅有三字之差异），说是曹雪芹的朋友赠送给他的对联，那么这面墙壁就与曹雪芹有了说不清的关系，也提醒我们可以将题壁诗墙上的信息与《红楼梦》内容对看。

题壁诗墙上的菱形对联

有"岁在丙寅清和月下旬,偶录于抗风轩之南几,拙笔学书"落款的题壁诗文

《红楼梦》对贫富变幻、人情冷暖的世道人心极为关注。甄士隐的岳父封肃是一个嫌贫爱富的典型,甄士隐接连遭遇了爱女英莲走失和家中失火两件祸事,无奈之下投奔岳父,岳父却趁火打劫,将甄士隐家卖地的钱半哄半赚,还人前人后抱怨他们不善过活、好吃懒做。"封肃"一名就有"托言大概如此之风俗"的寓意,所谓"家亡莫论亲"是也。第七十五回,邢夫人的兄弟邢大舅曾对贾珍感叹:"怨不得他们视钱如命。多少世宦大家出身的,若提起'钱势'二字,连骨肉都认不得了。""就为钱这件混账东西。利害!"根据传说,"远富近贫以礼相交"所夸赞之人就是曹雪芹,而一般世间的风俗多有因财而散、因财绝义之事。题壁诗墙上的"抗风轩"也大有深意。抗的什么风?莫非抗的就是俗世这种嫌贫爱富之风?

《红楼梦》中的贾政谨遵儒家礼法,为官清正,因元春受封为贤德妃,他也很愿意肝脑涂地报效君王。第九十九回说到他被外放江西粮道,因为知道粮道衙门的积弊是"折收粮米""勒索乡愚",他存心做个好官,所以一概不予理会,却很快引起了跟随他在衙门里当差的仆从的不满和反对。因为他们"好容易盼着主人放了外任,便在京借着在外发财的名头,向人借贷",不能没有回报。所以抱怨"我们才冤!花了若干银子,打了个门子",好容易谋了个职位,不就是为了挣钱吗？看贾政这样，就联合起来懒政怠工，逼得贾政也不得不任他们作为起来。虽然上和下睦了，却落了个"猫鼠同眠"的局面，下面的人捞足了钱，"那些跟老爷去的人，他男人在外头不多几时，那些小老婆子们都金头银面的装扮起来，可不是瞒着老爷弄钱"。贾政最终被人参了一本，丢了差使，狼狈回京。这一段故事生动地表现了清代官场的一般情形，这和墙壁上所写的"而今大清治不了，官员尽吃请"不是很一致吗？

香山公园里有一块"一拳石"刻石，在这块刻石不远处，还有一块石头上刻有"卓笔"两字，也是乾隆皇帝的御笔。香山公园就是当年建成于乾隆十年（1745）的静宜园，乾隆皇帝很喜欢这里，视为读书养心之所，香山二十八景就是他亲自拟定并题写的。乾隆十一年的春天，他登香山欣赏远处河墙之上的烟柳之景，心情大好，写下了"烟景不胜赏，春山渐可登。谁知初试步，竟在最高层"的诗句，还题写了"卓笔"两字，透出了君临天下、志得意满的豪情。他无论如何也不会想到，就在这烟柳美景遮蔽的旗营里，有人在墙壁上写下了"拙笔"，表达对世道的不满、对人生的感叹。

香山公园里的"一拳石"刻石

香山公园里的"卓笔"刻石

链接回目

第一回　第三回　第五回　第十五回　第二十六回　第五十二回　第六十三回　第六十七回　第七十五回　第九十九回

参考资料

［清］曹雪芹著，［清］程伟元、高鹗补，莎日娜等点校整理:《红楼梦》（蒙古王府藏本），外语教学与研究出版社2021年版。

胡德平著:《说不尽的红楼梦——曹雪芹在香山》（增订本），中华书局2019年版。

严宽著:《红楼梦八旗风俗谈》（增订本），北京联合出版公司2022年版。

香山公园管理处编:《乾隆皇帝咏香山静宜园御制诗》，中国工人出版社2008年版。